EDIÇÕES BESTBOLSO

Dragão vermelho

Thomas Harris nasceu no estado do Mississippi, em 1940. O escritor norte-americano iniciou sua carreira como jornalista policial nos Estados Unidos e no México, e depois como repórter e editor da Associated Press em Nova York. Seu primeiro livro, *Domingo negro*, foi publicado em 1975. É também autor de *O silêncio dos inocentes* e *Hannibal*. *Dragão vermelho* foi adaptado para o cinema em 2002, com Ralph Fiennes, Edward Norton e Anthony Hopkins nos papéis principais.

THOMAS HARRIS

Dragão vermelho

Tradução de
JOSÉ SANZ

10ª edição

EDIÇÕES
BestBolso

RIO DE JANEIRO – 2022

CIP-BRASIL. CATALOGAÇÃO NA FONTE
SINDICATO NACIONAL DOS EDITORES DE LIVROS, RJ

Harris, Thomas, 1940-
H26d Dragão vermelho / Thomas Harris; tradução de José Sanz. –
10ª ed. – 10ª ed. – Rio de Janeiro: BestBolso, 2022.
12 × 18 cm

Tradução de: Red Dragon
ISBN 978-85-7799-225-6

1. Ficção norte-americana. I. Sanz, José. II. Título.

12-3398 CDD: 813
CDU: 821.111(73)-3

Dragão vermelho, de autoria de Thomas Harris.
Título número 312 das Edições BestBolso.
Décima edição impressa em novembro de 2022.
Texto revisado conforme o Acordo Ortográfico da Língua Portuguesa.

Título original norte-americano:
RED DRAGON

www.edicoesbestbolso.com.br

Design de capa: Sérgio Campante.

Rua Argentina, 171 – 20921-380 – Rio de Janeiro, RJ – Tel.: (21) 2585-2000.

Impresso no Brasil

ISBN 978-85-7799-225-6

Só vemos o que observamos e só observamos coisas que já conhecemos.

– Alphonse Bertillon

... Pois a Compaixão tem um coração humano,
a Piedade, um rosto humano,
E o Amor, a divina forma humana,
E a Paz, a roupagem humana.

– William Blake, *Cantos de inocência*
(A Divina Imagem)

A Crueldade tem um Coração Humano,
e o Ciúme, um Rosto Humano,
o Medo, a Divina Forma Humana,
e a Intimidade, a Roupagem Humana.

A Roupagem Humana é Ferro forjado,
A Forma Humana, uma Forja ardente,
O Rosto Humano, uma Fornalha fechada,
O Coração Humano, sua Garganta esfomeada.

– William Blake, *Cantos da experiência*
(A Divina Imagem)*

---

*Depois da morte de Blake, este poema foi encontrado junto às provas das ilustrações de *Cantos da experiência*. Apareceu apenas nas edições póstumas.

Prefácio

Gostaria de lhes contar sobre como conheci Hannibal Lecter.

No outono de 1979, por conta de um caso de doença na família, voltei para minha casa no Delta do Mississippi, onde permaneci por um ano e meio. Eu estava escrevendo *Dragão vermelho*. Meu vizinho na cidade de Rich gentilmente me cedeu uma pequena cabana localizada no meio de uma vasta plantação de algodão, e lá trabalhei em meu livro, frequentemente à noite.

Ao escrever um romance, você começa com uma visão e a partir dela desenvolve os acontecimentos anteriores e posteriores. Em Rich, no Mississippi, trabalhando sob circunstâncias difíceis, pude visualizar claramente o investigador Will Graham chegando à casa das vítimas, o lugar em que toda a família morreu, e assistindo aos seus filmes caseiros. Na época eu ainda não sabia quem havia cometido aqueles crimes. Tentava desesperadamente descobrir, enxergar o que havia acontecido antes e o que viria em seguida. Vasculhei a cena do crime no escuro, junto com Will, e não vislumbrava nem mais nem menos do que ele.

Certas noites eu deixava as luzes de minha pequena cabana acesas e caminhava pelos campos escuros. Quando vista de longe, ela parecia um barco no oceano, envolta pela noite do Delta.

Logo tomei conhecimento dos cães quase selvagens que vagavam pelas plantações, agrupados em algo semelhante a uma matilha. Alguns deles tinham laços superficiais com as famílias de fazendeiros da região, mas na maior parte do tempo precisavam sobreviver sozinhos. Durante o inverno, em que o chão estava congelado e seco, comecei a lhes dar ração de cachorro e logo eles consumiam mais de 20 quilos de alimento por semana. Passaram a me seguir e a me fazer companhia – cães grandes, pequenos, alguns relativamente dóceis e outros ferozes, que não aceitavam ser tocados. À noite, caminhavam comigo pelos campos, e quando não podia vê-los, ainda conseguia ouvi-los ao meu redor, arfando e farejando. Enquanto escrevia na pequena cabana, os cães me esperavam na varanda, e nas noites de lua cheia, uivavam melodicamente no escuro.

Parado em meio à vastidão dos campos ao redor de minha cabana no coração da noite, cercado pelo som de inúmeras respirações, sentia-me desorientado. Com a visão ainda ofuscada pela luz do abajur de minha escrivaninha, eu tentava ver o que se passara na cena do crime. Tudo o que surgia diante de meus olhos turvos eram vultos sombrios, meras sugestões, e o brilho ocasional de uma retina não humana refletindo a luz da lua. Não havia dúvida de que *alguma coisa* havia acontecido. É preciso entender que quando se escreve um romance, nada é inventado. Está tudo ali: você só tem que descobrir.

Will Graham tinha de recorrer a alguém, ele precisava de ajuda e sabia disso. Sabia também onde tinha de ir, antes mesmo de se permitir pensar sobre o assunto. Eu sabia que Graham havia se ferido seriamente em um caso anterior e que relutava em consultar a melhor fonte disponível. Na época, eu mesmo era diariamente assombrado por memórias dolorosas e por isso sentia pena de Graham durante às noites em que escrevia.

Foi com alguma hesitação que o acompanhei ao Hospital Estadual de Chesapeake para Criminosos Insanos. Antes de podermos tratar de nossos assuntos, encontramos o tipo de tolo que você mesmo deve conhecer de suas experiências diárias, o Dr. Frederick Chilton, que nos atrasou por dois ou três dias intermináveis.

Descobri que podia deixar Chilton na cabine com as luzes acesas e observar à distância, cercado por meus amigos caninos no escuro. Do lado de fora eu era invisível, do jeito que sempre sou para meus personagens quando estou em um cômodo com eles enquanto decidem seus destinos com pouca ou nenhuma ajuda minha.

Finalmente livres do tedioso Chilton, Graham e eu nos dirigimos à seção de segurança máxima. A porta de aço se fechou às nossas costas com um ruído aterrorizante. Nós fomos até a cela do Dr. Lector. Graham estava tenso e eu podia farejar seu medo. Pensei que o Dr. Lector estivesse dormindo e tomei um susto quando ele reconheceu Will Graham apenas pelo cheiro, sem nem mesmo abrir os olhos.

Estava desfrutando de minha imunidade habitual enquanto escrevia, invisível para Graham e os funcionários, mas não me sentia confortável na presença do Dr. Lecter. Não estava certo de que ele não podia me ver.

Como Graham, eu achei, e ainda acho, o olhar escrutínio do Dr. Lecter extremamente inquietante e intrusivo. É como o zumbido insistente que invade nossos pensamentos quando tiramos um raio X. A conversa de Graham com o Dr. Lector foi rápida, tão veloz quanto um duelo de esgrima, e eu a seguia anotando freneticamente, enchendo margens e qualquer superfície disponível em minha mesa. Estava exausto quanto tudo acabou – os barulhos e gritos vindos das outras celas ainda ecoavam em minha cabeça, e na varanda da frente de minha cabana 13 cachorros uivavam, sentados de olhos fechados com os focinhos voltados para a lua cheia. A maioria deles emitia um som entre o O e o U, alguns poucos acompanhavam com ganidos mais baixos.

Tive de repassar a conversa de Graham com o Dr. Lecter centenas de vezes até ser capaz de entendê-la e livrá-la de todo o ruído, os barulhos da cadeia e os gritos dos condenados que haviam tornado alguns dos trechos quase incompreensíveis.

Ainda não sabia quem era o autor daqueles crimes, mas pela primeira vez eu estava certo de que nós o encontraríamos. Também sabia que esta seria uma descoberta terrível, talvez trágica, e que custaria muito para certos personagens do livro. E assim foi.

Anos mais tarde, quando comecei *O silêncio dos inocentes*, eu ainda não sabia que o Dr. Lecter retornaria. Sempre havia gostado da personagem Dahlia Iyad, do livro *Domingo negro*, e queria escrever um romance com uma mulher forte como personagem principal. Então comecei com Clarice Starling e logo nas primeiras duas páginas descobri que ela também precisava visitar o Dr. Lecter. Admirava muito Clarice Starling e acho que tive certo ciúme ao testemunhar a facilidade com que ele parecia capaz de entendê-la, quando para mim isso era uma tarefa tão difícil.

Para minha surpresa, quando passei a registrei os eventos de *Hannibal*, o doutor tomou vida. Meus leitores pareceram achá-lo estranhamente cativante – como eu próprio achei.

Eu tinha pavor de escrever *Hannibal*, pavor do desgaste e da dor que me causaria, das escolhas que eu teria de assistir, pavor do que aconteceria a Starling. No fim, tive de deixá-los ir, como é preciso fazer com personagens, permitir que decidam os próprios destinos de acordo com as suas naturezas. De certa forma, é uma questão de educação. Como disse um sultão certa vez: eu não *possuo* falcões, eles moram comigo.

No inverno de 1979, quando entrei no Hospital Estadual de Chesapeake para Criminosos Insanos e aquela porta de metal se fechou às minhas costas, mal sabia o que me aguardava no fim do corredor. Raramente percebemos quando nossos destinos são mudados para sempre.

T. H.

Miami, janeiro de 2000

1

Will Graham instalou Crawford numa mesa de piquenique entre a casa e o oceano, estendendo-lhe um copo de chá gelado.

Jack Crawford olhou para a velha e agradável casa, com a madeira esbranquiçada pelo sal brilhando ao sol.

– Deveria tê-lo pegado em Marathon, quando você saiu do trabalho – disse ele. – Não vai querer falar sobre isso aqui.

– Não quero falar sobre esse assunto em lugar nenhum, Jack. Mas, se é necessário, vamos logo. Porém, não exiba fotos. Se as trouxe, conserve-as na maleta... Molly e Willy voltarão logo.

– Quanto sabe a respeito?

– O que saiu no *Herald*, de Miami, e no *Times* – respondeu Graham. – Duas famílias assassinadas em suas casas com um mês de intervalo. Birmingham e Atlanta. As circunstâncias eram semelhantes.

– Semelhantes, não. Iguais.

– Quantas confissões até agora?

– Oitenta e seis, quando telefonei hoje à tarde – retrucou Crawford. – Excêntricos. Ninguém sabia detalhes. Ele quebra os espelhos e usa os pedaços. Nenhum deles sabia disso.

– O que mais escondeu dos jornais?

– Que ele é louro, destro e muito forte. Usa sapatos tamanho 45 e gravata borboleta. As impressões eram todas de luvas macias.

– Você revelou isso ao público.

– Ele não é muito bom com fechaduras – continuou Crawford. – Usou um cortador de vidro e um desentupidor de pia para entrar na casa da última vez. Ah, e seu sangue é AB positivo.

– Alguém o feriu?

– Não que saibamos. Nós o catalogamos pelo sêmen e pela saliva. Ele é um secretor. – Crawford olhou para o mar calmo. – Will, quero perguntar-lhe uma coisa. Você soube disso pelos jornais. O segundo foi noticiado pela tevê. Pensou alguma vez em me telefonar?

– Não.

– Por quê?

– A princípio não havia muitos detalhes sobre o de Birmingham. Podia ter sido tudo... vingança, um parente.

– Mas depois do segundo você percebeu do que se tratava.

– Sim. Um psicopata. Não lhe telefonei porque não quis. Sei quem você já pôs nesse trabalho. Você tem os melhores laboratoristas. Heimlich em Harvard, Bloom na Universidade de Chicago...

– E você aqui, consertando motores de barcos.

– Não acho que eu tenha tanta utilidade para você, Jack. Nunca mais me preocupei com isso.

– Mesmo? Você pegou dois. Os dois últimos foi você quem pegou.

– Como? Fazendo a mesma coisa que você e os outros estão fazendo.

– Não é bem assim, Will. É a sua maneira de pensar.

– Acho que tem havido muita conversa fiada sobre minha maneira de pensar.

– Você conseguiu coisas que nunca explicou.

– A prova estava lá – respondeu Graham.

– Claro. Claro que estava. Muitas provas... depois. Antes da prisão, havia tão pouca coisa que não era provável que pudéssemos continuar.

– Você tem o pessoal de que precisa, Jack. Não creio que eu seja uma presença importante. Vim para cá para me livrar disso.

– Eu vi. Você se feriu na última vez. Mas agora parece estar bem.

– E estou. Não foi pela facada. Você já foi esfaqueado.

– Já, mas não assim.

– Não foi pela facada. Apenas resolvi parar. Não sei como explicar.

– Se não pode mais enfrentar isso, Deus sabe que compreendo.

– Não. Você sabe... ter de olhar. É sempre ruim, mas você faz porque tem de fazer, contanto que estejam mortos. O hospital, as entrevistas, isso é o pior. A pessoa tem de se libertar e continuar pensando. Não creio que eu possa continuar a fazê-lo. Posso obrigar-me a olhar, mas tenho de calar o pensamento.

– Aqueles estão todos mortos, Will – falou Crawford, o mais bondosamente possível.

Jack Crawford ouviu o ritmo e a sintaxe de sua própria fala na voz de Graham. Já o vira fazer isso antes com outras pessoas. Frequentemente, numa conversa animada, Graham apropriava-se do tipo de expressão do interlocutor. A princípio, Crawford pensou que ele fazia isso deliberadamente, um recurso para manter a cadência.

Mais tarde, Crawford percebeu que Graham o fazia involuntariamente, que às vezes tentava parar e não conseguia.

Crawford meteu dois dedos no bolso do casaco. Empurrou duas fotografias sobre o tampo da mesa, viradas para cima.

– Todos mortos – disse.

Graham fitou-o antes de pegar as fotos.

Eram instantâneos. Uma mulher, com três crianças e um pato, carregava material de piquenique para a margem de uma lagoa. Uma família por trás de um bolo.

Após trinta segundos, tornou a colocar as fotografias na mesa. Pôs uma sobre a outra com um dedo e olhou para a praia onde o garoto estava agachado, examinando alguma coisa na areia. A mulher olhava parada, em pé, mãos nos quadris, com as ondas espumando em torno dos tornozelos. Inclinou-se para o chão e depois atirou os cabelos molhados sobre os ombros.

Graham, esquecendo o hóspede, ficou vendo Molly e o garoto por tempo igual ao que olhou as fotografias.

Crawford estava encantado. Não deixou seu rosto refletir a satisfação, com o mesmo cuidado que usou para escolher o local daquela conversa. Pensou que havia conquistado Graham. Era uma questão de tempo.

Três cães notavelmente feios chegaram e deitaram-se pesadamente em torno da mesa.

– Meu Deus – disse Crawford.

– São presumivelmente cães – explicou Graham. – Há gente que despeja os filhotes por aqui o tempo todo. Consigo desfazer-me dos mais bonitos. O resto fica e cresce.

– Estão bastante gordos.

– Molly é uma boba.

– Você leva uma bela vida aqui, Will. Molly e o garoto. Que idade tem ele?

– Onze.

– Simpático. Vai ficar tão alto quanto você.

Graham acenou com a cabeça, concordando.

– O pai dele era bem alto. Sou feliz aqui. Sei disso.

– Quero trazer Phyllis para cá. Flórida. Arranjar um lugar para quando me aposentar e parar de viver como um peixe das cavernas. Ela diz que todos os seus amigos estão em Arlington.

– Eu queria agradecer pelos livros que ela me levou no hospital, mas jamais o fiz. Agradeça a ela por mim.

– Pode deixar.

Dois passarinhos coloridos pousaram na mesa, esperando encontrar geleia. Crawford ficou vendo-os saltitarem até saírem voando.

– Will, esse tarado parece estar influenciado pela lua. Matou os Jacobis em Birmingham, no dia 28 de junho, num sábado de lua cheia. Matou a família Leeds em Atlanta, no dia 26 de julho, última lua cheia. Esse é o menor dia do mês lunar. Assim, se tivermos sorte, vão passar-se pouco mais de três semanas antes que ele ataque novamente... Não acredito que você queira esperar aqui nas ilhas Keys para ler a respeito no *Herald* de Miami. Que diabo! Não sou o papa, não lhe estou dizendo o que deve fazer, mas quero perguntar-lhe: você respeita meu julgamento, Will?

– Claro.

– Acho que teremos oportunidade de pegá-lo mais depressa se você ajudar. Que droga, Will, apronte-se e nos ajude. Vá a Atlanta e Birmingham... olhe e depois venha a Washington. Serviço temporário.

Graham não respondeu.

Crawford aguardou enquanto cinco ondas lamberam a praia. Então se levantou, atirou o casaco sobre os ombros e disse:

– Vamos conversar depois do jantar.

– Fique e jante conosco.

Crawford balançou a cabeça.

– Voltarei mais tarde. Devo ter recados à minha espera no Holiday Inn e vou dar uns telefonemas demorados. Agradeça à Molly.

O carro alugado de Crawford levantou uma poeira fina que foi se instalar nos arbustos à margem da estrada de conchas.

Graham voltou para a mesa. Receava de que fosse assim que se lembraria do fim de Sugarloaf Key: gelo derretendo em dois copos de chá, guardanapos de papel esvoaçando sobre a mesa de sequoia ao sabor da brisa, e Molly e Willy lá embaixo, na praia.

PÔR DO SOL EM SUGARLOAF, as garças imóveis e o sol vermelho aumentando de tamanho.

Will Graham e Molly Foster Graham estavam sentados numa tora descorada, os rostos tingidos de laranja pelo sol e as costas em sombras violeta. A mulher segurou-lhe a mão.

– Crawford parou para me ver na loja antes de vir para cá – disse ela. – Perguntou-me como chegar aqui. Tentei telefonar para você. Você precisa realmente atender o telefone de vez em quando. Vimos o carro quando voltamos para casa de volta da praia.

– O que mais ele perguntou?

– Como você estava.

– O que respondeu?

– Que você estava muito bem e que ele devia deixá-lo em paz. O que ele quer que você faça?

– Procurar provas. Sou um especialista em criminalística, Molly. Você viu meu diploma.

– Você remendou um rasgão no papel de parede do teto com seu diploma, foi isso o que vi. – Montou na tora para encará-lo. – Se sentisse falta da sua outra vida, aquela que costumava levar, acho que teria falado a respeito. Nunca falou. Está livre, calmo e descansado agora... gosto disso.

– Estamos levando uma vida boa, não é?

Pelo único piscar dela, Graham percebeu que deveria ter dito coisa melhor. Antes que pudesse corrigir, a mulher prosseguiu:

– O serviço que fez para Crawford foi ruim para você. Ele tem muitas outras pessoas... acho que todo esse raio de governo... por que não nos deixa em paz?

– Crawford não lhe disse? Ele foi meu supervisor nas duas vezes em que saí da Academia do FBI de volta ao trabalho de campo. Esses dois casos foram os únicos desse tipo, e Jack está nisso há muito. Agora está com outro caso. Essa espécie de psicopata é muito rara. Ele sabe que eu tive... experiência.

– Sim, você teve – retrucou Molly.

A camisa dele estava desabotoada e ela pôde ver a cicatriz irregular no seu estômago. Tinha a largura de um dedo, em relevo, e nunca escurecera. Seguia pelo quadril esquerdo e subia para atingir a caixa torácica no outro lado.

O Dr. Hannibal Lecter fizera aquilo com uma faca de cortar linóleo. Acontecera um ano antes de Molly conhecer Graham, e quase o liquidara. O Dr. Lecter, conhecido nos jornais sensacionalistas como "Hannibal, o Canibal", fora o segundo psicopata apanhado por Graham.

Quando finalmente deixou o hospital, Graham demitiu-se do FBI, saiu de Washington e arranjou emprego como mecânico de motores a diesel num estaleiro em Marathon, nas ilhas Keys da Flórida. Era um trabalho com o qual crescera. Dormia num reboque lá mesmo, até aparecer Molly com sua bela casa em Sugarloaf Key.

Ele montou à tora e segurou-lhe as mãos. Os pés dela procuraram os dele.

– Está bem, Molly. Crawford acha que tenho jeito com os monstros. É uma espécie de superstição dele.

– Você acredita nisso?

Graham ficou olhando três pelicanos voarem em linha sobre os baixios.

– Molly, um psicopata inteligente... especialmente um sádico... é difícil de capturar, por vários motivos. Primeiro, não tem uma razão discernível. Assim, não se pode seguir essa trilha. E, na maior parte do tempo, não se consegue ajuda de informantes. Olhe, há muito mais delatores que rastros por trás da maioria das prisões, mas num caso como este *não há* informantes. *Ele* mesmo pode não saber o que está fazendo.

Portanto, precisamos pegar qualquer prova e inferir. Tenta-se reconstruir o pensamento dele. Procura-se achar padrões.

– Segui-lo e encontrá-lo – acrescentou Molly. Terei medo se você sair atrás desse maníaco ou o que seja... temo que ele faça com você o que o último fez. É isso. É isso o que me assusta.

– Jamais me verá ou saberá meu nome, Molly. É à polícia que cabe pegá-lo, se conseguirem achá-lo, e não a mim. Crawford quer apenas um outro ponto de vista.

Ela ficou vendo o sol rubro espalhar-se sobre o mar. Nuvens altas brilhavam.

Graham gostava da forma pela qual ela virava a cabeça, dando-lhe naturalmente seu perfil menos perfeito. Pôde observar a pulsação na garganta dela, e se lembrou, súbita e completamente, do gosto do sal na sua pele. Engoliu em seco e disse:

– Que diabo posso fazer?

– O que já decidiu. Se ficar aqui e houver mais assassinatos, talvez este lugar se torne impossível para você. Como em *Matar ou morrer* e toda aquela bobajada. Se é assim, você não está mesmo perguntando.

– Se eu *estivesse,* o que você responderia?

– Fique aqui comigo. Comigo. Comigo. E com Willy. Eu o arrastaria para cá, se isso adiantasse. Cabe a mim enxugar meus olhos e acenar com o lenço. Se as coisas não correrem bem, terei a satisfação de você ter feito o que devia. Durará o tempo das condolências. Depois, posso voltar para casa e dobrar um dos lados do cobertor.

– Estarei por baixo dele.

– Nunca. Sou egoísta, hein?

– Não me importo.

– Nem eu. Aqui é um lugar apaixonante e agradável. As coisas acontecem e só depois é que sabemos. Isso é bom, eu acho.

Ele acenou com a cabeça.

– Não quero perder isso, seja como for – disse ela.

– Não. Não perderemos.

As trevas caíram rapidamente, e Júpiter apareceu a sudoeste, na linha do horizonte.

Voltaram para casa com o nascer da lua quase cheia. Longe, além dos baixios, peixes fisgados lutavam pela vida.

CRAWFORD VOLTOU depois do jantar. Havia tirado o casaco, a gravata e enrolado as mangas, para parecer à vontade. Molly pensou que os grossos e pálidos braços de Crawford eram repulsivos. Para ela, o homem parecia um macaco abominavelmente esperto. Serviu-lhe café sob o ventilador da varanda, sentando-se a seu lado enquanto Graham e Willy saíam para alimentar os cães. Ela ficou calada. Mariposas chocavam-se suavemente contra as cortinas.

– Ele está ótimo, Molly – disse Crawford. – Vocês dois estão. Magros e morenos.

– Não importa o que eu disser, você vai levá-lo da mesma forma, não é?

– É. Preciso. Tenho de fazê-lo. Mas juro por Deus, Molly, tornarei tudo para ele o mais fácil possível. Ele mudou. Foi ótimo vocês terem se casado.

– Ele está cada vez melhor. Agora não sonha com muita frequência. Por um tempo ficou realmente obcecado pelos cães. Agora, apenas cuida deles; não fala neles o tempo todo. Você é amigo dele, Jack. Por que não o deixa em paz?

– Porque é um azar para ele ser o melhor. Porque ele não pensa como os outros. De certa forma, porque nunca fica excitado.

– Ele está achando que você precisa dele para descobrir uma prova.

– Preciso. Ninguém é melhor nisso. Mas também tem outra coisa. Imaginação, projeção, ou seja lá o que for. Ele não gosta dessa parte.

– Você também não gostaria se a tivesse. Prometa-me uma coisa, Jack. Prometa-me que não deixará que ele chegue muito perto. Acho que ele morreria se tivesse de lutar.

– Ele não vai precisar lutar. Posso prometer-lhe isso.

Quando Graham acabou com os cães, Molly ajudou-o a fazer a mala.

2

Will Graham passou lentamente de carro pela casa onde a família Charles Leeds havia morado e morrido. As janelas estavam escuras. Havia uma luz no pátio. Estacionou duas quadras adiante e voltou a pé na noite cálida, levando o relatório dos detetives da polícia de Atlanta numa pasta de papelão.

Graham insistira em ir sozinho. Alguém mais na casa o distrairia – foi essa a desculpa que deu a Crawford. Tinha outra, particular: não imaginava sua reação. Não queria alguém olhando para ele o tempo todo.

Portara-se bem no necrotério.

A casa de tijolos, de dois andares, estava escondida na rua por um terreno arborizado. Graham ficou bastante tempo sob as árvores, olhando-a. Procurou manter-se tranquilo internamente. Em sua imaginação, um pêndulo prateado balançava nas trevas. Esperou até o pêndulo ficar imóvel.

Alguns moradores das redondezas passaram, dando uma rápida olhada na casa e desviando o olhar. Uma casa onde houve um assassinato é desagradável para os vizinhos, como o rosto de alguém que nos traiu. Apenas estranhos e crianças olham.

As cortinas estavam abertas. Graham ficou contente. Significava que não havia parentes no interior. Os parentes sempre fecham as cortinas.

Caminhou cuidadosamente por um dos lados da casa, sem acender a lanterna. Parou duas vezes para escutar. A polícia de Atlanta sabia que ele estava lá, mas os vizinhos não. Ficariam nervosos. Poderiam atirar.

Olhando por uma janela dos fundos, pôde ver sem dificuldade todo o trajeto, até a luz do pátio da frente, passando pelos vultos dos móveis. O perfume de gardênia era intenso. Um alpendre de treliça ocupava quase toda a parte dos fundos. Via-se, na porta, o lacre do Departamento de Polícia de Atlanta. Graham retirou-o e entrou.

A porta do alpendre, que dava para a cozinha, estava remendada com madeira compensada na parte em que a polícia havia retirado o vidro. Auxiliado pela lanterna, destrancou a porta com a chave que a polícia lhe dera. Queria acender as luzes. Queria usar sua insígnia brilhante e fazer alguns ruídos oficiais para justificar-se com a casa silenciosa, onde cinco pessoas haviam morrido. Nada fez. Entrou na cozinha escura e sentou-se na mesa usada para o desjejum.

Duas luzes-guias na cozinha brilhavam azuis na escuridão. Sentiu cheiro de óleo de móveis e maçãs.

O termostato fez um clique e o ar-condicionado foi ligado. Graham deu um pulo ao ouvir o ruído, sentindo uma pontada de medo. Era um velho experiente em medo. Conseguiu dominá-lo. Estava apenas com receio e podia prosseguir.

Receoso, podia ver e ouvir melhor; não podia falar tão precisamente, e o medo às vezes o tornava rude. Ali não havia com quem falar, não havia mais ninguém para ofender.

A loucura entrou nessa casa por aquela porta da cozinha, caminhado sobre pés tamanho 45. Sentado nas trevas, sentiu a loucura como um cão de caça fareja uma camisa.

Graham havia examinado o relatório dos detetives da Homicídios de Atlanta durante a maior parte do dia e do começo da tarde. Lembrou-se de que a luz do exaustor do fogão estava ligada quando a polícia chegara. Acendeu-a.

Dois panos bordados e emoldurados estavam pendurados ao lado do fogão. Um dizia: "Beijar não dura; cozinhar, sim." O outro: "É sempre na cozinha que nossos amigos mais gostam de vir, para ouvir o pulsar da casa, confortar-se com seu zumbido."

Graham consultou o relógio. Onze e meia. De acordo com o patologista, as mortes ocorreram entre 23 horas e 1 hora.

Primeiro foi a entrada. Pensou nela...

O louco introduziu o gancho na tela externa da porta. Parado na escuridão do alpendre, tirou alguma coisa do bolso. Um desentupidor, talvez, com a base de um apontador de lápis feito para ser preso à tampa da mesa.

Agachado junto à parte inferior da porta de madeira da cozinha, o louco ergueu a cabeça para espiar pelo vidro. Estirou a língua e lambeu o desentupidor, comprimiu-o contra o vidro e sacudiu a maçaneta para firmá-lo. Um pequeno cortador de vidro foi amarrado ao desentupidor para que pudesse cortar um círculo.

Um tênue rangido do cortador e uma batida firme para quebrar o vidro. Bateu com uma das mãos e com a outra segurou o desentupidor. Tinha de evitar a queda do vidro. O pedaço de vidro solto ficou ligeiramente ovalado porque o fio amarrado em torno do cabo do desentupidor enrolou-se durante a operação. Um leve rangido quando ele puxou o pedaço de vidro. Não se importou de ter deixado saliva AB no vidro.

A mão enluvada penetrou no buraco e encontrou a fechadura. A porta abriu-se silenciosamente. Estava no interior da casa. Na luz do fogão pôde ver seu corpo naquela cozinha desconhecida. Havia um frescor agradável na casa.

Will Graham tomou dois antiácidos. O estalar do celofane da embalagem o irritou quando ele a enfiou no bolso. Passou para a sala de estar, mantendo, por hábito, a lanterna bem afastada de si. Apesar de ter examinado a planta do andar, dirigiu-se para o lugar errado antes de encontrar a escada. Esta não rangeu.

Então, parou na soleira da porta do quarto principal. Podia enxergar mais ou menos sem a lanterna. Um relógio digital na mesinha de cabeceira projetava a hora no teto e uma lâmpada noturna alaranjada estava acesa acima do rodapé do banheiro. Era forte o cheiro de sangue.

Olhos acostumados à escuridão conseguem enxergar bastante bem. O louco pôde distinguir o Sr. Leeds da mulher. Havia luz o suficiente para ele atravessar o quarto, agarrar o cabelo de Leeds e cortar-lhe a garganta. E depois? De volta ao interruptor da parede, um cumprimento à Sra. Leeds e o tiro que a estropiou?

Graham acendeu as luzes, e manchas de sangue gritaram das paredes, do colchão, do chão. O próprio ar bradava manchas de sangue. Fugiu do barulho daquele quarto silencioso, cheio de manchas escuras secando.

Graham sentou-se no chão até a cabeça acalmar-se. Quieto, quieto, fique quieto.

A dimensão e a variedade das manchas de sangue haviam confundido os detetives de Atlanta que tentaram reconstruir o crime. Todas as vítimas foram encontradas mortas em suas camas. Isso não combinava com a localização das manchas.

A princípio, acreditaram que Charles Leeds havia sido atacado no quarto de sua filha e seu corpo arrastado para o quarto do casal. Um exame mais acurado do feitio das manchas os fez reconsiderar essa hipótese.

Os movimentos exatos do assassino nos quartos ainda não haviam sido determinados.

Agora, com a vantagem dos relatórios das autópsias e do laboratório, Will Graham começou a ver como tinha acontecido.

O invasor cortou a garganta de Charles Leeds enquanto este dormia ao lado da mulher, retornou até a parede e acendeu a luz: cabelos e gordura da cabeça do Sr. Leeds foram deixados no interruptor por luvas macias. Atirou na Sra. Leeds no momento em que ela se levantava, e depois dirigiu-se aos quartos das crianças.

Leeds levantou-se com a garganta cortada e tentou proteger os filhos, jorrando enormes gotas de sangue e um inconfundível jato arterial enquanto tentava lutar. Foi empurrado para o lado, caiu e morreu com a filha no quarto dela.

Um dos dois garotos foi baleado na cama. O outro também foi encontrado deitado, mas tinha poeira nos cabelos. A polícia acreditava que ele fora arrastado de sob a cama para ser morto.

Quando todos estavam mortos, com a possível exceção da Sra. Leeds, começou a quebra de espelhos, a escolha de cacos e a consequente atenção à Sra. Leeds.

Graham possuía cópias completas dos relatórios das autópsias em sua pasta. Ali estava o da Sra. Leeds. A bala penetrara à direita do umbigo e se alojara na espinha dorsal, porém ela morreu por estrangulamento.

O aumento dos níveis de serotonina e histamina na ferida de bala indicava que vivera, pelo menos, ainda por cinco minutos após ter sido baleada. A histamina estava muito mais alta que a serotonina, e assim, provavelmente, não havia vivido mais de 15 minutos. A maior parte dos seus outros ferimentos tinha, provável mas não conclusivamente, sido feita *post-mortem*.

Se foi assim, o que o criminoso fez no intervalo, enquanto a Sra. Leeds agonizava?, imaginou Graham. Claro, lutou com o Sr. Leeds e matou os outros, mas isso não levou mais de um minuto. Partindo os espelhos. E o que mais?

Os detetives de Atlanta fizeram seu trabalho de modo exemplar. Mediram e fotografaram exaustivamente, passaram o aspirador, rasparam, procuraram nos ralos e tiraram as tampas dos esgotos. Apesar disso, Graham tornou a olhar.

Nas fotografias e desenhos dos colchões feitos pela polícia, Graham pôde ver onde os corpos haviam sido encontrados. A prova – traços de nitrato nos lençóis, nos casos de ferimentos por bala – indicava que foram achados em posições aproximadamente iguais às que morreram.

Mas a profusão de manchas de sangue e as marcas borradas no forro do chão do vestíbulo permaneciam inexplicadas. Um detetive defendeu a teoria de que algumas das vítimas tinham tentado arrastar-se, fugindo do assassino. Graham não acreditou nisso: claramente o assassino moveu-os depois de mortos e a seguir levou-os de volta.

Era evidente o que havia feito com a Sra. Leeds. Mas, e com os outros? Não os desfigurou como fez com ela. Cada criança recebeu apenas uma bala na cabeça. Charles Leeds esvaiu-se em sangue. A única marca adicional encontrada nele foi uma ligadura superficial em volta do tórax, que se acreditava ter sido feita *post-mortem*. O que fez o assassino com eles, após estarem mortos?

Graham tirou da pasta as fotografias da polícia, os exames de laboratório do sangue de cada um, das manchas orgânicas do quarto, e quadros comparativos da trajetória do sangue escorrendo.

Tornou a examinar minuciosamente os quartos do andar superior, procurando combinar os ferimentos com as manchas, tentando trabalhar retroativamente. Demarcou cada respingo num campo medido e desenhado do quarto principal, usando os quadros-padrão de comparação para calcular a direção e velocidade da queda do sangue. Dessa forma, esperava descobrir as posições em que os corpos se encontravam em horas diversas.

Aqui havia uma fileira de três manchas de sangue arrastando-se para cima e em torno de um canto da parede do quarto. Mais adiante, três manchinhas no tapete. A parede na cabeceira do lado de Charles Leeds estava manchada de sangue e havia sinais de golpes por todo o rodapé. O desenho do local, feito por Graham, começou a parecer um quebra-cabeças sem números. Olhou-o, desviou o olhar para o quarto e voltou novamente ao esboço até sentir a cabeça doer.

Entrou no banheiro e engoliu seus dois últimos comprimidos de analgésico, bebendo água com as mãos em concha, após abrir a torneira da pia. Molhou o rosto e secou-o com a aba da camisa. A água inundou o chão. Tinha esquecido que o sifão havia sido retirado. A não ser por isso, o banheiro estava intocado, com exceção do espelho partido e de traços do pó vermelho de impressões digitais, conhecido como Sangue de Dragão. Escovas de dentes, creme facial, barbeador, tudo estava no lugar.

O banheiro parecia ainda estar sendo usado por uma família. A meia-calça da Sra. Leeds continuava pendurada no porta-toalhas, onde ela a colocara para secar. Viu que ela cortara fora a perna de uma quando desfiara, fazendo de duas partes pernetas um par, usando-as ao mesmo tempo e, assim, economizando dinheiro. A pequena economia doméstica da Sra. Leeds comoveu-o; Molly fazia o mesmo.

Graham subiu numa janela e sentou-se no parapeito. Abraçou os joelhos, sentindo a camisa fria colar-se em suas costas, e espirrou o cheiro de assassinato.

As luzes de Atlanta manchavam o céu noturno, tornando difícil ver as estrelas. A noite deveria estar clara em Keys. Ele poderia estar vendo, com Molly e Willy, estrelas cadentes, procurando ouvir o sibilo que, concordavam solenemente, uma estrela cadente devia fazer. A chuva de meteoros Delta-Aquarídea estava no seu máximo, e por causa disso Willy ficara acordado.

Sentiu um arrepio e tornou a espirrar. Não queria pensar em Molly naquele instante. Era falta de gosto e perturbador.

Graham tinha muitos problemas de gosto. Frequentemente, seus pensamentos não eram de bom gosto. Não havia compartimentos estanques em sua mente. O que ele via e aprendia misturava-se com tudo mais. Algumas dessas combinações eram de difícil convívio. Mas não podia prevê-las, bloqueá-las e reprimi-las. Seus valores de decência e decoro prosseguiam, chocados com suas associações, apavorados com seus sonhos; uma pena que na arena de ossos do seu crânio não houvesse fortalezas para o que ele amava. Suas associações chegavam com a velocidade da luz. Seus julgamentos de valores mantinham-se sempre no passo de uma leitura correspondente. Nunca conseguiram segurar e dirigir seu pensamento.

Encarava sua própria mentalidade como grotesca, porém útil, como uma cadeira feita de chifres. Não podia fazer nada.

Graham apagou as luzes da casa dos Leeds e saiu pela cozinha. Na extremidade do alpendre dos fundos, sua lanterna revelou uma bicicleta e uma cama de cachorro de vime. Havia uma casa de cachorro no quintal e uma tigela nos degraus.

As evidências indicavam que os Leeds foram surpreendidos no sono. Prendendo a lanterna sob o queixo, fez uma anotação: *Jack, onde estava o cachorro?*

Graham voltou para o hotel. Precisava ficar atento ao dirigir, apesar do pouco trânsito às 4h30. A cabeça ainda lhe doía, e ele ficou procurando uma farmácia 24 horas.

Encontrou uma em Peachtree. Um vigia maltrapilho cochilava perto da porta. Um farmacêutico num casaco sujo o bastante para realçar suas caspas vendeu-lhe um analgésico. A luz do local incomodava. Graham não gostava de farmacêuticos jovens. Julgavam-se sempre grande coisa. Eram frequentemente presunçosos e desconfiava de que eram irritantes em casa.

– Mais alguma coisa? – perguntou o farmacêutico, com os dedos nas teclas da caixa registradora. – Mais alguma coisa?

O escritório do FBI em Atlanta o havia hospedado num hotel absurdo perto do novo Peachtree Center da cidade. Tinha elevadores de vidro, com o formato de vagens de flor-de-cera, para que as pessoas vissem que estavam de fato na cidade.

Graham dirigiu-se a seu quarto junto com dois participantes de uma convenção que ainda usavam crachás de identificação com a saudação "Oi!" impressa. Agarravam-se ao corrimão e olhavam o saguão à medida que subiam.

– Dê uma olhada na portaria... é Wilma, e estão acabando de chegar – disse o mais alto. – Raios, gostaria de arrancar um pedaço daquilo.

– Comê-la até seu nariz sangrar – disse o outro.

Medo e tesão, raiva e medo.

– Ei, sabe por que uma mulher tem pernas?

– Por quê?

– Para que não deixe escorrer o seu rastro.

As portas do elevador abriram-se.

– É aqui? É aqui – comentou o mais alto. E tropeçou no forro quando saiu do elevador.

– É como um cego guiando outro – falou seu companheiro.

Graham colocou sua pasta de papelão em cima da cômoda do quarto. Depois, numa gaveta onde não pudesse ver. Estava cheio de mortos de olhos arregalados. Queria telefonar para Molly, mas era muito cedo.

Havia sido marcado um encontro às 8 horas na sede da polícia de Atlanta. Tinha pouca coisa a dizer-lhes.

Tentou dormir. Sua cabeça era uma agitada casa de cômodos, cercada de discussões, e havia uma briga em algum lugar no salão. Ele estava entorpecido e vazio, bebeu dois dedos de uísque no copo do banheiro e foi deitar-se. As trevas o envolveram compactamente. Acendeu a luz do banheiro e voltou para a cama. Fingiu que Molly estava no banheiro escovando os cabelos.

Frases do relatório da autópsia soaram em sua própria voz, apesar dele jamais tê-las lido alto: "... As fezes foram formadas... um traço de talco na parte inferior da perna direita. Fratura da parede da órbita, devido à introdução de uma lasca de espelho..."

Graham fez um esforço para pensar na praia de Sugarloaf Key, para ouvir as ondas. Trouxe à mente a imagem da sua banca de trabalho e pensou no escapamento para o relógio de água que ele e Willy estavam construindo. Cantou "Whiskey River" e tentou acompanhar "Black Mountain Rag", de cabeça, do princípio ao fim. A música de Molly. A parte de guitarra de Doc Watson estava certa, mas sempre a perdia no breque do violino. Molly tentara ensinar-lhe sapateado no quintal, e ficava pulando... finalmente adormeceu.

Acordou uma hora depois, rígido e suado, vendo a silhueta do outro travesseiro contra a luz do banheiro. Era a Sra. Leeds deitada a seu lado, ferida e arranhada, olhos abertos, com o sangue escorrendo para as têmporas e ouvidos como hastes de óculos. Não pôde virar a cabeça para encará-la. Com o cérebro apitando como uma sirene de incêndio, pôs a mão em cima dela e tocou o lençol seco.

Agindo assim, sentiu um alívio imediato. Levantou-se com o coração batendo e vestiu uma camiseta seca. Atirou-a molhada na banheira. Não conseguiu mudar-se para o lado seco da cama. Em vez disso, colocou uma toalha no lado onde havia suado e deitou-se, recostando-se na cabeceira com um drinque na mão. Tomou três.

Procurou alguma coisa em que pensar, qualquer coisa. A farmácia onde havia comprado o analgésico, por exemplo; talvez porque fora a sua única experiência do dia não relacionada com morte.

Lembrou velhas farmácias com balcões de refrigerantes e sorvetes. Quando criança, pensava que as farmácias tinham um ar levemente furtivo. Quando se entrava nelas, sempre se pensava em comprar chicletes, querendo ou não. Havia coisas nas prateleiras que não deviam ser olhadas por muito tempo.

Na farmácia onde comprara o analgésico, os anticoncepcionais com suas capas ilustradas estavam numa vitrine na parede, atrás da caixa registradora, emoldurada como uma pintura.

Ele preferia as farmácias e tudo o mais da sua infância. Graham tinha quase 40 anos e estava começando a sentir o tranco da situação; era uma âncora flutuante serpenteando atrás dele em uma tempestade.

Pensou em Smoot. O velho Smoot era o encarregado dos refrigerantes e gerente do farmacêutico proprietário, quando Graham era criança. Smoot, que bebia durante o trabalho, esquecera-se de desenrolar o toldo, e os tênis de borracha derreteram na vitrine. Smoot se esquecera de desligar a cafeteira elétrica, exigindo a presença dos bombeiros. Smoot vendia casquinhas de sorvetes a crédito aos garotos.

Seu abuso principal foi comprar cinquenta bonecas Kewpie de um caixeiro-viajante quando o dono da loja estava de férias. Na volta, o proprietário suspendeu Smoot por uma semana. Depois, organizou uma venda das bonecas. Colocou as cinquenta em semicírculos na vitrine da frente, de forma que todas olhassem para quem espiasse o interior da loja.

Todas tinham grandes olhos de centáurea-azul. Era uma exibição atraente, e Graham olhou-as durante algum tempo. Sabia que não passavam de bonecas Kewpie, mas se sentiu o foco da atenção delas. Tantas olhando. Várias pessoas pararam para olhá-las. Bonecas de gesso, todas com os mesmos cachos bobos, e, no entanto, aquele olhar fixo fizera seu rosto estremecer.

Graham começou a relaxar na cama. Bonecas Kewpie olhando. Começou a tomar seu drinque, tossiu e sufocou-se. Tateou à procura da lâmpada da mesa de cabeceira e apanhou a pasta na gaveta da cômoda. Tirou os resultados da autópsia dos três filhos dos Leeds e seu esboço do quarto do casal, abrindo-os sobre a cama.

Ali estavam as três manchas de sangue subindo pelo canto e aqui no tapete as manchas combinando. Aqui os tamanhos das três crianças. Irmão, irmã, irmão mais velho. Combinando. Combinando. Combinando.

Tinham sido enfileirados, de costas para a parede, em frente à cama. Uma plateia. Uma plateia morta. E o Sr. Leeds. Amarrado à cabeceira pelo peito. Posicionado para olhar como se estivesse sentado na cama. Com a marca da amarração manchando a parede acima da cabeceira.

O que estavam olhando? Nada; estavam todos mortos. Mas seus olhos estavam abertos. Estavam olhando uma cena estrelada pelo louco e o corpo da Sra. Leeds, ao lado do Sr. Leeds na cama. Uma plateia. O louco podia ver-lhes os rostos em volta.

Graham ficou imaginando se ele havia acendido uma vela. A luz trêmula simularia alguma expressão em seus rostos. Nenhuma vela fora encontrada. Talvez pense em fazer isso da próxima vez...

Esse pequeno primeiro vínculo com o assassino coçou e picou como um inseto. Graham mordeu o lençol, pensando.

Por que tornou a movê-los? Por que não os deixou assim?, perguntou Graham. *Há alguma coisa sobre você que não quer que eu saiba. Ora, é uma coisa da qual se envergonha. Ou é alguma coisa que não me permite saber?*

Abriu os olhos deles?

A Sra. Leeds era encantadora, hein? Você acendeu a luz após ter cortado a garganta do marido para que a Sra. Leeds pudesse vê-lo liquidado, hein? Foi enlouquecedor ter de usar luvas para pegá-la, hein?

Havia talco na perna dela.

Não havia talco no banheiro.

Esses dois fatos pareciam estar sendo ditos por outra pessoa com voz monótona.

Tirou as luvas, não foi? O pó caiu da luva de borracha quando você a tirou para tocá-la, não foi, seu filho da puta? Tocou-a com as mãos limpas, depois calçou as luvas e eliminou-a. Mas, quando estava sem as luvas, abriu os olhos deles?

Jack Crawford atendeu o telefone ao quinto toque. Respondera a várias chamadas naquela noite e não estava confuso.

– Jack, é o Will.

– Diga, Will.

– Price ainda está no Laboratório de Impressões?

– Está. Quase não sai mais. Está organizando o índice de impressões singulares.

– Acho que ele precisa vir a Atlanta.

– Por quê? Você disse que o cara daí é bom.

– É bom, porém, não tanto quanto Price.

– O que quer que ele faça? Onde deve olhar?

– As unhas das mãos e dos pés da Sra. Leeds. São pintadas, uma superfície lisa. E as córneas dos olhos de todos eles. Acho que ele tirou as luvas, Jack.

– Meu Deus, Price precisa dar uma olhada – disse Crawford. – O enterro é esta tarde.

3

— Acho que ele tocou nela – disse Graham como saudação.

Crawford deu-lhe uma Coca tirada da máquina da central de polícia de Atlanta. Eram 7h50.

– Claro, ele virou-a – confirmou Crawford. – Há marcas de ter sido segurada pelos pulsos e por detrás dos joelhos. Mas cada marca no local provém de luvas impermeáveis. Não se preocupe, Price está aqui. O malandro resmungão. Está indo agora para o local do enterro. O necrotério liberou os corpos na noite passada, mas a casa funerária ainda não decidiu nada. Você parece esgotado. Dormiu um pouco?

– Uma hora, talvez. Acho que ele a tocou com as mãos.

– Espero que tenha razão, mas o laboratório de Atlanta jura que ele usou luvas de cirurgião o tempo todo – retrucou Crawford. – Os pedaços de espelho têm aquelas impressões borradas. O dedo indicador nas costas do pedaço introduzido nos lábios, e o polegar borrado na frente.

– Limpou-o depois de tê-lo colocado e assim provavelmente pôde ver seu rosto infernal nele – disse Graham.

– O pedaço na boca da mulher estava escurecido pelo sangue. A mesma coisa com o dos olhos. Jamais tirou as luvas.

– A Sra. Leeds era uma mulher atraente – insistiu Graham. – Viu as fotografias da família, não viu? Eu desejaria tocar sua pele numa situação de intimidade. E você?

– *Intimidade?* – A voz de Crawford revelou repugnância antes que pudesse evitar. Subitamente, ele começou a mexer nos bolsos para disfarçar.

– Intimidade: estavam sozinhos. Todos os demais estavam mortos. Podia conservar os olhos deles abertos ou fechados, como quisesse.

– Como quisesse – repetiu Crawford. – Examinaram a pele dela à procura de impressões digitais, é claro. Nada. Acharam uma mão aberta sobre seu pescoço.

– O relatório nada diz sobre unhas empoeiradas.

– Suponho que suas unhas ficaram estragadas quando tiraram pedacinhos para exame. Estes estavam exatamente onde ela se cortou nas palmas com as unhas. Ela nunca o arranhou.

– Tinha pés bonitos – disse Graham.

– Hum-hum. Vamos até lá em cima – falou Crawford. – O pessoal está fazendo uma verificação.

JIMMY PRICE TINHA um grande equipamento: duas caixas grandes, a bolsa da câmera e o tripé. Fez barulho quando atravessou a porta de entrada da Casa Funerária Lombard, em Atlanta. Era um velho frágil, e seu humor não havia melhorado com a longa viagem de táxi do aeroporto até ali no trânsito matutino.

Um rapaz solícito, penteado com elegância, fez-o entrar apressadamente num escritório decorado em pêssego e creme. A escrivaninha estava vazia, a não ser por uma estatueta intitulada *Mãos em prece.*

Price estava examinando as pontas dos dedos das mãos que oravam quando o próprio Sr. Lombard entrou. O homem olhou as credenciais de Price cuidadosamente.

– Sua repartição em Atlanta, agência ou o que quer que seja, telefonou-me, é claro, Sr. Price. Mas na noite passada tivemos de chamar a polícia para retirar um sujeito desagradável que estava tentando tirar fotografias para *The National Tattler* e por isso tornei-me muito cuidadoso. Acho que compreende. Sr. Price, os corpos foram-nos entregues à uma hora da madrugada, mais ou menos, e o enterro será esta tarde, às 17 horas. Simplesmente não podemos atrasá-lo.

– Não vai demorar muito – retrucou Price. – Preciso apenas de um assistente razoavelmente inteligente, se tem algum. Tocou nos corpos, Sr. Lombard?

– Não.

– Descubra quem tocou. Tenho de tirar as impressões de todos.

As instruções matutinas dos detetives no caso Leeds referiam-se sobretudo aos dentes.

R.J. (Buddy) Springfield, chefe dos detetives de Atlanta, um homem corpulento, de mangas arregaçadas, ficou na porta com o Dr. Dominic Princi, enquanto os 23 detetives formavam uma fila.

– Muito bem, rapazes, arreganhem os lábios ao passar – disse Springfield. – Mostrem os dentes ao Dr. Princi. Isso mesmo, todos os dentes. Meu Deus, Sparks, isso é sua língua ou você engoliu um esquilo? Mexam-se.

Uma ampla visão frontal de dentaduras, superior e inferior, foi pregada no quadro de boletins na frente da sala do esquadrão. Fez Graham lembrar o sorriso colado numa lanterna de abóbora no Dia das Bruxas. Ele e Crawford estavam sentados no fundo da sala, enquanto os detetives ocupavam seus lugares nas carteiras.

Gilbert Lewis, comissário de segurança pública de Atlanta, e seu relações-públicas sentaram-se à parte em cadeiras de armar. Lewis tinha uma entrevista coletiva dentro de uma hora.

O chefe dos detetives Springfield deu início à reunião.

– Muito bem. Vamos parar com a tapeação. Se leram o boletim da manhã, constataram que nosso progresso foi zero.

"Entrevistas de casa em casa continuarão num raio de mais quatro quarteirões em torno da cena do crime. Pesquisa e Investigação emprestou-nos dois funcionários para ajudar a conferir as reservas aéreas e os aluguéis de carros em Birmingham e Atlanta.

"Pormenores em aeroportos e hotéis serão novamente examinados hoje. Sim, novamente, *hoje*. Peguem cada arrumadeira, atendente ou gente da portaria. Ele deve ter-se lavado em algum lugar, e talvez tenha deixado algo. Se encontrarem alguém que tenha limpado alguma coisa assim, prendam quem estiver no quarto, tranquem-no e chamem logo a radiopatrulha. Desta vez, temos uma coisa para vocês mostrarem. Dr. Princi?

O Dr. Dominic Princi, médico-legista chefe do Condado de Fulton, caminhou até a frente e parou sob o desenho dos dentes. Exibiu um molde de dentadura.

– Senhores, os dentes do suspeito parecem com isto. O Smithsonian, em Washington, reconstruiu-os baseando-se nas impressões que tiramos das marcas de mordidas na Sra. Leeds e outra muito nítida num pedaço de queijo da geladeira dos Leeds – disse Princi.

"Como podem ver, ele tem pinos nos incisivos laterais... estes dentes aqui e aqui." Princi mostrou o molde em sua mão e depois o gráfico sobre sua cabeça.

– Os dentes têm um alinhamento irregular e falta um canto neste incisivo central. O outro incisivo tem uma ranhura aqui, como um "ponto de alfaiate", o que se consegue mordendo a linha.

– Dentuço filho da puta – resmungou alguém.

– Como tem certeza de que foi o atacante quem mordeu o queijo, Doc? – perguntou um detetive alto, na primeira fila. Princi não gostava de ser chamado de Doc, mas engoliu.

– A saliva retirada do queijo e dos ferimentos combina com o tipo de sangue – respondeu. – Os dentes das vítimas e o tipo de sangue não combinam.

– Ótimo, doutor – disse Springfield. – Vamos distribuir fotos dos dentes para serem mostradas por aí.

– E se as entregássemos aos jornais? – Era o oficial de relações públicas, Simpkins, quem falava. – Uma espécie de "já-viu-estes-dentes?"

– Não tenho nada contra – retrucou Springfield. – O que acha, comissário?

Lewis acenou com a cabeça.

Simpkins não havia terminado.

– Dr. Princi, a imprensa vai querer saber por que foram necessários quatro dias para obter esse molde dentário que o senhor mostrou. E por que foi preciso fazer em Washington.

O agente especial Crawford fixou o olhar na ponta da sua esferográfica.

Princi enrubesceu, mas ficou calmo.

– Sinais de mordida na carne são deformados quando se move o corpo, Sr. Simpson...

– Simpkins.

– Então, Simpkins. Isto não pode ser feito usando-se apenas as marcas de mordidas nas vítimas. Daí a importância do queijo. O queijo é relativamente duro, mas complicado para moldar. Precisa-se primeiro azeitá-lo antes de conservar a condensação fora do molde. Normalmente, obtém-se na primeira tentativa. O Smithsonian já o fez antes para o laboratório de criminalística do FBI. Eles estão mais bem aparelhados para fazer esse tipo de trabalho e têm um articulador anatômico. E têm um consultor em odontologia. Nós, não. Mais alguma coisa?

– Seria justo dizer que o atraso foi causado pelo laboratório do FBI e não aqui?

Princi virou-se para ele.

– O que seria justo dizer, Sr. Simpkins, é que um investigador federal, agente especial Crawford, encontrou o queijo na geladeira há dois dias... depois que seu pessoal andou por lá. Ele apressou o trabalho do laboratório a meu pedido. Seria justo dizer que estou aliviado por não ter sido um de vocês quem deu a dentada naquela coisa.

O comissário Lewis interrompeu, com a voz grossa ressoando na sala.

– Ninguém está pondo em dúvida seu julgamento, Dr. Princi. Simpkins, a última coisa de que precisamos é um atrito com o FBI. Vamos prosseguir.

– Estamos todos procurando a mesma coisa – disse Springfield. – Alguém quer acrescentar alguma coisa?

Crawford tomou a palavra. Os rostos presentes não eram completamente amistosos. Tinha de fazer alguma coisa a respeito disso.

– Quero apenas limpar a atmosfera, chefe. Há anos havia muita rivalidade a respeito de quem deveria fazer a prisão. Cada lado, o federal e o local, resistiu ao outro. Isso proporcionou uma fresta por onde os trapaceiros fugiram. Essa não é hoje a política do Bureau nem a minha. Não me importa quem faça a prisão. Ao investigador Graham também não. É ele quem está sentado lá atrás, se querem saber. Se o homem que fez isso for levado por um caminhão de lixo, para mim é o mesmo, desde que ele o ponha fora de ação. Acho que pensam da mesma maneira.

Crawford olhou para os detetives e desejou que tivessem se acalmado. Que não ficassem de pé atrás. O comissário Lewis estava falando com ele.

– O investigador Graham já trabalhou em algo semelhante?

– Já, senhor.

– Pode acrescentar alguma coisa, Sr. Graham... sugerir alguma coisa?

Crawford ergueu as sobrancelhas para Graham.

– Quer vir até aqui? – pediu Springfield.

Graham teria preferido conversar com Springfield em particular. Não queria ir até lá. Mas foi.

Amarrotado e queimado de sol, Graham não parecia um investigador federal. Springfield pensou que ele mais parecia um pintor de paredes que tinha vestido um terno para comparecer ao tribunal.

Os detetives remexeram-se nas cadeiras.

Quando Graham virou-se para enfrentar a sala, seus frios olhos azuis brilharam no rosto moreno.

– Há pouca coisa a dizer – começou. – Não podemos garantir que é um antigo doente mental ou alguém com uma lista de crimes sexuais. Há muita probabilidade de não ter nenhuma espécie de registro. Se tiver, é mais provável tratar-se de arrombamento e invasão de domicílio do que de um pequeno ataque sexual.

"Pode ter uma história de mordidas em ataques menores... brigas em bares ou abuso de crianças. O maior auxílio que teremos neste caso poderá vir do pessoal de postos médicos de emergência ou de ajuda a menores.

"Cada mordida que lembrarem vale a pena investigar, sem se importar com quem foi mordido ou como aconteceu. É só isso o que posso dizer.

O detetive alto da primeira fila ergueu a mão e falou ao mesmo tempo.

– Mas ele só mordeu mulheres até agora, certo?

– É tudo o que sabemos. Porém, mordeu muito. Seis mordidas sérias na Sra. Leeds, e oito na Sra. Jacobi. Está acima da média.

– Qual a média?

– Num crime sexual, três. Ele gosta de morder.

– Mulheres.

– Na maior parte dos ataques sexuais, a marca da mordida tem um ponto lívido no centro, a marca de uma sucção. Esses, não. O Dr. Princi citou isso no relatório da autópsia e eu vi no necrotério. Não há marcas de sucção. Para ele, morder pode ser tanto uma forma de luta como um comportamento sexual.

– Muito fraco – falou o detetive.

– Vale a pena examinar – disse Graham. – Qualquer mordida. As pessoas mentem sobre como aconteceu. Os pais de uma criança mordida atribuem a um animal e permitem que a criança tome vacina antirrábica, para encobrir um mordedor na família: todos já viram isso. Vale a pena procurar nos hospitais quem foi pedir vacina contra raiva. É só o que tenho. – Os músculos das coxas de Graham estremeceram de cansaço quando ele se sentou.

– Vale a pena investigar e o faremos – disse o chefe dos detetives Springfield. – Agora. O Esquadrão do Crime examinará a vizinhança, junto com Furtos. Do ângulo do cão. Podem pegar a fotografia na pasta. Descubram se algum estranho foi visto com um cão. Narcóticos se ocupará dos gigolôs e bares de bichas após a ronda diurna. Marcus e Whitman: de olho no enterro. Vocês têm parentes e amigos da família para espiar? Ótimo. E o fotógrafo? Muito bem. Registrem-no no livro do enterro para Pesquisa e Investigação. Já têm um em Birmingham. O resto das tarefas vocês encontrarão no boletim de serviço. Vamos.

– Outra coisa – falou o comissário Lewis. Os detetives voltaram às suas cadeiras. – Ouvi agentes deste comando referirem-se ao assassino como "Fada do Dente". Pouco me importa como o chamem entre vocês, pois compreendo que precisam dar-lhe um nome. Porém, é melhor que eu não ouça um agente de polícia referir-se a ele como "Fada do Dente" em público. É uma leviandade. E também não usarão esse nome nos memorandos internos. É só.

Crawford e Graham foram com Springfield para o escritório dele. O chefe dos detetives ofereceu-lhes café, enquanto Crawford examinava o quadro de avisos e anotava seus recados.

– Não tive oportunidade de falar-lhe quando você esteve aqui ontem – disse Springfield a Graham. – Isto aqui virou uma tremenda casa de loucos. Seu nome é Will, certo? Os rapazes lhe deram tudo o que precisava?

– Sim, foram ótimos.

– Não temos nada e sabemos disso – falou Springfield. – Ah, fizemos um esboço do modo de andar do criminoso com as pegadas no canteiro. Ele ficou andando em torno das moitas e coisas. Por isso, só podemos falar do número do seu sapato e talvez de sua altura. A impressão do pé esquerdo é um pouco mais profunda, fazendo nos suspeitar de que carregava alguma coisa. É trabalhoso. Todavia, há alguns anos, pegamos um ladrão com um esboço desses. Dava sinais de doença de Parkinson. Princi descobriu. Desta vez não tivemos sorte.

– Você tem uma boa equipe – disse Graham.

– É verdade. Mas esta espécie de coisa, graças a Deus, está fora de nossa linha habitual. Vamos diretamente ao ponto: vocês trabalham juntos o tempo todo... você, Jack e o Dr. Bloom... ou apenas se juntam para um desses casos?

– Apenas para este – disse Graham.

– Uma reunião notável. O comissário disse que foi você quem pegou Lecter há três anos.

– Estávamos todos lá, com a polícia de Maryland – respondeu Graham. – A milícia estadual o pegou.

Springfield era franco, mas não bobo. Viu que Graham não estava à vontade. Girou a cadeira e apanhou umas anotações.

– Perguntou sobre o cachorro. Aqui está o boletim a respeito. Na noite passada, um veterinário telefonou para o irmão do Sr. Leeds. Estava com o cão. O Sr. Leeds e seu filho mais velho o haviam levado ao veterinário na tarde anterior a seu assassinato. O animal tinha um ferimento perfurante no abdômen. O veterinário operou e correu tudo bem. A princípio pensou ser um tiro, mas não encontrou a bala. Ele acha que o animal foi apunhalado com algo semelhante a um furador de gelo ou uma sovela. Perguntamos aos vizinhos se haviam visto alguém provocando o animal e estamos telefonando hoje para saber de outros veterinários sobre animais mutilados.

– O cão estava usando coleira com o nome dos Leeds?

– Não.

– Os Jacobis, em Birmingham, tinham um cachorro? – perguntou Graham.

– Temos como saber – respondeu Springfield. – Espere, deixe-me ver. – Ligou para um número interno. – O tenente Flatt é nossa ligação com Birmingham... sim, Flatt, o que sabe sobre o cão dos Jacobis? Hum-hum... hum hum. Espere um pouco. – Colocou a mão sobre o bocal. – Nenhum cachorro. Encontraram uma caminha no banheiro do térreo com cocô de gato. Não encontraram nenhum gato. Os vizinhos estão procurando por ele.

– Peça a Birmingham para procurar em volta e atrás dos outros edifícios – disse Graham. – Se o gato foi ferido, as crianças talvez não o tenham encontrado a tempo e o enterraram. Sabem como agem os gatos. Escondem-se para morrer. Os cães voltam para casa. E pode perguntar se está usando coleira?

– Diga-lhes que se precisarem de uma sonda de metano, enviaremos uma – disse Crawford. – Evita um grande número de escavações.

Springfield transmitiu o pedido. O telefone tocou assim que ele enganchou o fone. Era para Jack Crawford, de Jimmy Price, da Casa Funerária Lombard. Crawford atendeu no outro fone.

– Jack, consegui uma impressão parcial que provavelmente é de um polegar, e de um fragmento de palma.

– Jimmy, você é a luz da minha vida.

– Eu sei. A impressão parcial é de uma órbita, mas está borrada. Tenho de ver o que poderei fazer quando voltar. Veio do olho esquerdo do filho mais velho. Nunca vi isso antes. Jamais teria visto, não fosse a tremenda hemorragia do ferimento de bala.

– Pode fazer alguma identificação?

– Isso é muito duvidoso, Jack. Se ele constar no índice de impressões digitais singulares, talvez, mas é como ganhar na loteria. A palma veio da unha do dedão do pé esquerdo da Sra. Leeds. Serve apenas de comparação. O assistente da casa funerária testemunhou e Lombard também. Ele é tabelião. Consegui fotos in *situ*. O que resultará disso?

– E quanto às impressões dos empregados da casa funerária?

– Sujei os dedos de Lombard e dos seus empregados, quer aleguem ter tocado ou não nos corpos. Estão agora limpando as mãos e se lamentando. Deixe-me voltar, Jack. Preciso fazer este trabalho no meu próprio quarto escuro. Quem sabe o que há na água daqui... tartarugas... talvez? Posso pegar um avião para Washington em uma hora e entregar-lhe as impressões no começo da tarde.

Crawford pensou por um instante.

– Está bem, Jimmy, mas depressa. Com cópias para Atlanta e Birmingham.

– Terá. Agora, mais uma coisa que precisamos deixar claro.

Crawford revirou os olhos para o teto.

– Vai me encher com aquela história da diária, não é?

– Certo.

– Atualmente, Jimmy, meu chapa, nada é bom demais para você.

Graham ficou olhando pela janela, enquanto Crawford lhe contava sobre as impressões digitais.

– Por Deus, é extraordinária – foi o único comentário de Springfield.

O rosto de Graham ficou impassível como o de um prisioneiro perpétuo, pensou Springfield.

Ele ficou olhando Graham sair.

A ENTREVISTA COLETIVA do comissário de segurança pública estava sendo realizada no saguão na hora em que Crawford e Graham deixavam o escritório de Springfield. Os repórteres de jornais corriam para os telefones. Os de televisão posavam diante das suas câmeras, fazendo as melhores perguntas ouvidas na entrevista e apresentando os microfones para a resposta que seria inserida mais tarde numa matéria com o comissário.

Crawford e Graham começavam a descer as escadas quando um homenzinho postou-se à frente deles, girou e tirou uma fotografia. Seu rosto apareceu por cima da máquina.

– Will Graham! – disse. – Lembra-se de mim... Freddy Lounds? Cobri o caso Lecter para o *Tattler*. Escrevi um livro sobre ele.

– Lembro – respondeu Graham. Ele e Crawford continuaram descendo a escada, com Lounds um pouco à frente.

– Quando eles o chamaram, Will? O que conseguiu?

– Não vou falar com você, Lounds.

– De que maneira esse cara pode ser comparado a Lecter? Como ele lhes fez...?

– Lounds. – A voz de Graham estava aguda e Crawford pôs-se depressa na frente dele. – Lounds, você escreve porcarias mentirosas e o *The National Tattler* só serve para limpar a bunda. Afaste-se de mim.

Crawford agarrou o braço de Graham.

– Vai embora, Lounds. *Cai fora.* Will, vamos tomar o desjejum. Vamos, Will.

Dobraram a esquina a passos rápidos.

– Desculpe, Jack. Não suporto aquele sujeito. Quando eu estava no hospital, ele apareceu e...

– Estou a par – respondeu Crawford. – Dei-lhe uma dura por causa disso.

Crawford lembrava-se da fotografia no *National Tattler*, ao final do caso Lecter. Lounds entrara no hospital enquanto Graham estava dormindo. Afastara o lençol e tirara uma fotografia da colostomia temporária de Graham. O jornal publicou-a, retocada, com uma tarja preta cobrindo o sexo de Graham. A legenda era "Maluco estripa tira".

A lanchonete era limpa e iluminada. As mãos de Graham tremeram e ele derramou café no pires.

Viu a fumaça do cigarro de Crawford incomodar um casal na mesa ao lado. O casal comia em silêncio, com o ressentimento dirigido para a fumaça.

Duas mulheres, aparentemente mãe e filha, discutiam numa mesa perto da porta. Falavam em voz baixa, a ira enfeando seus rostos. Graham sentiu aquela raiva em seu rosto e pescoço.

Crawford estava se lamentando por ter de comparecer como testemunha num julgamento, na manhã seguinte, em Washington. Temia que o julgamento o prendesse por vários dias. Ao acender outro cigarro, ficou olhando por entre a chama para as mãos e a cor de Graham.

– Atlanta e Birmingham podem comparar a impressão do polegar com a dos seus atacantes sexuais conhecidos – disse Crawford. – Nós também. E Price já fez isso antes, tirou uma impressão singular dos arquivos. Programará o DESCOBRIDOR com ela... percorremos um longo caminho com ele desde que você se demitiu.

O DESCOBRIDOR, leitor e processador automático de impressões digitais do FBI, podia reconhecer a impressão do polegar de um registro de um caso não relacionado.

– Quando a tivermos, essa impressão e os dentes dele farão com que haja reconhecimento – disse Crawford. – O que temos de fazer é imaginar o que ele *pode* ser. Teremos de dar uma grande volta. Agora, perdoe-me. Digamos que tenhamos prendido um bom suspeito. Você vai e o examina. O que há nele que não surpreende você?

– Não sei, Jack. Porra, ele não tem rosto para mim. Podemos perder muito tempo procurando gente que inventamos. Falou com o Bloom?

– Pelo telefone, ontem à noite. O Bloom duvida que ele seja um suicida, e Heimlich também. O Bloom esteve aqui apenas por um par de horas, no primeiro dia, porém ele e Heimlich têm o arquivo todo. Nesta semana, o Bloom está examinando candidatos a Ph.D. Mandou-lhe lembranças. Você tem o número dele em Chicago?

– Tenho.

Graham gostava do Dr. Alan Bloom, um homenzinho gordo com olhos tristes, um bom psiquiatra criminalista: talvez o melhor. Graham apreciava o fato de que ele jamais havia demonstrado interesse profissional nele. E nem sempre era assim com psiquiatras.

– O Bloom diz que não ficará surpreso se tivermos notícias do Fada do Dente. Ele poderá nos mandar um bilhete – disse Crawford.

– Numa parede de quarto.

– O Bloom acha que ele pode estar desfigurado ou acreditar que está. Falou para não darmos demasiada importância a isso. "Não quero levantar um espantalho para caçar, Jack" , disse-me. "Pode causar distração e enfraquecer o esforço." Explicou que lhe ensinaram a falar assim numa faculdade.

– Ele tem razão – concordou Graham.

– Você pode dizer alguma coisa a respeito dele ou não teria encontrado aquela impressão digital – falou Crawford.

– Foi a prova no raio da parede, Jack. Não me dê crédito. Olhe, não espere muito de mim, está bem?

– Ah, nós o pegaremos. Sabe que o pegaremos, não é?

– Sei. De uma forma ou de outra.

– Qual é a primeira?

– Encontraremos uma prova que deixamos passar.

– E a outra?

– Investigaremos até que uma noite ele faça barulho demais entrando e um marido apanhe um revólver a tempo.

– Não há outras possibilidades?

– Acha que vou descobri-lo no meio de uma sala cheia? A Fada do Dente prosseguirá até ficarmos espertos ou termos sorte. Ele não vai parar.

– Por quê?

– Porque gosta honestamente do que faz.

– Veja, você sabe alguma coisa a respeito dele – frisou Crawford.

Graham ficou calado até chegarem à calçada.

– Espere até a próxima lua cheia – disse a Crawford. – Depois me diga o quanto sei a respeito dele.

Graham voltou para o hotel e dormiu por duas horas e meia. Acordou ao meio-dia, pediu um bule de café e um sanduíche. Estava na hora de fazer um exame acurado na pasta de Jacobi, de Birmingham. Limpou os óculos de leitura com o sabonete do hotel e acomodou-se junto à janela com a pasta. Nos primeiros minutos, erguia os olhos com qualquer barulho, passos no corredor, a batida distante da porta do elevador. Depois, mergulhou na pasta.

O garçom com a bandeja bateu na porta e esperou, tornou a bater e esperou. Finalmente, deixou a bandeja no chão e ele mesmo assinou a nota.

4

Hoyt Lewis, leitor de relógios da Companhia de Eletricidade da Geórgia, estacionou o caminhão sob uma enorme árvore e recostou-se com sua lancheira. Não tinha graça desembrulhar seu almoço, pois ele mesmo o havia embrulhado. Não haveria mais recadinhos nele, nenhuma surpresa.

Já estava na metade do sanduíche quando uma potente voz junto a seu ouvido o fez pular.

– Acho que gastei mil dólares de eletricidade este mês, certo?

Lewis virou-se e viu, pela janela do caminhão, o rosto vermelho de H. G. Parsons, que estava de bermuda e carregava uma vassoura de quintal.

– Não compreendi o que o senhor disse.

– Acho que vai dizer que gastei mil dólares de eletricidade neste mês. Está me ouvindo agora?

– Não sei quanto gastou porque ainda não examinei seu relógio, Sr. Parsons. Quando eu o medir, anotarei aqui neste pedaço de papel

O Sr. Parsons estava zangado por causa do tamanho da conta. Queixara-se à companhia.

– Estou a par do que gasto – retrucou Parsons. – Estou levando o caso também à Comissão de Serviço Público.

– Quer verificar seu relógio junto comigo? Vamos lá agora mesmo e...

– Sei como ler um relógio. Acho que você também poderia fazer isso, se não for muito trabalho.

– Acalme-se um instante, Parsons. – O Lewis saiu do caminhão. – Fique calado só por um minuto, que diabo. No ano passado, você colocou um ímã no relógio. Sua mulher disse que você estava no hospital, e por isso tirei-o sem dizer nada.

Quando você derramou melado no relógio, no último inverno, comuniquei o fato. Reparei que você pagou, quando foi cobrado por isso. Disse-lhe na época: alguma coisa nesta casa está vazando corrente. Contratou um eletricista para verificar? Não, telefonou para o escritório e fez queixa contra mim. Estive a ponto de preparar-lhe uma armadilha. – Lewis estava pálido de raiva.

– Vou até o fim – disse Parsons, voltando pelo beco para seu quintal. – Eles estão investigando você, Sr. Lewis. Vi alguém fazendo seu itinerário antes de você – falou por cima da cerca. Muito em breve vai ter de trabalhar igual aos outros.

Lewis deu partida no caminhão e dirigiu beco abaixo. Agora tinha de encontrar outro lugar para terminar seu almoço. Estava com pena. A grande árvore copada havia sido um bom lugar para almoçar durante anos.

Ficava exatamente atrás da casa de Charles Leeds.

ÀS 17H30, HOYT LEWIS dirigiu seu automóvel para o Cloud Nine Lounge, onde tomou vários uísques com cerveja para aliviar a cabeça.

Quando telefonou para a mulher, só pôde pensar em dizer o seguinte:

– Espero que ainda esteja preparando meu almoço.

– Você deveria ter pensado nisso, Sr. Sabidão – respondeu ela, desligando.

Ele jogou uma melancólica partida de *shuffleboard* com alguns guarda-linhas e um despachante da empresa, e olhou por cima das cabeças. Os infernais empregados das companhias aéreas estavam começando a vir para o Cloud Nine. Todos tinham o mesmo bigodinho e anel no dedo mínimo. Em breve transformariam o lugar num Cloud Nine Inglês, com um infernal jogo de dardos. Não se pode depender de nada.

– Ei, Hoyt. Vamos apostar uma garrafa de cerveja.

Era Billy Meeks, seu supervisor.

– Olhe, Billy, preciso falar com você.

– O que é?

– Conhece Parsons, aquele velho filho da puta que passa o tempo todo telefonando?

– Telefonou-me na semana passada, na verdade – retrucou Meeks. – O que há com ele?

– Disse que alguém está lendo meus relógios antes de mim, como se pensassem que não estou cumprindo minha obrigação. Você não acha que estou lendo os relógios sem sair de casa, acha?

– Não.

– Não está pensando isso, não é? Quero dizer, se estou na lista negra de alguém, quero que me digam na cara.

– Se você estivesse na minha lista, acha que eu teria medo de dizer na sua cara?

– Não.

– Pois muito bem. Se alguém estivesse verificando seu itinerário, eu saberia. Os chefes estão sempre cientes de uma situação dessas. Ninguém o está investigando, Hoyt. Não dê atenção ao Parsons, que é velho e do contra. Telefonou-me na semana passada e disse: "Parabéns por ficar de olho em Hoyt Lewis." Não dei a menor bola para ele.

– Tomara que ele seja condenado por causa daquele relógio – disse Lewis. – Eu estava calmamente naquele alameda, sob uma árvore, tentando almoçar, quando ele desabou sobre mim. O que ele precisa é de um bom pontapé na bunda.

– Eu também costumava fazer isso, quando aquele era o meu caminho – comentou Meeks. – Rapaz, uma vez vi a Sra. Leeds... ora, não é correto falar nisso, agora que ela está morta... mas uma ou duas vezes ela estava fora da casa, bronzeando-se no quintal, usando um maiô. Uau! Tinha uma linda barriguinha. Foi uma pena o que aconteceu com eles. Era uma senhora distinta.

– Já pegaram alguém?

– Não.

– Que pena escolherem os Leeds, quando o velho Parsons estava à disposição logo adiante – observou Lewis.

– Quer saber? Não deixo minha patroa zanzando no quintal com roupa de banho. Ela começa: "Billy, seu bobo, quem vai me ver?" Respondo que não se sabe o tipo de maluco safado que pode pular a cerca com o pau de fora. Os tiras falaram com você? Perguntaram se viu alguma coisa?

– Sim, acho que pegaram todos os que tinham aquele caminho. Carteiros, todos. Eu, porém, estive trabalhando em Laurelwood, do outro lado de Betty Jane Drive, a semana inteira, até hoje. – Tirou o rótulo da cerveja. – Você disse que o Parsons lhe telefonou semana passada?

– Foi.

– Então deve ter visto alguém conferindo seu relógio. Não teria telefonado se tivesse feito isto hoje só para me aborrecer. Você disse que não contou a ninguém, e é certo que não fui eu que ele viu.

– Deve ter sido alguém da companhia telefônica verificando algo.

– Deve ter sido.

– Mas não partilhamos postes lá.

– Acha que devo ligar para a polícia?

– Não faria mal – respondeu Meeks.

– Ora, vai fazer bem a Parsons uma conversa com a lei. Vai se cagar de medo quando partirem para cima dele.

5

Graham voltou à casa dos Leeds no fim da tarde. Entrou pela porta da frente e procurou não olhar para a ruína deixada pelo assassino. Até ali havia examinado arquivos, um assassinato surpreendente e fácil... tudo de segunda. Sabia um monte de coisas sobre como morreram. Como viveram era o que tinha hoje em mente.

Uma vistoria, portanto. Havia na garagem um bom barco de esqui, bastante usado e bem conservado, e uma caminhonete. Havia tacos de golfe e uma bicicleta de campo. As ferramentas elétricas estavam quase sem uso. Brinquedos de adultos.

Graham apanhou um taco no saco de golfe e teve de parar ao fazer um movimento brusco. O saco exalou um cheiro de couro quando o encostou na parede. Eram coisas de Charles Leeds.

Graham seguiu Charles Leeds pela casa. Suas estampas de caça estavam penduradas no escritório. Sua coleção de *Grandes obras* estava toda numa prateleira. Anuários Sewanee. H. Allen Smith, Perelman e Max Shulman nas estantes. Vonnegut e Evelyn Waugh. *Beat to Quarters,* de C. S. Forrester, estava aberto numa mesa.

No armário do escritório, uma arma de tiro ao prato, uma câmera Nikon, uma super-8 e um projetor Bolex.

Graham, que quase nada possuía, a não ser um conjunto básico de pesca, um Volkswagen de terceira mão e duas caixas de vinho Montrachet, sentiu uma certa animosidade contra os brinquedos de adultos e ficou pensando na razão.

Quem era o Sr. Leeds? Um bem-sucedido advogado especialista em direito tributário, um jogador de futebol de Sewanee, um sujeito que gostava de rir, um homem que se levantava e lutava com a garganta cortada.

Graham seguiu-o pela casa, com uma estranha sensação de obrigação. Entendê-lo primeiro era uma forma de pedir licença para olhar sua mulher.

Graham sentiu que foi ela quem atraiu o monstro, da mesma forma que o grilo atrai a morte pela mosca de olhos vermelhos.

Portanto, a Sra. Leeds.

Ela possuía um pequeno quarto de vestir no andar superior. Graham conseguiu chegar a ele sem olhar o quarto. O cômodo era amarelo e parecia intocado, a não ser pelo espelho esfacelado sobre a penteadeira. Um par de mocassins L. L. Bean estava no chão, diante do armário, como se ela tivesse acabado de tirá-lo. Seu vestido parecia ter sido pendurado naquele instante, e o armário revelava a meia desordem de uma mulher que tinha muitos outros armários para arrumar.

O diário da Sra. Leeds estava numa caixa de veludo cor de ameixa sobre a penteadeira. A chave estava presa na tampa com fita adesiva e uma etiqueta da polícia.

Graham sentou-se numa cadeira alta, branca, e abriu o diário ao acaso:

Vinte e três de dezembro, terça-feira, casa da mamãe. As crianças ainda estão dormindo. Quando mamãe envidraçou o alpendre de tomar sol, odiei a forma como modificou o aspecto da casa, mas é muito agradável e posso sentar-me ali, aquecida, olhando a neve lá fora. Quantos outros natais ela poderá enfrentar com uma casa cheia de netos? Uma porção, espero.

Uma viagem cansativa ontem, de Atlanta para cá, com neve caindo desde Raleigh. Tivemos de dirigir devagar. De qualquer maneira já estava cansada por ter deixado tudo arrumado. Nos arredores de Chapel Hill, Charlie parou e desceu do carro. Arrancou alguns pingentes de gelo de uma árvore para me preparar um martíni. Voltou para o carro, com as longas pernas erguendo-se acima da neve. Havia neve em seu cabelo e sobrancelhas, e recordei que o amo. Parecia algo quebrando-se com uma certa dor e espalhando calor.

Espero que o pulôver sirva nele. Se ele me der aquele anel brega, morrerei. Eu poderia dar um pontapé na celulite do traseiro de Madelyn por exibir o dela. Quatro ridículos diamantes grandes, cor de gelo sujo. Um pingente de gelo é tão limpo. O sol entrou pela janela do carro e, onde o gelo ficou acima do copo, criou-se um pequeno prisma. Fez-se um ponto vermelho e verde em minha mão que segurava o copo. Pude sentir as cores na mão.

Ele me perguntou o que eu queria no Natal e coloquei as mãos em concha em seu ouvido, murmurando: "Seu grande pau, bobo, até onde ele puder entrar."

A parte calva atrás de sua cabeça ficou vermelha. Ele vive com medo de que as crianças ouçam. Os homens não confiam em sussurros.

A página estava manchada com a cinza do charuto do detetive.

Graham continuou lendo, enquanto a luz diminuía, sobre a operação de amígdalas da filha e um susto em junho, quando a Sra. Leeds descobriu um pequeno caroço no seio *(meu Deus, as crianças são tão pequenas!)*.

Três páginas depois, o caroço era um pequeno quisto benigno, facilmente removido.

O Dr. Janovich deu-me alta esta tarde. Deixamos o hospital e fomos para a lagoa. Havia muito não íamos lá. Nela, o tempo nunca parece ser demais. Charlie levou duas garrafas de champanhe gelada, que bebemos, e alimentamos os patos enquanto o sol se punha. Ele ficou na margem de costas para mim durante um certo tempo e acho que chorou um pouco.

Susan disse que temeu que voltássemos do hospital com outro irmão para ela. Lar!

Graham ouviu o telefone tocar no quarto. Um ruído e o zumbido de uma secretária eletrônica. "Alô, aqui é Valerie Leeds. Lamento não poder atender o telefone no momento, mas, se deixar seu nome e número depois do sinal, retornarei a ligação. Obrigada".

Graham ficou um pouco esperançoso de escutar a voz de Crawford após o sinal, mas ouviu apenas tom de discagem. Quem telefonou havia desligado.

Ouvira a voz dela; agora queria vê-la. Voltou para o escritório.

Levava no bolso um rolo do filme super-8 pertencente a Charles Leeds. Três semanas antes de morrer, Leeds o havia deixado numa loja para revelar e copiar. Nunca o apanhou. A polícia encontrou o recibo na carteira de Leeds e foi buscar o filme. Os detetives viram o filme doméstico e os instantâneos da família e nada encontraram de interessante.

Graham desejou ver os Leeds vivos. Na delegacia de polícia, os detetives ofereceram a Graham o projetor deles. Ele queria ver o filme na casa. Com relutância, permitiram que o examinasse fora da delegacia.

Graham descobriu a tela e o projetor no armário do escritório, preparou-os e sentou-se na grande poltrona de couro de Charles Leeds para assisti-lo. Sentiu uma coisa molhada no braço da poltrona, sob sua palma: impressões digitais pegajosas de uma criança, misturadas a fibras. A mão de Graham cheirava a bala.

Era um pequeno e agradável filme silencioso, mais imaginativo que a maioria. Começava com um cão, um Scottie cinzento, adormecido no tapete do escritório. O cão foi incomodado momentaneamente pelo cinegrafista e ergueu a cabeça para olhar a câmera. Em seguida, voltou a dormir. Nova tomada do cão dormindo. Depois, as orelhas de Scottie ficaram em pé. Levantou-se e latiu, a câmera seguiu-o até a cozinha, onde se dirigiu para a porta, parando ansiosamente e sacudindo o rabo cortado.

Graham mordeu o lábio inferior e esperou. Na tela, a porta se abriu e a Sra. Leeds entrou carregando compras. Piscou os olhos e riu, surpresa, mexendo no cabelo despenteado com a mão livre. Seus lábios moveram-se ao mesmo tempo em que saía da tela, aparecendo as crianças carregando sacos menores. A menina tinha 6 anos e os meninos 8 e 10.

O garoto mais moço, evidentemente um veterano em filmes caseiros, apontou para as próprias orelhas e abanou-as. A câmera estava adequadamente alta. O Sr. Leeds tinha 1,90 metros, de acordo com o relatório do legista.

Graham achou que aquela parte do filme devia ter sido feita no começo da primavera. As crianças usavam casacos finos de nylon e a Sra. Leeds estava pálida. No necrotério, tinha uma bela cor morena e marcas de roupa de banho.

Seguiram-se rápidas cenas dos meninos jogando pingue-pongue no porão, e a menina, Susan, embrulhando um presente no quarto, com a língua sobre o lábio superior, em sinal de concentração, e uma mecha de cabelo caída sobre a testa. Afastou a mecha com a mão gordinha, como a mãe fizera na cozinha.

Pouco adiante, uma cena mostrava Susan num banho de espuma, encolhida como uma rãzinha. Estava usando uma grande touca de banho. Era um ângulo baixo e o foco estava vacilante, evidentemente o trabalho de um irmão.

A cena terminou com a menina berrando silenciosamente para a câmera e cobrindo com as mãos seu peitinho de 6 anos, enquanto a touca lhe caía nos olhos.

Para não ficar para trás, o Sr. Leeds surpreendeu a Sra. Leeds no chuveiro. A cortina balançou e entreabriu-se como a de um palco de teatro amador. O braço dela apareceu. Na mão, uma grande esponja de banho. A cena terminou com a lente sendo embaçada pela espuma.

O filme acabou com uma tomada de Norman Vincent Peale falando na televisão e uma panorâmica de Charles Leeds ressonando na poltrona, onde agora Graham se encontrava.

Graham ficou olhando para o quadrado de luz na tela. Gostava dos Leeds. Lamentou ter estado no necrotério. Pensou que o louco que os visitou poderia também ter gostado deles. Porém, o louco gostava mais deles como estavam agora.

Graham sentiu a cabeça pesada e incapaz. Nadou na piscina do hotel até a exaustão e saiu da água pensando em duas coisas ao mesmo tempo: um martíni Tanqueray e o gosto da boca de Molly.

Preparou o martíni num copo de plástico e telefonou para Molly.

– Alô, coisa linda.

– Oi, baby! Onde você está?

– No mesmo hotel em Atlanta.

– Divertindo-se?

– Nada disso, estou só.

– Eu também.

– Com tesão.

– Eu também.

– Conte tudo.

– Bem, tive uma discussão hoje com a Sra. Holper. Ela queria devolver um vestido com uma enorme mancha de uísque no traseiro. Era evidente que o tinha usado.

– E o que *você* disse?

– Falei que não o havia vendido assim.

– E *ela*?

– Respondeu que nunca tivera problemas antes com a devolução de roupas, e esse era o motivo para comprar na minha loja em vez de em outras.

– E então, o que *você* disse?

– Ah, falei que estava preocupada porque Will fala feito um asno ao telefone.

– Compreendo.

– Willy está ótimo. Está cobrindo alguns ovos de tartaruga que os cães desenterraram. Conte-me, o que você está fazendo?

– Lendo relatórios. Comendo porcarias.

– Pensando muito, espero.

– Estou.

– Posso ajudar em algo?

– Ainda não tenho certeza sobre nada, Molly. Não há informações suficientes. Bem, há muitas, mas pouco me têm servido.

– Vai demorar em Atlanta? Não o estou pressionando para voltar, apenas querendo saber.

– Não sei. Ficarei aqui pelo menos mais alguns dias. Tenho saudades.

– Quer falar sobre trepar?

– Acho que não aguentaria. Acho melhor não.

– Não o quê?

– Falar de trepar.

– Está bem. Mas você não se incomoda que eu tenha pensado nisso, não é?

– Absolutamente não.

– Temos um novo cachorro.

– Ah, que inferno!

– Parece um cruzamento de bassê com pequinês.

– Encantador.

– Tem bagos enormes.

– Pouco me importam seus bagos.

– Quase arrastam pelo chão. Tem de encolhê-los quando corre.

– Ele não pode fazer isso.

– Claro que pode. *Você* não sabe.

– Sei, sim.

– Pode encolher os seus?

– Acho que vamos chegar a isso.

– Então?

– Se quer saber, encolhi-os uma vez.

– Quando?

– Quando jovem. Tive de saltar depressa uma cerca de arame farpado.

– Por quê?

– Estava levando uma melancia que não havia cultivado.

– Estava fugindo? De quem?

– De um criador de porcos conhecido meu. Alertado pelos cães, saiu de casa brandindo uma espingarda de caça. Felizmente, tropeçou numa armação de feijão-manteiga, o que me deu uma vantagem.

– Atirou em você?

– Na hora pensei que sim. Mas pelo que ouvi, os tiros devem ter passado pelas minhas costas. Nunca soube direito.

– Pulou a cerca?

– Facilmente.

– Mente criminosa, já naquela idade.

– Não tinha uma mente criminosa!

– Claro que não. Estou pensando em pintar a cozinha. De que cor você gosta? Will? De que cor você gosta? Está ouvindo?

– Sim, hum, amarelo. Pinte-a de amarelo.

– Amarelo não é uma boa cor para mim. Vou parecer verde no desjejum.

– Então azul.

– Azul é frio.

– Ora, que diabo, pinte-a de cocô de criança. Não me importo! Não, olhe, estarei provavelmente em casa em breve e iremos à loja de tintas escolher, está bem? E talvez algumas novas maçanetas etc.

– Está bem, algumas maçanetas. Não sei por que estou falando disso. Olhe, eu te amo, estou com saudades e você está fazendo o que deve. Também está sendo difícil para você, eu sei. Estou aqui e aqui estarei quando você voltar, ou o encontrarei em outro lugar, em qualquer época. É isso.

– Querida Molly. Querida Molly. Agora vá dormir.

– Está bem.

– Boa noite.

Graham deitou-se com as mãos por detrás da cabeça e rememorou jantares com Molly. Caranguejos com Sancerre, a brisa salgada misturando-se ao vinho.

Mas era sua sina relembrar conversas e começou a fazê-lo. Ele havia retrucado asperamente depois daquele comentário inofensivo sobre sua "mente criminosa". Bobagem.

Graham achou o interesse de Molly nele bastante inexplicável. Telefonou para a chefatura de Polícia e deixou um recado para Springfield, dizendo que queria começar com o auxílio do legista de manhã. Nada mais havia a fazer.

Adormeceu com o auxílio do gim.

6

Cópias das anotações dos telefonemas sobre o caso Leeds eram colocadas na escrivaninha de Buddy Springfield. Terça-feira de manhã, às 7 horas, quando Springfield chegou ao escritório, havia 63 delas. A de cima era um alerta vermelho.

Dizia que a polícia de Birmingham havia descoberto um gato enterrado dentro de uma caixa de sapatos na garagem dos Jacobis. O gato tinha uma flor entre as patas e estava envolto num pano de pratos. O nome do animal fora escrito na tampa com letra de criança. Não tinha coleira. Um cordão com nó triplo mantinha a tampa no lugar.

O médico-legista de Birmingham disse que o bicho havia sido estrangulado. Ele o raspara e não encontrara ferimento perfurante.

Springfield bateu com a haste dos óculos nos dentes.

Tinham descoberto um chão mole e cavaram com a enxada. Não foi necessária nenhuma sonda de metano. Todavia, Graham tinha razão.

O chefe dos detetives lambeu o polegar e continuou folheando o maço de cópias. A maioria era constituída de relatórios de veículos suspeitos nas vizinhanças na semana anterior, descrições vagas citando apenas a cor e o tipo de veículo. Quatro anônimos tinham telefonado para moradores de Atlanta: "Vou fazer com você como fiz com os Leeds."

O relatório de Hoyt Lewis estava no meio da pilha.

Springfield telefonou para o chefe dos detetives da noite.

– Fale-me sobre o relatório do leitor de relógio de luz em relação ao tal Parsons. Número 48.

– Tentamos confirmar com a empresa, na noite passada, chefe, para saber se havia alguém naquele beco – respondeu o homem. – Vão nos dar uma resposta esta manhã.

– Trate de obtê-la *agora* – disse Springfield. – Veja na saúde pública, na engenharia, nas autorizações para construções por todo o beco e entre em contato comigo em meu automóvel.

Discou o número de Will Graham.

– Will? Encontre-me em frente ao seu hotel dentro de 10 minutos e vamos dar uma volta.

Às 7h45, Springfield estacionou no fim do beco. Ele e Graham caminharam lado a lado acompanhando marcas de rodas no cascalho. Mesmo àquela hora, o sol estava quente.

– Você precisa arranjar um chapéu – disse Springfield. O chapéu de palha dele estava caído sobre os olhos.

A cerca de correntes nos fundos da propriedade dos Leeds era coberta de trepadeiras. Pararam junto ao relógio no poste.

– Se ele veio por este caminho, viu toda a parte traseira da casa – disse Springfield.

Em apenas cinco dias, a casa dos Leeds parecia abandonada. A grama estava irregular e ervas daninhas surgiam por cima dela. Galhos secos haviam caído no quintal. Graham teve vontade de tirá-los. A casa parecia adormecida, o alpendre de treliça despojado e salpicado com a sombra matutina das árvores. Parado no beco com Springfield, Graham viu-se olhando pela janela dos fundos e depois abrindo a porta do alpendre. Estranhamente, sua reconstrução da entrada pelo assassino parecia agora enganá-lo à luz do sol. Viu um balanço infantil mover-se suavemente na brisa.

– Parece o Parsons – disse Springfield.

H. G. Parsons saiu cedo de casa, mexendo num canteiro de flores do seu quintal, duas casas abaixo. Springfield e Graham aproximaram-se do seu portão, parando ao lado das latas de lixo. As tampas estavam presas à cerca.

Springfield mediu a altura do relógio de luz com uma fita. Tinha anotações de todos os vizinhos dos Leeds. Suas anotações diziam que Parsons havia se aposentado cedo nos Correios a pedido do seu supervisor. Este havia classificado Parsons como "cada vez mais distraído".

As notas de Springfield também continham mexericos. Os vizinhos disseram que a mulher de Parsons ficava com a irmã em Macon sempre que podia, e que seu filho não o procurou mais.

– Sr. Parsons, Sr. Parsons – gritou Springfield.

Parsons encostou seu ancinho na parede da casa e caminhou até a cerca. Usava sandálias e meias brancas. A areia e a grama haviam manchado a parte da frente das meias. Seu rosto estava rubro.

Aterosclerose, pensou Graham. Ele está tomando seus comprimidos.

– Sim?

– Sr. Parsons, podemos conversar por um minuto? Temos a esperança de que nos possa ajudar – disse Springfield.

– São da empresa de eletricidade?

– Não, sou Buddy Springfield, da chefatura de polícia.

– Então é sobre o assassinato. Minha mulher e eu estávamos em Macon, como eu disse ao policial...

– Eu sei, Sr. Parsons. Queremos fazer-lhe perguntas sobre seu relógio de luz. O seu...

– Se esse... leitor de relógios disse que fiz algo impróprio, ele apenas está...

– Não, não. Sr. Parsons, viu um estranho lendo seu relógio na semana passada?

– Não.

– Tem certeza? Acho que disse a Hoyt Lewis que outra pessoa havia lido seu relógio antes dele.

– Disse. E já é tempo. Vou continuar com isso e a Comissão de Serviço Público vai receber de mim um relatório completo.

– Sim, senhor. Tenho certeza de que vão se interessar. Quem o senhor viu lendo o relógio?

– Não era um estranho e sim alguém da empresa.

– Como sabe?

– Bem, ele se portou como um leitor de relógio.

– O que estava vestindo?

– O de sempre, acho eu. Que é que há? Roupa e boné castanhos.

– Viu o rosto dele?

– Não me lembro. Eu estava olhando pela janela da cozinha quando o vi. Queria falar com ele, mas tive de vestir o roupão e, quando saí, havia ido embora.

– Ele tinha um caminhão?

– Não me lembro de tê-lo visto. O que está acontecendo? Por que quer saber?

– Estamos conversando com todos os que estavam na vizinhança na semana passada. É realmente importante, Sr. Parsons. Faça um esforço para se lembrar.

– Então é sobre o assassinato. Ainda não prenderam ninguém, não é?

– Ainda não.

– Olhei a rua na noite passada e passaram-se *15 minutos* sem que uma simples viatura aparecesse. Foi horrível o que aconteceu com os Leeds. Minha mulher ficou fora de si. Imagino quem vai querer comprar a casa deles agora. Vi alguns negros olhando-a no outro dia. Sabe, tive de conversar com o Leeds algumas vezes por causa dos filhos dele, mas era gente boa. Claro, ele não quis fazer nada do que sugeri para o seu gramado. O Ministério da Agricultura tem uns folhetos *excelentes* a respeito de ervas daninhas. Por fim, acabei colocando-os em sua caixa de correio. Honestamente, quando ele capinava, as cebolas silvestres já estavam tão grandes a ponto de sufocar.

– Sr. Parsons, quando viu exatamente aquele sujeito no beco? – perguntou Springfiled.

– Não tenho certeza, estou procurando lembrar-me.

– Lembra a hora do dia? Pela manhã? Ao meio-dia? À tarde?

– Conheço as horas do dia, não precisa citá-las. Talvez à tarde. Não me lembro.

Springfield passou a mão na nuca.

– Desculpe, Sr. Parsons, mas preciso ter tudo claro. Podemos entrar em sua cozinha para que o senhor nos mostre de onde o viu?

– Apresentem seus documentos. Ambos.

Na casa, silêncio, superfícies polidas e ar parado. Limpeza. Limpeza. A ordem desesperada de um casal idoso que vê suas vidas começarem a declinar.

Graham desejou ter ficado do lado de fora. Tinha certeza de que estava tudo na mais perfeita ordem.

Pare com isso e vamos arrancar tudo desse cara.

A janela sobre a pia da cozinha dava uma boa vista do quintal.

– Pronto. Estão satisfeitos? – perguntou Parsons. – Daqui *se pode* ver. Nunca falei com ele nem lembro como ele é. Se é só isso, tenho muito o que fazer.

Graham falou pela primeira vez.

– O senhor disse que foi vestir o roupão e quando voltou ele havia sumido. Então não estava vestido?

– Não.

– Em plena tarde? O senhor não estava se sentindo bem, Sr. Parsons?

– Que eu faço em casa é problema meu. Posso vestir aqui uma roupa de canguru, se quiser. Por que não procuram o assassino? Provavelmente porque aqui está fresco.

– Sei que está aposentado, Sr. Parsons, e por isso acho que não importa o fato de usar roupas diariamente ou não. Em muitos dias o senhor não se veste, estou certo?

As veias pularam nas têmporas de Parsons.

– O fato de eu estar aposentado não significa que não use roupas e não trabalhe diariamente. Apenas senti calor e entrei para tomar um banho de chuveiro. Eu estava trabalhando. Estava adubando e naquela tarde havia trabalhado muito mais que os senhores hoje.

– Estava o quê?

– Adubando.

– Que dia era?

– Sexta-feira. Sexta-feira passada. O adubo foi entregue de manhã, uma grande quantidade e eu... bem, de tarde estava todo espalhado. Pode perguntar ao Centro de Jardinagem a quantidade.

– E o senhor sentiu calor e entrou para tomar um banho. O que estava fazendo na cozinha?

– Preparando um copo de chá gelado.

– E tirou gelo? Mas a geladeira fica lá, afastada da janela.

Parsons olhou da janela para a geladeira, perdido e confuso. Seus olhos estavam foscos, como os de um peixe no mercado ao fim do dia. Depois brilharam, triunfantes. Foi ao armário ao lado da pia.

– Eu estava exatamente aqui, pegando um adoçante quando o vi. Foi isso. Foi tudo. Agora, se já se cansaram de bisbilhotar...

– Acho que ele viu Hoyt Lewis – disse Graham.

– Também acho – retrucou Springfield.

– *Não* era Hoyt Lewis. *Não* era. – Os olhos de Parsons estavam lacrimejantes.

– Como sabe? – perguntou Springfield. – Pode ter sido ele, e o senhor apenas *pensou*...

– Lewis é queimado de sol. Põe brilhantina nos cabelos e usa suíças. – A voz de Parsons ficara aguda, e ele estava falando tão depressa que ficou quase ininteligível. – É assim que eu sei. É claro que não era Lewis. O tal sujeito era branco, de cabelo louro. Virou-se para escrever em sua prancheta e pude vê-lo sob o chapéu. Louro. Cabelo cortado quadrado na nuca.

Springfield manteve-se em completo silêncio por um minuto, e quando falou sua voz continuava cética.

– Como era o rosto dele?

– Não sei. Talvez tivesse bigode.

– Como Lewis?

– Lewis não usa bigode.

– Ah – disse Springfield. – Seus olhos estavam ao nível do relógio? Precisou erguer o rosto?

– Acho que ao nível dos olhos.

Se o visse novamente, seria capaz de reconhecê-lo?

– Não.

Que idade tinha?

– Não era velho. Não sei.

– Viu o cão dos Leeds perto dele?

– Não.

– Olhe, Sr. Parsons, reconheço meu erro – disse Springfield. – Foi de fato uma grande ajuda a que nos deu. Se não se importa, vou mandar nosso desenhista aqui e, se permitir que ele se sente à mesa de sua cozinha, talvez o senhor possa dar-lhe uma ideia de como era o sujeito. Evidentemente não era Lewis.

– Não quero aparecer nos jornais.

– Não aparecerá.

Parsons acompanhou-os até o quintal.

– O senhor fez realmente um belo trabalho neste quintal, Sr. Parsons – disse Springfield. – Merecia um prêmio.

Parsons ficou calado. Seu rosto estava vermelho e agitado e os olhos lacrimejavam. Ficou parado, no seu calção folgado e sandálias, olhando os policiais. Quando saíram, ele tornou a apanhar o ancinho e recomeçou a trabalhar furiosamente a terra, arrebentando cegamente as flores e espalhando adubo na grama.

SPRINGFIELD UTILIZOU O RÁDIO do carro. Nenhuma das agências de serviços públicos da cidade pôde informar sobre o homem no beco no dia anterior aos assassinatos. Springfield transmitiu a descrição de Parsons e deu instruções para o desenhista:

– Diga-lhe que desenhe antes o poste e o relógio, e depois vá até lá. Deve deixar a testemunha à vontade.

– Nosso desenhista não gosta de atender a domicílio – disse o chefe dos detetives a Graham, ao meter o Ford no trânsito. Gosta que as secretárias o vejam trabalhar, com a testemunha apoiando-se num pé e depois no outro, olhando para trás. Uma delegacia de polícia é um lugar muito pobre para interrogar alguém a quem não se precisa assustar. Assim que tivermos o retrato, iremos mostrá-lo na vizinhança, de porta em porta. Sinto como se acabássemos de ter uma aragem, Will. Tênue, mas uma aragem. E você? Olhe, apertamos o pobre-diabo e ele se entregou. Agora vamos usar o que temos.

– Se o homem no beco é quem queremos, é a melhor coisa até agora – disse Graham. Estava se sentindo mal.

– Certo. Isso significa que não estava simplesmente saltando de um ônibus e andando ao acaso. Tinha um plano. Passou a noite na cidade. Sabia para onde estava indo um ou dois dias antes. Tinha uma ideia na cabeça. Examinar o local cuidadosamente, matar o cão e depois a família. Que raio de ideia é essa? – Springfield fez uma pausa. – Está dentro da sua especialidade, não?

– Está, sim. Se for a de alguém, acho que é a minha.

– Sei que já viu esse tipo de coisa antes. Não gostou no outro dia quando lhe perguntei sobre Lecter, mas preciso falar-lhe a respeito.

– Então fale.

– Ele matou nove pessoas ao todo, não foi?

– Ao que sabemos. Duas outras não morreram.

– O que aconteceu com elas?

– Uma está num pulmão de aço num hospital de Baltimore. A outra, numa casa de saúde para doentes mentais em Denver.

– O que o fez agir assim? Qual o seu grau de insanidade?

Graham olhou os transeuntes pela janela do carro. Sua voz tornou-se pausada, como se estivesse ditando uma carta.

– Fez porque gostava. Ainda gosta. O Dr. Lecter não é louco, não da forma como consideramos alguém louco. Fez coisas horrendas porque gostava de fazê-las. Mas pode agir normalmente quando quer.

– Como os psicólogos chamam isso... o que há de errado com ele?

– Dizem que ele é um sociopata, porque não há outra maneira de defini-lo. Ele possui algumas das características do que se chama sociopatia. Não sente o menor remorso ou culpa. E revela o primeiro e pior sinal.... sadismo que vai de animais a crianças.

Springfield resmungou.

– Mas não tem nenhum dos outros sinais – prosseguiu Graham. – Não é um pervertido e não tem antecedentes criminais. Não é aproveitador nem superficial nas pequenas coisas, como muitos sociopatas são. Não é insensível. Não sabem como defini-lo. Seus eletroencefalogramas apresentam padrões estranhos, mas não revelam muita coisa.

– Como você o definiria? – perguntou Springfield.

Graham hesitou.

– Apenas para você mesmo, como o definiria?

– Ele é um monstro. Penso nele como uma daquelas coisas dignas de pena que nascem em hospitais de tempos em tempos. Eles a alimentam, conservam-na aquecida, porém não as colocam nas incubadoras e elas morrem. Lecter é assim mentalmente, porém parece normal e ninguém percebe.

– Uns amigos meus, membros da associação de chefes, são de Baltimore. Perguntei-lhes sobre como você havia descoberto Lecter. Disseram que não sabiam. Como o descobriu? Qual foi o primeiro indício, a primeira coisa que sentiu?

– Foi coincidência – respondeu Graham. – A sexta vítima foi morta numa oficina. Tinha ferramentas de carpintaria e seu material de caça estava em outro lugar. Foi amarrado a uns ganchos onde estavam as ferramentas, rasgado, cortado e apunhalado, além de ter flechas no corpo. Os ferimentos me lembraram alguma coisa, mas não consegui descobrir o quê.

– E teve de prosseguir.

– Sim. Lecter era muito ativo: realizou os três assassinatos restantes em nove dias. Mas aquele sexto tinha duas velhas cicatrizes na coxa. O patologista verificou com o hospital da cidade e descobriu que ele tinha caído de uma árvore cinco anos antes, enquanto estava caçando com arco e acertou uma flecha na perna.

"O médico que fez o relatório era um cirurgião residente, mas Lecter o havia tratado antes: estava de serviço na sala de emergência. Seu nome estava no livro de entradas. Tinha se passado muito tempo desde o acidente, mas achei que Lecter poderia lembrar se alguma coisa havia lhe parecido esquisita no ferimento de flecha, e por isso fui ao seu consultório vê-lo. Nós nos agarrávamos a tudo.

"Naquela época ele praticava a psiquiatria. Tinha um belo consultório. Antiguidades. Disse que não se recordava direito do ferimento de flecha, que um dos companheiros de caçada da vítima o havia levado e nada mais.

"Mas alguma coisa me perturbou. Pensei que fosse uma coisa que Lecter dissera, ou então algo no consultório. Crawford e eu discutimos isso. Examinamos os arquivos, e Lecter não tinha ficha. Eu queria ficar sozinho durante um tempo no consultório dele, mas não conseguimos um mandado. Não tínhamos nada para apresentar. Assim, voltei a vê-lo.

"Foi num domingo, ele atendia pacientes aos domingos. O edifício estava vazio, com exceção de um casal na sala de espera. Recebeu-me imediatamente. Conversamos, ele esforçou-se educadamente para me ajudar e ergui os olhos para alguns velhos livros de medicina na estante acima de sua cabeça. E soube que era ele.

"Quando tornei a olhá-lo, talvez meu rosto houvesse mudado, não sei. Eu sabia e ele *viu* que eu sabia. Porém, eu ainda não podia atinar com o motivo. Eu não acreditava. Tinha de imaginar. Portanto, resmunguei uma desculpa e saí para o corredor. Havia um telefone público nele. Não queria agir contra ele sem ajuda. Estava falando com a mesa telefônica da polícia quando Lecter apareceu, só de meias, por uma porta de serviço às minhas costas. Não o ouvi aproximar-se. Só lhe senti a respiração e depois... você sabe o que houve.

– Mas como soube?

– Acho que foi uma semana depois, no hospital, que finalmente imaginei como havia sido. Foi *Homem Ferido*, uma ilustração muito usada em livros antigos de medicina, como os que Lecter possuía. Mostra diferentes espécies de ferimentos de guerra, todos numa só imagem. Eu a vira num curso que um patologista havia dado na Universidade George Washington. A posição da sexta vítima e seus ferimentos combinavam bastante com o *Homem Ferido*.

– *Homem Ferido*? Era só o que você tinha?

– Bem, era. Foi uma coincidência eu tê-la visto. Um golpe de sorte.

– Põe sorte nisso.

– Se não me acredita, por que diabo me pergunta?

– Porque não sabia disso.

– Bem, desculpe. Mas foi assim que aconteceu.

– Está bem – disse Springfield. – Obrigado por me dizer. Preciso saber de coisas assim.

A DESCRIÇÃO DE PARSONS do homem no beco e as informações sobre o gato e o cão eram indicações possíveis dos métodos do assassino; davam a ideia de que agiu como um medidor de relógios e sentiu-se compelido a atacar os animais das vítimas antes de ir matar a família.

O problema imediato que a polícia teve de enfrentar foi sobre divulgar ou não essa teoria.

Com a população ciente dos indícios de perigo e na expectativa, a polícia podia antecipar o aviso do ataque seguinte do assassino... mas este, provavelmente, também acompanhava o noticiário.

Podia mudar seus hábitos.

Havia na Chefatura de Polícia uma forte opinião de que os tênues indícios deviam ser conservados em segredo, fazendo-se apenas um boletim especial dirigido a veterinários e abrigos de animais de todo o sudeste do país, pedindo relatórios a respeito de mutilações em animais domésticos.

Isso significava não dar ao público o aviso mais importante. Era uma questão moral e a polícia não se sentia bem.

Consultaram o Dr. Alan Bloom, em Chicago. Este disse que, se o assassino lesse uma advertência nos jornais, provavelmente mudaria seu método de examinar uma casa. Duvidava que o homem parasse de atacar os animais, não se importando com o risco. O psiquiatra disse à polícia que não deviam esquecer de que dispunham apenas de 25 dias para agir: o período antes da próxima lua cheia, dia 25 de agosto.

Na manhã de 31 de julho, três horas após Parsons ter feito sua descrição, chegaram a uma decisão, numa conferência telefônica entre as polícias de Birmingham e de Atlanta, e de Crawford, em Washington: mandariam o boletim aos veterinários, investigariam por três dias na vizinhança, usando os desenhos, e depois liberariam a informação para os órgãos de comunicação.

Durante aqueles três dias, Graham e os detetives de Atlanta percorreram as calçadas mostrando o desenho aos moradores na área da casa dos Leeds. Havia no desenho apenas uma sugestão de rosto, mas esperavam encontrar alguém que o melhorasse.

A cópia em poder de Graham ficou esgarçada nas extremidades por causa do suor de suas mãos. Era difícil encontrar alguém que atendesse à porta. De noite, ficava no quarto, passando talco em suas brotoejas, com a mente agitando o problema, como se fosse um quebra-cabeça. Antegozava a sensação que precede uma ideia. E esta não vinha.

Nesse ínterim, houve quatro ferimentos acidentais e uma morte em Atlanta, quando moradores atiraram em parentes que chegavam em casa tarde. Telefonemas sobre suspeitos e sugestões inúteis amontoavam-se nas mesas da polícia. O desespero espalhou-se como uma epidemia.

Crawford voltou de Washington ao fim do terceiro dia e interrogou Graham enquanto este se sentava, tirando as meias ensopadas.

– Trabalho duro?

– Pegue um desenho e saia por aí para ver – respondeu Graham.

– Não, vai estar tudo no noticiário desta noite. Caminhou o dia inteiro?

– Não posso dirigir nos quintais deles.

– Nunca achei que alguma coisa pudesse resultar disso – falou Crawford.

– Bem, que diabo você esperava de mim?

– O melhor que você pudesse. – Crawford ergueu-se para sair. – O trabalho constante tem sido um narcótico para mim, especialmente depois que larguei a bebida. Acho que para você também.

Graham estava zangado. Crawford tinha razão, claro.

Graham era um protelador por natureza e sabia disso. Antigamente, no colégio, escolhera rapidamente esse comportamento. Mas agora não estava na escola.

Havia outra coisa que podia fazer, e há dias ele sabia disso. Podia esperar até ser levado a isso por desespero, nos últimos dias antes da lua cheia. Ou podia fazê-lo agora, enquanto tivesse alguma utilidade.

Queria uma opinião. Um ponto de vista muito estranho que precisava dividir; uma lembrança que tinha de recuperar após seus anos tranquilos em Keys.

Os motivos estalaram como vagões de montanha-russa despencando no primeiro mergulho longo e, no topo, sem notar que havia agarrado a barriga, Graham disse alto:

– Preciso ver Lecter.

7

O Dr. Frederick Chilton, médico-chefe do Hospital Estadual de Baltimore para Criminosos Insanos, deu a volta na mesa para apertar a mão de Will Graham.

– O Dr. Bloom telefonou-me ontem, Sr. Graham... ou devo chamá-lo Dr. Graham?

– Não sou doutor.

– Fiquei encantado de falar com o Dr. Bloom... nós nos conhecemos há *anos*. Sente-se.

– Apreciamos sua colaboração, Dr. Chilton.

– Francamente, às vezes sinto-me mais como secretário de Lecter do que como seu guardião – retrucou Chilton. – Só o volume de sua correspondência já é um transtorno. Acho que é considerado chique entre certos pesquisadores corresponder-se com ele... vi cartas dele emolduradas em departamentos de psicologia... e por um tempo parecia que cada candidato a Ph.D. na especialidade queria entrevistá-lo. Claro, estou contente por colaborar com o *senhor* e o Dr. Bloom.

– Necessito ver o Dr. Lecter o mais particularmente possível – disse Graham. – Talvez precise tornar a vê-lo ou telefonar-lhe depois de hoje.

Chilton balançou a cabeça.

– Para começar, o Dr. Lecter ficará em seu quarto. É o único lugar onde não está encarcerado. Uma das paredes do quarto dele tem uma barreira dupla que abre para o corredor. Mandarei colocar uma cadeira lá e telas, se desejar. Peço-lhe que não lhe dê qualquer espécie de objeto, além de papel sem grampos nem prendedores. Nada de elásticos, lápis ou canetas. Ele tem as próprias, de ponta de feltro.

– Posso ter de mostrar-lhe alguma coisa que o estimule – disse Graham.

– Pode mostrar-lhe o que quiser, contanto que em papel macio. Passe-lhe documentos pela abertura da bandeja de alimentos. Não lhe dê nada pela barreira nem aceite o que ele quiser entregar-lhe através dela. Ele deve devolver os papéis na bandeja. Insisto nisso. O Dr. Bloom e o Sr. Crawford garantiram que o senhor cooperaria.

– Sim – disse Graham, levantando-se.

– Sei que está ansioso para começar Sr. Graham, porém preciso primeiro contar-lhe uma coisa. Vai interessá-lo.

"Pode parecer gratuito prevenir *você*, entre todos, sobre Lecter. Porém, ele tem uma grande capacidade de desarmar as pessoas. Por um ano, desde que entrou aqui, portou-se perfeitamente bem e parecia cooperar com tentativas de terapia. Como resultado... aconteceu na administração anterior... a segurança em torno dele foi ligeiramente relaxada.

"Na tarde de 8 de julho de 1976, queixou-se de dor no peito. Suas amarras foram retiradas na sala de exames para facilitar a realização do eletrocardiograma. Um dos seus guardiões saiu da sala para fumar e o outro virou-se apenas por um segundo. A enfermeira era muito rápida e forte. Conseguiu salvar um dos olhos.

"Vai achar isto curioso. – Chilton tirou uma fita de eletrocardiograma de uma gaveta e desenrolou-a sobre a escrivaninha. Acompanhou a linha com o dedo. – Aqui ele está repousando na mesa de exames. Pulso 72. Aqui ele agarra a cabeça da enfermeira, puxando-a em sua direção. Aqui ele é subjugado pelo guardião. Não resiste, embora o homem tenha deslocado seu ombro. Reparou a coisa estranha? Seu pulso jamais passou de 85. Mesmo quando decepou a língua da mulher.

Chilton viu que o rosto de Graham ficou impassível. Reclinou-se na cadeira e juntou os dedos sob o queixo. Suas mãos estavam secas e brilhantes.

– Sabe, logo que Lecter foi capturado, pensamos que ele poderia nos dar a oportunidade singular de examinar um sociopata puro – disse Chilton. – É muito raro obter-se um vivo. Lecter é muito lúcido, muito perceptível; tem prática psiquiátrica... e é um genocida. Parecia cooperar e pensamos que ele poderia vir a ser uma janela para aquela espécie de aberração. Julgamos que ele poderia ser como Beaumont estudando a digestão através da abertura do estômago de St. Martin.

"Afinal, acho que estamos hoje mais longe de compreendê-lo do que quando chegou aqui. Já conversou com Lecter alguma vez?

– Não. Vi-o apenas quando... vi-o principalmente no tribunal. O Dr. Bloom mostrou-me os artigos dele nas revistas – disse Graham.

– O *senhor* lhe é muito familiar. Ele pensa muito no senhor.

– Fez algumas sessões com ele?

– Sim. Doze. É impenetrável. Sofisticado demais para os testes registrarem alguma coisa. Edwards, Fabré e mesmo o Dr. Bloom falharam. Tenho suas anotações. É um enigma para eles também. É impossível, claro, dizer o que está escondendo ou se compreende mais que aquilo que diz. Ah, desde seu confinamento tem escrito artigos brilhantes para *The American Journal of Psychiatry* e para *The General Archives*. Mas sempre sobre problemas que não os seus. Acho que teme que, se o "esclarecermos", ninguém mais se interessará por ele, e será metido numa solitária para o resto da vida.

Chilton fez uma pausa. Havia praticado usar sua visão periférica para observar pacientes nas entrevistas. Acreditava que podia observar Graham dessa forma, sem ser pressentido.

– O consenso a respeito dele é que a única pessoa que demonstrou uma compreensão prática de Hannibal Lecter foi o senhor, Sr. Graham. Pode dizer-me alguma coisa a respeito?

– Não.

– Alguns integrantes do nosso grupo estão curiosos sobre uma coisa: quando o senhor viu os assassinatos do Dr. Lecter, seu "estilo", digamos, teve condições, talvez, de reconstruir suas fantasias? E isso o ajudou a identificá-lo?

Graham não respondeu.

– Temos infelizmente pouco material sobre isso. Há apenas um artigo no *Journal of Abnormal Psychology*. O senhor se importaria de falar ao meu pessoal... não, não, não nesta viagem... o Dr. Bloom foi muito rigoroso comigo nesse ponto. Temos de deixá-lo só. Talvez na próxima viagem.

O Dr. Chilton já presenciara muita hostilidade. Naquele momento estava vendo mais um pouco.

Graham levantou-se.

– Obrigado, doutor. Agora quero ver Lecter.

A PORTA DE AÇO DA SEÇÃO de segurança máxima fechou-se às costas de Graham. Ouviu a lingueta encaixar-se.

Graham sabia que Lecter dormia a maior parte da manhã. Olhou o corredor. Daquele ângulo não podia ver o interior da cela de Lecter, mas percebeu que as luzes estavam baixas.

Graham queria ver Dr. Lecter adormecido. Precisava de tempo para se concentrar. Se sentisse a loucura de Lecter na sua cabeça, teria de contê-la rapidamente, como uma hemorragia.

Para esconder o som dos seus passos, acompanhou um servente empurrando um carrinho de roupa. O Dr. Lecter é muito difícil de ser apanhado.

Graham parou no meio do corredor. Barras de aço cobriam toda a frente da cela. Por trás das barras, a mais de um braço de distância, havia uma resistente rede de *nylon,* do teto ao chão e de parede a parede. Por essa barreira, Graham pôde ver uma mesa e uma cadeira presa ao chão. A mesa estava cheia de livros em brochura e correspondências. Caminhou até as barras, pôs as mãos nelas e depois retirou-as.

O Dr. Hannibal Lecter estava adormecido na cama, com a cabeça apoiada num travesseiro contra a parede. Sobre seu peito, *Le Grand Dictionnaire de Cuisine,* de Alexandre Dumas.

Graham não havia olhado pelas barras mais de cinco segundos quando Lecter abriu os olhos e disse:

– É a mesma horrível loção de barba que você usava no tribunal.

– Eu a estava guardando para o Natal.

Os olhos do Dr. Lecter eram castanhos e refletiam a luz avermelhada em pontos minúsculos. Graham sentiu os cabelos eriçarem-se na nuca e colocou a mão nela.

– Sim, Natal – disse Lecter. – Recebeu meu cartão?

– Recebi. Obrigado.

O cartão de Natal de Lecter fora encaminhado a Graham pelo laboratório criminal do FBI, em Washington. Levou-o para o quintal, queimou-o e lavou as mãos antes de tocar em Molly.

Lecter levantou-se e foi até a mesa. Era baixo e flexível. Muito limpo.

– Por que não se senta, Will? Acho que há algumas cadeiras de armar num armário logo ali. Pelo menos, parece que é de lá que elas vêm.

– O servente está trazendo uma.

Lecter ficou calado até Graham ter se sentado no corredor.

– Como vai o agente Stewart? – perguntou.

– Vai muito bem.

Stewart havia abandonado as forças da lei depois que vira o porão do Dr. Lecter. Agora dirigia um motel. Graham não mencionou isso. Achava que Stewart não iria gostar de receber cartas de Lecter.

– Foi uma pena que seus problemas emocionais o tenham abalado tanto. Acho verdadeiramente que ele era um agente promissor. Você alguma vez teve problemas, Will?

– Não.

– Claro que não.

Graham sentiu como se Lecter estivesse lendo através do seu crânio. Sentia a atenção dele como uma mosca voando no fundo de sua cabeça.

– Estou contente por ter vindo. Faz quanto tempo, agora? Três anos? Meus visitantes são todos profissionais. Psiquiatras, clínicos vulgares e sôfregos *doutores* de segunda classe em psicologia de uma faculdade qualquer. Lambedores de lápis tentando conservar seus cargos com artigos nos jornais.

– O Dr. Bloom mostrou-me seu artigo no *Journal of Clinical Psychiatry.*

– E?

– Muito interessante, mesmo para um leigo.

– Um leigo... leigo... leigo. Palavra interessante – disse Lecter. – Tantas pessoas instruídas a respeito. Tantos *especialistas* recebendo do governo. E você diz que é leigo. Mas foi você quem me pegou, hein, Will? Você sabe como conseguiu?

– Tenho certeza de que você leu o relatório. Está tudo lá.

– Não, não está. Sabe como fez aquilo, Will?

– Está no relatório. O que interessa agora?

– Não interessa a *mim,* Will.

– Preciso que me ajude, Dr. Lecter.

– Sim, acho que precisa.

– É sobre Atlanta e Birmingham.

– Sim.

– Estou certo de que leu a respeito.

– Li os jornais. Não posso recortá-los. Não me permitem ter tesouras, é claro. Às vezes ameaçam me tirar os livros, sabe. Não quero que eles pensem que estou remoendo alguma coisa mórbida. – Riu. Tinha pequenos dentes brancos. – Quer saber como ele os escolheu, não é?

– Achei que o senhor poderia ter algumas ideias. Peço-lhe que me diga quais são.

– Por que deveria dizer-lhe?

Graham havia previsto a pergunta. Não devia ocorrer imediatamente ao Dr. Lecter um motivo para parar esses múltiplos assassinatos.

– Há coisas que o senhor não tem – disse Graham. – Material de pesquisa, filmes mesmo. Falarei com o diretor.

– Chilton. Você deve ter falado com ele quando chegou. Repulsivo, não é? Diga-me a verdade, tentou enganá-lo como a um calouro, não? Olhou-o com o rabo do olho. Você *percebeu,* hein? Pode não acreditar, mas ele está realmente tentando me aplicar um Teste Temático de Percepção. Ficou sentado ali, rindo à toa, esperando MF 13 chegar. Ah! Desculpe, esqueci que você não está entre os ungidos. É um cartão com uma mulher na cama e um homem em primeiro plano. Esperou que eu não fizesse uma interpretação sexual. Eu ri. Ele bufou e disse a todo mundo que evitei a prisão com uma síndrome de Ganser... esqueça, é chato.

– O senhor terá acesso à filmoteca da Associação Médica Americana.

– Não creio que me dê as coisas que eu quero.

– Diga-me.

– Já li bastante a respeito.

– O senhor precisa ver a pasta deste caso. Há outro motivo.

– Fale.

– Achei que o senhor poderia estar curioso para descobrir se é mais inteligente que a pessoa que estou procurando.

– Então, por extensão, você pensa que é mais inteligente que eu, visto ter me apanhado.

– Não. Sei que não sou mais inteligente que o senhor.

– Então como me pegou, Will?

– O senhor estava em desvantagem.

– Qual?

– Paixão. E é louco.

– Você está muito bronzeado, Will.

Graham não respondeu.

– Suas mãos estão ásperas. Não parecem mais com as de um tira. Essa loção de barba parece escolhida por uma criança. Tem um navio no vidro, não tem? – Raramente o Dr. Lecter mantinha a cabeça ereta. Inclinava-a quando fazia perguntas, como se estivesse empurrando a ponta de uma broca no rosto de alguém. Outro silêncio, e Lecter disse:

– Não pense que pode persuadir-me apelando para minha vaidade intelectual.

– Não penso em persuadi-lo. Aceita ou não. O Dr. Bloom já está trabalhando no caso e ele é o mais...

– A pasta está com você?

– Sim.

– E as fotos?

– Também.

– Deixe a pasta comigo e examinarei a possibilidade.

– Não.

– Você sonha muito, Will?

– Adeus, Dr. Lecter.

– Ainda não ameaçou tirar meus livros.

Graham começou a caminhar.

– Dê-me a pasta, então. Eu lhe direi o que penso. – Graham precisou comprimir a pasta na bandeja. Lecter puxou-a para dentro.

– Há um resumo no início. Pode lê-lo agora – disse Graham.

– Importa-se que eu o leia em particular? Dê-me uma hora.

Graham esperou num velho sofá de plástico num refeitório sombrio. Serventes iam e vinham com café. Não falou com eles. Ficou olhando para pequenos objetos na sala e ficou contente por terem se mantido parados em sua visão. Teve de ir duas vezes para a sala de repouso. Estava tonto.

O carcereiro abriu-lhe novamente a porta da seção de segurança máxima.

Lecter estava à mesa, com os olhos velados pelos pensamentos. Graham percebeu que ele havia passado a maior parte do tempo olhando as fotos.

– É um rapaz muito tímido, Will. Gostaria de conhecê-lo... Considerou a possibilidade de ele ser desfigurado? Ou acreditar sê-lo?

– Os espelhos.

– Sim. Reparou que ele arrebentou todos os espelhos nas casas, e não apenas para conseguir os pedaços de que precisava. Não colocou os pedaços no lugar apenas para causar danos. Foram postos para que pudesse ver-se. Nos olhos delas... Sra. Jacobi e... Como se chamava a outra?

– Sra. Leeds.

– Isso.

– É interessante – disse Graham.

– Não é "interessante". Você já pensou nisso.

– Considerei o fato.

– Você veio aqui apenas para me ver. Para sentir o velho cheiro novamente, hein? Por que não cheira a si mesmo?

– Quero a sua opinião.

– Ainda não formei uma.

– Assim que formar, gostaria de ouvi-la.

– Posso ficar com a pasta?

– Ainda não decidi – retrucou Graham.

– Por que não há descrição dos locais? Existem vistas de frente das casas, plantas dos andares, diagramas dos quartos onde ocorreram as mortes e poucas menções ao terreno. Como são os quintais?

– Grandes, cercados, alguns com sebes. Por quê?

– Porque, meu caro Will, se aquele andarilho sente uma relação especial com a lua, pode gostar de sair e olhá-la. Antes de se limpar, compreende? Já viu sangue ao luar, Will? Fica muito preto. Claro, conserva o brilho característico. Se alguém está nu, digamos, será melhor ter privacidade no exterior para essa espécie de coisa. É preciso mostrar alguma consideração com os vizinhos...

– O senhor acha que o quintal pode ser um fator quando ele seleciona as vítimas?

– Ah, sim. E, claro, haverá mais vítimas. Deixe-me a pasta, Will. Vou examiná-la. Quando tiver mais material, gostaria de vê-lo também. Pode telefonar-me. Nas raras ocasiões em que meu advogado liga, eles me trazem um telefone. Eles o conectam ao intercomunicador, mas todos ouvem, é claro. Gostaria de me dar o número de sua casa?

– Não.

– Sabe como me pegou, Will?

– Adeus, Dr. Lecter. Pode deixar-me recados no número que consta na pasta.

Graham começou a andar.

– Sabe como me pegou?

Graham saiu do campo de visão do Dr. Lecter e caminhou rapidamente para a porta de aço.

– O motivo pelo qual me pegou é sermos *exatamente iguais*. – Foi a última coisa que Graham ouviu, quando a porta de aço se fechou às suas costas.

Estava tonto e ao mesmo tempo temia perder a tontura. Caminhando de cabeça baixa, sem falar com ninguém, ouviu o bater surdo do seu sangue como asas no vazio. A distância era pequena até o lado de fora. Era apenas um edifício; havia unicamente cinco portas separando Lecter do exterior. Teve a sensação absurda de que Lecter saíra com ele. Parou na parte externa da entrada e olhou em volta, para ter certeza de que estava só.

De um carro do outro lado da rua, com sua teleobjetiva apoiada na janela, Freddy Lounds obteve um belo perfil de Graham na soleira da porta e as palavras gravadas na pedra sobre sua cabeça: "Hospital Estadual de Baltimore para criminosos insanos".

Quando foi publicada, o *National Tattler* cortou a foto de forma a manter apenas o rosto de Graham e as duas últimas palavras na pedra.

8

O Dr. Hannibal Lecter estava deitado, com as luzes apagadas, após a partida de Graham. Passaram-se várias horas.

Por um momento sentiu as texturas: o tecido da fronha contra suas mãos por trás da cabeça, a membrana macia que contornava seu rosto.

Depois sentiu cheiros e deixou sua mente brincar com eles. Alguns eram verdadeiros; outros não. Haviam posto Clorox no esgoto; sêmen. Estavam servindo pimenta no refeitório; uniforme cáqui amarrotado. Graham não quis dar-lhe seu número de telefone; o cheiro amargo do cardo e do chá verdes.

Lecter sentou-se. O homem podia ter sido um civil. Seus pensamentos tinham o cheiro quente de metal de relógio elétrico.

Lecter piscou repetidas vezes e suas sobrancelhas ergueram-se. Acendeu as luzes e escreveu um bilhete para Chilton pedindo que fosse feita uma ligação telefônica para seu advogado.

A lei garantia a Lecter falar com seu defensor em particular, e nunca abusara desse direito. Uma vez que Chilton jamais lhe permitira ir ao telefone, este era levado até ele.

Dois guardas se encarregaram disso, desenrolando um fio longo que partia da tomada na mesa deles. Um dos guardas tinha a chave. O outro segurava uma lata de *spray* de gás lacrimogêneo.

– Vá para o fundo da cela, Dr. Lecter. Virado para a parede. Se se virar ou aproximar-se da barreira antes de ouvir a lingueta da fechadura, arrebento-lhe a cabeça. Compreendeu?

– Ora, se compreendi – retrucou Lecter. – Muito obrigado por terem trazido o telefone.

Teve de enfiar a mão pelas malhas da rede de nylon para discar. O serviço de informações de Chicago deu-lhe os números do departamento de psiquiatria da universidade da cidade e do consultório do Dr. Alan Bloom. Discou para a mesa telefônica do departamento.

– Gostaria de falar com o Dr. Alan Bloom.

– Não sei se ele veio hoje, mas vou ligar.

– Um momento, eu sabia o nome da secretária dele e estou encabulado por haver esquecido.

– Linda King. Um momento.

– Obrigado.

O telefone tocou oito vezes antes de ser atendido.

– Mesa de Linda King.

– Oi, Linda?

– Linda não trabalha aos sábados.

O Dr. Lecter estava contando com isso.

– Talvez possa ajudar-me, se não se incomodar. Quem fala é Bob Greer, da Blane & Edwards Publishing Company. O Dr. Bloom pediu-me para enviar um exemplar do livro de Overholser, *The Psychiatrist and the Law*, para Will Graham, e Linda ficou de me mandar o endereço e o telefone dele, o que jamais fez.

– Sou apenas uma assistente. Ela estará aqui segun...

– Tenho de mandar por FedEx dentro de cinco minutos e não gostaria de incomodar o Dr. Bloom em casa, porque ele disse a Linda para me fornecer o endereço e isso vai complicá-la. O endereço está aí no fichário ou coisa que o valha. Prometo ir ao seu casamento, se me conseguir.

– Ela não usa fichário.

– Nem um livrinho com índice?

– Está aqui.

– Seja boazinha e eu não a incomodarei mais.

– Qual é o nome?

– Graham. Will Graham.

– Bem, seu telefone particular é 305 JL5-7002.

– Eu devia mandar para o endereço.

– Aqui não tem o endereço da casa dele.

– Tem o quê?

– Departamento federal de investigação, avenidas Décima e Pensilvânia, Washington. Ah, Caixa Postal 3680, Marathon, Flórida.

– Maravilha, você é um anjo.

– Às ordens.

Lecter sentiu-se muito melhor. Pensou que podia surpreender Graham com um telefonema de vez em quando ou, se ele não fosse educado, pediria que uma loja de suprimentos hospitalares enviasse a ele uma bolsa de colostomia, em nome dos velhos tempos.

9

A 1.100 quilômetros a sudoeste, na lanchonete do Gateway Film Laboratory de St. Louis, Francis Dolarhyde esperava um hambúrguer. As sugestões de entradas estavam cobertas. Junto ao caixa, ele tomava café num copo de papel.

Uma moça ruiva, vestindo um avental de laboratório, entrou na lanchonete e ficou observando a máquina de doces. Olhou várias vezes para as costas de Francis Dolarhyde e franziu os lábios. Finalmente caminhou até ele e disse:

– Sr. D.?

Dolarhyde virou-se. Sempre usava óculos de proteção vermelhos fora do quarto escuro. Ela fixou o olhar na armação dos óculos.

– Quer sentar-se comigo um minuto? Preciso dizer-lhe uma coisa.

– O que tem a me dizer, Eileen?

– Que me desculpe sinceramente. Bob estava apenas bêbado e, o senhor sabe, fazendo palhaçadas. Não queria fazer aquilo. Por favor, venha sentar-se. Só um minuto. Sim?

– Mmmm-hmmm. – Dolarhyde numca dizia "sim", pois tinha dificuldades de pronunciar o /s/ sibilante.

Sentaram-se. Ela torceu um guardanapo.

– Todos estavam se divertindo na festa e ficamos contentes quando o senhor chegou – começou a moça. – Contentes de verdade e também surpresos. O senhor sabe como é Bob, imita vozes o tempo todo: devia estar no rádio. Fez duas ou três imitações, contou piadas e tudo: ele pode até imitar um negro. Quando imitou aquela outra voz, não teve a intenção de fazer o senhor sentir-se mal. Ele estava bêbado demais para notar quem estava lá.

– Estavam todos rindo e depois... pararam.

– Foi quando Bob percebeu o que havia feito.

– Mas continuou.

– Sei disso – comentou a moça, dando um jeito de olhar do guardanapo para os óculos dele sem vacilar. – Falei com ele sobre isso. Ele me disse que não pretendia nada, apenas percebeu o que tinha feito e procurou manter a piada. O senhor viu como o rosto dele ficou vermelho.

– Ele me convidou a... formarmos um dueto.

– Ele afagou sua mão e tentou abraçá-lo. Queria que o senhor risse, Sr. D.

– Não liguei, Eileen.

– Bob está muito abatido.

– Bem, não quero que ele fique assim. Não quero. Diga-lhe isso em meu nome. E nada vai ser diferente aqui no trabalho. Puxa, se eu tivesse o talento de Bob, faria piadas o tempo todo. Em breve vamos tornar a nos reunir e ele saberá como me sinto.

– Que bom, Sr. D. O senhor sabe que, na verdade, sob toda aquela brincadeira, ele é um rapaz sensível.

– Sem dúvida. Terno, imagino. – A voz de Dolarhyde estava abafada por uma de suas mãos. Quando sentado, costumava comprimir o nariz com o nó do indicador.

– Como disse?

– Acho que você é boa para ele, Eileen.

– Também acho, sem dúvida. Ele agora só bebe nos fins de semana. Está começando a relaxar e a mulher dele telefona para casa. Ele faz caretas enquanto falo com ela, mas sei que depois fica preocupado. Uma mulher sabe. – Bateu no pulso de Dolarhyde e, apesar dos óculos, viu o toque ser registrado em seus olhos. – Fique tranquilo, Sr. D. Estou contente por nossa conversa.

– Eu também, Eileen.

Dolarhyde ficou vendo a moça afastar-se. Ela estava com uma mancha rosa na parte de trás do joelho. Pensou, corretamente, que Eileen não gostava dele. Ninguém gostava, na verdade.

O amplo quarto escuro estava fresco e cheirava a produtos químicos. Francis Dolarhyde examinou o revelador no tanque A. Centenas de metros de filmes amadores, vindos de todos os cantos do país, passavam incessantemente pelo tanque. A temperatura e o frescor das drogas eram importantíssimos. Essa era sua responsabilidade, juntamente com todas as outras operações até o filme ir para o secador. Várias vezes por dia, Dolarhyde pegava amostras de filme no tanque e examinava quadro por quadro. O quarto escuro estava silencioso. Dolarhyde desencorajava a conversa entre seus assistentes e comunicava-se com eles por gestos largos.

Quando o turno da tarde acabou, ficou sozinho no quarto escuro para revelar, secar e montar um filme seu.

DOLARHYDE CHEGOU em casa por volta das 22 horas. Vivia só numa casa que lhe fora deixada pelos avós. Ela ficava no final de uma estradinha de cascalho que atravessava um pomar de macieiras ao norte de St. Charles, Missouri, passando sobre o rio Missouri, que vinha de St. Louis. O dono ausente do pomar não cuidava dele. Árvores mortas e retorcidas misturavam-se às verdes. Agora, naquele fim de julho, o cheiro das maçãs apodrecendo dominava o pomar. Havia muitas abelhas durante o dia. O vizinho mais próximo morava a cerca de 800 metros de distância.

Dolarhyde sempre dava uma volta de inspeção pela casa, assim que chegava, pois já houvera uma tentativa malsucedida de assalto anos antes. Acendeu a luz em cada peça e deu uma olhada. Um visitante não imaginaria que ele morava só. As roupas dos seus avós continuavam penduradas nos armários, as escovas da avó estavam sobre a penteadeira, com pentes presos nelas. A dentadura estava num copo sobre a mesinha de cabeceira. A água havia há muito evaporado. Sua avó morrera há quase dez anos.

(O encarregado do enterro lhe perguntara: "Sr. Dolarhyde, não quer entregar-me a dentadura de sua avó?" Ele replicara: "Apenas feche a tampa.")

Contente por estar sozinho na casa, Dolarhyde subiu a escada e tomou um demorado banho de chuveiro, lavando a cabeça.

Vestiu um quimono de tecido sintético semelhante à seda e deitou-se na cama estreita do quarto que ocupava desde a infância. O secador de cabelo da avó tinha um tubo e uma touca de plástico. Colocou a touca e, enquanto secava o cabelo, folheou uma nova revista de alta moda. A feiura e brutalidade de certas fotografias eram notáveis.

Começou a sentir-se empolgado. Girou o quebra-luz de metal de sua lâmpada de leitura para iluminar uma gravura na parede aos pés da cama. Era *O Grande Dragão Vermelho e a Mulher Vestida com o Sol*, de William Blake.

Esse trabalho o fascinava desde a primeira vez que o vira. Nunca antes olhara para uma coisa que se aproximasse tanto do seu pensamento gráfico. Sentiu que Blake devia ter espiado em seu ouvido e visto o Dragão Vermelho. Por semanas ficou preocupado que seus pensamentos poderiam sair reluzindo dos seus ouvidos, seriam visíveis no quarto escuro, e acabariam por velar o filme. Colocou algodão nos ouvidos. Depois, temendo que o algodão também fosse inflamável, tentou palha de aço, que fez seus ouvidos sangrarem. Finalmente, cortou pedacinhos de amianto de uma tampa de caixa metálica e transformou-os em bolinhas, que enfiou nos ouvidos.

O Dragão Vermelho era tudo o que possuía havia muito. Agora já não era tudo. Sentiu o começo de uma ereção.

Queria prosseguir lentamente, mas agora não podia esperar.

Dolarhyde fechou as espessas cortinas das janelas na sala de visitas do térreo. Preparou a tela e o projetor. Seu avô pusera uma poltrona inclinada na sala de visitas, sob protestos de sua avó. (Ela colocara um paninho no encosto.) Agora, Dolarhyde estava contente. Era muito confortável. Cobriu com uma toalha o braço da poltrona.

Apagou as lâmpadas. Deitado na sala escura, poderia estar em qualquer lugar. Instalada no teto, ele tinha uma boa máquina de luz, que rodava fazendo pontos de luzes variadas arrastarem-se pelas paredes, pelo chão e por sua pele. Poderia estar encostado no assento reclinável de um veículo espacial, numa bolha de vidro entre as estrelas. Quando fechou os olhos, imaginou a sensação dos pontos de luz movendo-se sobre ele e, quando os abriu, aquelas luzes poderiam ser as de cidades acima ou abaixo dele. Ali não havia mais abaixo ou acima. A máquina de luz girava com mais velocidade à medida que esquentava e os pontos formigavam sobre ele, deslizavam sobre os móveis em raios angulares, caíam como chuva de meteoros pelas paredes. Ele podia ser um cometa mergulhando na Nebulosa de Câncer.

Havia um lugar protegido da luz. Ele colocara um pedaço de papelão perto da máquina, que projetava uma sombra sobre a tela de cinema.

Futuramente, escureceria antes de aumentar o efeito, mas, desta vez, isso não era necessário.

Apertou com o polegar o interruptor a seu lado para ligar o projetor. Um retângulo branco apareceu na tela, acinzentou-se e ficou tremido quando o operador movimentou a câmera. Então, o cinzento Scotti ergueu as orelhas e correu para a porta da cozinha, tremendo e balançando seu cotoco de rabo. Um corte para Scotti correndo junto a um meio-fio e virando-se para dar-lhe uma mordida enquanto corria.

Agora a Sra. Leeds entra na cozinha carregando compras. Ri e mexe no cabelo. As crianças entram atrás dela.

Um corte para uma tomada mal iluminada do quarto de Dolarhyde, o quarto de cima. Está nu, em pé, diante da reprodução de *O grande dragão vermelho e a mulher vestida de sol.* Estava usando "óculos de combate", aqueles de plástico preferidos pelos jogadores de hóquei. Tem uma ereção, que aumenta com a mão.

Há um desfoque quando se aproxima da objetiva com movimentos estilizados, a mão procurando mudar o foco quando seu rosto ocupa o quadro. A imagem estremece e fica nítida subitamente num *close* da sua boca, seu lábio superior deformado retrai-se, a língua aparece entre os dentes, um olho revirando-se permanece em quadro. A boca ocupa toda a tela, lábios retorcidos revelam dentes irregulares, e a escuridão surge quando sua boca engole a lente inteira.

A dificuldade da parte seguinte era evidente.

A passagem de um desfocamento para uma luz crua revela uma cama e Charles Leeds debatendo-se, a Sra. Leeds sentando-se, protegendo os olhos, virando-se para Leeds e pondo as mãos nele, rolando para a beira da cama, as pernas emaranhadas nas cobertas, tentando levantar-se. A câmera deu uma sacudidela para o teto e depois a imagem firmou-se. A Sra. Leeds de volta ao colchão, uma mancha escura espalhando-se em sua camisola de dormir, e Charles Leeds com as mãos no próprio pescoço e os olhos arregalando-se. A tela ficou escura por instantes e depois houve o ruído de uma emenda.

Agora, a câmera estava firme num tripé. Naquele instante estavam todos mortos. Arrumados. Duas crianças sentadas e encostadas na parede, de frente para a cama, outra sentada no canto, olhando a câmera. O Sr. e a Sra. Leeds na cama, cobertos. O Sr. Leeds recostado na cabeceira, o lençol cobrindo a corda em torno do seu peito e a cabeça tombada para o lado.

Dolarhyde entrou em quadro pela esquerda com os movimentos estilizados de uma dançarina de Bali. Sujo de sangue e nu, com exceção dos óculos e das luvas, movimentava-se entre os mortos fazendo caretas. Aproximou-se da cama pelo outro lado, o da Sra. Leeds, pegou a ponta da coberta, puxou-a e manteve a pose como se tivesse praticando uma proeza.

Agora, assistindo na sala de visitas da casa dos avós, Dolarhyde estava coberto por uma camada de suor. Sua língua pegajosa mostrava-se constantemente, a cicatriz no lábio superior estava molhada e brilhante, e ele gemia, como que se excitando.

Mesmo no ápice do seu prazer, lamentou ver que no desenrolar do filme ele havia perdido a graça e a elegância de movimentos, retorcendo-se como um porco com o trasciro virado descuidadamente para a câmera. Não houve pausas dramáticas, nenhuma sensação de paz ou clímax, apenas uma exaltação brutal.

De qualquer forma, era maravilhoso. Assistir ao filme era maravilhoso. Mas não tão maravilhoso quanto às próprias interpretações.

Dolarhyde observou que havia duas falhas principais: o filme não mostrava realmente as mortes dos Leeds e seu próprio desempenho deixava muito a desejar na parte final. Parecia ter perdido todo seu valor. Não era assim que o Dragão Vermelho faria.

Bem, tinha muitos filmes a realizar e, com experiência, esperava poder conservar um razoável distanciamento estético, mesmo nos momentos mais íntimos.

Precisava superar isso. Era a obra de sua vida, uma coisa monumental. Viveria para sempre.

Em breve, precisaria acelerar. Tinha que selecionar seus companheiros de interpretação. Já havia reproduzido inúmeros filmes domésticos de passeios de feriados. O fim do verão sempre trazia um aumento dos negócios de revelação com a chegada dos filmes de férias. O Dia de Ação de Graças traria outro fluxo.

Havia famílias enviando-lhe pedidos pelo correio diariamente.

10

O avião de Washington para Birmingham estava meio vazio. Graham sentou-se junto à janela, sem ninguém a seu lado.

Recusou o sanduíche velho oferecido pela aeromoça e colocou a pasta referente aos Jacobi na mesinha em frente ao assento. De início, havia relacionado as semelhanças entre os Jacobi e os Leeds.

Os dois casais estavam com quase 40 anos, tinham filhos: dois meninos e uma menina. Edward Jacobi tinha outro filho, de casamento anterior, que estava no colégio quando a família foi assassinada.

Ambos os pais possuíam grau universitário e as duas famílias moravam em casas de dois andares em subúrbios agradáveis. As Sras. Jacobi e Leeds eram mulheres atraentes. As famílias possuíam os mesmos cartões de crédito e assinavam algumas das mesmas revistas populares.

E aí terminavam as semelhanças. Charles Leeds era advogado tributário, e Edward Jacobi, engenheiro metalúrgico. A família de Atlanta era presbiteriana; os Jacobi, católicos. Os Leeds moraram a vida inteira em Atlanta, enquanto os Jacobi tinham se mudado de Detroit para Birmingham há apenas três meses.

A palavra "acaso" soou na cabeça de Graham como uma torneira pingando. "Seleção de vítimas ao acaso", "sem motivo evidente" – os jornais usavam essas expressões e os detetives as cuspiam raivosos e frustrados nas salas do esquadrão de homicídios.

Todavia, "acaso" não era a palavra exata. Graham sabia que assassinos em massa e em série não selecionam suas vítimas ao acaso.

O homem que assassinou os Jacobi e os Leeds sabia alguma coisa a respeito deles que o guiou e levou-o a fazer aquilo. Poderia tê-los conhecido bem – Graham esperava que sim – ou poderia não tê-los sequer conhecido. Escolheu-os porque *alguma coisa* neles o tocou, e as mulheres estavam no âmago daquilo. O que teria sido?

Havia algumas diferenças nos crimes.

Edward Jacobi havia sido baleado quando descia a escada carregando uma lanterna: provavelmente, fora acordado por algum barulho.

A Sra. Jacobi e os filhos tinham sido baleados na cabeça; a Sra. Leeds, no abdômen. A arma fora uma automática 9mm nos dois crimes. Traços de palha de aço de um silenciador feito em casa foram encontrados nos ferimentos. Os cartuchos não tinham impressões digitais.

A faca só havia sido usada em Charles Leeds. O Dr. Princi acreditava que era uma lâmina fina e muito afiada, possivelmente uma faca de açougueiro.

Os métodos de entrada também foram diferentes: a porta do pátio forçada nos Jacobi; o cortador de vidro nos Leeds.

As fotografias do crime de Birmingham não mostravam tanto sangue quanto o encontrado nos Leeds, mas havia manchas nas paredes do quarto a mais ou menos 75 centímetros de altura. Portanto, o assassino também tivera uma plateia em Birmingham. A polícia dessa cidade examinou os corpos à procura de impressões digitais, inclusive de unhas, e nada encontrou. Impressões como as encontradas nas crianças Leeds são destruídas quando um corpo fica enterrado por um mês no verão de Birmingham.

Em ambos os lugares havia os mesmos cabelos louros, a mesma saliva e o mesmo sêmen.

Graham colocou as fotografias das duas sorridentes famílias nas costas da poltrona da frente e olhou-as durante muito tempo no voo silencioso.

O que teria atraído especificamente o assassino para *eles*? Graham gostaria muito de acreditar que houvesse um fator comum e que este fosse achado logo.

De outra forma, teria de entrar em mais casas e ver o que o Fada do Dente deixara para ele.

GRAHAM OBTEVE OS endereços com o escritório de Birmingham e se apresentou à polícia, pelo telefone do aeroporto. O pequeno carro que alugara esguichava água do ar-condicionado em suas mãos e braços.

Sua primeira parada foi no escritório da Imobiliária Geehan, na Dennison Avenue.

Geehan, alto e calvo, apressou-se em atravessar o tapete turquesa para cumprimentar Graham. Porém, seu sorriso desapareceu quando Graham mostrou a identificação e pediu a chave da casa dos Jacobi.

– Haverá policiais de uniforme lá hoje? – perguntou, com a mão na careca.

– Não sei.

– Espero em Deus que não. Tive oportunidade de mostrar a casa duas vezes esta tarde. É uma bela residência. As pessoas a veem e esquecem esta outra. Quinta-feira passada veio um casal de Duluth, gente aposentada, de posses. Dei-lhes uma ideia geral... falando de hipotecas... acho que aquele homem poderia ter enfrentado uma *terceira*, quando o carro da polícia apareceu. O casal fez-lhes perguntas e, caramba, eles deram algumas respostas. Aqueles bons oficiais contaram-lhes tudo: quem estava onde. Depois disso, foi adeus, Geehan, muito obrigado por ter se incomodado. Tentei demonstrar-lhes como tínhamos tornado a casa mais segura, mas não quiseram nem ouvir. E lá se foram eles, caminhando pelo cascalho e tornando a entrar em seu sedan de Ville.

– Algum homem sozinho pediu para ver a casa?

– Não para mim. Outros também cuidam disso. Mas acho que não. A polícia não nos permite começar a pintar até não sei quando, e somente na terça-feira terminamos por dentro. Levou duas camadas de látex, três em alguns pontos. Ainda estamos trabalhando fora. Vai ficar bonito.

– Como vai poder vender antes do término do inventário?

– Não posso *fechar* antes disso, mas não significa que não possa ficar preparado. As pessoas podem ocupá-la com um memorando de compromisso. Preciso fazer alguma coisa. Um associado meu está trabalhando nisso dia e noite.

– Quem é o executor testamentário do Sr. Jacobi?

– Byron Metcalf, da Metcalf e Barnes. Quanto tempo vai ficar lá?

– Não sei. Até acabar.

– Pode deixar a chave na caixa do correio. Não precisa vir aqui para devolvê-la.

GRAHAM TEVE uma vaga sensação de pista fria ao se dirigir à casa dos Jacobi. Estava nos limites da cidade, numa área recém-anexada. Parou no acostamento uma vez para examinar seu mapa antes de achar a entrada para uma via secundária asfaltada.

Mais de um mês se passara desde o assassinato deles. O que ele estivera fazendo então? Pusera um par de motores a diesel num casco Rybovich de 65 pés, sinalizando para Ariaga no guindaste descer mais um centímetro. Molly apareceu no fim da tarde e sentou-se com ele e Ariaga sob um toldo no lugar da cabine do barco inacabado. Comeram camarões graúdos, trazidos por Molly, e beberam cerveja. Ariaga explicou a melhor forma de limpar camarões de água doce, desenhando-lhes o rabo em forma de leque na serragem do tombadilho, e os raios do sol, batendo na água, refletiam-se nas barrigas das gaivotas.

A água do ar-condicionado tornou a respingar na parte da camisa de Graham, que se viu novamente em Birmingham, sem camarões ou gaivotas. Estava dirigindo, passando à sua direita pastos e trechos arborizados, povoados de cabras e cavalos, e à esquerda, via-se Stonebridge, uma velha área residencial com algumas moradias elegantes e inúmeras casas de gente rica.

Viu a tabuleta do corretor a uns cem metros. A casa dos Jacobi era a única do lado direito da estrada. As cascas das nogueiras que margeavam a estrada tornavam o cascalho grudento, provocando um chocalhar no interior do para-lama. Um carpinteiro numa escada estava instalando protetores nas janelas. O trabalhador acenou quando Graham contornou a casa.

Um pátio de lajes, ao lado, era sombreado por um enorme carvalho. À noite, a árvore deveria tapar também a luz do quintal ao lado. Foi por ali que Fada do Dente entrara, pelas portas de vidro corrediças. Estas haviam sido substituídas por outras, de caixilhos de alumínio ainda brilhantes e com o rótulo do fabricante. Cobrindo as portas corrediças havia protetores de ferro batido. A porta do porão também era nova: formada por aço e parafusos. Os componentes de uma banheira estavam em engradados no pátio.

Graham entrou. Chão nu e ar viciado. Seus passos ecoaram na casa vazia.

Os novos espelhos dos banheiros nunca tinham refletido os rostos dos Jacobi ou do assassino. Em cada um havia uma mancha branca, borrada, onde estivera a etiqueta do preço. Um tecido dobrado jazia num canto do quarto principal. Graham permaneceu nele o bastante para a luz do sol mover-se na largura de uma tábua do assoalho.

Ali não havia nada. Mais nada.

Se ele tivesse vindo logo após o assassinato dos Jacobi, estariam os Leeds vivos?, perguntou-se Graham. Examinou o peso daquela ideia.

Aquilo não o entusiasmou quando saiu da casa.

Graham parou sob a sombra de uma nogueira, de ombros curvados, mãos nos bolsos, e olhou o longo caminho até a estrada que passava diante da casa dos Jacobis.

Como Fada do Dente havia chegado à casa? Tivera de dirigir. Onde estacionara? A estradinha de cascalho era muito barulhenta para uma visita a horas avançadas, pensou Graham. A polícia de Birmingham não chegou a um consenso sobre isso.

Desceu o caminho até a estrada. Esta, asfaltada, era orlada de valas até onde pôde ver. Era possível passar por cima da vala e esconder um veículo nas moitas do lado da estrada em que ficava a casa dos Jacobi, se o solo fosse duro e seco.

Em frente à casa, do outro lado da estrada, estava a única entrada para Stonebridge. A placa dizia que Stonebridge possuía um serviço particular de patrulha. Um veículo estranho teria sido notado, assim como um homem caminhando tarde da noite. Afastado o estacionamento em Stonebridge.

Graham retornou à casa e ficou surpreso ao encontrar o telefone funcionando. Telefonou para o Serviço de Meteorologia e soube que haviam caído 7 centímetros de chuva no dia anterior ao assassinato dos Jacobi. Então as valas ficaram cheias. Fada do Dente não pôde esconder seu carro junto à estrada asfaltada.

Um cavalo no pasto ao lado do quintal acompanhou Graham na caminhada ao longo da cerca branca, em direção ao fundo da propriedade. Deu ao animal uma pastilha de hortelã, deixando-o no canto quando dobrou a cerca traseira no fundo do anexo.

Parou ao ver a depressão no chão onde os filhos dos Jacobi tinham enterrado o gato. Conversando com Springfield na polícia de Atlanta, havia imaginado o anexo branco. Na verdade, era verde-escuro.

As crianças haviam envolvido o gato numa toalha de mesa e o enterrado numa caixa de sapatos, com uma flor entre as patas.

Graham apoiou o braço na cerca, encostando a testa nele.

O enterro de um animal de estimação, ritual solene da infância. Os pais voltando para dentro de casa, envergonhados de rezar. As crianças se entreolhando, descobrindo novas forças para substituir as perdidas. Uma delas curva a cabeça, e depois é seguida por todas, a enxada maior que eles. Depois, uma discussão sobre se o gato está ou não no céu com Deus e Jesus, e as crianças não fazem barulho por algum tempo.

Graham ficou certo de uma coisa, ali parado com o sol na nuca: assim como certamente Fada do Dente matara o gato, vira os garotos enterrá-lo. Teria de vê-lo, se lhe fosse possível.

Não viera duas vezes, uma para matar o gato e outra para matar os Jacobi. Veio, trucidou o animal e esperou que as crianças o achassem.

Não havia como determinar exatamente onde os garotos acharam o gato. A polícia não encontrara ninguém que tivesse falado com os Jacobi após o meio-dia, mais ou menos dez horas antes de terem morrido.

Como o Fada do Dente chegara e onde havia esperado?

As moitas começavam logo atrás da cerca traseira, da altura de um homem, e prosseguiam por cerca de 30 metros até as árvores. Graham tirou do bolso traseiro da calça um mapa amarfanhado e estendeu-o na cerca. Mostrava um bosque com uns 400 metros de largura atravessando os fundos da propriedade dos Jacobi e continuando nas duas direções. Por trás dele, limitando-o ao sul, havia uma estrada paralela à existente na frente da casa dos Jacobis.

Graham entrou no carro e retomou a rodovia, medindo a distância. Seguiu para o sul pela rodovia e voltou pela outra estrada que vira no mapa. Tornando a medir, dirigiu lentamente por ela até que o medidor mostrou-lhe que estava atrás da casa, do outro lado do bosque.

O calçamento terminava num projeto particular de baixo custo, tão novo que não constava do mapa. Ele entrou no estacionamento. A maior parte dos carros era formada por veículos velhos e caindo aos pedaços. Dois automóveis estavam sobre blocos.

Garotos negros jogavam basquete na terra nua em torno de uma única cesta sem rede. Graham sentou-se num para-lama e ficou vendo o jogo por um momento.

Queria tirar o casaco, mas sabia que a 44 Especial e a câmera fotográfica no seu cinto chamariam a atenção. Ficava sempre curiosamente sem jeito quando alguém olhava para sua pistola.

Havia oito jogadores no time com camisa. Os sem camisa eram 11, todos jogando ao mesmo tempo. A arbitragem era por aclamação.

Um dos sem camisa, atirado ao chão num rebote, correu furioso para casa. Voltou fortificado por um biscoito e mergulhou outra vez no bando.

A gritaria e o ressoar da bola reanimaram Graham.

Uma cesta, uma bola de basquete. Chamou-lhe novamente a atenção quantas *coisas* os Leeds tinham. Os Jacobi também, de acordo com a polícia de Birmingham, quando descartaram a possibilidade de roubo. Barcos e equipamento esportivo, de acampamento, câmeras, armas e varas de pesca. Era outra coisa que as famílias possuíam em comum.

E com a imagem das famílias vivas, veio o pensamento de como ficaram depois, e Graham não pôde mais olhar o jogo. Suspirou profundamente e se dirigiu para o escuro bosque, atravessando a estrada.

As plantas rasteiras eram espessas na beira do pinheiral, mas rarearam quando Graham atingiu a parte mais copada e pôde caminhar facilmente sobre as agulhas dos pinheiros. O ar estava quente e parado. Gaios azuis pousados nas árvores anunciaram sua chegada.

O solo inclinava-se suavemente para um leito seco de rio, onde alguns ciprestes cresciam e onde as patas de *guaxinins* e roedores silvestres estavam impressas no barro vermelho. Pegadas humanas marcavam o leito do rio, algumas de crianças. Todas estavam desmoronadas e arredondadas, deixadas muitas chuvas antes.

Passado o leito do rio, a terra tornou a subir, mudando para uma areia argilosa com samambaias crescendo sob os pinheiros. Graham seguiu colina acima, sob o calor, até ver luz entre as árvores na beira do bosque.

Por entre os troncos, avistou o andar superior da casa dos Jacobi.

Mais arbustos, da altura de uma pessoa, desde a beira do bosque até a cerca dos fundos da casa. Graham atravessou-os e parou junto à cerca, olhando para dentro do quintal.

Fada do Dente podia ter estacionado no loteamento e atravessado o bosque até os arbustos por detrás da casa. Tinha atraído o gato para os arbustos e estrangulado o animal, levando o corpo flácido numa das mãos enquanto se ajoelhava e apoiava a outra mão na cerca. Graham viu o gato no ar, sem se retorcer para cair sobre as patas, mas batendo de costas com um ruído surdo no quintal.

Fada do Dente fizera aquilo em pleno dia: as crianças não teriam encontrado o gato ou o enterrado à noite.

E esperou para vê-las encontrarem o bicho. Teria esperado o dia inteiro no calor, sob os arbustos? Na cerca, ficaria visível entre o arame. Para ver o quintal de mais longe, entre os arbustos, teria de ficar em pé, em frente às janelas, debaixo de sol. Evidentemente, retirou-se para as árvores. Graham fez o mesmo.

A polícia de Birmingham não era estúpida. Viu onde eles passaram: pelos arbustos, investigando a área, como seria de esperar. Mas isso antes de o gato ser encontrado. Andaram à procura de pegadas, objetos caídos, rastros... não de uma posição vantajosa.

Penetrou alguns metros no bosque por detrás da casa dos Jacobi e procurou de um lado para outro na sombra manchada de sol. Primeiro foi para a elevação que lhe permitiu uma visão restrita do quintal e depois desceu até a orla das árvores.

Procurou por mais de uma hora, até que um cintilar no sol atraiu seu olhar. Perdeu-o e tornou a encontrá-lo. Era o anel metálico de uma lata de refrigerante meio enterrado nas folhas sob um olmo, um dos poucos entre os pinheiros.

Avistou-o a 2 metros de distância e não se aproximou durante uns cinco minutos, até ter esquadrinhado o solo em torno da árvore. Agachou-se e afastou as folhas à sua frente ao se aproximar da árvore, pela trilha que fez, para evitar destruir qualquer impressão. Sem pressa, afastou todas as folhas que cercavam o tronco. Não havia pegadas no tapete de folhas dos últimos anos.

Perto da tira de alumínio, achou os restos secos de uma maçã totalmente comida por formigas. Os pássaros haviam retirado as sementes. Examinou o solo por cerca de dez minutos. Finalmente sentou-se no chão, estirou as pernas doloridas e recostou-se na árvore.

Um cone de mosquitos fervilhou numa coluna de luz solar. Uma lagarta agitou-se sobre uma folha.

Havia uma mancha de barro vermelho feita por um sapato no galho acima de sua cabeça.

Graham pendurou o casaco num galho e começou a trepar, com cuidado, pelo lado oposto da árvore, examinando o tronco em torno dos galhos sobre a mancha de barro. A 10 metros de altura, olhou em volta e viu a casa dos Jacobi a uns 170 metros de distância. Parecia diferente daquela altura, com a predominância do telhado colorido. Viu perfeitamente o quintal e o terreno por detrás dos anexos. Naquela distância, um bom binóculo captaria facilmente a expressão de um rosto.

Graham ouviu o trânsito ao longe, e, mais afastado, um cachorro. Uma cigarra começou seu zumbido, dominando os outros sons.

Um galho grosso bem acima dele proporcionava uma visão em linha reta da casa dos Jacobi. Subiu até poder ver, inclinando-se para olhá-la.

Junto a seu rosto, uma lata de refrigerante imprensada entre o galho e o tronco.

– Gostei disto – sussurrou Graham para a árvore. – Ai, meu Jesus, sim. Venha, latinha.

Todavia, uma criança poderia tê-la deixado.

Subiu mais, viu marcas nos galhos menores e virou-se até poder olhar para baixo, para o galho mais grosso.

Um pedaço da casca da parte de cima do galho fora retirado, deixando à mostra uma parte interior verde do tamanho de uma carta de baralho. Bem no centro do retângulo verde, gravado, Graham viu isto:

Fora feito com cuidado e habilidade, com uma faca bastante afiada. Não era trabalho de criança.

Graham fotografou a marca, enquadrando bem.

A vista do galho era boa e tinha sido melhorada: havia em cima um toco de um galho que fora cortado para tornar mais fácil a visão. As fibras haviam sido esmagadas e o toco ligeiramente achatado.

Graham procurou o galho decepado. Se estivesse no solo, o teria visto. Estava ali, enganchado nos galhos abaixo, folhas castanhas murchas entre a folhagem verde.

O laboratório iria necessitar de ambos os lados do corte para determinar o grau das beiras cortadas. Isso significava ter de voltar com um serrote. Fez várias fotografias do toco. Durante o tempo todo, ficou murmurando.

Acho que depois de ter matado o gato e o atirado no quintal, meu chapa, você trepou nesta árvore e esperou. Acho que vigiou os garotos e passou o tempo talhando e sonhando. Quando anoiteceu, viu-os nas suas janelas iluminadas e esperou às sombras o apagar das luzes, uma a uma. Aguardou um pouco, desceu e entrou. Não foi isso? Não foi uma descida difícil, tronco abaixo, com uma lanterna e a lua surgindo.

Para Graham foi uma descida bastante difícil. Meteu uma varinha na abertura da lata de refrigerante, retirou-a suavemente da bifurcação da árvore e desceu, segurando a varinha nos dentes quando precisou servir-se de ambas as mãos.

De volta ao loteamento, Graham descobriu que alguém havia escrito "Levon é um cabeça-oca" na poeira na lateral do seu carro. A perfeição da escrita revelou que mesmo os mais jovens habitantes sabiam escrever bem.

Ficou imaginando se teriam feito o mesmo no carro de Fada do Dente.

Graham olhou durante algum tempo para a fileira de janelas. Parecia haver cerca de cem. Era possível que alguém se lembrasse de um estranho branco no estacionamento tarde da noite. Apesar de ter passado um mês, valia a pena tentar. Perguntar a cada morador, com rapidez, exigia a colaboração da polícia de Birmingham.

Lutou contra a tentação de mandar a lata de refrigerante diretamente para Jimmy Price, em Washington. Tinha de pedir homens à polícia de Birmingham. Era melhor dar-lhes o que obtivera. Tirar a poeira da lata era uma coisa simples. Procurar impressões digitais produzidas pelo suor era outra coisa. Price ainda poderia fazê-lo após Birmingham ter trabalhado, desde que a lata não tivesse sido tocada por mãos nuas. Era melhor entregá-la à polícia. Ele sabia que a Seção de Documentos do FBI iria cair sobre a talha feita no tronco da árvore como um mangusto furioso. Fotografias dela para todos, sem nada perdido.

Da casa dos Jacobi, telefonou para o setor de homicídios de Birmingham. Os detetives chegaram exatamente na hora em que o corretor estava conversando com alguns possíveis compradores.

11

Eileen estava lendo um artigo do *National Tattler* cujo título era "Sujeira no seu pão!", quando Dolarhyde entrou na lanchonete. A moça havia comido apenas o recheio do sanduíche de salada de atum.

Por detrás dos óculos vermelhos, os olhos de Dolarhyde correram pela primeira página do *Tattler*. Havia outros títulos: "Elvis num esconderijo amoroso secreto – Fotos exclusivas!" "Perspectivas espantosas para as vítimas de câncer!", e a grande manchete: "Hannibal, o Canibal, ajuda a lei – Tiras consultam o monstro sobre os assassinatos do Fada de Dente".

Ficou de pé junto à janela, mexendo distraído o café, até que ouviu Eileen se levantar. A moça jogou os restos da bandeja no lixo e ia jogar fora o *Tattler*, quando Dolarhyde tocou-lhe o ombro.

– Pode me emprestar o jornal, Eileen?

– Claro, Sr. D. Comprei-o apenas para ler o horóscopo.

Dolarhyde leu-o no escritório, com a porta fechada.

Freddy Lounds era responsável por dois artigos nas páginas centrais. O principal era uma reconstrução excitante dos assassinatos dos Jacobi e dos Leeds. Uma vez que a polícia não havia divulgado a maior parte dos detalhes, Lounds serviu-se de sua imaginação para descrevê-los.

Dolarhyde achou-os vulgares.

A ajudante do bar era mais interessante.

Monstro demente é consultado nos assassinatos coletivos pelo tira que ele tentou matar

por
Freddy Lounds

BALTIMORE, MARYLAND. – Caçadores de homens federais, tolhidos na perseguição ao "Fada do Dente", assassino psicopata de famílias inteiras em Birmingham e Atlanta, voltaram-se para o mais brutal assassino preso, em busca de auxílio.

O Dr. Hannibal Lecter, cujas práticas terríveis foram contadas nestas páginas há três anos, foi consultado esta semana em sua cela de reclusão de segurança máxima pelo famoso investigador William (Will) Graham.

Graham quase morreu nas mãos de Lecter, quando desmascarou o assassino genocida.

Foi trazido de sua recente aposentadoria para chefiar a caça ao "Fada do Dente."

O que aconteceu naquele estranho encontro entre dois inimigos mortais? Atrás de que estava Graham?

"É preciso um para caçar outro", disse um alto funcionário federal a este repórter. Estava se referindo a

Lecter, conhecido como "Hannibal, o Canibal", que é psiquiatra e genocida.

OU ESTAVA SE REFERINDO A GRAHAM???

O *Tattler* foi informado de que Graham, ex-instrutor de medicina legal forense em Quantico, Virginia, foi certa vez internado numa instituição para doentes mentais por um período de quatro semanas.

Funcionários federais recusaram-se a dizer por que colocaram um homem com um histórico de instabilidade mental frente a frente com um desesperado caçador de homens.

A natureza do problema mental de Graham não foi revelada, mas um velho psiquiatra denominou-a "depressão profunda".

Garmon Evans, um auxiliar de enfermagem, ex-empregado do Hospital Naval Bethesda, disse que Graham foi internado na ala psiquiátrica logo depois de ter matado Garrett Jacob Hobbs, o "Picanço de Minnesota". Graham matou Hobbs com um tiro em 1975, pondo fim ao seu reinado de terror de oito meses, em Minneapolis.

Evans disse que Graham retraiu-se e recusou-se a comer ou falar nas primeiras semanas de sua estada.

Graham nunca foi agente do FBI. Observadores veteranos atribuem isso ao severo processo de seleção do Bureau, cuja finalidade é detectar instabilidade.

Fontes federais revelaram apenas que Graham trabalhava originalmente no laboratório criminal do FBI e lhe foram dadas funções didáticas na Academia do FBI depois de seu desempenho notável, tanto no laboratório como no trabalho de campo, onde serviu como "investigador especial".

O *Tattler* foi informado de que, antes do serviço federal, Graham esteve na Divisão de Homicídios do Departamento de Polícia de Nova Orleans, posto que deixou para fazer um curso de especialização na Universidade George Washington.

Um oficial de polícia de Nova Orleans, que serviu com Graham, comentou: "Bem, pode-se dizer que está aposentado, mas os federais gostam de tê-lo por perto. É como ter uma cobra de verdade no porão. Podem não vê-la muito, mas é bom saber que ela está ali para devorar as serpentes venenosas."

O Dr. Lecter está confinado por toda a vida. Se for declarado equilibrado, deverá responder nove vezes a julgamento por assassinato de primeiro grau.

O advogado de Lecter disse que o assassino em massa passa o tempo escrevendo artigos úteis para publicações científicas e tem um "diálogo ininterrupto" pelo correio com muitas das mais respeitadas **personalidades da psiquiatria.**

Dolarhyde parou a leitura e olhou as fotografias. Havia duas acima do texto. Uma mostrava Lecter ao lado de um veículo de soldados estaduais. A outra era a que Freddy Lounds tirara de Will Graham na porta do Hospital Estadual de Chesapeake. Uma pequena fotografia de Lounds encontrava-se ao lado do artigo.

Dolarhyde ficou olhando as fotografias por muito tempo. Passou a ponta do dedo indicador sobre elas devagar, para cima e para baixo, sentindo intensamente o contato com o papel áspero.

A tinta deixou-lhe uma mancha no dedo. Molhou-a com a língua e limpou-a com um lenço de papel. Depois, cortou as fotos e colocou-as no bolso.

De volta para casa, Dolarhyde comprou papel higiênico do tipo que dissolve rapidamente, usado em barcos e acampamentos, e um inalador nasal.

Sentia-se bem, apesar de sua rinite; como muitas pessoas que haviam se submetido a uma extensa rinoplastia,

Dolarhyde não tinha pelos nas narinas, e a rinite o atacara. E sofria também de infecções no aparelho respiratório superior.

Quando um caminhão o bloqueou por dez minutos na ponte do Rio Missouri para St. Charles, esperou pacientemente. Seu furgão preto era forrado, fresco e silencioso. No rádio, música de Handel.

Batucava no volante acompanhando a música e alisava o nariz.

Duas mulheres num conversível estavam a seu lado. Usavam shorts e blusas amarradas um pouco acima da barriga. Dolarhyde olhou para o interior do conversível. Elas pareciam cansadas e aborrecidas, semicerrando os olhos por causa do sol poente. A mulher no banco do carona estava com a cabeça pousada no encosto e com os pés no painel. Sua posição afundada fez duas dobras na barriga nua. Dolarhyde viu uma marca de chupão na parte interior da coxa. Ela o flagrou olhando, sentou-se e cruzou as pernas. Seu rosto revelou um aborrecimento cansado.

Ela falou qualquer coisa com a mulher ao volante. Ambas olharam firme para a frente. Dolarhyde notou que estavam falando sobre ele. Ficou contente por não se mostrar zangado. Poucas coisas, aliás, o deixavam zangado. Percebeu que estava desenvolvendo uma nascente dignidade.

A música era muito agradável.

O trânsito à frente começou a fluir. A fila a seu lado continuava parada. Olhou para a frente. Bateu no volante no compasso da música e baixou a janela com a outra mão.

Tossiu e escarrou um catarro esverdeado no colo da mulher no outro carro, atingindo-a logo abaixo do umbigo. Os xingamentos dela sobrepuseram-se a Handel, enquanto Dolarhyde se afastava.

O LIVRO DE CONTABILIDADE de Dolarhyde tinha, pelo menos, cem anos de idade. Encadernado em couro preto, com metais nos cantos, era tão pesado, que uma forte mesa de máquina o sustentava no armário fechado no cimo da escada. Desde o momento em que o viu, no leilão de uma velha empresa de impressão de St. Louis, Dolarhyde soube que o livro iria pertencer-lhe.

Agora, de banho tomado e em seu roupão, abriu o armário e tirou-o de lá. Quando o livro foi colocado logo abaixo da reprodução do Grande Dragão Vermelho, ele se instalou numa cadeira e o abriu. O cheiro de papel mofado subiu até seu rosto.

Em toda a página de rosto, em grandes letras que ele mesmo ilustrara, estavam as palavras da Revelação: "E chegou também um Grande Dragão Vermelho..."

Só havia uma coisa no livro não claramente organizada. Perdida entre as páginas havia uma fotografia amarelada de Dolarhyde criança, com a avó, nos degraus de uma grande casa. Segurava a saia dela. A avó estava de braços cruzados e empertigada.

Dolarhyde virou a página. Ignorou-a como se tivesse sido deixada ali por engano.

Havia muitos recortes no livro, os mais antigos sobre desaparecimentos de velhas em St. Louis e Toledo. As páginas entre os recortes estavam cobertas com a letra de Dolarhyde: tinta preta, fina como gravura em metal, não diferente da própria letra de William Blake.

Presos às margens, pedaços esfarrapados de couro cabeludo arrastavam suas pontas como cometas pregados no álbum de recortes de Deus.

Os recortes sobre os Jacobi de Birmingham estavam lá, com rolos de filmes e slides colocados em envelopes colados às páginas.

E também relatos sobre os Leeds, com um filme ao lado.

A expressão "Fada de Dente" só foi aparecer nos jornais depois de Atlanta. O nome estava presente em todas as notícias sobre os Leeds.

Dolarhyde fez a mesma coisa com o recorte do *Tattler*, obliterando "Gay-dentuço" com traços raivosos de uma caneta vermelha.

Virou uma página em branco do livro e ajustou o recorte. Deveria incluir a fotografia de Graham? As palavras "Criminosos Insanos" gravadas na pedra sobre a cabeça dele ofenderam Dolarhyde. Odiava a visão de qualquer lugar de reclusão. O rosto de Graham estava muito perto dele. Deixou-o para depois.

Mas Lecter... Lecter. Aquela não era uma boa fotografia do doutor. Dolarhyde possuía uma melhor, que ele tirou de uma caixa no armário. Fora publicada por ocasião da prisão de Lecter e mostrava seus olhos inteligentes. Apesar disso, não era satisfatória. Na cabeça de Dolarhyde, Lecter devia ser o retrato sombrio de um príncipe da Renascença. Pois Lecter, único entre todos, devia ter sensibilidade e experiência para compreender a glória, a majestade da Formação de Dolarhyde.

Sentia que Lecter sabia da irrealidade das pessoas que morreriam para ajudar em coisas assim... compreendia que não eram carne, mas luz, ar, cor, sons rápidos que terminam quando são mudados. Como bolas coloridas arrebentando. Que eram mais importantes para a mudança, mais importantes que as vidas atrás das quais se arrastam, implorando.

Dolarhyde detestava gritos, como um escultor detesta a poeira saída de uma pedra trabalhada.

Lecter era capaz de compreender que o sangue e a respiração não passavam de elementos destinados a transformarem-se em estímulo para sua Radiância. Exatamente como a fonte de luz queima-se.

Ele queria encontrar Lecter, falar-lhe e partilhar com ele, regozijar-se com essa visão, ser reconhecido por ele como João Batista, reconhecido como O que veio depois, instalar-se nele como o Dragão no 666 da série das Revelações de Blake, e filmar sua morte enquanto, moribundo, ele se fundisse com a força do Dragão.

Dolarhyde calçou um novo par de luvas de borracha e foi até sua escrivaninha. Desembrulhou e tirou a folha exterior do papel higiênico que havia comprado. Depois, desenrolou o equivalente a sete pedaços e cortou-o.

Escrevendo cuidadosamente com a mão esquerda, redigiu uma carta a Lecter.

A fala nunca é um indicador confiável de como a pessoa escreve; nunca se sabe. A fala de Dolarhyde era tortuosa e afetada por inabilidades reais e inventadas, e a diferença entre sua fala e sua escrita era espantosa. Todavia, descobriu que não conseguia dizer as coisas mais importantes que sentia.

Queria a opinião de Lecter. Precisava de uma resposta pessoal antes de poder dizer ao Dr. Lecter as coisas importantes.

Que jeito daria? Tornou a examinar a caixa de recortes de Lecter e tornou a lê-los.

Finalmente, ocorreu-lhe uma forma simples e escreveu novamente.

A carta pareceu muito modesta e tímida quando a releu. Tinha assinado "fã ansioso".

Ficou meditando um pouco sôbre a assinatura.

"Fã ansioso"... que coisa! Seu queixo ergueu-se imperiosamente.

Pôs o dedo enluvado na boca, retirou as dentaduras e colocou-as no papel absorvente.

A dentadura superior era estranha. Os dentes eram normais, retos e brancos, mas a parte superior de acrílico vermelho tinha uma forma tortuosa, para acompanhar as depressões e reentrâncias das gengivas. Presa nela havia uma prótese macia com um obturador, que o ajudava a fechar o palato ao falar.

Tirou um pequeno estojo da escrivaninha. Continha outro par de dentaduras. A superior era semelhante, porém não tinha a prótese. Os dentes desiguais tinham manchas escuras entre eles e exalavam um leve mau cheiro.

Eram iguais aos da avó no copo da mesinha-de-cabeceira.

As narinas de Dolarhyde dilatavam-se com o cheiro. Abriu seu sorriso chupado, colocou-os no lugar e molhou-os com a língua.

Dobrou a carta na altura da assinatura e mordeu o papel com força. Ao tornar a desdobrá-lo, a assinatura estava no meio de uma marca oval de mordida; seu timbre, um imprimátur manchado com sangue velho.

12

O advogado Byron Metcalf tirou a gravata às 17 horas, preparou uma bebida e colocou os pés sobre a escrivaninha.

– Não quer mesmo uma?

– Em outra ocasião. – Graham, desabotoando as mangas, ficou agradecido pelo ar-condicionado.

– Não conheci bem os Jacobi – disse Metcalf. – Mudaram-se para cá há apenas três meses. Eu e minha mulher fomos à casa deles umas duas vezes. Ed Jacobi me procurou para fazer um novo testamento após ter sido transferido e foi assim que o conheci.

– Mas é o testamenteiro dele.

– De fato. O primeiro testamenteiro era a mulher e depois eu, como alternativa, no caso de ela morrer ou ficar incapacitada. Ele tem um irmão na Filadélfia, mas eu soube que não eram íntimos.

– O senhor foi promotor-assistente.

– Fui, de 1968 a 1972. Concorri à eleição para promotor em 1972. Era quase certo, mas perdi. Hoje não lamento.

– Como vê o que aconteceu aqui, Sr. Metcalf?

– A primeira coisa que me veio à cabeça foi Joseph Yablonski, o líder trabalhista.

Graham balançou a cabeça afirmativamente.

– Um crime com motivo, nesse caso, poder, mascarado de ataque de loucura. Nós nos debruçamos sobre os documentos de Ed Jacobi com um pente fino: Jerry Estridge, do escritório do promotor, e eu. Nada. Ninguém para enriquecer com a morte de Ed Jacobi. Ganhava um salário bem alto, recebia direitos de algumas patentes, mas gastava quase tão depressa quanto ganhava. Tudo fora deixado para a mulher, junto com uma pequena propriedade na Califórnia em usufruto para os filhos e seus descendentes. Tinha feito um pequeno gasto para o filho sobrevivente. Estava destinado a custear seus três anos restantes de faculdade. Tenho certeza de que ainda será calouro nessa época.

– Niles Jacobi.

– Sim. O rapaz causou muitos aborrecimentos a Ed. Morou com a mãe na Califórnia. Foi para a prisão de Chino por roubo. Soube que a mãe é terrível. Ed foi lá no ano passado para saber dele. Trouxe-o de volta para Birmingham e colocou-o no Colégio Comunitário de Bardwell. Tentou mantê-lo com a família, porém ele agrediu outros rapazes e causou um inconveniente para todos. A Sra. Jacobi aguentou por um tempo, mas finalmente o mandaram para um internato.

– Onde ele estava?

– Na noite de 28 de junho? – Os olhos de Metcalf estavam entreabertos quando olhou para Graham. – A polícia pensou nisso e eu também. Foi a um cinema e depois voltou para o colégio. Confirmaram isso. Além do mais, seu sangue é tipo O. Sr. Graham, preciso buscar minha mulher em meia hora. Podemos conversar amanhã, se quiser. Diga-me em que posso ajudá-lo.

– Preciso ver os objetos pessoais dos Jacobi. Diários, retratos, coisas assim.

– Não há muito disso... perderam quase tudo num incêndio em Detroit antes de virem para cá. Nada suspeito... Ed estava fazendo uma solda no porão e as fagulhas atingiram latas de tinta que ele guardava lá e a casa se incendiou. Há alguma correspondência pessoal. Estão num cofre com pequenos valores. Não me lembro de diários. O resto está armazenado. Niles talvez tenha fotografias, mas duvido. Olhe: tenho de estar no tribunal às 9h30, mas posso levá-lo ao banco para examinar as coisas e buscá-lo mais tarde.

– Ótimo – agradeceu Graham. – Outra coisa. Cópia de tudo referente ao testamento pode me ser útil: recursos contra o espólio, contestação do testamento, correspondência. Gostaria de obter tudo isso.

– O escritório do promotor de Atlanta já me pediu. Estão comparando com o espólio dos Leeds em Atlanta – retrucou Metcalf.

– Apesar disso, queria para mim.

– Muito bem, cópias para o senhor. Porém, não pensa realmente que se trata de dinheiro, não é?

– Não. Apenas continuo esperando que o mesmo nome surja aqui e em Atlanta.

– Eu também.

O INTERNATO do Colégio Comunitário de Bardwell tinha quatro pequenos edifícios de dormitórios em torno de um malcuidado quadrado de terra batida. Uma guerra de aparelhos de som estéreos estava no auge quando Graham chegou.

Um alto-falante de cada lado das varandas tipo motel berravam um para o outro pelo terreno. Era Kiss contra a "Abertura 1812". Uma bolão cheio de água fez uma curva no espaço e estourou no chão a 3 metros de Graham.

Meteu-se sob um varal, passou sobre uma bicicleta para chegar à sala de estar da suíte que Niles Jacobi partilhava. A porta do quarto do rapaz estava entreaberta e a música sacudia as paredes. Graham bateu.

Ninguém atendeu.

Abriu completamente a porta. Um rapaz alto, sardento, estava sentado numa das camas de solteiro, fumando um cachimbo enorme. Uma moça de macacão estava deitada na outra cama.

O rapaz jogou a cabeça para trás para olhar Graham. Lutava para pensar.

– Estou procurando Niles Jacobi.

O rapaz parecia zonzo. Graham desligou o som.

– Estou procurando Niles Jacobi.

– É só um troço para minha asma, cara. Você nunca bate antes de entrar?

– Onde está Niles Jacobi?

– Sei lá. O que quer com ele?

Graham mostrou-lhe o distintivo.

– Faça força para lembrar.

– Merda – disse a garota.

– Narcóticos, que inferno. Não valho tanto, olhe, vamos falar sobre isso num minuto, cara.

– Vamos falar sobre onde Jacobi está.

– Acho que posso achá-lo para o senhor – disse a moça.

Graham esperou, enquanto ela perguntava nos outros quartos. Por onde ela passou, descargas jorraram.

Havia poucos traços de Niles Jacobi no quarto: numa cômoda, uma fotografia da família Jacobi. Graham levantou um copo com gelo derretido que estava sobre ela e enxugou a marca do copo com a manga.

A moça voltou.

– Procure no Serpente Detestável – disse ela.

O bar Serpente Detestável ficava numa loja de frente, com as janelas pintadas de verde-escuro. Os carros estacionados formavam uma estranha coleção, grandes caminhões parecendo cotós sem seus trailers, automóveis pequenos, um conversível lilás, velhos Dodges e Chevrolets estropiados, e quatro Harley-Davidsons completamente equipadas.

Um ar-condicionado instalado em cima da porta pingava regularmente na calçada.

Graham abaixou-se para driblar os pingos e entrou.

O local estava apinhado e cheirava a desinfetante e bebida velha. A atendente, uma mulher troncuda, de macacão, estendeu o braço por cima das cabeças dos fregueses no balcão para entregar a Graham seu refrigerante. Era a única mulher presente.

Niles Jacobi, moreno e esbelto, estava junto da *jukebox*. Colocou dinheiro na máquina, mas quem apertou o botão foi o homem a seu lado.

Jacobi parecia um estudante devasso, ao contrário do que escolheu a música.

O companheiro de Jacobi era uma mistura estranha: tinha um rosto infantil num corpo forte e troncudo. Usava camiseta e jeans, gastos na altura dos bolsos. Os braços eram musculosos e ele possuía mãos grandes e feias. Uma tatuagem feita por profissional no braço esquerdo dizia: "Nascido para foder." No outro braço, a grosseira tatuagem de uma prisão tinha a inscrição "Randy". Seu cabelo de presidiário havia crescido desigualmente. Quando ele estendeu o braço para apertar o botão na máquina iluminada, Graham viu um pedaço do braço raspado.

Graham sentiu frio no estômago.

Seguiu Niles Jacobi e "Randy" por entre a multidão até o fundo da sala. Ambos se sentaram a meio metro da mesa.

– Niles, meu nome é Will Graham. Preciso falar com você um instante.

Randy ergueu os olhos com um sorriso falsamente alegre. Faltava-lhe um dente da frente.

– Eu o conheço?

– Não. Niles, preciso falar com você.

Niles ergueu uma sobrancelha com ar inquisitivo. Graham ficou pensando o que teria acontecido a ele em Chino.

– Isto aqui é uma conversa particular. Dê o fora – disse Randy.

Graham olhou pensativamente para os estragados braços musculosos, a marca de esparadrapo na veia do braço, o pedaço raspado onde Randy havia experimentado o corte de sua faca. Marca de quem luta a faca.

Estou com medo de Randy. Atacar ou cair fora.

– Não me ouviu? – perguntou Randy. – Dê o fora.

Graham desabotoou o casaco e pôs sua identificação sobre a mesa.

– Fique imóvel, Randy. Se tentar levantar-se vai ter dois umbigos.

– Desculpe, senhor. A sinceridade imediata do presidiário.

– Randy, quero que faça o seguinte: quero que meta a mão em seu bolso de trás. Com dois dedos apenas. Você encontrará uma faca de mola de 12 centímetros. Ponha-a sobre a mesa... Obrigado.

Graham meteu a faca no bolso. Estava gordurosa.

– Agora, sua carteira no outro bolso. Tire-a. Vendeu sangue hoje, não foi?

– E daí?

– Pegue o papel que lhe deram, o que deve mostrar da próxima vez no banco de sangue. Abra-o na mesa.

Randy tinha sangue O. O retalhado Randy.

– Há quanto tempo saiu da prisão?

– Três semanas.

– Quem é o funcionário encarregado do seu livramento condicional?

– Não estou em condicional.

– Isso provavelmente é mentira. – Graham queria encanar Randy. Podia fazê-lo por ele usar uma faca acima do tamanho legal. Estava num lugar onde se vendia bebida, e isso era uma violação da condicional. Graham sabia que estava zangado porque Randy o atemorizara.

– Randy.

– Sim.

– Cai fora.

– Não sei o que lhe dizer. Não conhecia muito bem meu pai – disse Niles Jacobi, enquanto Graham o levava de volta para o colégio. – Abandonou minha mãe quando eu tinha 3 anos e não o vi mais depois disso... mamãe não teria *permitido*.

– Ele foi vê-lo na última primavera.

– É verdade.

– Em Chino.

– O senhor está sabendo.

– Estou procurando apenas ser franco. O que aconteceu?

– Bem, ele estava lá, na sala para visitantes, tenso e procurando não olhar em torno... muita gente chama essa sala de *zoológico*. Minha mãe me falou um monte sobre ele, mas não me pareceu tão mau. Era apenas um homem com um casaco esporte usado.

– O que ele disse?

– Bem, *esperei* que se atirasse a mim com acusações ou se sentisse culpado, que é como as coisas acontecem na maior parte das vezes na sala de visitantes. Mas apenas me perguntou se eu achava que podia ir para um colégio. Disse que conseguiria minha custódia se eu fosse para um. E insistiu: "Você precisa *ajudar-se* um pouco. Procure fazer isso e darei um jeito", e coisas assim.

– Quanto tempo para você sair?

– Duas semanas.

– Niles, alguma vez falou sobre sua família enquanto esteve em Chino? Com seus companheiros de cela ou qualquer outro?

Niles Jacobi olhou de relance para Graham.

– Ah. Ah, percebi. Não. Não sobre meu *pai.* Passei anos sem *pensar* nele. Por que iria falar a respeito dele?

– E aqui? Alguma vez levou algum dos seus amigos à casa dos seus pais?

– *Pai,* não pais. Ela não é minha mãe.

– Alguma vez levou alguém lá? Colegas ou...

– Ou barra-pesada, Sr. Graham?

– Isso mesmo.

– Não.

– Nunca?

– Nem uma vez.

– Ele se referiu a alguma espécie de ameaça ou alguma coisa o perturbou nos dois meses que antecederam ao assassinato?

– Estava perturbado na última vez em que o vi, mas apenas por causa de minhas notas. Tive uma porção de faltas. Comprou-me dois despertadores. Que eu soubesse, não tinha mais nada.

– Tem alguma coisa pessoal dele, correspondência, fotografias etc.?

– Não.

– Você possui um retrato da família. Está na cômoda do seu quarto. Ao lado do seu cachimbo.

– Não é meu. Nunca pus aquela nojeira na boca.

– Preciso do retrato. Tirarei uma cópia e o mandarei de volta. O que mais tem?

Niles Jacobi tirou um cigarro do maço e bateu nos bolsos à procura de fósforos.

– Só tenho aquilo. Não imagino por que me foi dado. Meu pai sorrindo para a *Sra.* Jacobi e todos os diabinhos. Pode levá-lo. Ele nunca me olhou daquela maneira.

GRAHAM PRECISAVA conhecer os Jacobi. Suas amizades recentes em Birmingham eram de pouca ajuda.

Byron Metcalf deu-lhe acesso ao cofre do banco. Graham leu o pequeno maço de cartas, na maior parte de negócios, e examinou as joias e a prataria.

Por três dias quentes trabalhou no depósito onde os pertences dos Jacobis estavam guardados. Metcalf o ajudou à noite. Cada caixote foi aberto e seu conteúdo examinado. Fotografias da polícia auxiliaram Graham a ver onde as coisas ficavam na casa.

Grande parte dos móveis era nova, comprada com o seguro do incêndio de Detroit. Os Jacobi mal tiveram tempo de deixar suas marcas neles.

Um deles, uma mesa de cabeceira ainda com traços de pó de impressões digitais, despertou a atenção de Graham. No seu centro havia uma mancha de cera verde.

Pela segunda vez pensou se o assassino gostava de velas.

O grupo de técnicos de Birmingham era bom.

A impressão borrada da base de um nariz foi o melhor que Birmingham e Jimmy Price, em Washington, puderam fazer com a lata de refrigerante da árvore.

A Seção de Armas de Fogo e Ferramentas do Laboratório do FBI fez um relatório sobre o galho cortado. As lâminas da ferramenta que o decepou eram fortes, com pontas pouco aguçadas: o serviço fora feito com uma torquês.

A Seção de Documentos tinha enviado a foto da marca feita na casca da árvore para o Departamento de Estudos Asiáticos em Langley.

Graham sentou-se sobre um caixote no depósito e leu o longo relatório. O Departamento de Estudos Asiáticos comunicou que a marca era um ideograma chinês que queria dizer: "Você o atingiu" ou "Você o atingiu na cabeça", expressão às vezes usada em jogos. Isso foi considerado um sinal "positivo" ou "feliz". O ideograma também existia numa peça de Mahjong, disseram os especialistas do departamento. Correspondia ao Dragão Vermelho.

13

Crawford, na sede do FBI em Washington, estava falando ao telefone com Graham no aeroporto de Birmingham, quando sua secretária meteu a cabeça na porta e lhe chamou a atenção.

– O Dr. Chilton, do Hospital de Baltimore, no 2706. Diz que é urgente.

Crawford fez um sinal com a cabeça.

– Espere na linha, Will. – Apertou um botão. – Crawford.

– Frederick Chilton, Sr. Crawford, no...

– Sim, doutor.

– Tenho aqui um bilhete, ou dois pedaços dele, que parece ser do homem que assassinou aquela gente em Atlanta e...

– Onde o conseguiu?

– Na cela de Hannibal Lecter. Foi escrito em papel higiênico e tem marcas de dentes.

– Pode lê-lo sem manusear muito?

Esforçando-se para parecer calmo, Chilton leu:

Meu caro Dr. Lecter,

Quero dizer-lhe como estou feliz por saber que se interessou por mim. E quando soube de sua vasta correspondência, perguntei-me: Ousarei? Claro que sim. Não acredito que diria a eles quem sou eu, mesmo que soubesse. Além disso, o corpo que ora ocupo é uma insignificância.

O importante é no que estou me tornando. Sei que só o senhor pode compreender isso. Tenho umas coisas que gostaria de mostrar-lhe. Um dia, talvez, se as circunstâncias permitirem. Espero que possamos nos corresponder...

– Sr. Crawford, há um pedaço rasgado e retirado. Depois ele diz:

> Há anos o admiro e tenho uma coleção completa de recortes a seu respeito. Na verdade, considero-os matérias muito injustas. Tais como as que se referem a mim. Eles gostam de colocar apelidos desonrosos, não acha? Fada do Dente. O que pode ser mais impróprio? Eu ficaria envergonhado se não soubesse que o senhor sofreu a mesma coisa.
>
> O investigador Graham me interessa. Sujeito estranho para um tira, não é? Não é muito elegante, mas tem um ar destemido.
>
> O senhor deveria tê-lo ensinado a não se intrometer.
>
> Desculpe o papel. Escolhi-o porque dissolve-se rapidamente, se o senhor precisar engoli-lo.

– Há um pedaço faltando aqui, Sr. Crawford. Vou ler a parte final:

> Se me responder, da próxima vez posso mandar-lhe algo mais específico. Na expectativa, continuo seu
>
> Fã ansioso

Houve um silêncio, após Chilton acabar de ler.

– Sr. Crawford?

– Sim. Lecter sabe que o senhor está com o bilhete?

– Ainda não. Esta manhã ele foi transferido para uma cela de segurança enquanto seu alojamento estava sendo limpo. Em vez de usar pano velho, o servente pegou montes de papel higiênico do rolo para limpar a pia. Achou o bilhete metido no rolo e o trouxe para mim. Entregam-me tudo o que encontram escondido.

– Onde está Lecter agora?

– Ainda na cela de segurança.

– De lá ele pode ver seu alojamento?

– Espere um momento... Não, não pode.

– Um instante, doutor.

Conservando Chilton na linha, Crawford ficou olhando os dois botões de ligações durante uns segundos, sem vê-los. Crawford, pescador de homens, estava assistindo sua boia mover-se contra a corrente. Tornou a falar com Graham.

– Will... um bilhete, talvez do Fada do Dente, escondido na cela de Lecter em Baltimore. Parece uma carta de fã. Quer a aprovação de Lecter, e está curioso a respeito de você. Está fazendo perguntas.

– Como Lecter faria para responder?

– Ainda não sei. Há partes rasgadas e outras riscadas. Poderá haver uma oportunidade de correspondência desde que Lecter não perceba que sabemos. Preciso do bilhete para o laboratório e quero vasculhar sua cela, mas é arriscado. Se Lecter ficar ciente, quem sabe o que ele pode dizer ao patife? Precisamos da ligação, mas também do bilhete.

Crawford disse a Graham para onde haviam levado Lecter e como o bilhete fora achado.

– São quase 30 quilômetros até Baltimore. Não posso esperá-lo, meu chapa. O que acha?

– Dez mortos em um mês... não podemos esperar por uma correspondência longa. Mande brasa.

– Estou indo – respondeu Crawford.

– Nós nos encontraremos em duas horas.

Crawford chamou a secretária.

– Sarah, chame um helicóptero. É para já, e não me importo de quem seja: nosso, da Defesa Civil ou dos Fuzileiros. Estarei no terraço em cinco minutos. Telefone para a divisão de documentos e diga-lhes que leve para cima uma caixa com documentos. Diga a Herbert que arranje um grupo de pesquisa. No terraço. Em cinco minutos.

Tornou a falar com Chilton.

– Dr. Chilton, precisamos examinar a cela de Lecter sem o conhecimento dele e necessitamos de sua ajuda. Mencionou este assunto a alguém?

– Não.

– Onde está o servente que encontrou o bilhete?

– Aqui comigo.

– Retenha-o, por favor, e diga-lhe para ficar calado. Há quanto tempo Lecter está fora da cela?

– Cerca de meia hora.

– Isso é tempo demais?

– Não, ainda não. Mas a limpeza da cela leva cerca de meia hora. Logo ele vai começar a estranhar.

– Bem, faça isto: chame o zelador do prédio ou o mecânico ou quem estiver de serviço. Diga-lhe para fechar a água do edifício e apague as luzes do corredor de Lecter. Mande o zelador passar diante da cela de segurança carregando ferramentas. Deve andar depressa, ocupado para responder a perguntas... percebe? Diga-lhe que darei uma explicação. Se o carro do lixo ainda não passou, cancele-o. Não toque no bilhete, sim? Estamos a caminho.

Crawford comunicou-se com o chefe da seção de análises científicas.

– Brian, vou enviar-lhe um bilhete, provavelmente do Fada do Dente. Prioridade absoluta. Tem de estar de volta ao lugar de onde veio dentro de uma hora e sem marcas. Deve mandá-lo para Cabelos e Fibras, Laboratório de Impressões, Documentos, e depois para você. Portanto, coordene-se com eles, está bem?... Sim, estou a caminho. Vou entregá-lo a você pessoalmente.

ESTAVA QUENTE – o termômetro marcava quase 30 graus – no elevador quando Crawford desceu do terraço com o bilhete, o cabelo desalinhado pelas pás do helicóptero. Chegou à Seção de Cabelos e Fibras fazendo caretas.

Aquela seção era calma, pequena e sobrecarregada. A sala comum estava amontoada de caixas de provas mandadas pelos departamentos policiais de todo o país: amostras de panos que haviam calado bocas e amarrado pulsos, tecidos rasgados e manchados, roupas de leitos de morte.

Crawford localizou Beverly Katz pela janela de uma sala de exames enquanto ele se movimentava entre as caixas. A moça tinha um par de macacões infantis suspensos por cabides sobre uma mesa coberta de papel branco. Trabalhando sob luz forte, limpou-os com uma espátula de metal, trabalhando cuidadosamente nos vincos e ao revés deles, nas felpas e contra elas. Um borrifo de areia e sujeira caiu no papel. Com elas, descendo pelo ar parado mais lentamente do que a areia, porém mais rápido do que o cotão, veio um cabelo fortemente enrolado. Ela inclinou a cabeça e olhou-o com seus brilhantes olhos de tordo.

Crawford percebeu seus lábios mexerem-se. Sabia o que ela estava dizendo.

– Peguei você.

Era o que sempre dizia.

Crawford batucou no vidro e ela saiu rapidamente, tirando as luvas brancas.

– Ainda não foi fotografado, certo?

– Não.

– Estou instalada na sala de exames seguinte.

Ela calçou um novo par de luvas, enquanto Crawford abria a caixa de documentos.

O bilhete, em dois pedaços, estava inserido cuidadosamente entre duas folhas de plástico. Beverly Katz viu a impressão dos dentes e olhou para Crawford, não perdendo tempo com perguntas.

Ele acenou com a cabeça: as marcas combinavam nitidamente com a mordida do assassino que levara para Baltimore.

Crawford olhou pela janela enquanto ela suspendia o bilhete com uma fina vareta, pendurando-o acima de um papel branco. Olhou-o com uma poderosa lupa e depois abanou-o suavemente. Bateu na vareta com o fio de uma espátula e tornou a olhar o papel com a lente de aumento.

Crawford consultou seu relógio.

Katz pendurou o bilhete numa outra vareta para que o verso ficasse virado para cima. Ela removeu um objeto minúsculo da superfície com uma pinça quase tão fina quanto um fio de cabelo.

Fotografou as extremidades rasgadas do bilhete com lente de aumento e o colocou de volta na caixa. Com ele, pôs na caixa um par de luvas brancas limpas. Estas – com a indicação de não tocar – deveriam ficar sempre ao lado da prova até que esta fosse examinada à procura de impressões digitais.

– Pronto – disse ela, entregando a caixa a Crawford. – Um fio de cabelo, talvez a trigésima segunda parte de uma polegada. Dois grãos azuis. Trabalharei nisso. O que mais tem?

Crawford entregou-lhe três envelopes marcados.

– Cabelo do pente de Lecter. Barba do aparelho elétrico que eles o deixam usar. Este fio de cabelo do homem da limpeza. Preciso ir.

– Até logo – disse Katz. – Adorei o *seu* cabelo.

JIMMY PRICE, do Laboratório de Impressões, franziu o cenho ao ver do papel higiênico poroso. Espiou, raivoso, sobre o ombro do seu técnico operando o laser hélio-cádmio, à procura de uma impressão digital, a fim de fazê-la tornar-se fluorescente. Borrões brilhantes apareceram no papel, manchas de suor e mais nada.

Crawford começou a fazer-lhe uma pergunta, pensou melhor e esperou, com a luz azul refletindo-se em seus óculos.

– Sabemos que três caras mexeram nisto sem luvas, certo? – disse Price.

– Sim, o homem da limpeza, Lecter e Chilton.

– O sujeito que limpou a pia provavelmente lavou a gordura dos dedos. Mas os outros... este troço é incrível. – Price colocou o papel contra a luz, a pinça firme em sua velha mão sardenta. Posso vaporizá-lo, Jack, mas não posso garantir que os borrões de iodo desapareçam no tempo que você precisa.

– Ninidrina? Estimular com o calor? – Normalmente, Crawford não teria arriscado uma sugestão técnica a Price, mas estava meio perdido. Esperou uma resposta irritada, mas o velho parecia infeliz e triste.

– Não. Não poderíamos lavar depois. Não posso tirar uma impressão disto, Jack. Não há nenhuma.

– Merda! – esbravejou Crawford.

O velho deu-lhe as costas. Crawford pôs a mão do ombro ossudo de Price.

– Que diabo, Jimmy, se houvesse você a teria encontrado.

Price não respondeu. Estava desembrulhando um par de mãos chegadas de outro caso. Gelo seco fumegava no cesto de lixo. Crawford atirou as luvas brancas na fumaça.

A DECEPÇÃO lhe remoía o estômago. Crawford correu para a Divisão de Documentos, onde Lloyd Bowman estava esperando. Bowman fora chamado no tribunal e o corte abrupto de sua concentração o fez piscar como um homem recém-acordado.

– Parabéns pelo seu corte de cabelo. Um corajoso começo – disse Bowman com as mãos rápidas e cuidadosas ao virar o bilhete para trabalhar nele. – De quanto tempo disponho?

– Vinte minutos no máximo.

Os dois pedaços do bilhete brilharam sob as luzes de Bowman. Sua tinta estava verde-escura através de um rasgão no pedaço superior.

– A coisa principal, a primeira coisa, é como Lecter iria responder – disse Crawford, quando Bowman acabou de ler.

– As instruções para a resposta estavam provavelmente na parte cortada. – Bowman trabalhou firme com luzes, filtros e câmera copiadora enquanto falava. – Aqui na parte de cima ele diz "Espero que possamos nos corresponder..." e depois começa o buraco. Lecter riscou com uma caneta de ponta de feltro, dobrou e arrancou a maior parte.

– Ele não tinha nada com que cortar.

Bowman fotografou a impressão dos dentes e as costas do bilhete com uma luz indireta, sua sombra pulando de parede para parede à medida que movia a luz 360 graus em torno do papel e suas mãos faziam movimentos fantasmagóricos no ar.

– Agora podemos misturar um pouquinho.

Bowman colocou o bilhete entre duas lâminas de vidro para alisar as beiras laceradas do orifício. Os pedaços estavam borrifados de tinta vermelha. Resmungou baixinho. Na terceira repetição, Crawford percebeu o que ele estava dizendo: "Você é muito astuto, mas eu também sou."

Bowman substituiu filtros em sua pequena câmera de vídeo, focando-a no bilhete. Escureceu a sala até restar apenas o fulgor vermelho mortiço de uma lâmpada e o azul-esverdeado da tela do monitor.

As palavras "espero que possamos nos corresponder" e o buraco dilacerado apareceram ampliados na tela. A tinta havia desaparecido e nas beiradas laceradas surgiam fragmentos de letras.

– A anilina das tintas coloridas fica transparente no infravermelho – disse Bowman. – Estas podem ser, aqui e ali, as extremidades de T's. Na ponta, vê-se o que pode ser o final de um M, um N ou, possivelmente, um R. – Bowman tirou uma fotografia e acendeu as luzes. – Jack, há apenas duas maneiras comuns de entrar em contato: pelo telefone e por uma publicação. O Lecter pode dar telefonemas rápido?

– Pode dar telefonemas, mas sem pressa e por intermédio da mesa do hospital.

– Publicação, portanto, é a única forma segura.

– Sabemos que esse encanto de pessoa lê o *Tattler.* A matéria sobre Graham e Lecter saiu do *Tattler.* Não sei de outro jornal que a tenha publicado.

– Três T's um R em *Tattler.* Você acha que na coluna Cartas? É um lugar a investigar.

Crawford procurou na biblioteca do FBI, e depois telefonou dando instruções ao escritório de Chicago.

Bowman devolveu-lhe a caixa assim que acabou.

– O *Tattler* sai esta tarde – disse Crawford. – É impresso em Chicago nas segundas e quintas-feiras. Vamos obter provas das páginas de anúncios.

– Espero ter mais algum material... secundário, acho – disse Bowman.

– Qualquer coisa útil, despache para Chicago diretamente. Faça-me um relatório quando eu voltar do manicômio – pediu Crawford, caminhando para a porta.

14

A catraca da estação central do metrô de Washington devolveu o bilhete de Graham e ele saiu para a tarde quente carregando sua maleta de avião.

O Edifício J. Edgar Hoover parecia uma enorme gaiola de cimento sobrepondo-se ao tremeluzente calor da rua Dez. A mudança do FBI para sua nova sede ainda estava sendo feita quando Graham partiu de Washington. Nunca trabalhara nela.

Crawford encontrou-o na mesa de recepção na entrada subterrânea para apressar a emissão das credenciais dele junto com as suas. Graham tinha um ar cansado e tornou-se impaciente com as formalidades. Crawford ficou imaginando como Will se sentia, sabendo que o assassino estava pensando nele.

Deram a Graham uma placa magneticamente codificada como a do paletó de Crawford. Introduziu-a no portão e passou para os longos corredores brancos. Crawford carregava sua maleta.

– Esqueci de dizer a Sarah para mandar-lhe um carro.

– Talvez tenha sido mais rápido assim. Já devolveu o bilhete a Lecter?

– Já – respondeu Crawford. – Acabo de voltar. Inundamos o chão do corredor. Simulamos o rompimento de um cano e um curto-circuito. Chamamos Simmons... é agora perito-assistente em Baltimore... e o pusemos esfregando o chão quando Lecter foi devolvido à cela. Simmons acha que ele não descobriu.

– Fiquei imaginando no avião se o próprio Lecter não escreveu aquilo.

– Isso também me ocorreu até que vi o bilhete. A marca de dentes no papel combina com a encontrada na mulher. Há também a esferográfica, que Lecter não possui. A pessoa que escreveu aquilo leu o *Tattler*, e Lecter não o recebe. Rankin e Willingham vasculharam a cela. Foi um belo trabalho, mas nada encontraram. Fizeram algumas fotos antes para colocar tudo de volta nos devidos lugares.

Depois o homem da limpeza entrou e fez o de sempre.

– O que você acha?

– Com relação a uma prova física de identificação, o bilhete é uma merda – disse Crawford. – De algum jeito, temos de monitorar o contato deles, mas sabe-se lá como. Teremos dentro de instantes o resto dos exames de laboratório.

– Você tem o controle da correspondência e do telefone no manicômio?

– Tenho uma ordem de gravação sempre que Lecter telefonar. Sábado à tarde ele fez uma chamada. Disse a Chilton que ia falar com o advogado. É uma droga de uma linha especial e não dá para ter certeza.

– Que disse o advogado dele?

– Nada. Conseguimos uma linha especial para a mesa telefônica do hospital para o uso de Lecter no futuro e portanto, isso não nos acontecerá outra vez. Vamos meter o bedelho em sua correspondência de todas as formas, a partir da próxima entrega. Não há problemas com autorizações.

Crawford dirigiu-se a uma porta e meteu o emblema do seu cargo na ranhura da fechadura.

– Meu novo escritório. Entre. O decorador tinha alguma tinta sobrando de um couraçado que pintara. Olhe o bilhete. Esta cópia é do tamanho natural.

Graham leu-a duas vezes. Vendo o emaranhado de linhas em torno do seu nome, uma campainha aguda começou a soar em sua cabeça.

– A biblioteca confirma que o *Tattler* é o único jornal a publicar matéria sobre Lecter e você – disse Crawford, preparando uma dose de Alka-Seltzer para si mesmo. – Quer um? Sorte sua. A edição foi rodada na noite de segunda-feira, há uma semana. Foi para as bancas do país inteiro na terça-feira... em algumas regiões só a partir de quarta... Alasca, Maine e outras. O Fada do Dente não leu o jornal antes de terça. Leu e escreveu a Lecter. Rankin e Willingham ainda estão vasculhando o lixo do hospital à procura do envelope. Trabalho duro. Não separam o papel dos panos em Chesapeake.

"Muito bem, Lecter não recebeu o bilhete do Fada do Dente antes de quarta-feira. Separou a parte sobre como responder, riscou e borrou uma última referência... não sei por que não a rasgou também.

– Era no meio de um parágrafo cheio de elogios – disse Graham. – Não teve coragem de estragá-lo. Foi por isso que não atirou tudo fora. – Esfregou as têmporas com os nós dos dedos.

– Bowman acha que Lecter vai usar o *Tattler* para responder ao Fada do Dente. Diz que será esse provavelmente o caminho. Você acha que ele responderá?

– Claro. É um grande missivista. Tem amigos correspondentes por todos os lados.

– Se usarem o *Tattler,* Lecter mal teve tempo para colocar sua resposta no número que será impresso esta noite, mesmo que tenha enviado pela entrega rápida ao jornal no mesmo dia em que recebeu o bilhete do Fada do Dente. Chester, do escritório de Chicago, está lá examinando os anúncios. Os impressores estão rodando o jornal agora.

– Deus, por favor não agite o *Tattler* – disse Graham.

– O chefe da oficina pensa que Chester é um corretor de imóveis querendo tirar vantagem dos anúncios. Está vendendo as provas a ele, clandestinamente, uma a uma, logo que chegam. Estamos examinando tudo, todos os anúncios, para ver se levantamos alguma coisa. Muito bem, vamos dizer que descubramos como Lecter vai responder e possamos repetir o método. Depois poderemos falsificar uma mensagem para o Fada do Dente: mas o que diremos? Como vamos agir?

– O mais lógico é tentar levá-lo a uma caixa de correio – disse Graham. – Usar como isca uma coisa que ele gostaria de ver. "Uma prova importante" que Lecter sabe da conversa que teve comigo. Algum engano cometido por ele que esperamos que repita.

– Ele será um idiota se cair nessa.

– Eu sei. Quer saber qual seria a melhor isca?

– Não sei se quero.

– Lecter seria a melhor isca – disse Graham.

– Colocada onde?

– Sei que seria um inferno fazer isso. Levaríamos Lecter sob custódia federal... Chilton nunca permitiria isso em

Chesapeake... e o guardaríamos em segurança máxima num hospital psiquiátrico da Veterans.* Forjaríamos uma fuga.

– Oh, Deus.

– Pelo *Tattler* da semana seguinte à grande "fuga", mandaríamos uma mensagem ao Fada do Dente. De Lecter, propondo-lhe um encontro.

– Por quê, pelo amor de Deus, alguém desejará encontrar-se com Lecter? Quero dizer, mesmo o Fada do Dente?

– Para matá-lo, Jack. – Graham levantou-se. Não havia janela para olhar enquanto falava. Postou-se diante dos "Dez Mais Procurados", única decoração nas paredes de Crawford. – Olhe, o Fada do Dente poderia absorvê-lo dessa maneira, incorporá-lo, tornar-se maior que ele.

– Você parece ter muita certeza.

– Não tenho. Quem tem? Ele disse no bilhete: "Tenho umas coisas que gostaria de mostrar-lhe. Um dia, talvez, se as circunstâncias permitirem." Pode ser um convite sério. Não creio que estivesse sendo apenas cortês.

– O que terá para mostrar? As vítimas estavam intactas. Nada faltando a não ser um pedacinho de pelo e de cabelo e isso foi provavelmente... Como foi que Bloom disse?

– Ingerido – retrucou Graham. – Deus sabe o que ele tem. Tremont. Lembra-se dos trajes de Tremont em Spokane? Apesar de amarrado numa maca, apontava com o queixo, sempre tentando mostrá-los ao Departamento de Polícia de Spokane. Não estou certo de que Lecter queira atrair o Fada do Dente, Jack. Digo que é a melhor tentativa.

– Teremos uma droga de estrondo, se descobrirem que Lecter está solto. Todos os jornais em cima de nós, berrando. Talvez seja a melhor tentativa, mas vamos deixá-la por último.

– O assassino provavelmente não chegaria perto de uma caixa de correio, mas pode ficar bastante curioso para olhar

* Centro Hospitalar para aposentados das Forças Armadas. (*N. do E.*)

uma e ver se Lecter o dedurou. Se conseguir fazê-lo a distância. Podemos escolher uma que possa ser vista de apenas uns poucos lugares e determinar os pontos de observação. – Enquanto falava, a coisa parecia inconsistente, mesmo para Graham.

– O Serviço Secreto tem um método que nunca foi usado. Vão emprestar-nos. Mas, se não colocarmos um anúncio hoje, teremos de esperar até segunda-feira, antes da saída da próxima edição. A impressão é feita às 17 horas daqui. Isso dá a Chicago outra hora e 15 minutos para sair com o anúncio de Lecter, se *houver* um.

– Quanto à *ordem* de anúncio de Lecter, podemos conseguir a carta em que ele terá de enviar o anúncio ao *Tattler* rapidamente?

– Chicago mandou alguns exploradores ao gerente da loja – disse Crawford. – A correspondência fica no escritório do gerente de classificados. Vendem os nomes e devolvem os endereços para as listas de correspondência: fornecedores de produtos para pessoas solitárias, feitiços de amor, pílulas de virilidade, "conheça lindas garotas asiáticas", cursos de personalidade, toda essa espécie de coisa. Podemos apelar para a cidadania do gerente de classificados e conseguir dar uma olhada, exigir-lhe que fique calado, mas não quero correr esse risco e ter o *Tattler* desabando sobre nós. Precisaríamos de uma ordem para entrar lá e examinar a correspondência. Estou considerando isso.

– Se Chicago der em nada, de qualquer forma poderemos fazer um anúncio. Se estivermos errados com relação ao *Tattler*, nada perderemos – disse Graham.

– E se estivermos certos de que o *Tattler* é o intermediário, daremos uma resposta baseada no que temos neste bilhete e apertamos o parafuso... se não parecer correto a ele, entraremos pelo cano. Não lhe perguntei sobre Birmingham. Novidades?

– Birmingham entregou os pontos. A casa dos Jacobi foi pintada, redecorada e está à venda. Seu mobiliário está armazenado à espera do término do inventário. As pessoas com quem falei não conheciam bem os Jacobi. A única coisa que sempre mencionaram foi como eram carinhosos uns com os outros. Sempre se abraçando. Nada mais resta deles agora a não ser cinco caixas de objetos num armazém. Eu desejaria...

– Pare de desejar, você está metido nisso agora. – E a marca na árvore?

– "Você atingiu-o na cabeça"? Para mim não quer dizer nada – retrucou Crawford. – Nem o Dragão Vermelho. Beverly sabe jogar Mahjong. Ela é esperta e não vê a relação. Sabemos por seu cabelo que ele não é chinês.

– Cortou o galho com uma torquês.

O telefone de Crawford tocou. Falou rapidamente.

– O laboratório acabou com o memorando, Will. Vamos ao escritório de Zeller. É maior e não tão sombrio.

Lloyd Bowman, seco como uma folha de papel apesar do calor, reuniu-se a eles no corredor. Estava sacudindo fotografias úmidas em ambas as mãos e levava um maço de folhas debaixo do braço.

– Jack, tenho de estar no tribunal às 16h15 – disse, continuando o movimento. – É aquele falsificador. Nilton Eskew, e sua namorada, Nan. Ela pode desenhar facilmente uma nota do Tesouro. Há dois anos eles têm me deixado louco, fabricando seus próprios cheques de viagem numa Xerox em cores. Não saem de casa sem eles. Chegarei a tempo ou devo avisar ao promotor?

– Prossiga – disse Crawford. – Não vamos demorar.

Beverly Katz, sentada no sofá, sorriu para Graham, amenizando a careta de Price a seu lado.

Brian Zeller, chefe da Seção de Análises Científicas, era jovem para a importância do cargo, mas seu cabelo já estava rareando e ele usava lentes bifocais. Na estante, atrás da escrivaninha de Zeller, Graham viu o livro de H. J. Walls sobre criminologia; o grande *Forensic Medicine*, em três volumes, de Tedeschi; e uma velha edição de *The Wreck of the Deutschland*, de Hopkins.

– Will, acho que fomos apresentados na Universidade George Washington – disse Zeller. – Já conhece os outros?... Ótimo.

Crawford curvou-se sobre a mesa de Zeller, apoiado no braço.

– Alguém tem uma bomba? Bem, alguma coisa encontrada por vocês leva a crer que o bilhete *não* é do Fada do Dente?

– Não – respondeu Bowman. – Acabo de falar com Chicago para fornecer-lhes números que consegui de uma marca nas costas do bilhete. Seis-seis-seis. Mostrarei a vocês no momento oportuno. Chicago tem até agora mais de duzentos anúncios pessoais. – Entregou a Graham um punhado de folhas de Datafax. – Li-os e são todos iguais aos de sempre: propostas de casamento, combinações de fuga. Não sei como iremos reconhecer o anúncio, se for colocado.

Crawford balançou a cabeça, concordando.

– Também não sei. Deixemos isso de lado. Ora, Jimmy Price fez tudo o que pôde e não há impressões digitais. E quanto a você, Bev?

– Tenho um fio de cabelo. O tipo e o volume combinam com amostras do de Hannibal Lecter. A cor também. Esta é muito diferente das amostras obtidas em Birmingham e Atlanta. Três partículas azuis e algumas manchas escuras levam à conclusão de Brian. – Ela ergueu as sobrancelhas na direção de Brian Zeller.

– As partículas são de material de limpeza granulado contendo cloro – disse ele. – Devem ser provenientes das mãos do servente. Havia inúmeras partículas minúsculas de sangue seco. É indubitavelmente sangue, mas insuficiente para ser catalogado.

– Os rasgões nas beiras das peças eliminam as perfurações – continuou Beverly Katz. – Se encontrarmos o rolo na posse de alguém que não o tenha tornado a rasgar, poderemos fazer uma comparação definitiva. Recomendo expedir agora um aviso para que os policiais dediquem-se a encontrar o rolo.

Crawford concordou num aceno de cabeça.

– Bowman?

– Sharon, do meu escritório, examinou o papel e obteve amostras para comparar. É papel higiênico usado em barcos e acampamentos. A textura combina com a marca Wedeker, fabricada em Minneapolis. É vendida no país todo.

Bowman colocou suas fotografias numa armação ao lado das janelas. A voz era surpreendentemente profunda para sua fraca constituição e a gravata-borboleta movia-se levemente quando ele falava.

– Quanto à letra em si, trata-se de uma pessoa destra usando a mão esquerda, dando-lhe uma característica deliberada. Pode-se ver a inconstância dos traços e o tamanho variável das letras.

"A proporção me faz pensar que nosso homem tem um pequeno astigmatismo não corrigido.

"A tinta em ambos os pedaços do bilhete parece a mesma azul real da esferográfica à luz natural, mas surge uma leve diferença sob filtros coloridos. Ele usou duas canetas, que foram trocadas em algum lugar do pedaço faltante do bilhete. Pode-se ver onde a primeira cessa. Não foi usada com frequência... está vendo a bolha com que começa? Deve ter sido guardada de ponta para baixo, desencapada, num pote ou porta-lápis, o que sugere uma escrivaninha. Também a superfície onde o papel foi posto era bastante macia, sugerindo um mata-borrão. Este pode conservar impressões, se você o encontrar. Quero entregar o mata-borrão ao julgamento de Beverly.

Bowman chegou a uma fotografia do verso do bilhete. A grande ampliação fez o papel parecer desfocado. Estava cheio de impressões borradas.

– Ele dobrou o bilhete para escrever a parte de baixo, inclusive a que foi rasgada depois. Nesta ampliação do verso, a luz indireta revela algumas impressões. Pudemos ler "666 an". Talvez tenha tido um problema com a caneta, superado e tornado a escrever. Eu não havia descoberto até conseguir esta cópia por alto contraste. Não há 666 em nenhum anúncio até agora.

"A forma da frase é correta, e não há incoerência. As dobras sugerem que foi enviada num envelope normal de carta. Estes dois pontos escuros são borrões de tinta de impressão. O bilhete foi provavelmente dobrado dentro de uma matéria impressa inócua no envelope.

"É mais ou menos isso – concluiu Bowman. – A menos que queira fazer perguntas, Jack, é melhor que eu vá ao tribunal. Farei uma verificação depois de testemunhar."

– Vá fundo – retrucou Crawford.

Graham examinou a coluna pessoal do *Tattler*. (Senhora atraente, de porte real, jovem de 52 anos, procura Leão cristão não fumante de 40 a 70. Sem filhos, por favor. Membro artificial será bem recebido. Nada de imposturas. Enviar fotografia com a primeira carta.)

Perdido entre os sofrimentos e desesperos dos anúncios, não reparou que os outros estavam saindo até que Beverly Katz falou com ele.

– Desculpe, Beverly. O que foi que você disse? – Olhou para seus olhos brilhantes e seu rosto cansado e bondoso.

– Disse apenas que estava contente por vê-lo de volta, campeão. Você está ótimo.

– Obrigado, Beverly.

– Saul está indo à escola de culinária. Ainda está meio indeciso, mas, quando a poeira assentar, apareça que ele cozinha para você.

– Pode deixar.

Zeller afastou-se na direção do seu laboratório. Ficaram apenas Crawford e Graham, olhando para o relógio.

– Quarenta minutos para o *Tattler* rodar – disse Crawford. – Vou à procura da correspondência deles. O que acha?

– Acho que deve.

Crawford deu a ordem a Chicago pelo telefone de Zeller.

– Will, precisamos estar prontos com um anúncio substituto, se Chicago conseguir.

– Vou trabalhar nisso.

– Vou preparar a caixa de correio.

Crawford ligou para o Serviço Secreto e falou por algum tempo. Graham estava escrevendo quando ele terminou.

– Muito bem, a caixa de correio está uma beleza – disse finalmente Crawford. – É uma caixa externa de recados num serviço de bombeiros instalado em Annapolis. É na zona de Lecter. O Fada do Dente verá que se trata de coisa que Lecter deve conhecer. Escaninhos em ordem alfabética. O pessoal de serviço cuidou disso e conseguiu encontros e correspondência. Nosso funcionário poderá fiscalizar no parque no outro lado da rua. O Serviço Secreto garante que vai dar certo. Fizeram isso para pegar um falsário, mas aconteceu que não foi preciso. Aqui está o endereço. E a mensagem?

– Temos de usar duas mensagens na mesma edição. A primeira adverte o Fada do Dente para o fato de seus inimigos estarem mais próximos do que ele pensa. Informa-o de que cometeu um erro grave em Atlanta e, se repeti-lo, está liquidado. Diz-lhe que Lecter pôs no correio "informações secretas" que eu mostrei sobre o que estamos fazendo, como estamos perto, do que dispomos. Isso vai levá-lo a uma segunda mensagem que começa com "sua assinatura".

"A segunda mensagem começa com 'Fã Ansioso...' e contém o endereço da caixa postal. Temos de fazer assim. Mesmo em linguagem indireta, o aviso na primeira mensagem irá excitar alguns malucos. Se não conseguirem o endereço, não poderão chegar à caixa e complicar as coisas.

– Ótimo. Ótimo mesmo. Quer esperar no meu escritório?

– Prefiro fazer outra coisa. Preciso ver Brian Zeller.

– Pois vá. Posso contatá-lo num instante, se necessitar.

Graham encontrou o chefe da seção na Serologia.

– Brian, você pode mostrar-me umas coisas?

– Claro. O quê?

– As amostras que você usou para classificar o Fada do Dente. Zeller fitou Graham pela parte inferior de suas lentes bifocais.

– Há alguma coisa no relatório que você não tenha entendido?

– Não.

– Alguma coisa está pouco clara?

– Não.

– *Incompleta?* – Zeller pronunciou a palavra como se ela tivesse mau gosto.

– Seu relatório é perfeito, não se pode pedir mais. Quero apenas sentir a prova na minha mão.

– *Ah*, certamente. Podemos dar um jeito. – Zeller acreditava que todos os investigadores mantinham as superstições da caça. Ficou satisfeito por animar Graham. – Está tudo junto lá no final.

Graham acompanhou-o entre as longas filas de aparelhos.

– Você está lendo Tedeschi.

– Estou – respondeu Zeller, virando a cabeça. – Como sabe, aqui não fazemos medicina legal, mas Tedeschi tem muita utilidade. Graham. Will Graham. Você escreveu a monografia modelo sobre determinação do tempo de morte por atividade de insetos, não foi? Ou trata-se de outro Graham?

– Escrevi. – Uma pausa. – Tem razão, Mant e Nuorteva no Tedeschi são melhores em insetos.

Zeller ficou surpreso ao ouvir este pensamento em voz alta.

– Bem, há mais fotografias e uma tabela de ondas de invasão. Sem ofensa.

– Claro. Eles são melhores. Disse-lhes isso.

Zeller pegou frascos e dispositivos de um armário e de uma geladeira e reuniu-os sobre um balcão de laboratório.

– Se quiser perguntar-me alguma coisa, estarei por aqui. A luz deste microscópio fica desse lado.

Graham não precisava do microscópio. Não duvidava de nenhuma das descobertas de Zeller. Não sabia o que buscava. Ergueu os frascos e os dispositivos contra a luz e um envelope impermeável com dois cabelos louros, encontrados em Birmingham. Um segundo envelope continha três fios encontrados na Sra. Leeds.

Havia cuspe, cabelo e sêmen na mesa em frente a Graham, e um ar vazio em que ele tentou ver uma imagem, um rosto, alguma coisa que substituísse o medo impreciso que carregava consigo.

Uma voz de mulher fez-se ouvir no alto-falante do teto.

– Graham, Will Graham, do escritório do agente especial Crawford. No vermelho.

Encontrou Sarah com os fones no ouvido datilografando e Crawford olhando por cima do ombro dela.

– Chicago conseguiu uma ordem de anúncio contendo 666 – disse Crawford pelo canto da boca. – Estão ditando-a agora para Sarah. Dizem que parte dela parece código.

As frases estavam surgindo da máquina de Sarah.

Querido Peregrino,
você me honra...

– É isso. É isso – disse Graham. – Lecter chamou-o de peregrino, quando estava falando comigo.

você é muito bonito...

– Meu Deus – disse Crawford.

Ofereço 100 preces por sua segurança.
Procure ajuda em João 6:22, 8:16, 9:1; Lucas 1:7, 3:1; Gálatas, 6:11, 15:2; Atos 3:3; Revelação 18:7; Jonas 6:8...

As batidas diminuíram quando Sarah leu cada par de números para o agente em Chicago. Ao terminar, a lista de referências cobria um quarto de página. Estava assinado: "Deus o abençoe, 666."

– É tudo – disse Sarah.

Crawford pegou o telefone.

– Muito bem, Chester, como foi com o gerente de anúncios?... Não, você agiu certo... De fato, um engano total. Não desligue, volto a falar-lhe.

– Código – disse Graham.

– Tem de ser. Temos 22 minutos para produzir uma mensagem para substituir isso. O gerente do comercial precisa de uma confirmação dentro de dez minutos e 300 dólares para incluí-la nesta edição. Bowman está no escritório descansando. Se você conseguir colocá-lo em ação, falarei com a Criptografia em Langley. Sarah, passe um telex do anúncio para a Seção de Criptografia da CIA. Vou dizer-lhes que está a caminho.

Bowman colocou a mensagem em sua escrivaninha, alinhando-a exatamente nos cantos do mata-borrão. Limpou os óculos sem aros por um tempo que pareceu demasiado a Graham.

Bowman tinha a reputação de ser rápido. Mesmo a Seção de Explosivos o perdoava por não ter sido ex- fuzileiro, e lhe fazia essa concessão.

– Temos vinte minutos – disse Graham.

– Compreendo. Ligou para o Langley?

– O Crawford falou com ele.

Bowman leu a mensagem inúmeras vezes, examinou-a de alto a baixo e dos lados, correu o dedo pelas margens. Tirou uma Bíblia da estante. Por cinco minutos, ouviu-se apenas o som da respiração dos dois e o estalar das folhas de papel de seda.

– Não – disse. – Não conseguiremos a tempo. É melhor usar o que estiver disponível.

Graham exibiu-lhe a mão vazia.

Browman virou-se para encarar Graham e tirou os óculos. Tinha uma marca vermelha em cada lado do nariz.

– Tem certeza de que o bilhete remetido a Lecter é a única comunicação que ele recebeu do seu Fada de Dente?

– Tenho.

– Então o código é uma coisa simples. Necessitam apenas proteger-se contra leitores acidentais. Medindo os buracos no bilhete que Lecter recebeu, faltam apenas cerca de sete centímetros. Não é muito espaço para instruções. Os números não saem exatamente de um quadro alfabético de prisão... o código das batidas. Estou inclinado a achar que se trata de um código de livro.

Crawford aproximou-se.

Código de livro?

– É o que parece. O primeiro numeral, aquele “cem preces” pode ser o número da página. Os números duplos nas referências podem ser linha e letra. Mas de que livro?

– Não são da Bíblia? – perguntou Crawford.

– Não, não são. A princípio pensei que fossem. Gálatas 6:11 quase me derruba. “Vistes como é enorme a carta que vos escrevi com minha própria mão.” Combina, mas é coincidência pois a seguir ele cita Gálatas 15:2. Gálatas tem apenas seis capítulos. O mesmo para Jonas 6:8, este tem quatro capítulos. Ele não usou a Bíblia.

– Talvez o título do livro esteja escondido na parte clara da mensagem de Lecter – sugeriu Crawford.

Bowman sacudiu a cabeça.

– Acho que não.

– Então o Fada de Dente designou o livro a usar. Especificou-o no bilhete a Lecter – falou Graham.

– Talvez – disse Bowman. – Que tal um aperto em Lecter? Num manicômio eu pensaria em drogas...

– Tentaram amital sódico há três anos para descobrir onde ele enterrou um estudante de Princeton – disse Graham. – Ele deu-lhes uma receita para um molho. Além disso, se o apertarmos, perderemos a conexão. Se o Fada do Dente sugeriu o livro, é algo que ele sabe que Lecter tem na cela.

– Sei com certeza que ele não encomendou nem pediu emprestado um de Chilton – informou Crawford.

– O que os jornais publicaram sobre isso, Jack? Sobre os livros de Lecter?

– Que possui livros de medicina, de psicologia, de culinária.

– Então pode ser um dos comuns nessas especialidades, algum tão básico que Fada do Dente concluiu que Lecter sem dúvida tinha – falou Bowman. – Precisamos de uma relação dos livros de Lecter. Tem alguma?

– Não. – Graham ficou olhando para seus sapatos. – Posso falar com Chilton... Espere. Rankin e Willingham, quando vasculharam a cela dele, fotografaram tudo para poder recolocar as coisas no lugar.

– Quer pedir-lhes para que se encontrem comigo levando as fotografias dos livros? – perguntou Bowman, arrumando sua maleta.

– Onde?

– Na biblioteca do Congresso.

Crawford comunicou-se mais uma vez com a Seção de Criptografia da CIA. O computador em Langley estava experimentando progressivas e consistentes substituições de números por letras e uma estonteante variedade de grades alfabéticas. Nenhum progresso. O criptógrafo concordou com Bowman de que era provavelmente um código de livro.

Crawford consultou o relógio.

– Will, deixaram-nos três escolhas e temos de nos decidir já. Podemos retirar a mensagem de Lecter do jornal e nada conseguir. Podemos substituí-la por nossas mensagens em linguagem clara, convidando o Fada do Dente a ir à caixa postal. Ou podemos deixar o anúncio de Lecter seguir como está.

– Tem certeza de que ainda podemos retirar a mensagem de Lecter do *Tattler*?

– Chester acha que o gerente da loja de anúncios poderá fazê-lo por mais ou menos 500 dólares.

– Detesto publicar uma mensagem clara, Jack. Lecter provavelmente não vai mais ouvir falar dele.

– Sim, mas não acho conveniente deixar a mensagem de Lecter sair sem saber o que ela contém – disse Crawford. – O que pode Lecter dizer-lhe que ele já não saiba? Se ele descobrir que temos uma impressão parcial do polegar e sua arcada, afinal de contas, estão nos arquivos, pode decepar o polegar, arrancar os dentes e nos dar uma gargalhada desdentada no tribunal.

– A impressão do polegar não está na pasta que Lecter viu. Acho melhor deixarmos a mensagem de Lecter sair. Pelo menos, vai encorajar o Fada do Dente a tornar a contatá-lo.

– E se isso o encorajar a fazer outra coisa além de escrever?

– Vamo-nos sentir mal durante muito tempo – retrucou Graham. – Precisamos fazer isso.

QUINZE MINUTOS DEPOIS, em Chicago, as rotativas do *Tattler* começaram a funcionar, ganhando velocidade até que seu estrondo levantou poeira na oficina. O agente do FBI, esperando em meio ao cheiro de tinta e exemplares ainda quentes, pegou um dos primeiros.

Entre os títulos, lia-se: "Transplante de cérebro!" e "Astrônomos vislumbraram Deus!"

O agente verificou se o anúncio pessoal de Lecter estava publicado e colocou o jornal na mala para Washington. Iria tornar a ver aquele jornal e lembrar da impressão do seu polegar borrada na primeira página, mas isso anos depois, quando levou seus filhos numa visita especial à sede do FBI.

15

Quase ao amanhecer, Crawford acordou de um sono pesado. Viu o quarto escuro, sentiu o amplo traseiro da mulher confortavelmente aconchegado às suas costas. Não sabia por que havia acordado até que o telefone tocou pela segunda vez. Pegou o fone sem tatear.

– Jack, é Lloyd Bowman. Descobri o código. Você precisa saber o que é agora mesmo.

– Está bem, Lloyd.

Os pés de Crawford procuraram os chinelos.

– Ele diz: *A casa de Graham é em Marathon, Flórida. Cuide-se. Mate todos.*

– Merda. Precisamos ir.

– É, eu sei.

Crawford correu ao escritório sem vestir o roupão. Ligou duas vezes para a Flórida, uma para o aeroporto, e depois para Graham no hotel.

– Will, Bowman acaba de decifrar o código.

– O que ele diz?

– Já lhe conto. Agora ouça. Está tudo bem. Cuidei de tudo e por isso não desligue quando eu lhe contar.

– Conte logo.

– É o endereço de sua casa. Lecter deu ao desgraçado o seu endereço. *Espere,* Will. O departamento do xerife está com dois carros a caminho de Sugarloaf agora mesmo. Uma lancha da alfândega de Marathon está cuidando da costa. O Fada do Dente não deve ter podido fazer nada em tão pouco tempo. Aguarde. Você pode andar mais rápido com minha ajuda. Agora ouça.

"Os auxiliares do xerife não vão assustar Molly. Os carros da polícia estão apenas fechando a estrada para a casa. Dois auxiliares vão ficar bem perto para vigiar a casa. Pode telefonar-lhe quando ela acordar. Vou buscá-lo em meia hora.

– Não estarei aqui.

– O próximo avião para lá só sai às 8 horas. É mais rápido trazê-los para cá. A casa do meu irmão em Chesapeake está à disposição deles. Tenho um bom plano, Will, espere e ouça. Se não gostar dele, levo-o pessoalmente ao avião.

– Preciso de algumas coisas do armeiro.

– Você as terá assim que eu o buscar.

MOLLY E WILLY ESTAVAM entre os primeiros a sair do avião no aeroporto nacional de Washington. Ela viu Graham na multidão, não sorriu, mas virou-se para Willy e disse-lhe alguma coisa, à medida que caminhavam rapidamente à frente do grupo de turistas voltando da Flórida.

Ela olhou Graham de alto a baixo e beijou-o levemente. Seus dedos morenos estavam frios ao passarem pelo rosto do marido.

Graham sentiu o menino observando. Willy apertou-lhe a mão cerimoniosamente.

Graham fez uma piada por causa do peso da maleta de Molly enquanto caminhavam para o carro.

– Eu a levo – disse Willy.

Um Chevrolet marrom, com chapa de Maryland, partiu atrás deles assim que saíram do estacionamento.

Graham atravessou a ponte em Arlington e mostrou os monumentos a Lincoln, Jefferson e Washington antes de tomar o rumo leste, na direção da Baía de Chesapeake. A 15 quilômetros de Washington, o Chevrolet emparelhou com eles. O motorista olhou, pôs a mão na boca e uma voz surgida do nada estalou no carro.

– Fox Edward, você está completamente limpo. Faça boa viagem.

Graham procurou o microfone escondido sob o painel.

– Está bem, Bobby. Muito obrigado.

O Chevrolet ficou para trás, com a seta ligada indicando retorno.

– É só para ter certeza de que não há carro de jornal ou outro seguindo-nos – disse Graham.

– Compreendo – respondeu Molly.

Pararam no fim da tarde e comeram caranguejos num restaurante de beira de estrada. Willy foi olhar o tanque das lagostas. – Detesto isso, Molly. Desculpe – disse Graham.

– Ele está atrás de você agora?

– Não temos motivo para achar que sim. Lecter apenas sugeriu isso a ele, insistiu para que aja.

– É uma sensação pegajosa e doentia.

– Sei disso. Você e Willy estarão a salvo na casa do irmão de Crawford. A não ser nós dois, ninguém sabe que vocês estão lá.

– Não pensei falar tão cedo sobre Crawford.

– É um lugar bonito, você verá.

Ela respirou profundamente, e quando soltou o ar, a raiva pareceu ter saído com ele, deixando-a cansada e calma. Molly sorriu-lhe de maneira esquisita.

– Droga, aquilo me deixou louca por um momento. Vamos nos alojar com os Crawford?

– Não. – Afastou a cesta de biscoitos para pegar a mão dela. – Quanto Willy sabe?

– Bastante. A mãe do seu colega Tommy levou do supermercado para casa um desses jornais nojentos. Tommy mostrou-o a Willy. Tinha um montão de coisas sobre você, evidentemente muito distorcidas. Sobre Hobbs, onde você esteve depois daquilo, Lecter, tudo. Isso o preocupou. Perguntei-lhe se queria conversar a respeito. Apenas perguntou-me se eu sempre soube. Respondi que sim, que você e eu conversamos uma vez sobre isso, que você contou tudo antes de nos casarmos. Perguntei-lhe se queria que lhe contasse como realmente se passou. Respondeu-me que iria perguntar-lhe pessoalmente.

– Ótimo. Qual era o jornal? O *Tattler*?

– Não sei, acho que sim.

– Muito obrigado, Freddy.

Uma onda de raiva contra Freddy Lounds o fez levantar-se. Molhou o rosto com água fria na sala de espera.

Sarah estava dando boa-noite a Crawford no escritório quando o telefone tocou. Largou a bolsa e o guarda-chuva para atender.

– Escritório do agente especial Crawford... Não, o Sr. Graham não está aqui, mas permita-me... Espere, terei prazer... Sim, estará aqui amanhã de tarde, mas permita-me...

O tom de voz da moça fez Crawford contornar a mesa. Ela continuou com o fone na mão, apesar de a ligação ter sido desfeita.

– Perguntou por Will e disse que tornará a ligar amanhã de tarde. Tentei conservá-lo na linha.

– Quem?

– Ele falou: "Diga apenas a Graham que foi o Peregrino." É assim que o Dr. Lecter chama...

– O Fada do Dente – completou Crawford.

Graham foi à mercearia enquanto Molly e Willy desfaziam as malas. Encontrou melões amarelos. Estacionou do outro lado da rua e ficou uns minutos com as mãos no volante. Estava envergonhado porque, por sua culpa, Molly tinha saído da casa que amava para se instalar no meio de estranhos.

Crawford fizera o melhor. Aquela não era uma casa federal de segurança, com poltronas de braços manchados por suores de mãos. Era um chalé agradável, recém-pintado, com plantas florindo nos degraus. Era o produto de mãos cuidadosas e um sentido de ordem. O quintal descia até a Baía de Chesapeake e tinha uma plataforma de flutuação.

A luz verde-azulada da televisão pulsava por trás das cortinas. Molly e Willy estavam vendo beisebol, Graham tinha certeza.

O pai de Willy fora um jogador de beisebol e dos bons. Ele e Molly conheceram-se no ônibus do colégio e se casaram na faculdade.

Participaram da Liga do Estado da Flórida enquanto ele estava na escolinha dos Cardinals. Levaram Willy com eles e passaram um período formidável. Conseguiu fazer um teste nos Cardinals e se saiu bem nos primeiros dois jogos. Então, começou a ter dificuldade para engolir. O cirurgião tentou operar, mas houve metástase e ele começou a ser devorado. Morreu cinco meses depois, quando Willy tinha 6 anos.

Willy continuava vendo beisebol sempre que podia. Molly assistia aos jogos quando estava preocupada.

Graham não tinha a chave. Bateu.

– Eu atendo – disse a voz de Willy.

– Espere. – O rosto de Molly surgiu entre as cortinas. – Está bem.

Willy abriu a porta. Na mão, apertada contra a perna, uma fita cassetete. Os olhos de Graham saltaram ao vê-lo. O garoto devia tê-lo trazido na maleta.

Molly pegou o saco de compras.

– Quer café? Tem gim, mas não da marca que você gosta.

Quando ela foi para a cozinha, Willy chamou Graham para irem para fora.

Da varanda dos fundos, podiam ver as linhas ondulantes das luzes dos barcos ancorados na baía.

– Will, há alguma coisa que eu precise saber a respeito de mamãe?

– Ambos estão a salvo aqui, Willy. Lembra-se do carro que nos seguiu desde o aeroporto, para garantir que ninguém visse para onde vínhamos? Ninguém pode descobrir onde você e sua mãe estão.

– Aquele cara louco quer matá-lo, não é?

– Não sabemos. Apenas não me senti bem por ele saber onde moramos.

– Você vai matá-lo?

Graham fechou os olhos por um instante.

– Não. Meu trabalho é unicamente encontrá-lo. Vão mandá-lo para um hospital de doentes mentais e tratá-lo, evitando que faça mal a alguém.

– A mãe de Tommy estava com aquele jornalzinho, Will. Dizia que você matou um cara em Minnesota e que esteve num sanatório. Eu nunca soube disso. É verdade?

– É.

– Ia perguntar à mamãe, mas achei melhor falar com você.

– Agradeço por você ter agido assim. Não era exatamente um hospital para malucos; era um hospital geral. – A diferença era importante. – Estive no setor de psiquiatria. Você ficou aborrecido de saber que estive lá. Porque sou casado com sua mãe.

– Prometi a papai cuidar dela. E vou cuidar.

Graham sentiu que precisava dizer o suficiente ao menino. Mas não queria dizer-lhe demais.

As luzes apagaram-se na cozinha. Viu o vulto de Molly pela porta de tela e sentiu o peso do seu julgamento. Lidando com Willy, estava manejando o coração dela.

Era evidente que Willy não sabia o que perguntar a seguir. Graham falou por ele.

– Essa internação hospitalar foi depois do negócio com Hobbs.

– Você atirou nele?

– Sim.

– Como foi?

– Para começar, Hobbs era demente. Vivia atacando meninas de colégio e... matando-as.

– Como?

– Com uma faca; seja como for, encontrei um pedacinho de metal retorcido na roupa de uma das meninas. Era uma espécie de fragmento feito por uma rosca de cano... lembra quando consertamos o chuveiro do banheiro de fora?

"Eu estava dando uma olhada numa porção de bombeiros, encanadores e outras pessoas. Levou muito tempo. Hobbs tinha entregado a carta de demissão numa obra que eu estava examinando. Eu a vi e considerei-a... estranha. Ele não trabalhava em lugar nenhum e tive de procurá-lo em casa.

– Subi a escada do edifício de apartamentos de Hobbs. Um policial uniformizado estava comigo. Hobbs deve ter nos visto subir. Eu estava a meio caminho do seu andar quando ele atirou na própria mulher pela porta e ela rolou pelos degraus, morta.

– Ele a matou?

– Sim. Por isso pedi ao policial que chamasse a SWAT para nos auxiliar. Mas nesse instante ouvi crianças lá dentro e alguns gritos. Eu queria esperar, mas não podia.

– Você entrou no apartamento?

– Entrei. Hobbs segurava a menina presa por trás e exibia uma faca. Ele a estava atacando com a arma. Atirei nele.

– A menina morreu?

– Não.

– Ficou boa?

– Levou algum tempo. Hoje está boa.

Willy ruminou a resposta em silêncio. Ouviram música vinda de um veleiro ancorado.

Graham podia omitir coisas a Willy, mas não podia evitar tornar a vê-las.

Deixou a Sra. Hobbs no patamar onde a mulher havia se agarrado a ele, cheia de facadas. Constatando que ela tinha morrido e escutando o grito vindo do apartamento, afastando os pegajosos dedos vermelhos e batendo o ombro contra a porta, tudo isso lhe veio à memória. Hobbs segurando a própria filha, agitadamente cortando o pescoço dela quando Graham conseguiu entrar, a menina lutando com o queixo enterrado no peito, o 38 tirando pedaços dele e ele ainda a cortando sem cair. Hobbs sentado no chão chorando e a garota arquejando. Mantendo-a deitada e vendo que Hobbs havia atingido a traqueia, mas não as artérias. A filha olhando-o com olhos escancarados e o pai sentado no chão, gritando "Viu? Viu?", enquanto caía morto.

Foi quando Graham perdeu sua fé nos 38.

– Willy, aquele negócio com Hobbs me perturbou muito. Ficou na minha mente e eu o via cada vez mais. Então compreendi que não podia mais pensar a respeito. Fiquei pensando que deveria ter havido um meio de eu agir melhor. E então deixei de sentir alguma coisa. Não podia comer e deixei de falar com todo mundo. Fiquei realmente deprimido. Então um médico me pediu para ir para um hospital e concordei. Depois de algum tempo, consegui distanciar-me daquilo. A garota ferida no apartamento de Hobbs foi me visitar. Estava boa e conversamos muito. Finalmente, recuperei-me e voltei a trabalhar.

– Matar alguém, mesmo que necessário, é tão ruim assim?

– Willy, é uma das piores coisas do mundo.

– Olhe, vou até a cozinha um momento. Quer alguma coisa, uma Coca? – Willy gostava de levar qualquer coisa para Graham, porém fazia isso tornar-se casual, ligado a um ato que, afinal de contas, tinha de fazer.

– Claro, uma Coca.

– Mamãe precisa vir aqui e ver as luzes.

Mais tarde, de noite, Graham e Molly sentaram-se no balanço do alpendre dos fundos. Chuviscava e as luzes dos barcos faziam halos de gotinhas na bruma. A brisa da baía arrepiava seus braços.

– Isto pode levar tempo, não é? – perguntou Molly.

– Espero que não, mas pode.

– Will, Evelyn disse que pode cuidar da loja durante esta semana toda e quatro dias na próxima. Mas tenho de voltar a Marathon, pelo menos por um dia ou dois, quando meus compradores vierem. Posso ficar na casa de Evelyn e Sam. Preciso ir pessoalmente ao mercado em Atlanta. Preciso estar preparada para setembro.

– Evelyn sabe onde você está?

– Disse-lhe apenas que vinha para Washington.

– Ótimo.

– É duro ter alguma coisa, hein? Difícil de obter, difícil de manter. Este é um planeta escorregadio para caramba.

– Escorregadio como o inferno.

– Nós vamos voltar para Sugarloaf, não é?

– Vamos, sim.

– Não vai precipitar-se nem se expor muito. Promete?

– Claro que não vou.

– Vai voltar cedo?

Ele havia conversado com Crawford por meia hora ao telefone.

– Um pouco antes do almoço. Se for mesmo a Marathon, precisamos cuidar de algumas coisas de manhã. Willy pode ir pescar.

– Ele vai perguntar sobre o outro.

– Eu sei e não o culpo.

– Mas que raio de repórter, como é o nome dele?

– Lounds, Freddy Lounds.

– Acho que você talvez o odeie. E espero não ter aumentado esse ódio. Vamos deitar e eu faço uma massagem em suas costas.

O ressentimento nasceu em Graham. Tinha de justificar-se perante um garoto de 11 anos. O menino dissera que estava tudo bem que ele tivesse ido ao massagista Ramada. Agora ela ia massagear suas costas. Vamos para a cama... está tudo bem com Willy.

Quando sentir-se tenso, mantenha a boca fechada, se puder.

– Se quiser pensar um pouco, posso deixá-lo só – disse ela.

Ele não queria pensar. Definitivamente, não queria.

– Massageie minhas costas e eu massageio sua testa – disse ele.

– Manda brasa, sabidão.

VENTOS ALTOS CARREGARAM o chuvisco para longe da baía e às 9 horas o chão já estava fumegando. Os longínquos alvos no estande de tiro da delegacia de polícia pareciam esquivar-se no ar ondulante.

O guarda olhou pelo binóculo até ter certeza de que o casal no fim da linha de fogo estava observando as regras de segurança.

A credencial do Departamento de Justiça mostrada pelo homem quando pediu para usar o local dizia "investigador". Isso podia ser muita coisa. O guarda não aprovava nenhum outro que não um instrutor diplomado ensinando a atirar.

Todavia, teve de admitir que o federal sabia o que estava fazendo.

Usava apenas um revólver calibre 22, mas estava ensinando à mulher tiro de combate na posição *weaver*, o pé esquerdo ligeiramente avançado, um empunhar firme da arma com as duas mãos, com tensão isométrica nos braços. Ela estava atirando no alvo 7 metros à sua frente. Vezes seguidas ela sacou a arma do bolso externo da bolsa a tiracolo. Aquilo continuou até o guarda se cansar.

Uma modificação no som fez o homem posicionar novamente o binóculo. Agora estavam com os protetores de ouvidos e ela atirava com uma arma curta e pesada. O guarda reconheceu o ruído da bala no alvo leve.

Ele viu a pistola como um prolongamento nas mãos dela e isso o interessou. Caminhou pela linha de tiro e parou a poucos metros, por detrás deles.

Queria examinar a arma, mas a hora não era propícia para interromper. Deu uma boa olhada enquanto ela retirava as cápsulas vazias e metia cinco cartuchos no tambor.

Arma estranha para um federal. Era uma Bulldog 44 Especial, curta e feia, com um calibre surpreendentemente grande. Tinha sido muito modificada por Mag-Na-Port. O cano era ventilado perto da boca para ajudá-la a manter o recuo, o cão era curto e tinha um bom conjunto de pegas. Ele desconfiou de que foi acanalado para o recarregamento rápido. Uma infernal pistola média quando carregada com aquela munição especial. Ficou imaginando como a mulher iria sair-se.

A munição na estante ao lado deles era uma sequência interessante. Primeiro, uma caixa de buchas levemente carregadas. Depois, balas regulares de serviço e, finalmente, alguma coisa sobre a qual o guarda havia lido muito e raramente visto. Uma fileira de balas Glaser Safety. As pontas pareciam borrachas de lápis. Por detrás de cada uma, havia um invólucro de cobre contendo balas número 12 suspensas em teflon líquido.

O leve projétil tinha a finalidade de ser extremamente veloz, chocar-se contra o alvo e liberar a bala. Na carne, os resultados eram devastadores. O guarda até lembrou dos dados. Até ali, noventa Glasers haviam sido disparadas contra homens. Todas as noventa eram instantâneas. Em 89 casos, o resultado foi morte imediata. Um homem sobreviveu, surpreendendo os médicos. A Glaser redonda tinha uma vantagem de segurança também: não ricocheteava e não atravessava paredes, matando alguma outra pessoa no compartimento ao lado.

O homem era muito amável e incentivava a moça, mas parecia triste com alguma coisa.

A mulher agora havia completado o recarregamento da arma e o guarda ficou contente ao vê-la sustentar o coice muito bem, com ambos os olhos abertos e sem piscar. Na verdade, ela levou talvez 4 segundos para atirar a primeira vez, pegando a arma na bolsa; mas três balas estavam no anel X. Nada mau para uma principiante. Ela possuía talento.

Ele tinha voltado para a torre já havia algum tempo quando ouviu o barulho infernal das Glasers partindo.

Ela estava disparando todas as cinco. Isso não era um treino normal dos federais.

O guarda ficou pensando o que, em nome de Deus, eles tinham visto no alvo que precisasse de cinco balas para matar.

Graham foi à torre para entregar os protetores de ouvidos, deixando sua aluna sentada num banco, de cabeça baixa e com os cotovelos apoiados nos joelhos.

O guarda julgou que ele estava contente com a moça e disse-lhe isso. Ela havia feito um longo percurso num só dia. Graham agradeceu-lhe distraído. Sua expressão espantou o guarda. Parecia um homem que havia testemunhado uma perda irreparável.

16

A pessoa que telefonou, o "Sr. Peregrino", dissera a Sarah que poderia tornar a ligar na tarde seguinte. Na sede do FBI foram tomadas certas medidas para receber o telefonema.

Quem era o Sr. Peregrino? Não era Lecter: Crawford se assegurara disso. Seria o Fada do Dente? Talvez, pensou Crawford.

As escrivaninhas e telefones do escritório de Crawford foram mudados durante a noite para uma sala maior, do outro lado do corredor.

Graham parou na soleira da porta aberta da uma cabine à prova de som. Por trás dele, na cabine, ficava o telefone de Crawford. Sarah o limpara com desinfetante. Com o espectrógrafo registrador de vozes, fitas de gravação e avaliador de tensão ocupando a maior parte da sua escrivaninha e outra ao lado, e com Beverly Katz sentada em sua cadeira, Sarah precisava de alguma coisa para fazer.

O grande relógio no corredor marcava 11h50. O Dr. Alan Bloom e Crawford estavam com Graham, numa atitude de espera, com as mãos nos bolsos.

Um técnico, sentado em frente à Beverly Katz, batucava na escrivaninha, mas um franzir de cenho de Crawford o fez parar.

A mesa de Crawford estava atravancada com dois novos telefones: um em permanente contato com o centro de ligações eletrônicas do Sistema Bell (ESS) e outro com a sala de comunicações do FBI.

– Quanto tempo você precisa para o rastreamento? – perguntou o Dr. Bloom.

– Com o novo sistema é muito mais rápido do que a maioria pensa – respondeu Crawford. – Talvez um minuto se for uma ligação completamente eletrônica. Um pouco mais, se vier de um lugar onde tiverem de localizar a chamada.

Crawford ergueu a voz, dirigindo-se a todos na sala.

– Se ele telefonar mesmo, vai ser rápido e, assim, tem de ser perfeito. Quer agir depressa, Will?

– Claro. Quando atingirmos o ponto onde eu falo, quero perguntar-lhe umas coisas, doutor.

Bloom chegara depois dos outros. Fora escalado para falar à Seção de Ciência do Comportamento em Quantico, no fim do dia. Bloom podia sentir cheiro de cordite nas roupas de Graham.

– Muito bem – disse Graham. – O telefone toca. A ligação é feita instantaneamente e o tracejamento começa em ESS, mas a campainha continua tocando e assim ele não sabe que pegamos a ligação. Isso nos dá cerca de 20 segundos de vantagem. – Virou-se para o técnico: – A campainha é desligada no fim do quarto toque, entendeu?

O técnico acenou com a cabeça, em assentimento.

– No fim do quarto toque.

– Então, Beverly pega o fone. Sua voz é diferente da que ele ouviu ontem. A voz nada deve demonstrar. Beverly parece aborrecida. Ele pergunta por mim, Bev diz: "Tenho de procurá-lo, quer esperar na linha?" Entendeu, Bev? – Graham achou melhor não ensaiar as frases. Deveria parecer uma coisa rotineira.

– Muito bem, a linha está aberta para nós e fechada para ele. Acho que se manterá assim.

– Tem certeza de que não quer colocá-lo na música de espera? – perguntou o técnico.

– Claro que não – retrucou Crawford.

– Vamos dar-lhe cerca de 20 segundos de espera e depois Beverly torna a falar-lhe: "O Sr. Graham já vai atender, vou ligar agora." Eu pegarei. – Graham virou-se para o Dr. Bloom. – Como ele deverá agir, doutor?

– Ele esperará que você esteja cético sobre sua identidade. Seria bom mostrar-lhe um ceticismo educado. Fazer uma forte distinção entre o aborrecimento de chamadas falsas e o significado, a importância, de um telefonema da pessoa verdadeira. Os falsos são fáceis de reconhecer porque não têm a *capacidade* de compreender o que aconteceu, essa espécie de coisa.

"Faça com que ele diga alguma coisa para provar quem é. – O Dr. Bloom olhou para o chão e esfregou a nuca. – Você não sabe o que ele quer. Talvez queira compreensão, talvez esteja fixado em você como o adversário e queira divertir-se... veremos. Procure pegar seu jeito e dê-lhe o que ele está querendo, um pouquinho de cada vez. Talvez apelar para que ele venha ajudar-nos fosse bom, a menos que você perceba que ele está querendo isso.

"Se ele é paranoico, você perceberá logo. Nesse caso, trabalharia sua suspeita ou mágoa. Deixe que se decida. Se se envolver, pode esquecer quanto tempo falou. É tudo o que tenho para lhe dizer. Bloom colocou a mão no ombro de Graham e falou calmamente: Olhe, isto não é conversa fiada nem bobagem: você pode pegá-lo de surpresa. Esqueça conselhos, faça o que lhe parecer melhor.

Espera. Meia hora de silêncio foi o suficiente.

– Telefonando ou não, precisamos decidir aonde ir depois – disse Crawford. – Quer tentar a caixa de correio?

– Não vejo nada melhor – disse Graham.

– Isso nos dará duas iscas: uma em sua casa em Keys e outra na caixa postal.

O telefone começou a tocar.

Gerador ligado. Em ESS, começou o rastreamento. Quatro toques. O técnico ligou e Beverly pegou o fone. Sarah ficou ouvindo.

– Escritório do agente especial Crawford.

Sarah sacudiu a cabeça. Conhecia o interlocutor, um dos colegas de Crawford de Álcool, Tabaco e Armas de Fogo. Beverly desfez-se dele depressa e parou o rastreamento. Todos no edifício do FBI sabiam que a linha devia ficar livre.

Crawford voltou para os detalhes da caixa postal. Estavam aborrecidos e tensos ao mesmo tempo. Lloyd Bowman chegou para mostrar-lhes como os números pares das escrituras de Lecter combinavam com a página 100 do livro *Joy of Cooking*. Sarah serviu café em copos de papel.

O telefone recomeçou a tocar.

O gerador foi ligado e o rastreamento reiniciou-se em ESS. Quatro toques. O técnico ligou o interruptor. Beverly pegou o fone.

– Escritório do agente especial Crawford.

Sarah estava balançando a cabeça. Grandes acenos afirmativos.

Graham entrou na cabine e fechou a porta. Viu os lábios de Beverly mexerem. Ela apertou o botão "Espera" e ficou olhando o ponteiro dos segundos no relógio do corredor.

Graham viu o próprio rosto no aparelho reluzente. Dois rostos deformados no fone e no bocal. Sentiu o cheiro da cordite do estande de tiro na camisa. *Não desligue. Pelo amor de Deus, não desligue.* Passaram-se 40 segundos. O telefone sacudiu-se levemente na mesa quando tocou. *Que toque. Mais uma vez.* 45 segundos. *Agora.*

– Will Graham falando. Em que posso ajudá-lo?

Um riso baixo. Uma voz abafada:

– Espero que possa.

– Por favor, pode dizer-me quem está falando?

– Sua secretária não lhe disse?

– Não, porém ela me tirou de uma reunião, senhor, e...

– Se me disser que não quer falar com o Sr. Peregrino, desligarei imediatamente. Sim ou não?

– Sr. Peregrino, se está com algum problema que eu seja capaz de resolver, terei prazer em falar com o senhor

– Acho que o problema é seu, Sr. Graham.

– Desculpe, não estou compreendendo.

O ponteiro aproximou-se do minuto.

– O senhor tem andado muito ocupado, não é? – disse o interlocutor.

– Ocupado demais para continuar no telefone a menos que o senhor diga o que deseja.

– Meu desejo está no mesmo lugar que o seu. Atlanta e Birmingham.

– Sabe alguma coisa sobre aquilo?

Um riso suave.

– Está interessado ou não no Sr. Peregrino? Se mentir, desligo.

Graham viu Crawford pelo vidro. Tinha um fone em cada mão.

– Sim. Mas, olhe, recebo uma porção de telefonemas, a maioria de gente que diz saber de coisas. Um minuto.

Crawford largou um dos fones e rabiscou num pedaço de papel.

– Ficaria surpreso pela quantidade de embusteiros – disse Graham. – Fale com eles uns minutos e perceberá que não têm a capacidade mesmo de compreender o que está acontecendo.

Sarah encostou a folha de papel no vidro para Graham ver. Dizia: "Cabine telefônica em Chicago. A voz está sendo distorcida.

– Olhe, diga-me alguma coisa que saiba sobre o Sr. Peregrino e talvez eu lhe diga se está certo ou não – respondeu a voz abafada.

– Quero saber sobre quem estamos falando – disse Graham.

– Estamos falando sobre o Sr. Peregrino.

– Como posso saber se o Sr. Peregrino fez alguma coisa em que estou interessado?

– Digamos que sim.

– O senhor é o Sr. Peregrino?

– Acho que não lhe disse isso.

– É amigo dele?

– Mais ou menos.

– Bem, então prove. Diga-me algo que mostre como o conhece bem.

– Primeiro o senhor. Mostre seus conhecimentos. – Uma gargalhada nervosa. – Ao primeiro engano, desligo.

– Muito bem, o Sr. Peregrino é destro.

– Isso é um palpite fácil. A maioria é.

– O Sr. Peregrino é malcompreendido.

– Por favor, nada de generalidades bobas.

– O Sr. Peregrino é muito forte fisicamente.

– Sim, pode-se dizer isso.

Graham olhou para o relógio. Um minuto e meio. Crawford acenou encorajando-o.

Não lhe diga nada que o faça mudar.

– O Sr. Peregrino é branco e tem mais ou menos 1,90 metros de altura. O senhor não me disse nada, lembre-se. Não tenho muita certeza de que o senhor o conheça realmente.

– Quer parar a conversa?

– Não, mas o senhor disse que podíamos negociar. Estou apenas acompanhando-o.

– Acha que o Sr. Peregrino é louco?

Bloom estava sacudindo a cabeça.

– Não acho que alguém tão cuidadoso quanto ele seja louco. Penso que é diferente. Suponho que muita gente o ache louco e o motivo é que ele não tem deixado as pessoas compreendê-lo bem.

– Descreva exatamente o que ele fez à Sra. Leeds e talvez eu lhe diga se está certo ou não.

– Não quero fazer isso.

– Adeus.

O coração de Graham pulou, mas ainda ouviu a respiração do Sr. Peregrino no outro lado da linha.

– Não posso prosseguir até que saiba...

Graham ouviu a porta da cabine telefônica ser aberta em Chicago e o fone cair com um ruído. Vozes fracas e ruído de pancadas, enquanto o fone balançava no fio. Todos no escritório ouviram pelo alto-falante.

– Imóvel. Nem mesmo desligue. Agora coloque os dedos na nuca e saia da cabine devagar. Devagar, mãos abertas no vidro.

Um suave alívio tomou conta de Graham.

– Não estou armado, Stan. Você encontrará minha identidade no bolso do peito. Isso faz cócegas.

Uma voz confusa gritou no telefone.

– Com quem estou falando?

– Will Graham, FBI.

– Aqui é o sargento Stanley Riddle, da polícia de Chicago. – Parecia irritado. – Quer me dizer que diabo está acontecendo?

– Diga-me você. Prendeu um homem?

– Isso mesmo. Freddy Lounds, o repórter. Conheço-o há dez anos... Tome seu bloco, Freddy... Vai fazer alguma acusação contra ele?

O rosto de Graham estava pálido. O de Crawford, vermelho. O Dr. Bloom ficou vendo o rolo de fita girando.

– Está me ouvindo?

– Sim, vou fazer uma acusação. – A voz de Graham estava estrangulada. – Obstrução à Justiça. Por favor, leve-o e mantenha-o à disposição do promotor federal.

De repente, Lounds estava no telefone. Falou depressa e claro, sem os chumaços de algodão colocados na boca.

– Will, ouça...

– Diga isso ao promotor federal. Chame o sargento Riddle.

– Sei de uma coisa...

– *Ponha Riddle nesta porra de telefone!*

A voz de Crawford surgiu na linha.

– Deixe que eu cuide disso, Will. – Graham bateu com o fone, fazendo todos os que ouviam piscarem. Saiu da cabine e deixou a sala sem olhar para ninguém.

– Lounds, você arranjou uma confusão dos diabos, homem – disse Crawford.

– Quer pegá-lo ou não? Posso ajudá-lo. Deixe-me falar por um minuto. – Lounds apressou-se, no silêncio de Crawford. – Olhe, você apenas me mostrou o quanto necessita do *Tattler*. Antes eu não tinha certeza... agora tenho. Aquele anúncio é parte do caso Fada do Dente ou não se teria preparado para fisgar este telefonema. Ótimo. O *Tattler* está à sua disposição. O que quiser.

– Como descobriu?

– O gerente dos classificados me procurou. Disse que seu escritório de Chicago mandou alguém verificar os anúncios. Seu funcionário separou cinco cartas entre os anúncios que chegaram. Disse que era para "descobrir fraudes postais". Coisa nenhuma. O gerente de anúncios xerocou cartas e envelopes antes de entregá-los ao seu gente.

"Examinei as cartas. Sei que levou cinco como cortina de fumaça para a única que realmente queria. Precisei de um dia ou dois para verificá-las. A resposta estava no envelope. Carimbo de Chesapeake. E a origem, o Hospital Estadual de Chesapeake. Eu estava lá, sabe, atrás do seu amigo cabeludo. Quem mais podia ser?

"No entanto, eu precisava ter certeza. Por isso telefonei, para ver se caíam de cabeça nessa de 'Sr. Peregrino'. E caíram.

– Cometeu um grande erro, Freddy.

– Você precisa do *Tattler* e posso colocá-lo à sua disposição. Anúncios, editorial, controle da correspondência, tudo. É só pedir. Posso ser discreto. Posso. Ponha-me nisso, Crawford.

– Não há nada em que pôr você.

– Muito bem, então não tem importância se alguém puser seis anúncios pessoais na próxima edição. Todos para o "Sr. Peregrino" e assinados da mesma maneira.

– Vou mandar proibi-lo disso e indiciá-lo formalmente por obstrução à Justiça.

– E isso pode vazar para todos os jornais do país. – Lounds sabia que estavam gravando. Não se importava mais. – Juro por Deus que farei isso, Crawford. Cortarei sua oportunidade antes que perca a minha.

– Acrescente a transmissão interestadual de uma mensagem ameaçadora ao que acabo de dizer.

– Deixe que o *ajude,* Jack. Eu posso, creia.

– Vá para a delegacia de polícia, Freddy. Agora, chame o sargento.

O Lincoln Versailles de Freddy Lounds cheirava a tônico capilar e loção de barba, meias e charutos, e o sargento ficou contente por sair dele ao chegarem à delegacia.

Lounds conhecia o capitão e muitos dos patrulheiros. O capitão ofereceu café a Lounds e telefonou para o escritório do promotor federal para "tentar esclarecer esta merda".

Nenhum policial federal foi buscar Lounds. Meia hora mais tarde, recebeu um telefonema de Crawford no escritório do capitão. Depois, o libertaram. O capitão acompanhou-o até o carro.

Lounds estava animado, dirigindo depressa e aos arrancos, quando cruzou o distrito comercial Loop, a leste, na direção do seu apartamento, que dava para o lago Michigan. Havia várias coisas que ele queria tirar daquela história e sabia que as conseguiria. Dinheiro era uma e a maior parte dele viria do livro. Ele faria com que o livro estivesse nas bancas 36 horas depois da captura do assassino. Uma história exclusiva nos jornais diários seria uma boa pedida. Teria a satisfação de ver a imprensa formal – o *Chicago Tribune* , o *Los Angeles Times*, o santificado *Washington Post* e o sagrado *New York Times* – publicar o material sob seu nome e exibindo sua fotografia.

E então os correspondentes daqueles augustos jornais, que o olhavam de cima, que se recusavam a beber com ele, poderiam comer seus corações de merda.

Eles consideravam Lounds um pária porque havia adotado uma postura diferente. Se fosse incompetente, um bobo sem outro recurso, os veteranos da imprensa bem-comportada poderiam tê-lo perdoado por trabalhar no *Tattler*, como se perdoa um retardado. Mas Lounds era bom. Tinha as qualidades de um bom repórter: inteligência, coragem e olho vivo. Possuía muita energia e paciência.

Contra ele havia o fato de ser detestável e, portanto, detestado por diretores de noticiários, e sua inabilidade de se manter fora de suas histórias.

Havia em Lounds a premente necessidade de ser notado, que é frequentemente confundida com ego. Lounds era encalombado, feio e baixo. Tinha dentes de bode e seus olhos de rato tinham brilho de cuspe no asfalto.

Trabalhara na imprensa formal por dez anos, quando percebeu que ninguém o mandaria à Casa Branca. Viu que seus editores só fariam desgastar suas pernas, usando-o até que se tornasse um velho bêbado deprimido, numa mesa, deslizando inevitavelmente para a cirrose ou o incêndio de um colchão.

Eles queriam a informação que podia fornecer, mas não queriam Freddy. Pagaram-lhe o máximo, o que não é muito se alguém tem de comprar mulheres. Deram-lhe tapinhas nas costas e disseram-lhe que era muito corajoso e se recusaram a pôr seu nome numa vaga de estacionamento.

Certa noite, em 1969, quando estava na redação reescrevendo um texto, Freddy teve uma revelação.

Frank Larkin estava perto dele, recebendo notícias pelo telefone. Esse trabalho era o menos importante e dado a velhos repórteres no jornal onde Freddy trabalhava. Frank Larkin tinha 55 anos e aparentava 70. Tinha olhos esbugalhados e ia ao seu armário de meia em meia hora tomar um trago. Freddy podia sentir-lhe o cheiro de onde estava.

Larkin levantou-se, inclinou-se para o bocal e falou em voz baixa e rouca com a editora de noticiário, uma mulher. Freddy sempre escutava a conversa dos outros.

Larkin pediu à mulher que buscasse para ele um papel absorvente no banheiro das mulheres. Precisava dele para a sua perda de sangue pelo ânus.

Freddy parou de datilografar. Tirou o texto da máquina, substituiu-o por uma folha em branco e escreveu uma carta de demissão.

Uma semana depois estava trabalhando no *Tattler*.

Começou como editor de câncer, com quase o dobro do salário que recebia antes. A direção ficou impressionada com sua atitude.

O *Tattler* podia permitir-se pagar-lhe bem, porque o jornal achava o câncer muito lucrativo.

Um em cinco americanos morria de câncer. Os parentes dos moribundos, abatidos, rezavam, tentando combater um devastador carcinoma com carícias e pudim de leite, piadas de gosto duvidoso, e apegando-se desesperadamente a qualquer esperança.

Pesquisas de mercado mostraram que um audacioso título, "Nova cura para o câncer" ou "Droga milagrosa para o câncer", fazia aumentar as vendas nos supermercados de cada edição do *Tattler* em 22,3%. Havia seis pontos de queda percentual quando a matéria seguia-se ao título e o leitor tinha tempo para examinar o texto oco, enquanto registravam as compras.

Especialistas em marketing descobriram que era melhor um grande título colorido na primeira página e a matéria nas páginas internas, onde era difícil manter o jornal aberto e ao mesmo tempo carregar uma bolsa e um pacote de mantimentos.

A história habitual era apresentada em cinco parágrafos otimistas em corpo 10, caindo depois para 8, e para 6, antes de mencionar que a "droga milagrosa" não estava disponível ou que a pesquisa em animais estava apenas começando.

Freddy ganhava seu dinheiro tornando-as críveis, e os artigos vendiam muitos exemplares do *Tattler.*

Com o aumento do número de leitores, havia inúmeras vendas paralelas de medalhões milagrosos e roupas curativas. Os fabricantes pagavam um adicional para que seus anúncios ficassem perto do artigo semanal do câncer.

Muitos leitores escreviam ao jornal pedindo mais informações. Uma renda adicional surgiu da venda dos nomes deles a um "evangelista" radiofônico, um ruidoso sociopata que lhes escrevia pedindo dinheiro, usando envelopes com o lema: "Alguém que você ama poderá morrer a menos..."

Freddy Lounds era bom para o *Tattler* e vice e versa. Agora, após 11 anos no jornal, ganhava 72.000 dólares por ano.

Bastava para as coisas de que gostava, e ele gastava o dinheiro para ter uma boa vida. Vivia o melhor possível dentro de sua concepção.

Da maneira como as coisas estavam se desenrolando, acreditava que podia levantar um adiantamento sobre a edição do livro, e havia ainda um interesse do cinema. Tinha ouvido dizer que Hollywood era um lugar ideal para sujeitos detestáveis com dinheiro.

Freddy estava se sentindo bem. Desceu a rampa para a garagem subterrânea do seu edifício e dirigiu-se para sua vaga com um potente ranger de pneus. Na parede, lia-se seu nome em letras de 30 centímetros indicando a vaga particular. Sr. Frederic Lounds.

Wendy já havia chegado: o Datsun dela estava estacionado ao lado da sua vaga. Ótimo. Gostaria de poder levá-la para Washington com ele. Isso faria aqueles tiras esbugalharem os olhos. Entrou no elevador assobiando.

WENDY ESTAVA FAZENDO as malas para ele. Acostumara-se com malas e fez uma boa arrumação.

De jeans e camisa xadrez, o cabelo castanho preso na nuca, poderia passar por uma camponesa não fosse sua palidez e seu físico. A aparência de Wendy era quase uma caricatura de puberdade.

Encarou Lounds com olhos que há anos não registravam surpresa. Viu que ele estava trêmulo.

– Você está trabalhando demais, Roscoe. – Ela gostava de chamá-lo Roscoe, e ele gostava disso por alguma razão. – Como você vai? Vai pegar o ônibus que vai até o aeroporto às 18 horas? – Serviu-lhe uma bebida e retirou da cama sua roupa de lantejoula e a caixa de peruca para que ele pudesse deitar-se. – Posso levá-lo ao aeroporto. Não irei ao clube antes das 18 horas.

Wendy City era o bar de striptease dela, e não precisava mais dançar. Lounds se ocupara disso.

– Você falou como a Moleza Toupeira quando me telefonou – disse ela.

– Quem?

– Você sabe, na televisão, sábado de manhã, ele é mesmo misterioso e ajuda o Esquilo Secreto. Nós costumávamos ver quando você ficou resfriado... Saiu-se bem hoje, hein? Está contente com você mesmo.

– Na mosca. Peguei uma oportunidade hoje, beleza, e deu certo. Vou ter acesso a algo bom.

– Tem tempo para uma soneca antes de partir. Você está muito apressado.

Lounds acendeu um cigarro. Já havia outro aceso no cinzeiro.

– Sabe de uma coisa? – perguntou ela. – Aposto que se acabar seu drinque e largar o cigarro, conseguirá dormir.

O rosto de Lounds, como um punho apertado contra o pescoço dela, finalmente relaxou, tornando-se móvel tão subitamente quanto o punho se transforma em mão. Seu tremor passou. Contou tudo à moça, sussurrando no vale entre seus grandes seios; a moça traçou oitos na nuca dele com um dedo.

– Isso é muito bacana, Roscoe – disse ela. – Agora durma. Vou acordá-lo na hora de pegar o avião. Vai dar tudo certo. E depois teremos um vidão.

Ficaram murmurando um para o outro os lugares aonde iriam. E ele adormeceu.

17

O Dr. Alan Bloom e Jack Crawford estavam sentados em cadeiras de armar, os únicos móveis deixados no gabinete de Crawford.

– Estamos de mãos vazias, doutor.

O Dr. Bloom examinou o rosto simiesco de Crawford e pensou no que estava por vir. Por trás dos resmungos e do antiácido de Crawford, o doutor vislumbrou uma inteligência tão fria quanto uma mesa de raio X.

– Aonde Will foi?

– Andar para esfriar – respondeu Crawford. – Ele odeia Lounds.

– Você achou que liberaria Will depois de Lecter ter publicado seu endereço particular? Que ele poderia voltar para sua família?

– Por um minuto achei que sim. Ele ficou abalado.

– Compreensivelmente – comentou o Dr. Bloom.

– Depois percebi: nem ele, nem Molly ou Willy podem voltar até Fada do Dente estar fora de circulação.

– Conheceu Molly?

– Sim. Ela é formidável, gosto dela. Ficaria contente de me ver no inferno de espinha quebrada, é claro. Acabo de me desculpar com ela.

– Ela acha que você o usou?

Crawford encarou o Dr. Bloom com firmeza.

– Há coisas que preciso conversar com ele. Também precisamos falar com você. Quando tem de estar em Quantico?

– Não antes de terça-feira de manhã. Vou adiar. – O Dr. Bloom era conferencista na Seção de Ciência do Comportamento na Academia do FBI.

– Graham gosta de você. Ele não acha que você queria fazer jogos mentais com ele – disse Crawford.

– Serei tão honesto com ele como sou com meus pacientes – respondeu o Dr. Bloom.

– Exatamente.

– Não; quero ser amigo dele, e sou. Jack, devo isso ao meu campo de estudo. Lembre, porém, que quando *você* me pediu que lhe fornecesse um estudo sobre ele, recusei.

– Foi Petersen, lá em cima, quem solicitou.

– Foi você quem pediu. Não importa, se alguma vez eu fizer qualquer coisa em Graham, se houver algo que possa constituir um benefício terapêutico para outros, eu o farei de forma completamente irreconhecível. Se algum dia eu fizer algo de maneira acadêmica, só será publicado postumamente.

– Depois da sua morte ou da de Graham?

O Dr. Bloom não respondeu.

– Reparei numa coisa que me deixou curioso: você nunca ficou a sós com Graham, não é? Você é discreto sobre isso, mas nunca esteve cara a cara com ele. Por quê? Acha talvez que ele seja médium?

– Não. É um eidético... tem uma notável memória visual... mas não creio que seja mediúnico. Não teria deixado a Universidade de Duke examiná-lo... embora isso nada signifique. Detesta ser incitado e esquadrinhado. Eu também.

– Mas...

– Will prefere pensar nisso como um exercício puramente intelectual, e nos limites da definição jurídica, como de fato é. Nisso ele é bom, mas imagino que haja outros tão bons quanto ele.

– Não muitos – comentou Crawford.

– O que ele tem além disso é pura empatia e projeção – disse o Dr. Bloom. – Pode adotar seu ponto de vista ou o meu... e talvez outros que o atemorizem e repugnem. É um dom desconfortável, Jack. A percepção é uma faca de dois gumes.

– Por que nunca fica a sós com ele?

– Porque tenho certa curiosidade profissional a seu respeito e ele perceberá imediatamente. É muito rápido.

– Se ele o pegar espionando, vai botar para quebrar.

– A analogia é desagradável, mas perfeita. Você já está bastante vingado agora, Jack. Podemos chegar ao ponto. Vamos abreviar. Não me sinto muito bem.

– Provavelmente uma manifestação psicossomática – disse Crawford.

– Na verdade, é a minha vesícula. O que deseja?

– Tenho um veículo por meio do qual posso falar ao Fada do Dente.

– O *Tattler* – disse o Dr. Bloom.

– Certo. Acha que há uma forma de levá-lo a um desfecho autodestrutivo com o que lhe dissermos?

– Levá-lo ao suicídio?

– Suicídio é ótimo para mim.

– Duvido. Em certos tipos de doenças mentais isso se torna possível. Neste, duvido. Se fosse de tendência autodestrutiva, ele não seria tão precavido. Não se protegeria tão bem. Se fosse um esquizofrênico paranoico clássico, você poderia influenciá-lo até explodir e tornar-se visível. Poderia mesmo levá-lo a ferir-se. Contudo, eu não poderia ajudá-lo. – O suicídio era o inimigo mortal de Bloom.

– Não, acho que não – disse Crawford. – Podemos enraivecê-lo?

– Para que quer saber? Com que finalidade?

– Vou perguntar de outra forma: podemos enraivecê-lo e chamar sua atenção?

– A atenção dele já está fixada em Graham como seu adversário, e você sabe disso. Não se faça de bobo. Você resolveu atiçar Graham, não é?

– Acho que tenho de fazê-lo. Ou isso, ou deixá-lo desarmado. Ajude-me.

– Acho que não sabe o que está pedindo.

– Conselho... é isso o que estou pedindo.

– Não me refiro a mim – retrucou Bloom. – O que está pedindo a Graham. Não quero que me interprete mal, e normalmente não diria isso, mas você precisa saber: qual você pensa que é a maior força impulsora de Will?

Crawford sacudiu a cabeça.

– É o medo, Jack. Ele enfrenta uma montanha de medo.

– Porque foi ferido?

– Não, não apenas isso. O medo surge com a imaginação, é uma punição, é o preço da imaginação.

Crawford olhou para as próprias mãos ásperas, cruzadas sobre o estômago. Enrubesceu. Era embaraçoso falar a respeito daquilo.

– Claro. Jamais disse isso a alguém, não é? Não se preocupe por ter-me dito que ele tem medo. Não vou pensar que ele não é um "cara legal". Não sou totalmente burro, doutor.

– Nunca achei que fosse, Jack.

– Não o mandarei embora se não puder protegê-lo. Está bem, se não puder protegê-lo 80 por cento. Ele em si não é mau. Não é o melhor, mas é rápido. Vai ajudar-nos a sacudir o Fada do Dente, doutor? Já morreu muita gente.

– Só se Graham ficar ciente do grande risco futuro e o assumir voluntariamente. Preciso ouvi-lo confirmar isso.

– Gosto de você, doutor. Nunca tapeei Will. Não mais que todos nós uns aos outros.

CRAWFORD ENCONTROU Graham na pequena sala de trabalho ao lado do laboratório de Zeller, que ele havia requisitado e enchera de fotografias e documentos pessoais pertencentes às vítimas.

Crawford esperou até Graham largar o *Law Enforcement Bulletin* que estava lendo.

– Deixe que lhe informe o que estamos esperando para o dia 25. – Não precisava dizer-lhe que aquele dia era o da próxima lua cheia.

– Quando ele voltará a agir?

– Sim, se tivermos algum problema naquele dia.

– Não se, mas quando.

– Das duas vezes foi na noite de sábado. Birmingham, 28 de junho, a lua cheia caiu numa noite de sábado. Em Atlanta, 26 de julho, na véspera da lua cheia, mas também num sábado à noite. Desta vez, a lua cheia é na segunda-feira, 25 de agosto.

Ele gosta do fim de semana, porém, e por isso estaremos preparados a partir de sexta-feira.

– Preparados? Estaremos *preparados?*

– Correto. Você sabe como são essas coisas nos livros... a forma ideal de investigar um homicídio?

– Nunca vi ser feito dessa maneira – retrucou Graham. – Nunca dá certo assim.

– Não. Dificilmente. Porém, seria ótimo poder fazê-lo: mandar um cara. Apenas um. Deixá-lo ficar no local. Estará ligado e ditando o tempo todo. Ele deixará o lugar absolutamente limpo pelo tempo que precisar. Apenas ele... apenas você.

Um longo silêncio.

– O que você quer me dizer?

– A partir da noite de sexta-feira, dia 22, teremos um Grumman Gulfstream de prontidão na base aérea de Andrews. Pedi emprestado ao Ministério do Interior. O material de um laboratório básico estará nele. Estaremos a postos: eu, você, Zeller, Jimmy Price, um fotógrafo e dois agentes para interrogar. Assim que recebermos o chamado, sairemos em campo. Seja a leste ou ao sul, podemos chegar em uma hora e quinze.

– E quanto à polícia local? Eles não precisam cooperar. Não vão querer esperar.

– Estamos dando um jeito com os chefes de polícia e delegados. Um a um. Pedimos que deixem conosco o comando das investigações.

Graham balançou a cabeça.

– Bobagem. Nunca esperarão. Não podem.

– É isso o que estamos pedindo... e não é muito. Pedimos que, quando um relatório chegar, os primeiros policiais no local deem uma olhada. Médicos irão verificar se alguém ficou vivo. Voltarão. Bloqueio de estradas, interrogatórios, tudo prosseguirá como eles quiserem, mas o *local* ficará isolado até chegarmos. Ficaremos do lado de fora, e você no interior. Você estará ligado. Poderá falar conosco quando quiser, e não dirá nada que não tiver vontade. Levará o tempo que quiser. Depois, nós entraremos.

– Os tiras locais não vão querer esperar.

– Claro que não. Vão mandar gente de Homicídios. Mas o pedido deve fazer algum efeito. Impedirá a movimentação lá e você encontrará tudo fresco.

Fresco. Graham inclinou a cabeça para trás na cadeira e olhou o teto.

– Claro – disse Crawford –, ainda temos 13 dias para esse fim de semana.

– Ah, Jack.

– Jack o quê? – perguntou Crawford.

– Você me mata, mata mesmo.

– Não estou entendendo.

– Está sim. Você resolveu me fazer de isca porque não tem outra solução. Assim, antes de perguntar, você me esgota dizendo como será pior da próxima vez. A psicologia até que não é má. Para usar num cretino. O que acha que vou dizer? Está duvidando que eu tenha cabeça para isso, desde o que aconteceu com Lecter?

– Não.

– Não o culpo por isso. Ambos sabemos que já aconteceu com outras pessoas. Não quero andar por aí com o rabo servindo de alvo. Mas, que diabo, agora estou metido nisso. Não podemos voltar para casa enquanto ele andar à solta.

– Nunca duvidei de que você o faria.

Graham sabia que aquilo era verdade.

– Então há mais, não foi?

Crawford ficou calado.

– Molly não. *De jeito nenhum.*

– Por Deus, Will, jamais lhe pediria isso.

Graham encarou-o por um momento.

– Ah, pelo amor de Deus, Jack. Você resolveu aliar-se a Freddy Lounds, não foi? Você e o cafajeste fizeram um trato.

Crawford franziu o cenho para uma mancha na sua gravata. Depois, encarou Graham.

– Você sabe que é a melhor isca para ele. O Fada do Dente vai ler o *Tattler.* O que mais temos?

– É preciso que seja Lounds a fazer isso?

– Ele tem o monopólio do *Tattler.*

– Então, eu xingo mesmo o Fada do Dente no *Tattler* e depois damos-lhe um tiro. Pensa que é melhor que a caixa de correio? Está bem, sei que é melhor. Conversou com Bloom sobre isso?

– Ligeiramente. Ele estará com a gente. E Lounds. Usaremos a caixa de correio ao mesmo tempo.

– E a cilada? Acho que temos de acertar-lhe em cheio. Alguma coisa aberta. Um lugar onde possa ser preso. Não creio que ele fique de tocaia. Ele pode me enganar, mas não o vejo com um fuzil.

– Teremos olheiros nos lugares elevados.

Ambos estavam pensando a mesma coisa. Um colete de aço Kevlar defenderia Graham da 9mm e da faca do Fada do Dente, a menos que ele fosse atingido no rosto. Não havia como protegê-lo de um tiro na cabeça, se um atirador escondido tivesse a oportunidade de disparar.

– Fale você com Lounds. Poupe-me disso.

– Ele precisa entrevistá-lo, Will – disse Crawford, suavemente. – Tem de tirar sua fotografia.

Bloom avisara Crawford de que teria problema nesse ponto.

18

Quando chegou a hora, Graham surpreendeu Crawford e Bloom. Parecia ter concordado em encontrar Lounds, e sua expressão era afável no fundo dos frios olhos azuis.

Estar dentro da sede do FBI causou um efeito salutar nos modos de Lounds. Ficava educado quando se lembrava disso, e foi rápido e silencioso com seu equipamento.

Graham só foi relutante uma vez: recusou totalmente deixar Lounds ver o diário da Sra. Leeds ou qualquer correspondência particular da família.

Quando a entrevista começou, respondeu às perguntas de Lounds em tom educado. Ambos consultaram notas tomadas em conferência com o Dr. Bloom. As perguntas e respostas foram frequentemente reescritas.

ALAN BLOOM ACHOU difícil fazer um plano para ferir o assassino. No fim, simplesmente abandonou suas teorias sobre o Fada do Dente. Os outros ouviam como alunos de caratê numa aula de anatomia.

O Dr. Bloom disse que as ações e o bilhete do Fada do Dente indicavam um esquema projetivo ilusório, compensado por sentimentos intoleráveis de imperfeição. Arrebentar espelhos ligava esses sentimentos à sua aparência.

A objeção do assassino ao apelido "Fada do Dente" era baseada nas implicações homossexuais da palavra "fada". Bloom acreditava que ele tivesse um conflito homossexual inconsciente, um medo terrível de tornar-se gay. A opinião do Dr. Bloom era reforçada por uma curiosa observação na casa dos Leeds: marcas de dobras e manchas de sangue escondidas indicavam que o Fada do Dente pusera shorts em Charles Leeds, após a morte deste. O Dr. Bloom achava que ele procedeu assim para acentuar sua falta de interesse no morto.

O psiquiatra falou a respeito dos fortes laços de impulso agressivo e sexual que ocorrem em sádicos muito jovens.

Os ataques brutais dirigem-se basicamente às mulheres e são realizados na presença da família, constituindo golpes claros contra a figura materna. Bloom, andando de um lado para outro, falando como que para si mesmo, chamou o assunto de "o filho de um pesadelo" . As pálpebras de Crawford baixaram diante da compaixão em sua voz.

NA ENTREVISTA COM Lounds, Graham fez declarações que nenhum investigador faria e para que nenhum jornal sério daria crédito.

Supôs que Fada do Dente era feio, impotente com pessoas do sexo oposto e afirmou falsamente que o assassino atacara sexualmente suas vítimas masculinas. Graham disse que Fada do Dente sem dúvida era motivo de riso para seus conhecidos e produto de um lar incestuoso.

Acentuou que Fada do Dente sem dúvida não era tão inteligente quanto Hannibal Lecter. Prometeu fornecer ao *Tattler* mais observações e dados sobre o assassino à medida que lhe ocorressem. Muitos executantes da lei não concordavam com ele, disse, mas, no curso da investigação, o *Tattler* podia contar com revelações diretamente fornecidas.

Lounds tirou montes de fotografias.

A foto chave foi tirada no "esconderijo em Washington" de Graham, um apartamento que havia "pego emprestado até liquidar o Gay". Era o único lugar onde podia "encontrar a solidão" na "atmosfera agitada" da investigação.

A fotografia mostrava Graham de robe sentado a uma escrivaninha, trabalhando tarde da noite. Estava estudando uma "concepção artística" grotesca do "Fada".

Às suas costas, um pedaço da cúpula iluminada do Capitólio podia ser vista pela janela. Mais importante, no canto esquerdo da janela, borrada mas legível, a tabuleta de um conhecido motel do outro lado da rua.

O Fada do Dente poderia encontrar o apartamento, se quisesse. Na sede do FBI, Graham foi fotografado diante de um espectrômetro que não era utilizado no caso, mas Lounds achou que iria impressionar.

Graham chegou mesmo a consentir que fosse tirada uma fotografia dele sendo entrevistado por Lounds. Ela foi feita em frente à vasta estante de armas na Seção de Armas de Fogo e Ferramentas. Lounds segurava uma automática 9mm do mesmo tipo da do Fada do Dente. Graham apontava para o silenciador feito em casa, fabricado com um pedaço de uma antena de televisão.

O Dr. Bloom ficou espantado ao ver Graham colocar amigavelmente a mão no ombro de Lounds na hora de Crawford tirar a fotografia.

As entrevistas e as fotos foram aprontadas para sair no *Tattler* do dia seguinte, segunda-feira, 11 de agosto. Assim que recebeu o material, Lounds deixou Chicago. Disse que precisava supervisionar pessoalmente as provas. Combinou de encontrar Crawford na tarde de terça-feira, a cinco quadras da armadilha.

A partir de terça-feira, quando o *Tattler* fosse para todas as bancas, duas armadilhas estariam preparadas para o monstro.

Graham deveria ir todas as tardes para sua "residência temporária", mostrada na foto do *Tattler*.

Uma nota cifrada pessoal na mesma edição convidava Fada do Dente a ir a uma caixa postal em Annapolis, vigiada dia e noite. Se suspeitasse dela, podia pensar que o esforço para capturá-lo estava centrado ali. Então, Graham se tornaria um alvo mais atraente, raciocinou o FBI.

As autoridades da Flórida providenciaram uma vigilância permanente para Sugarloaf Key.

Havia um ar de desagrado entre os caçadores: havia gente em dois pontos principais que podia ser usada em outros lugares e a presença de Graham na cilada todas as noites limitava seu movimento à área de Washington.

Embora o julgamento de Crawford lhe dissesse que era o melhor a fazer, todo o processo era passivo demais para o seu gosto. Sentia-se como que brincando com seus próprios companheiros na lua nova, com menos de duas semanas para agir antes que ela se tornasse cheia novamente.

Domingo e segunda passaram-se curiosamente aos trancos. Os minutos arrastavam-se e as horas voavam.

SPURGEN, INSTRUTOR-CHEFE da SWAT em Quantico, percorreu a quadra do apartamento na segunda-feira à tarde. Graham estava a seu lado. Crawford, no assento traseiro.

– O movimento de pedestres declina a partir de 19h15. Estão indo todos jantar – disse Spurgen. Com seu corpo nervoso e compacto, o boné de beisebol virado para trás, parecia um verdadeiro jogador. – Dê-nos um toque amanhã à noite quando cruzar os trilhos da ferrovia. Isso deve ser às 20h30, 20h40, por aí.

Penetrou no estacionamento do edifício de apartamentos.

– Este local não é o ideal, mas podia ser pior. Você estacionará aqui amanhã à noite. Mudaremos a vaga usada por você todas as noites após isso, mas será sempre deste lado. Fica a 75 metros da entrada do apartamento. Vamos a pé.

Spurgen, baixo e de pernas arqueadas, seguiu à frente de Graham e Crawford.

Ele está procurando lugares de onde possa saltar, pensou Graham.

– Acontecerá provavelmente durante a caminhada, se acontecer – disse o chefe da Swat. – Veja, daqui o caminho vai direto do seu carro até a entrada. A rota natural é pelo centro do estacionamento. É o mais afastado possível dos carros, que ficam aqui o dia inteiro. Ele precisará atravessar pelo asfalto a descoberto para se aproximar. Que tal sua audição?

– Muito boa – respondeu Graham. – Ótima neste estacionamento.

Spurgen procurou alguma coisa no rosto de Graham, mas nada encontrou que pudesse reconhecer. Parou no centro do estacionamento.

– Estamos diminuindo a voltagem dessas lâmpadas de rua um pouquinho para dificultar um atirador com um fuzil.

– Dificultará para o seu pessoal também – comentou Crawford.

– Dois dos nossos têm visores noturnos – respondeu Spurgen. – Vou dar-lhe um pulverizador para usar em seu casaco, Will. Por falar nisso, pouco me importa o calor; você sempre estará usando colete à prova de bala. Correto?

– Sim.

– O que é isso?

– Kevlar... como é mesmo, Jack?... Segunda Chance.

– Segunda Chance – confirmou Crawford.

– É muito provável que ele se encaminhe para você, vindo pelas costas, ou finja ir ao seu encontro e depois se vire para atirar, após ter passado por você – disse Spurgen. – Atirou sete vezes na cabeça, certo? Ele sabe que isso funciona. Fará com você também, se tiver tempo. *Não lhe dê tempo.* Depois que eu lhe mostrar umas coisas no saguão e no esconderijo, vamos para o estande de tiro. Pode fazer isso?

– Ele pode – disse Crawford.

Spurgen era o craque do estande de tiro. Fez Graham usar tampões sob a proteção dos ouvidos e jogou alvos para ele de todos os ângulos. Ficou aliviado ao ver que Graham não usava o 38 regularmente, mas se preocupou com a mira dos canos. Trabalharam por duas horas. O homem insistiu em examinar o tambor e as travas do 44 de Graham, quando ele terminou de atirar.

Graham tomou banho e mudou de roupa para tirar o cheiro de pólvora, antes de dirigir-se à baía para passar sua última noite livre com Molly e Willy.

Levou a mulher e o enteado ao supermercado depois do jantar e fez um certo barulho ao comprar melões. Assegurou-se de ter comprado uma considerável quantidade de mantimentos; o velho *Tattler* ainda estava na prateleira ao lado da registradora, e ele torceu para que Molly não visse o novo número que chegaria pela manhã. Não desejava contar-lhe o que estava acontecendo.

Quando ela perguntou o que ele queria jantar na semana seguinte, foi obrigado a dizer-lhe que estaria longe, que iria retornar a Birmingham. Era a primeira mentira de verdade que lhe disse, o que o fez sentir-se ensebado como dinheiro velho.

Ficou observando-a nos corredores: Molly, sua linda mulher beisebolista, com sua incessante vigilância aos machucados, sua insistência em exames médicos periódicos para ele e Willy, seu medo controlado do escuro; seu conhecimento duramente adquirido de que tempo é sorte. Conhecia o valor dos seus dias. Podia segurar um momento pela haste. Ensinara-o a ter prazer.

O Canon de Pachelbel encheu o quarto ensolarado onde se conheceram, e o contentamento foi grande demais para ser contido, e, mesmo então, o medo percorreu-o como a sombra de uma águia-pescadora: é bom demais para durar muito.

Molly mudava com frequência a bolsa de ombro nos corredores do supermercado, como se a arma dentro dela pesasse muito mais que seu meio quilo.

Graham teria ficado ofendido se ouvisse as coisas horríveis que ele murmurou aos melões:

– Tenho de me livrar desse patife. Ora se tenho.

Carregados com uma variedade de mentiras, armas e mantimentos, os três eram um grupo pequeno e solene.

Molly pressentiu perigo. Ela e Graham ficaram calados depois de apagarem as luzes. Molly sonhou com passos pesados entrando numa casa de quartos que se modificavam.

19

Havia uma banca de jornais no Aeroporto Internacional Lambert, em St. Louis, que vendia a maioria dos jornais de todo o país. Os de Nova York, Washington, Chicago e Los Angeles chegavam por via aérea e podiam ser comprados no mesmo dia da publicação.

Como muitas bancas, aquela pertencia a uma cadeia e, juntamente com as revistas e jornais tradicionais, o jornaleiro tinha de comprar uma certa quantidade de lixo.

Quando o *Tribune* de Chicago foi entregue às 22 horas de segunda-feira, um pacote de *Tattler* foi atirado a seu lado no chão. Ainda estava quente da máquina.

O jornaleiro agachou-se na frente das prateleiras, arrumando os exemplares do *Tribune*. Ainda tinha muita coisa a fazer. O empregado do dia nunca fazia sua parte.

Um par de sapatos pretos de zíper surgiu no canto de sua visão. Alguém olhando a mercadoria. Não, os sapatos estavam virados para ele. Alguém queria um troço qualquer. O jornaleiro queria terminar de arrumar seus *Tribunes*, mas a insistência do outro fez com que os cabelos da sua nuca se arrepiassem.

O comprador era um viajante. Ele não precisava ser amável.

– O que deseja? – perguntou aos joelhos.

– Um *Tattler.*

– Tem de esperar até eu desfazer o pacote.

Os sapatos não se afastaram. Estavam muito perto.

– Já lhe disse que tem de esperar até eu desfazer o pacote. Entendeu? Não está vendo que estou ocupado?

Uma mão, um relâmpago de aço reluzente, e a corda do pacote partiu-se com um estalo. Um dólar bateu no chão a sua frente. Um exemplar impecável do *Tattler* pulou do meio do pacote, espalhando os de cima pelo solo.

O jornaleiro ficou em pé. Seu rosto estava corado. O homem afastava-se com o jornal debaixo do braço.

– Ei, ei, você aí.

O homem virou-se para ele.

– Eu?

– Sim, você. Eu lhe disse...

– Disse o quê? – Estava voltando. Parou bem perto. – Disse o quê?

Normalmente, um comerciante rude consegue intimidar seus clientes. Havia qualquer coisa terrível na calma deste.

O jornaleiro olhou para o chão.

– O senhor não recebeu o troco.

Dolarhyde virou-se e afastou-se. O rosto do jornaleiro ficou fervendo por meia hora. *Sim, esse cara esteve aqui também na semana passada. Se voltar, vou mandá-lo encher outro. Tenho uma coisa para espertinhos embaixo do balcão.*

Dolarhyde não leu o *Tattler* no aeroporto. A mensagem de Lecter da quinta-feira anterior o deixara confuso. O Dr. Lecter estava certo, é claro, ao dizer que ele era bonito, coisa arrepiante de ler. Ele *era* bonito. Sentiu um certo desprezo pelo medo que o doutor sentia do policial. Lecter não tinha maior compreensão que o público.

Porém, estava ansioso para ver se Lecter havia mandado outra mensagem. Teria de esperar até chegar em casa para saber. Dolarhyde tinha muito orgulho do seu autocontrole.

Resmungou contra o jornaleiro enquanto dirigia.

Houve uma época em que teria pedido desculpas por perturbar o homem e nunca mais voltaria à banca. Por anos fora maltratado pelas pessoas. Agora nunca mais. O homem insultou Francis Dolarhyde: ele não podia enfrentar o Dragão. Tudo fazia parte da Formação.

À MEIA-NOITE, A LUZ na sua escrivaninha ainda estava acesa. A mensagem no *Tattler* fora decifrada e jogada amarrotada no chão. Pedaços do jornal estavam espalhados onde Dolarhyde havia feito os recortes para seu álbum. O grande diário ficou aberto sob a reprodução do Dragão, a cola secando onde os novos recortes foram fixados. Abaixo deles, recém-pregado, um saquinho de plástico, ainda vazio.

A inscrição ao lado dizia: "Com isto ele me ofendeu."

Mas Dolarhyde havia saído da escrivaninha.

Estava sentado nos degraus do porão, no meio da umidade e do mofo gelados. Os raios de sua lanterna elétrica passaram pelos móveis encapados, as costas empoeiradas dos grandes espelhos antes pendurados na casa e agora encostados nas paredes, o baú com uma caixa de dinamite.

A lanterna parou numa forma alta coberta, uma das muitas no canto mais afastado do porão. Teias de aranha envolveram seu rosto quando foi até ela. Espirrou por causa do pó, quando puxou a coberta.

Piscou afastando as lágrimas e fixou a luz na velha cadeira de rodas de carvalho que descobrira. Tinha o espaldar alto, era pesada e forte, uma das três que havia no porão. O condado as fornecera à avó em 1940, quando ela dirigia um asilo de velhos ali.

As rodas rangeram quando ele empurrou a cadeira pelo assoalho. Apesar do peso, carregou-a facilmente escada acima. Na cozinha, azeitou as rodas. As pequenas, da frente, continuaram rangendo, mas as traseiras tinham bons mancais e giraram soltas a um toque do seu dedo.

A ira que queimava nele foi diminuída pelo rangido suave das rodas. Quando as girou, Dolarhyde também rangeu.

20

Quando Freddy Lounds deixou a redação do *Tattler* ao meio-dia de terça-feira, estava cansado e excitado. Ele tinha escrito a reportagem do *Tattler* no avião para Chicago e a deixara na sala de composição em 30 minutos cravados.

O resto do tempo ele ocupou trabalhando sem parar no seu livro, não atendendo aos telefonemas. Era um tipo bem organizado e agora já dispunha de 50 mil palavras de sólido plano de fundo.

Quando o Fada do Dente fosse capturado, daria um título de impacto e faria um relato da prisão. O material já preparado iria caber perfeitamente. Ele conseguira manter três dos melhores repórteres do *Tattler* prontos para prosseguir com o noticiário. Horas depois da prisão, estariam cavando à procura de detalhes onde quer que o Fada do Dente tivesse morado.

Seu agente referiu-se a grandes somas. Discutir o projeto com o agente antes do tempo era, falando claramente, uma violação do seu acordo com Crawford. Todos os contratos e memorandos deveriam ser pós-datados posteriormente à prisão, a fim de encobrir o fato.

Crawford tinha uma grande arma: a ameaça de Lounds gravada. A transmissão interestadual de uma ameaça era uma ofensa sujeita a sanção penal, fora da proteção de que Lounds gozava sob a Primeira Emenda. Lounds também sabia que Crawford, com um único telefonema, poderia criar-lhe um problema permanente com o imposto de renda.

Havia ilhas de honestidade em Lounds; tinha algumas ilusões sobre a natureza do seu trabalho. Mas havia desenvolvido um fervor quase religioso sobre aquele projeto.

Fora possuído pela visão de uma vida melhor do outro lado do dinheiro. Enterrado em toda a sujeira que sempre fizera, suas velhas esperanças ainda viravam-se para o porvir. Agora mexiam-se e lutavam para surgir.

Contente porque suas câmeras e gravadores estavam prontos, dirigiu até sua casa a fim de dormir três horas, antes de pegar o avião para Washington, onde iria reunir-se com Crawford junto da armadilha.

Um maldito aborrecimento na garagem subterrânea. Um furgão preto, estacionado na vaga ao lado da sua, estava fora de alinhamento. Tinha invadido o espaço claramente marcado "Sr. Frederick Lounds".

Lounds abriu a porta do seu carro violentamente, batendo no lado do furgão, deixando-lhe uma mossa e uma marca. Isso ensinaria o patife desatencioso.

Lounds estava passando a chave no carro, quando a porta do furgão se abriu às suas costas. Estava se virando, quando a pancada o atingiu na orelha. Ergueu as mãos, porém seus joelhos cederam, sentiu uma tremenda pressão em torno do pescoço e o ar sumiu.

Quando seu peito oprimido pôde respirar novamente, inalou clorofórmio.

DOLARHYDE ESTACIONOU o furgão por trás de sua casa, saltou e espreguiçou-se. Pegara um vento lateral a viagem toda desde Chicago e seus braços estavam cansados. Olhou o céu noturno. O meteoro Perseu iria surgir breve e ele não queria perdê-lo.

Apocalipse: E sua cauda arrastou um terço das estrelas do céu, arremessando-as na terra...

Sua façanha em outra época. Precisava ver e lembrar.

Dolarhyde destrancou a porta dos fundos e fez seu exame rotineiro na casa. Quando tornou a sair, estava usando uma máscara de meia.

Abriu o furgão e colocou-lhe uma rampa. Então arrastou Freddy Lounds para fora. Lounds estava apenas de cueca, e com uma mordaça e uma venda. Apesar de estar meio inconsciente, não caiu. Sentava-se empertigado, com a cabeça encostada nas costas altas da velha cadeira de rodas. Fora colado de alto a baixo no banco com epóxi.

Dolarhyde rolou-o para dentro da casa, colocando-o num canto da sala de visitas, de costas, como se estivesse de castigo.

– Está sentindo frio? Quer um cobertor?

Dolarhyde retirou as toalhas que cobriam os olhos e a boca de Lounds, que não respondeu. O cheiro de clorofórmio o envolvia.

– Vou trazer-lhe um cobertor.

Dolarhyde apanhou um xale de lã no sofá e enrolou Lounds até o queixo, encostando depois um vidro de amoníaco em seu nariz.

Os olhos de Lounds abriram-se sobre um borrado canto de parede. Tossiu e começou a falar.

– Acidente? Estou muito ferido?

A voz às suas costas:

– Não, Sr. Lounds. Vai ficar ótimo.

– Minhas costas doem. Minha pele. Estou queimado? Espero por Deus que não.

– Queimado? Queimado. Não. Vai apenas repousar aqui. Estarei logo de volta.

– Deite-me. Olhe, preciso telefonar para meu escritório. Meu Deus, estou metido num colete de gesso. Minha espinha está quebrada, diga-me a verdade!

Passos afastando-se.

– O que estou fazendo aqui? – A pergunta fez sua voz tremer no fim.

A resposta veio de muito longe, por detrás dele.

– Expiando, Sr. Lounds.

Lounds ouviu pés subindo degraus. Um chuveiro aberto. Agora sua cabeça estava mais clara. Lembrou ter saído do escritório dirigindo o carro e depois mais nada. O lado de sua cabeça latejava e o cheiro do clorofórmio o fez engasgar-se. Por estar rigidamente ereto, temia vomitar e morrer sufocado. Escancarou a boca e respirou fundo. Ouviu o coração bater.

Lounds esperava estar adormecido. Tentou erguer o braço, aumentando deliberadamente o esforço até que a dor na palma e no braço fosse suficiente para tirá-lo de qualquer sonho. Não estava adormecido. Sua mente acumulou velocidade.

Com esforço, pôde virar os olhos o bastante para ver seu braço durante segundos de cada vez. Viu como estava amarrado. Não era um aparelho para espinha quebrada. Não era um hospital. Alguém o pegara.

Lounds pensou ter ouvido passos no andar superior, mas podia ser o pulsar do seu coração.

Tentou pensar. Fez um esforço. *Ficar frio e pensar,* sussurrou. Frio e pensar.

Os degraus rangeram quando Dolarhyde desceu.

Lounds sentiu seu peso a cada passo. Agora havia uma presença às suas costas.

Lounds disse várias palavras antes de ajustar o volume de sua voz.

– Não vi o seu rosto. Não posso identificá-lo. Não sei como você é. O *Tattler,* eu trabalho para *The National Tattler,* que pagará um resgate, um grande resgate por mim. Meio milhão, talvez um. Um milhão de dólares.

Silêncio às suas costas. Depois, um ranger de molas do sofá. Agora o homem estava se sentando.

– O que acha, Sr. Lounds?

Afaste a dor e o medo e pense. Agora. Para sempre. Para ganhar tempo. Ganhar anos. Ele ainda não resolveu matar-me. Não me deixa olhar seu rosto.

– O que acha, Sr. Lounds?

– Não sei o que me aconteceu.

– Sabe quem sou eu, Sr. Lounds?

– Não. Nem quero saber, acredite.

– De acordo com o senhor, sou um depravado e pervertido, um fracassado sexual. Um animal, disse o senhor. Provavelmente solto de um manicômio por um juiz complacente. Normalmente, Dolarhyde teria evitado pronunciar o

/s/ sibilante em "sexual". Na presença de um público que não estava em condições de rir de sua dificuldade, ele sentiu-se à vontade. Agora sabe, não é?

Não minta. Pense rápido.

– Sim.

– Por que escreve mentiras, Sr. Lounds? Por que diz que sou louco? Responda.

– Quando uma pessoa... quando uma pessoa faz coisas que a maioria das pessoas não entende, é chamada de...

– Louca.

– É chamada como... os irmãos Wright. Ao longo da história...

– História. Compreende o que estou fazendo, Sr. Lounds?

Compreender. Ali estava. Uma oportunidade. Tinha de agarrá-la.

– Não, mas acho que terei uma oportunidade disso e depois *todos os meus leitores também poderão compreender.*

– Sente-se privilegiado?

– É um privilégio. Mas devo dizer-lhe, de homem para homem, que estou com medo. É muito difícil concentrar-se quando se está com medo. Se o senhor tem uma grande ideia, não precisa amedrontar-me para que eu me impressione.

– De homem para homem. De homem para homem. Usa esta expressão para dar a ideia de franqueza, Sr. Lounds. Isso me agrada. Mas, veja, não sou um homem. Comecei como um, mas, pela Graça de Deus e minha própria Vontade, tornei-me Outro e Mais do que um homem. O senhor diz que está amedrontado. Acredita que Deus esteja presente aqui, Sr. Lounds?

– Não sei.

– Está agora rezando para Ele?

– Às vezes rezo. Devo dizer-lhe, rezo apenas nos momentos de medo.

– E Deus ajuda?

– Não sei. Não penso nisso depois. Preciso rezar.

– Precisa rezar. Hmmmm. Há tantas coisas que precisa compreender. Daqui a pouco vou ajudá-lo nisso. Pode dar-me licença agora?

– Certamente.

Passos saindo da sala. O deslizar e tilintar de uma gaveta de cozinha. Lounds cobrira muitos assassinatos cometidos em cozinhas, onde as coisas estão à mão. Um relatório policial pode mudar para sempre a nossa visão de uma cozinha. Agora, água correndo.

Lounds pensou que devia ser noite. Crawford e Graham o esperavam. Certamente naquele instante estariam sentindo falta dele. Um grande vácuo de tristeza pulsou rapidamente junto com seu medo.

Respiração às suas costas, um lampejo branco foi percebido por seus olhos. A mão, poderosa e pálida. Segurava um copo de chá com mel. Lounds sorveu-o com um canudinho.

– Escreverei uma grande reportagem – disse, entre sorvos. – Tudo o que quiser dizer. Vou descrevê-lo da maneira que o senhor quiser ou não o descreverei, não descreverei.

– Silêncio!

Um dedo bateu no alto de sua cabeça. As luzes brilharam. A cadeira começou a girar.

– Não. Não quero vê-lo.

– Ah, mas precisa, Sr. Lounds. O senhor é repórter. Está aqui para uma reportagem. Quando eu o virar, abra os olhos e me encare. Se não o fizer espontaneamente, pregarei suas pálpebras em sua testa.

Barulho de uma boca molhada, um ruído rápido e a cadeira girou. Lounds ficou de frente para a sala, com os olhos apertadamente fechados. Um dedo bateu insistentemente em seu peito. Um toque nas suas pálpebras. Olhou.

Para Lounds, sentado, o homem parecia muito alto em seu quimono. Uma máscara de meia estava enrolada até o nariz.

Virou-se de costas para Lounds e deixou cair o roupão. Os fortes músculos das costas flexionaram-se sobre a colorida tatuagem de uma cauda que descia costas abaixo e enrolava-se na perna.

O Dragão girou a cabeça lentamente, olhou para Lounds por cima do ombro e sorriu, mostrando os dentes manchados.

– Oh, meu querido Senhor Jesus – disse Lounds.

Lounds estava agora no centro da sala onde podia ver a tela. Dolarhyde, por detrás dele, vestiu o roupão e colocou os dentes que lhe permitiam falar.

– Quer saber quem sou eu?

Lounds tentou balançar a cabeça; a cadeira deu um puxão em sua cabeleira.

– Mais do que tudo. Estava com medo de perguntar.

– Olhe.

O primeiro slide era o quadro de Blake, *O Grande Homem-Dragão*, de asas estendidas e cauda açoitando, pairando sobre a *Mulher Vestida de Sol*.

– Está vendo agora?

– Estou.

Rapidamente, Dolarhyde exibiu os outros slides.

Clique. A Sra. Jacobi, viva.

– Está vendo?

– Sim.

Clique. A Sra. Leeds, viva.

– Está vendo?

– Estou.

Clique. Dolarhyde, o Dragão agressivo, músculos flexionados e cauda tatuada sobre a cama dos Jacobi.

– Está vendo?

– Sim.

Clique. A Sra. Jacobi esperando.

– Está vendo?

– Estou.

Clique. A Sra. Jacobi depois.

– Está vendo?

– Sim.

Clique. O Dragão agressivo.

– Está vendo?

– Estou.

Clique. A Sra. Leeds esperando, o marido deitado a seu lado.

– Está vendo?

– Estou.

Clique. A Sra. Leeds depois, lambuzada de sangue.

– Está vendo?

– Sim.

Clique. Freddy Lounds, numa reprodução fotográfica do *Tattler.*

– Está vendo?

– Oh, meu Deus.

– Está vendo?

– Oh, meu Deus. – As palavras saíram como a fala de uma criança chorando.

– Está vendo?

– Não, por favor.

– Não o quê?

– Não eu.

– Não o quê? É um homem, Sr. Lounds. É um homem?

– Sou.

– O senhor conclui que sou alguma espécie de pervertido?

– Meu Deus, não.

– O senhor é, Sr. Lounds?

– Não.

– Vai continuar a escrever mentiras a meu respeito, Sr. Lounds?

– Ah, não, não.

– Por que escreve mentiras, Sr. Lounds?

– A polícia me contou. Foi o que eles disseram.

– O senhor citou Will Graham.

– Graham contou-me as mentiras. Graham.

– Vai agora contar a verdade? Sobre Mim. Minha Obra. Minha Formação. Minha *Arte*, Sr. Lounds. Isto é Arte?

– Arte.

O medo no rosto de Lounds soltou a fala de Dolarhyde, que pôde atirar-se às sibilantes e fricativas.

– O senhor disse que eu, que vejo mais que o senhor, sou louco. Eu, que fui muito mais longe que o senhor, sou louco. Ou usei muito mais que o senhor, imprimi profundamente meu selo único na terra, onde permanecerá mais tempo do que seu pó. Sua vida em relação à minha é um rastro de lesma numa pedra. Um tênue muco prateado para lá e para cá nas letras do meu monumento.

As palavras que Dolarhyde escrevera em seu diário borbulhavam nele agora.

"Sou o Dragão e o senhor me chama de *louco*? Meus movimentos são acompanhados e registrados como uma visita importante. Sabe alguma coisa sobre a estrela visitante em 1054? Claro que não. Seus leitores o seguem como uma criança segue as pegadas de uma lesma com o dedo e com a mesma acrobacia cansada de raciocínio. De volta a seu crânio raso e cara de batata, como uma lesma segue sua própria gosma de volta para casa.

"Diante de Mim, é uma lesma ao sol. Está diante de um grande começo e nada reconhece. É uma formiga na placenta.

"Está na sua natureza fazer uma única coisa corretamente: tremer devidamente diante de Mim. O que me deve não é o medo, o senhor e outras formigas. *O senhor me deve pavor.*

Dolarhyde ficou de cabeça baixa, segurando o nariz com o polegar e o indicador. Depois saiu da sala.

Ele não tirou a máscara, pensou Lounds. *Ele não tirou a máscara. Se voltar sem ela, sou um homem morto. Meu Deus, estou banhado de suor.* Virou os olhos para a porta e esperou, ouvindo os ruídos vindos dos fundos da casa.

Quando Dolarhyde voltou, continuava mascarado. Trazia duas lancheiras e duas garrafas térmicas.

– Para sua volta para casa. – Ergueu uma térmica. – Gelo de que iremos precisar. Antes de partir, vamos gravar um pouco.

Colocou um microfone ao lado do xale junto ao rosto de Lounds.

– Repita comigo.

Gravaram durante meia hora. Finalmente:

– Isso é tudo, Sr. Lounds. O senhor esteve ótimo.

– Vai me deixar ir agora?

– Vou. Porém, de uma forma que vai me fazer ajudá-lo a compreender e lembrar melhor. – Dolarhyde afastou-se.

– Quero compreender. Quero que saiba que estou contente por me soltar. De agora em diante vou mesmo agir corretamente, o senhor sabe.

Dolarhyde não respondeu. Havia trocado as dentaduras.

O gravador ainda estava girando.

Sorriu para Lounds com os dentes manchados de castanho. colocou a mão na altura do coração de Lounds e, inclinando-se como se fosse beijá-lo, arrancou os lábios do repórter com uma dentada e cuspiu-os no chão.

21

Amanhece em Chicago, céu cinzento baixo e ar espesso.

Um segurança saiu do saguão do edifício do *Tattler* e parou na beira da calçada fumando um cigarro e coçando os rins. Estava só na rua e, no silêncio, ouviu o click da mudança da luz do semáforo no alto da colina, uma longa quadra adiante.

A meia quadra ao norte da luz, fora da vista do guarda, Francis Dolarhyde agachou-se junto a Lounds na traseira do furgão. Arrumou o cobertor de forma a esconder a cabeça de Lounds.

O repórter estava sofrendo muito. Parecia atordoado, mas sua mente disparava. Havia coisas que precisava lembrar. A venda fora colocada até o seu nariz e viu os dedos de Dolarhyde apalpando a mordaça.

Dolarhyde vestiu o jaleco branco de enfermeiro, colocou a garrafa térmica no colo do repórter e conduziu a cadeira para fora do furgão. Quando ele prendeu as rodas da cadeira e virou-se para recolocar a rampa dentro do furgão, Lounds viu a extremidade do para-choque por baixo da venda.

Sendo virado, vendo o apoio do para-choque... Sim! A placa do furgão. Apenas de relance, mas Lounds gravou-a na mente.

Rolando agora. As fendas das calçadas. Dobrando uma esquina e passando pelo meio-fio. Papel rangendo sob a rodas.

Dolarhyde parou a cadeira de rodas num trecho da rua, entre um depósito de lixo e um caminhão estacionado. Arrancou a venda. Lounds fechou os olhos. Um vidro de amônia sob seu nariz. A voz suave bem perto.

– Está me ouvindo? Está quase lá. Pisque se estiver ouvindo. – Dolarhyde abriu-lhe um olho com o polegar e o indicador.

Lounds estava olhando para o rosto de Dolarhyde.

– Menti-lhe. – Dolarhyde bateu na garrafa térmica. – Não tenho, na realidade, seus lábios no gelo. – Retirou o cobertor e abriu a garrafa.

Lounds se contorceu quando sentiu o cheiro de gasolina sobre a pele de seus braços, fazendo a sólida cadeira gemer. A gasolina fria cobriu seu corpo e seus vapores lhe invadiram a garganta. Foi conduzido para o meio da rua.

– Gosta de ser o cachorrinho de Graham, Freeeeedeeeee?

Foi incendiado e empurrado rodando para o *Tattler*, as rodas rangendo.

O guarda ergueu os olhos, quando um grito arrebentou a mordaça em fogo. Viu a bola chamejante chegando, pulando, produzindo fumaça e faíscas, com as chamas acompanhando-a como asas, com reflexos deformados passando de vitrine em vitrine nas lojas.

Mudou de direção, esbarrou num carro estacionado e virou de frente para o prédio, com uma das rodas girando e chamas saindo entre os raios, braços flamejantes erguendo-se na postura de luta dos incendiados.

O guarda correu para o saguão. Ficou imaginando se aquilo iria explodir, se ele devia afastar-se das janelas de vidro. Acionou o alarme. O que mais podia fazer? Retirou o extintor de incêndio da parede e olhou para fora. Ainda não havia explodido.

O guarda aproximou-se cautelosamente por entre a fumaça oleosa que se espalhava lentamente pelo pavimento e, finalmente, cobriu Freddy Lounds de espuma.

22

O plano determinava que Graham deixasse o apartamento em Washington às 5h45, bem antes do movimento matutino.

Crawford telefonou quando ele estava fazendo a barba.

– Bom dia.

– Não muito bom – respondeu Crawford. – O Fada do Dente pegou Lounds em Chicago.

– Ah, não!

– Ainda não morreu e está chamando por você. Não pode esperar muito.

– Estou indo.

– Encontre-me no aeroporto. Voo 245 da United. Parte em 40 minutos. Pode voltar para a armadilha, se necessário.

O agente especial Chester, do escritório do FBI em Chicago, encontrou-os em O'Hare sob um aguaceiro. Chicago é uma cidade habituada a sirenes. O trânsito abriu-se com relutância à frente deles, enquanto Chester uivava na via expressa, com as luzes vermelhas relampejando na chuva que caía.

Ergueu a voz, abafando a sirene.

– O Departamento de Polícia de Chicago diz que ele foi agarrado na própria garagem. Meu material é de segunda mão. Não somos muito populares por aqui hoje.

– O que eles descobriram? – perguntou Crawford.

– A coisa toda, a armadilha, tudo.

– Lounds conseguiu vê-lo?

– Não ouvi a descrição. O Departamento de Polícia de Chicago expediu um boletim detalhado.

– Fez contato com o Dr. Bloom como pedi?

– Fiz com a mulher dele, Jack. O Sr. Bloom operou a vesícula esta manhã.

– Maravilhoso – comentou Crawford.

Chester parou sob o pórtico gotejante do hospital. Virou-se no assento.

– Jack, Will, antes de subirem... Ouvi dizer que aquela bicha acabou mesmo com Lounds. Devem estar preparados para isso.

Graham concordou com a cabeça. Em toda a viagem para Chicago, havia tentado sufocar a esperança de que Lounds morresse antes que pudesse vê-lo.

O corredor do Centro de Queimados era um tubo de azulejo impecável. Um médico alto, com um rosto curiosamente envelhecido, tirou Graham e Crawford do amontoado de gente na porta de Lounds.

– As queimaduras do Sr. Lounds são fatais – disse o médico. – *Posso* atenuar o sofrimento dele e pretendo fazê-lo. Ele respirou chamas e sua garganta e pulmões foram atingidos. Talvez não volte a si. Em suas condições, isso seria uma bênção.

"No caso de recuperar a consciência, a polícia pediu-me para retirar o aparelho de respiração de sua garganta, para que ele possa responder a algumas perguntas. Concordei com isso... por pouco tempo.

"Neste momento, seus terminais nervosos estão anestesiados pelo fogo. Vai sentir muitas dores, se chegar a viver tanto. Inteirei a polícia disso e quero que fique claro para os senhores: interromperei qualquer tentativa de interrogatório para dar-lhe um sedativo, se ele pedir. Compreenderam?

– Sim – respondeu Crawford.

Fazendo um sinal ao guarda na porta, o médico cruzou as mãos atrás das costas do seu avental branco e afastou-se como uma garça.

Crawford olhou para Graham.

– Você está bem?

– Estou. *Eu* tenho o grupo da Swat.

Lounds estava com a cabeça levantada na cama. Seu cabelo e orelhas haviam desaparecido e compressas colocadas sobre os olhos cegos substituíam as pálpebras queimadas. Suas gengivas estavam inchadas e com bolhas.

A enfermeira ao lado afastou um aparelho para que Graham pudesse aproximar-se. Lounds cheirava como um estábulo em chama.

– Freddy, é Will Graham.

Lounds arqueou o pescoço contra o travesseiro.

– O movimento é apenas um reflexo, ele não está consciente – disse a enfermeira.

O tubo de ar mantinha sua garganta queimada e inchada aberta, respirando ritmadamente com o aparelho.

Um pálido sargento-detetive, sentado num canto, exibia um gravador e uma prancheta nos joelhos. Graham só reparou nele quando o homem falou.

– Lounds disse seu nome na emergência, antes de lhe colocarem o respirador.

– O senhor estava lá?

– Só mais tarde. Mas soube o que ele disse pela gravação. Ele deu a um bombeiro o número de uma placa, quando eles o pegaram. Desmaiou e continuou inconsciente na ambulância, mas voltou a si por um instante na sala de emergência, quando lhe deram uma injeção no peito. Alguém do *Tattler* seguiu a ambulância: eles estavam lá. Tenho uma cópia da gravação deles.

– Deixe-me ouvi-la.

O detetive preparou o gravador.

– Acho que o senhor vai preferir usar o fone – disse, sem revelar qualquer expressão no rosto. Apertou a tecla.

Graham ouviu vozes, o ruído de rodinhas, "coloque-o no três", a batida de uma maca numa porta de vaivém, uma tosse de vômito e uma voz grasnante, falando sem lábios.

– *Fada do Dente.*

– Freddy, você o viu? Como é ele, Freddy?

– *Wendy? Soltem Wendy. Graham me entregou. O puto soube. Graham me entregou. O puto me pegou pela fotografia como um otário. Wendy?*

Um ruído de dreno sendo aspirado. Uma voz de médico:

– Chega. Deixem comigo. Afastem-se. *Já.*

E nada mais.

Graham ficou ao lado de Lounds, enquanto Crawford ouvia a fita.

– Estamos identificando o número da placa – disse o detetive. – Conseguiu entender o que ele disse?

– Quem é Wendy? – perguntou Crawford.

– Aquela piranha no corredor. A loura de busto grande. Está querendo vê-lo. Ela não sabe de nada.

– Por que não a deixam entrar? – perguntou Graham, do lado da cama. Estava de costas para eles.

– Proibidas as visitas.

– O homem está morrendo.

– Pensa que eu não sei? Estou aqui nesta porra desde às 5h45... desculpe, enfermeira.

– Descanse uns minutos – disse Crawford. – Vá tomar café, lavar o rosto. Ele não pode dizer nada. Se falar, estarei aqui com o gravador.

– Está bem, vou aproveitar.

Quando o detetive se afastou, Graham deixou Crawford ao lado da cama e aproximou-se da mulher no corredor.

– Wendy?

– Sim.

– Se tem certeza de que quer entrar, levarei você.

– Quero, sim. Talvez deva pentear o cabelo.

– Não importa – disse Graham.

Quando o policial voltou, não tentou tirá-la de lá.

Wendy, de Wendy City, segurou a mão empretecida de Lounds e olhou-o de frente. Ele havia se mexido uma vez, pouco antes do meio-dia.

– Tudo vai dar certo, Roscoe – disse ela. – Voltaremos aos bons tempos.

Lounds se mexeu novamente e morreu.

23

O Capitão Osborne, do Departamento de Homicídios de Chicago, tinha o rosto pontudo e cinzento como uma raposa de pedra. Havia exemplares do *Tattler* por todos os lados. Um deles estava sobre sua escrivaninha.

Não convidou Crawford e Graham a se sentarem.

– Não tiveram mesmo nenhum contato com Lounds na cidade de Chicago?

– Não, ele estava indo para Washington – respondeu Crawford. – Tinha uma passagem aérea reservada. Estou certo de que verificou isso.

– Sim, verifiquei. Ele saiu do escritório mais ou menos às 13h30 de ontem. Chegou à garagem do seu edifício cerca de 13h50.

– Alguma coisa na garagem?

– Suas chaves foram chutadas para baixo do carro. Não há garagista... a porta é operada eletronicamente. Ninguém viu o que aconteceu. Atualmente, isso está se tornando um refrão. Estamos examinando o carro dele.

– Podemos ajudá-lo?

– Terão os resultados quando eu os receber. Graham, você falou pouco. Falou muito no jornal.

– Mas também não ouvi muito de você.

– Vai desistir, capitão? – perguntou Crawford.

– Eu? Por quê? Seguimos um chamado telefônico para você e tentamos agarrar um merda de um repórter. Depois, vocês não tinham acusações contra ele. *Fizeram* algum acordo com o sujeito, que ficou cozinhado em frente ao seu jornal escandaloso. E agora os outros jornais o adotaram como um dos seus.

"Agora, temos nosso próprio Fada do Dente bem aqui em Chicago. Que maravilha! 'Fada do Dente em Chicago', cara. Antes da meia-noite vamos ter uns seis tiros acidentais domésticos, sujeitos bêbados tentando entrar escondidos em casa, a mulher ouve, pancada. O Fada do Dente talvez goste de Chicago e fique por aqui se divertindo um pouco.

– Podemos agir assim – retrucou Crawford. – Botar todo mundo em ação, desde o chefe de polícia, o promotor federal e todos os outros, até nossos auxiliares. Ou pararmos para pensar e tentar pegar o salafrário. Esta operação era minha e virou merda, sei disso. Alguma vez isso aconteceu aqui em Chicago? Não quero brigar, capitão. Queremos pegar o cara e voltar para casa. O que você quer?

Osborne mexeu em alguns objetos sobre a escrivaninha, um porta-caneta, a fotografia de uma criança com a farda da banda do colégio e cara de raposa. Recostou-se na cadeira, franziu os lábios e soltou a respiração.

– Neste instante quero café. Querem também?

– Eu gostaria – disse Crawford.

– Eu também – acrescentou Graham.

Osborne distribuiu os copos de plástico. Fez um gesto oferecendo cadeiras.

– O Fada do Dente deve ter um furgão ou um caminhão fechado para poder ter carregado Lounds naquela cadeira de rodas – disse Graham.

Osborne confirmou com a cabeça.

– A placa vista por Lounds foi roubada de um caminhão de consertos de tevê em Oak Park. O sujeito pegou um veículo comercial, e por isso arranjou uma placa de furgão ou caminhão. Substituiu a licença do caminhão de tevê por outra também roubada, evitando assim que o roubo fosse notado muito depressa. Um cara bastante astuto. De uma coisa sabemos: ele roubou a placa do caminhão de tevê, depois das 8h30 de ontem. A primeira coisa que o dono do caminhão fez ontem foi colocar combustível e pagar com cartão de crédito. O empregado do posto copiou corretamente o número da licença no talão, o que significa que a placa foi roubada mais tarde.

– Alguém viu qualquer espécie de caminhão ou furgão? – perguntou Crawford.

– Ninguém. O guarda no *Tattler* pouco viu. Ele pode alegar combate para o fato de ter visto tão pouco. Os bombeiros atenderam em primeiro lugar o *Tattler*. Estavam apenas procurando o incêndio. Estamos interrogando os trabalhadores noturnos nas vizinhanças do *Tattler* e do lugar onde o sujeito da tevê trabalhou na terça-feira de manhã. Esperamos que alguém o tenha visto surrupiar a placa.

– Gostaria de ver a cadeira outra vez – falou Graham.

– Está no nosso laboratório. Vou telefonar para eles. – Osborne fez uma pausa. – Lounds era um sujeitinho esperto, você tem de admitir. Lembrar do número da placa e repeti-lo, naquele estado. Ouviu o que Lounds disse no hospital?

Graham confirmou com um aceno de cabeça.

– Não quero complicar as coisas, mas gostaria de saber se ouvimos a mesma coisa. O que pareceu para você?

Graham citou com voz monótona:

– "Fada do Dente. Graham me entregou. O puto soube. Graham me entregou. O puto me pegou pela fotografia como um otário."

Osborne não podia perceber como Graham se sentia por causa daquilo. Fez outra pergunta.

– Ele se referia à sua fotografia com ele no *Tattler*?

– Só pode ser.

– De onde ele tirou essa ideia?

– Lounds e eu tivemos algumas desavenças.

– Mas, na fotografia, você parecia amistoso com Lounds. O Fada do Dente matou primeiro o animal de estimação, é isso?

– É. – A raposa de pedra foi muito rápida, pensou Graham.

- Que pena você não o ter vigiado.

Graham ficou calado.

– Acreditava-se que Lounds estaria conosco na hora em que Gay-dentuço visse o *Tattler* – falou Crawford.

– O que ele disse significa alguma coisa a mais para você, qualquer coisa que possamos usar?

Graham voltou do seu devaneio e teve de repetir na mente a pergunta de Osborne, antes de responder.

– Sabemos, pelo que Lounds disse, que o Fada do Dente viu o *Tattler* antes de atacá-lo, certo?

– Certo.

– Se partimos da ideia de que o *Tattler* foi o determinante, não é de se espantar que ele tenha preparado aquilo numa pressa danada? A notícia saiu das máquinas na segunda-feira de noite e na terça-feira, a uma hora qualquer, ele estava em Chicago roubando placas, provavelmente, na, terça de manhã, pegando Lounds no mesmo dia, de tarde. O que isso lhe diz?

– Que ele tomou conhecimento cedo ou não estava muito longe – retrucou Crawford. – Ou estava em Chicago ou viu a notícia em algum lugar segunda-feira à noite. Devidamente avisado, estava esperando a saída do jornal para procurar na coluna de avisos pessoais.

– Ou estava aqui ou chegou dirigindo de longe – disse Graham. – Encontrou Lounds rápido demais, com uma grande e velha cadeira de rodas impossível de se transportar num avião... ainda por cima não-dobrável. Ele não voou para cá, roubou um furgão e placas para ele, e saiu à procura de uma velha cadeira de rodas para utilizar. Ele já tinha de possuir uma, pois uma nova não serviria para o que ele fez. – Graham estava de pé, brincando com as cordas das cortinas, olhando a parede de tijolos do poço de ventilação. Já possuía a cadeira ou sabia onde encontrá-la o tempo todo.

Osborne ia fazer uma pergunta, mas a expressão de Crawford o fez esperar.

Graham estava dando nós no cordão da cortina. Suas mãos não estavam firmes.

– Sabia o tempo todo... – instigou-o Crawford.

– Hm-hmm – fez Graham. – Pode ver como... a ideia começou com a cadeira de rodas. Por causa dela. Foi aí que surgiu a ideia, quando pensou o que fazer com aquele patife. Freddy rolando rua abaixo em chamas deve ter sido uma senhora visão.

– Acha que ele ficou olhando?

– Talvez. Com certeza teve a visão antes de executar, quando estava se decidindo sobre o que fazer.

Osborne olhou Crawford, que permanecia sério.

– Se ele possuía a cadeira ou sabia onde ela estava o tempo todo... podemos procurar nos asilos, nas casas de veteranos – disse Osborne.

– Era perfeita para conservar Freddy imóvel – falou Graham.

– Por muito tempo. Esteve desaparecido mais ou menos 15 horas e 25 minutos – acrescentou Osborne.

– Se quisesse apenas liquidar Freddy, podia tê-lo feito na garagem – prosseguiu Graham. – Podia tê-lo queimado em seu carro. Quis falar com Freddy ou maltratá-lo um pouco.

– Isso pode ter sido feito na traseira do furgão ou em qualquer outro lugar – falou Crawford. – Pelo tempo gasto, diria que o levou para algum lugar.

– Deve ser um lugar seguro. Se precisava amarrá-lo bem, não atrairia muita atenção perto de um asilo, entrando e saindo comentou Osborne.

– Porém havia o barulho – disse Crawford. – Alguma coisa a limpar. Admitindo que já tinha a cadeira, o acesso ao furgão e um lugar seguro aonde levá-lo, isso não soa a... casa?

O telefone de Osborne tocou. Atendeu resmungando.

– Como? Não, não quero falar com o *Tattler*... Bem, é melhor não ser alguma besteira... Faça a ligação... Sim, capitão Osborne... A que horas? Quem atendeu primeiro... a telefonista? Coloque-a na linha, por favor. Conte-me o que ele disse. Mandarei um policial dentro de cinco minutos.

Osborne ficou olhando o telefone pensativamente, após ter desligado.

– A secretária de Lounds recebeu um telefonema há cinco minutos – disse. – Jura que era a voz de Lounds. Ele falou alguma coisa, alguma coisa que ela não entendeu: "...a força do Grande Dragão Vermelho". Foi o que ela julgou que Lounds disse.

24

O Dr. Frederick Chilton parou no corredor, fora da cela de Hannibal Lecter. Com Chilton, havia três fortes atendentes. Um levava uma camisa de força e presilhas para as pernas, o outro, uma grande lata de spray de pimenta. O terceiro, um fuzil com um dardo carregado de tranquilizante.

Lecter estava observando um quadro atuarial em sua mesa, fazendo anotações. Ouviu os passos se aproximando. Ouviu a culatra da arma bem perto, mas continuou a ler sem dar sinal de saber que Chilton estava ali.

Chilton lhe enviara os jornais ao meio-dia e deixou-o esperando até de noite para saber do seu castigo por ajudar o Dragão.

– Dr. Lecter – disse Chilton.

Lecter virou-se.

– Boa noite, Dr. Chilton. – Não tomou conhecimento da presença dos guardas. Só olhava para o diretor.

– Vim buscar seus livros. *Todos eles.*

– Muito bem. Posso saber por quanto tempo?

– Isso dependerá de sua atitude.

– Essa decisão é *sua*?

– Aqui quem determina os castigos sou eu.

– Claro que sim. Não é a espécie de coisa que Will Graham pediria.

– Vá para a rede e vista isso, Dr. Lecter. Não pedirei duas vezes.

– Pois não, Dr. Chilton. Espero que seja uma 39... as 37 ficam apertadas no peito.

O Dr. Lecter colocou a camisa de força, que não passava de um tecido comum. Um atendente, por entre as grades, amarrou-a nas costas.

– Ajude-o a deitar-se – disse Chilton.

Enquanto os atendentes esvaziavam as estantes, Chilton limpou os óculos e mexeu nos papéis particulares de Lecter com uma caneta.

Lecter ficou olhando do canto escuro de sua cela. Havia uma graça estranha nele, mesmo na camisa de força.

– Sob a pasta amarela – disse Lecter com voz calma – o senhor encontrará uma matéria sua que o *Archives* recusou. Veio para mim por engano com a minha correspondência e abri sem ler o endereçamento. Sinto muito.

Chilton ruborizou-se. Dirigiu-se a um atendente.

– Acho melhor tirar a tábua do vaso do Dr. Lecter.

Chilton olhou para o quadro atuarial. Lecter havia escrito sua idade no cimo: 41.

– Isto é o quê? – perguntou.

– Tempo – respondeu o Dr. Lecter.

O CHEFE DE SEÇÃO Brian Zeller levou a caixa de correio e as rodas da cadeira para Análises Instrumentais, caminhando num passo que fez sua calça de gabardine silvar.

O pessoal, mantido de prontidão, sabia muito bem o que significava aquele barulho: Zeller estava com pressa.

Tinha havido muitos atrasos. O mensageiro cansado, seu voo de Chicago atrasado pelo mau tempo e depois desviado para Filadélfia, onde alugou um carro e dirigiu até o laboratório do FBI em Washington.

O laboratório da polícia de Chicago é eficiente, mas há coisas para as quais não está preparado. Zeller aprontou sua equipe para fazê-las agora.

Colocou no espectrômetro as partículas de tinta da porta do carro de Lounds.

Beverly Katz, na Cabelos e Fibras, recebeu as rodas para examinar com os outros da seção.

A última parada de Zeller foi na salinha quente onde Liza Lake curvava-se sobre seu cromatógrafo. Ela estava examinando as cinzas de um caso de incêndio criminoso na Flórida.

– Fluido de isqueiro Ace – falou. – Foi o que ele usou. – Ela já havia examinado tantas amostras que podia distinguir marcas sem consultar o manual.

Zeller afastou os olhos de Liza Lake e repreendeu-se severamente por sentir prazer no trabalho. Pigarreou e ergueu as duas latas de tinta.

– Chicago? – perguntou a moça.

Zeller acenou afirmativamente com a cabeça.

Ela examinou a condição das latas e do lacre. Uma continha cinzas da cadeira de rodas e a outra material carbonizado de Lounds.

– Estão nas latas há quanto tempo?

– Umas seis horas – respondeu Zeller.

– Vamos ver.

Furou a tampa com uma seringa, extraiu o ar que estivera confinado com as cinzas e injetou-o diretamente no cromatógrafo a gás. Fez ajustes minuciosos. À medida que a amostra moveu-se pela coluna de 150 metros da máquina, o estilete agitou-se no largo papel gráfico.

– Sem chumbo... – comentou. – É gasool sem chumbo. Não se vê muito disso. – Folheou rapidamente uma pasta de folhas soltas com amostras. – Não lhe posso dar a marca ainda. Vou usar pentano e depois lhe devolvo.

– Ótimo – disse Zeller. O pentano iria separar os fluidos das cinzas, depois fracioná-las no cromatógrafo, liberando os fluidos para uma análise mais delicada.

Cerca de 1 hora da manhã, Zeller tinha tudo o que poderia obter.

Liza Lake acertou quanto ao gasool: Freddy Lounds foi incendiado com uma mistura de "Servco Supreme".

Uma paciente escovadela nas ranhuras do piso da cadeira de rodas revelou duas espécies de fibras de tapetes: lã e sintética. A poeira úmida do piso evidenciou que a cadeira havia sido guardada num lugar escuro e frio.

Os outros resultados foram menos satisfatórios. As amostras de tinta não eram de pintura original de fábrica. Pulverizada no espectrômetro e comparada com a tinta do arquivo nacional automotivo, ela provou ser tinta esmaltada "Duco" de alta qualidade, fabricada num lote de 700 mil litros no primeiro trimestre de 1978 para venda a inúmeras cadeias de casas de tinta para carros.

A esperança de Zeller era que apontasse a marca do veículo e determinasse o tempo aproximado de sua manufatura.

Transmitiu o resultado a Chicago por telex.

O Departamento de Polícia de Chicago queria as rodas de volta. Elas faziam um embrulho muito esquisito para o mensageiro carregar. Zeller colocou relatórios escritos na bolsa, com correspondência e um pacote que haviam chegado para Graham.

– Não sou o FedEx – disse o mensageiro, depois de ter certeza de que Zeller não poderia ouvi-lo.

O Departamento da Justiça mantém vários pequenos apartamentos nos arredores do Tribunal do Sétimo Distrito, em Chicago, para uso de juristas e especialistas convocados para testemunhar, quando o tribunal está em sessão. Graham hospedou-se num deles e Crawford no da frente.

Chegou às 21 horas, cansado e suado. Não havia comido desde o desjejum do avião vindo de Washington, e só em pensar em comida repugnava-lhe.

Aquela quarta-feira chuvosa havia finalmente acabado. Não se lembrava de um dia tão ruim.

Com Lounds morto, tinha a sensação de que seria o próximo, e Chester o tinha vigiado o dia todo: quando esteve na garagem de Lounds, quando demorou-se na chuva, no pavimento chamuscado onde Lounds fora queimado. Com flashes estalando em seu rosto, ele declarou à imprensa que estava "sofrendo a perda de seu amigo Frederick Lounds".

Iria também ao enterro. Com uma quantidade de agentes federais e policiais, na esperança de que o assassino fosse assistir ao seu sofrimento.

Realmente nada sentia de definido, apenas uma náusea fria e uma acidental onda de prazer doentio por não ter sido queimado até a morte em vez de Lounds.

Parecia a Graham que nada havia aprendido em quarenta anos: sentia-se apenas fatigado.

Preparou um martíni duplo e bebeu-o enquanto se despia. Tomou outro depois do chuveiro ao mesmo tempo que via o noticiário da TV.

("Uma cilada do FBI para pegar Fada do Dente saiu pela culatra e um veterano repórter morreu. Voltaremos com detalhes em *Notícias de Testemunha Ocular* daqui a pouco.")

Passaram a se referir ao assassino como "o Dragão" antes de a programação terminar. O *Tattler* transmitira a informação a todas as emissoras. Graham não se surpreendeu. A edição de quinta-feira precisava vender bem.

Preparou um terceiro martíni e ligou para Molly.

Ela vira as notícias na televisão às 18 horas e às 22 horas e lera o *Tattler*. Sabia que Graham fora a isca de uma armadilha.

– Você devia ter me contado, Will.

– Talvez. Mas acho que não.

– Agora ele irá tentar te matar?

– Cedo ou tarde. Vai ficar mais difícil para ele agora, uma vez que estou agindo. Estou sendo protegido o tempo todo, Molly, e ele sabe disso. Nada vai me acontecer.

– Sua voz está esquisita. Levaram você para ver seu amigo na geladeira?

– Duas vezes.

– Como se sentiu?

– Arrasado.

– O noticiário disse que o FBI não deu nenhuma proteção ao repórter.

– Ele deveria estar com Crawford na hora em que Fada do Dente leu o jornal.

– O noticiário o está chamando agora de Dragão.

– É como ele se intitula.

– Will, uma coisa... Quero pegar Willy e sair daqui.

– Para onde?

– Para a casa dos avós dele. Há muito eles não o veem e vão gostar.

– Ah, hm-hmmm.

Os avós paternos de Willy tinham uma fazenda na costa do Oregon.

– Aqui é assustador. Sei que devemos estar a salvo... mas não estamos dormindo como devíamos. Talvez as aulas de tiro me perturbaram, não sei.

– Lamento, Molly. – *Gostaria de poder dizer-lhe o quanto lamento.*

– Vou sentir sua falta. Ambos vamos sentir.

Portanto, ela já se havia decidido.

– Quando parte?

– De manhã.

– E a loja?

– Evelyn quer ficar com ela. Vou assumir com os atacadistas todas as despesas do material de outono, apenas pelos juros, e ela poderá ficar com o que vender.

– Os cães?

– Pedi a Evelyn que entrasse em contato com o município, Will. Desculpe, mas alguém ficará com alguns.

– Molly, eu...

– Se ficando aqui eu pudesse evitar que algo de mau lhe acontecesse, ficaria. Mas você não pode poupar ninguém, Will, e aqui não estou ajudando. Se nós sairmos daqui, você só terá de pensar em se cuidar. Não quero carregar esse raio de pistola o resto da minha vida, Will.

– Talvez você possa ir para Oakland e ver os trens passarem. – *Eu não queria dizer isso. Puxa, este silêncio está ficando muito longo.*

– Bem, olhe, telefonarei para você – disse ela –, ou então talvez seja melhor você me telefonar.

Graham sentiu alguma coisa se rompendo. Faltou-lhe a respiração.

– Vou telefonar para o escritório e preparar tudo. Já fez as reservas?

– Não usei meu nome. Pensei que talvez os jornais...

– Ótimo, ótimo. Vou mandar alguém ajudá-la. Você não precisará embarcar pelo portão e sairá de Washington bem protegida. Você deixa? Por favor, deixe. A que horas sai o avião?

– Às 21h40. 118 American Airlines.

– Está bem, 20h30... por trás do Smithsonian. Há um estacionamento. Deixe o carro lá. Alguém irá encontrá-la. A pessoa escutará o relógio, colocando-o no ouvido quando saltar do carro, entendeu?

– Ótimo.

– Vai fazer baldeação no O'Hare? Posso ir...

– Não. A baldeação é em Minneapolis.

– Ah, Molly. Será que posso ir até lá buscar você quando tiver acabado?

– Será muito bom. Muito bom.

– Tem dinheiro suficiente?

– O banco vai me mandar.

– Como?

– Para o Barclay, no aeroporto. Não se preocupe.

– Vou sentir sua falta.

– Eu também, mas será como agora. A mesma distância pelo telefone. Willy está mandando um abraço.

– Outro para ele.

– Cuide-se, querido.

Ela nunca o havia chamado assim antes. Ele não se preocupou. Não se preocupava com nomes novos; querido, Dragão Vermelho.

O policial do serviço noturno em Washington ficou contente por preparar as coisas para Molly. Graham encostou o rosto na janela gelada e viu o aguaceiro causado pela chuva açoitar o trânsito na rua abaixo, que mudava de cinza para um súbito colorido com os relâmpagos. Seu rosto deixou a marca da testa, nariz, lábios e queixo no vidro.

Molly fora embora.

O dia terminara e havia apenas a noite para enfrentar e a voz sem lábios o acusando.

A mulher de Lounds tinha segurado o que havia restado da mão dele, até tudo ter acabado.

"Alô, aqui é Valerie Leeds. Lamento não poder atender o telefone neste instante..."

– Também lamento – disse Graham.

Tornou a encher o copo e sentou-se à mesa junto à janela, olhando para a cadeira vazia na sua frente. Fixou o olhar, até que o espaço na cadeira assumisse a forma de um homem, cheia de partículas escuras e em movimento, uma presença semelhante a uma sombra na poeira em suspensão. Tentou fazer a imagem aglutinar-se à procura de um rosto. Ela não se mexeu, não tinha semblante, mas, mesmo sem rosto, encarou-o com atenção palpável.

– Sei que é duro – disse Graham. Estava muito bêbado. – Você tentou parar, apenas distanciar-se enquanto o procurávamos. Se vai fazer alguma coisa, porra, venha até mim. Pouco me importo. Será melhor depois daquilo. Eles têm coisas agora para ajudá-lo a parar. Ajudá-lo a parar de *desejar* ser tão mau. Ajude-me. Ajude-me um pouco. Molly foi embora, o velho Freddy está morto. Agora somos só nós dois, cara. – Curvou-se sobre a mesa, com a mão estendida para tocar, e a presença desapareceu.

Graham deitou a cabeça na mesa, com o rosto no braço. Viu a marca de sua testa, nariz, boca e queixo na janela, quando o relâmpago brilhou lá fora; um rosto com gotas escorrendo janela abaixo. Sem olhos. Um rosto inundado de chuva.

Graham tentara desesperadamente compreender o Dragão.

Houve momentos, no silêncio ofegante das casas das vítimas, os reais espaços por onde o Dragão se movimentara, em que tentou falar-lhe.

Em alguns momentos Graham sentiu-se perto dele. Uma sensação que lembrava a de outras investigações apoderara-se dele recentemente: a insultante sensação de que ele e o Dragão estiveram fazendo as mesmas coisas em vários momentos do dia, que tiveram posições paralelas nos detalhes cotidianos de suas vidas. Em algum lugar, o Dragão estivera comendo, tomando banho ou dormindo ao mesmo tempo que ele.

Graham esforçou-se por conhecê-lo. Procurou vê-lo por dentro do resplendor ofuscante de slides e frascos, no fundo das frases dos relatórios policiais, tentou ver-lhe o rosto nos vagos indícios. Tentou como pôde.

Mas para começar a compreender o Dragão, ouvir as gotas frias na escuridão, ver o mundo através de sua neblina vermelha, Graham precisaria ver coisas que nunca vira e precisaria ter voado através do tempo...

25

Springfield, Missouri, 14 de junho de 1938.

Marian Dolarhyde Trevane, fatigada e dolorida, saltou de um táxi no City Hospital. O vento quente açoitou seus tornozelos com areia, enquanto ela subia os degraus. A mala que ela arrastava e a bolsa de malha que apertava contra a barriga inchada eram melhores que sua roupa molhada. Tinha duas moedas de 25 centavos e uma de um na bolsa. Na barriga, carregava Francis Dolarhyde.

Disse ao funcionário da recepção chamar-se Betty Johnson, o que era mentira. Falou que seu marido era músico, mas que não sabia onde se encontrava, o que era verdade.

Puseram-na na enfermaria de caridade da maternidade. Ela não olhou para as outras pacientes de ambos os lados ao atravessar o corredor. Olhou para os pés.

Quatro horas depois, foi levada para a sala de parto, onde nasceu Francis Dolarhyde. O obstetra notou que ele parecia "mais com um morcego que com um recém-nascido", outra verdade. Nasceu com fissuras bilaterais no lábio superior e nos palatos. A parte central da boca era solta e projetada para fora. O nariz era chato.

Os responsáveis pelo hospital resolveram não mostrá-lo imediatamente à mãe. Esperaram para ver se o recém-nascido sobreviveria sem oxigênio. Colocaram-no num berço no fundo da enfermaria infantil, mantendo-o fora da visão da janela de visitantes. Respirou, mas não conseguiu se alimentar. Com o palato fendido, não podia sugar.

Seu choro no primeiro dia não foi tão contínuo quanto o de um recém-nascido viciado em heroína, mas era igualmente agudo.

Na tarde do segundo dia, só conseguiu chorar fracamente.

Quando trocaram o turno às 3 horas, uma sombra imponente caiu sobre seu berço. Prince Easter Mize, 120 quilos, empregada na limpeza e auxiliar da maternidade, ficou olhando-o, de braços cruzados ao peito. Havia 25 anos que trabalhava no berçário e vira cerca de 39 mil recém-nascidos. Aquele viveria, se comesse.

Prince Easter não havia recebido instruções de Deus para deixar aquela criança morrer. Duvidava que o hospital também tivesse recebido. Tirou do bolso uma tampa de borracha com um canudo de vidro curvo passando no seu centro. Meteu a tampa numa mamadeira de leite. Conseguiu segurar o bebê e sustentar sua cabeça com uma só mão. Manteve-o junto ao peito até ver que ele lhe sentiu as batidas do coração. Sacudiu-o e meteu-lhe o canudo garganta abaixo. Ele bebeu cerca de 60 gramas e adormeceu.

– Hm-hmm – disse ela.

Colocou-o de volta no berço e foi fazer suas obrigações com o balde e os panos de limpeza.

No quarto dia, as enfermeiras levaram Marian Dolarhyde Trevane para um quarto particular. Malvas-rosas deixadas pela ocupante anterior estavam num jarro esmaltado no banheiro. Tinham resistido muito bem.

Marian era uma moça bonita e a inchação estava diminuindo em seu rosto. Olhou para o médico quando ele começou a conversar com ela, pondo a mão em seu ombro. Marian sentiu o perfume forte do sabonete na mão e ficou observando as rugas dos cantos dos olhos do médico até perceber o que ele estava dizendo. Então fechou os olhos e não os abriu enquanto lhe traziam a criança.

Finalmente olhou. Quando gritou, fecharam a porta. Depois, deram-lhe uma injeção.

No quinto dia, deixou o hospital sozinha. Não sabia para onde ir. Jamais poderia voltar para casa, sua mãe deixara isso claro.

Marian Dolarhyde Trevane contava os passos entre os postes de iluminação. Cada vez que passavam três postes, sentava-se na mala para descansar. Pelo menos tinha a mala. Em cada cidade havia uma loja de penhores perto do terminal rodoviário. Sabia disso por ter viajado com o marido.

SPRINGFIELD, EM 1938, não era um centro de cirurgia plástica. Lá, usava-se o rosto como ele era.

Um cirurgião no City Hospital fez o que pôde por Francis Dolarhyde, primeiro retraindo a seção frontal de sua boca com uma atadura elástica, e depois fechando as fissuras no lábio com a técnica de aba retangular, hoje abandonada. O resultado não foi bom.

O cirurgião ficou preocupado com o problema e resolveu, com razão, que o conserto do palato do menino podia esperar até os 5 anos. A operação antes disso teria deformado o desenvolvimento do seu rosto.

Um dentista da cidade ofereceu-se para fazer um obturador que fechou o palato da criança, permitindo-lhe alimentar-se sem inundar o nariz.

A criança ficou no Lar de Enjeitados de Springfield por um ano e meio e depois foi mandada para o orfanato Morgan Lee.

O reverendo S. B. "Buddy" Lomax dirigia o orfanato. Irmão Buddy reuniu os meninos e meninas e disse-lhes que Francis tinha lábio leporino, mas que tivessem cuidado para não chamá-lo de boca de coelho.

Irmão Buddy sugeriu-lhes que rezassem por ele.

A MÃE DE FRANCIS Dolarhyde aprendeu a se virar nos anos seguintes ao nascimento dele.

Marian Dolarhyde inicialmente encontrou um emprego de datilógrafa no escritório do Partido Democrata, em St. Louis.

Com a ajuda do chefe, conseguiu anular seu casamento com o ausente Sr. Trevane.

No processo de anulação, nenhuma referência foi feita a filho.

Não tinha nenhuma ligação com a mãe. ("Não a criei para ser a cadela desse lixo irlandês", foram as palavras de despedida da Sra. Dolarhyde a Marian, quando ela partiu com Trevane.)

O ex-marido de Marian uma vez telefonou-lhe para o escritório. Sóbrio e carinhoso, contou-lhe que estava recuperado e queria saber se ele, Marian e a criança, que "nunca tivera a alegria de conhecer", poderiam começar uma vida nova juntos. Parecia triste.

Marian respondeu-lhe que o filho nascera morto e desligou.

Apareceu bêbado na pensão onde ela morava, com sua mala. Quando ela lhe mandou ir embora, Trevane a culpou pelo fracasso do casamento e pelo filho ter nascido morto. Duvidou que a criança fosse dele.

Furiosa, Marian Dolarhyde contou exatamente a Michael Trevane como o filho tinha nascido. E lembrou-o de que houvera dois palatos fendidos na família Trevane.

Jogou-o porta afora, dizendo-lhe para nunca mais procurá-la. Ele nunca mais a procurou. Porém, anos depois, bêbado e ruminando sobre a boa vida de Marian com seu novo marido rico, resolveu procurar a mãe dela.

Contou à Sra. Dolarhyde sobre a criança deformada e disse-lhe que os dentes salientes provavam que a culpa hereditária era dos Dolarhyde.

Uma semana depois, um bonde de Kansas City cortou Michael Trevane ao meio.

Quando Trevane informou à Sra. Dolarhyde de que Marian tivera um filho secreto, a velha passou a noite em claro. Alta e frágil em sua cadeira de balanço, vovó Dolarhyde ficou olhando a lareira acesa. De madrugada, começou um balanço lento e resoluto.

Em algum lugar do andar superior da grande casa, uma voz rachada falou durante o sono. O chão sobre a cabeça da velha Dolarhyde estalou como se alguém arrastasse os pés a caminho do banheiro.

Uma batida surda no teto... alguém caindo... e a voz rachada gritando de dor.

A velha Dolarhyde jamais afastou os olhos da lareira. Balançou-se mais rapidamente e, no momento devido, os lamentos cessaram.

QUASE NO FINAL do seu quinto ano, Francis Dolarhyde recebeu sua primeira e única visita no orfanato.

Estava sentado na sala do café, envolto pelos desagradáveis odores do local, quando um garoto mais velho procurou-o e levou-o ao escritório do irmão Buddy.

A senhora com o irmão Buddy era alta e de meia-idade, empoada, com o cabelo num coque apertado. Seu rosto era totalmente branco. Havia toques amarelos no cabelo grisalho, nos olhos e nos dentes.

O que espantou Francis, o que ele sempre lembraria, é que ela sorriu com prazer quando lhe viu o rosto. Aquilo nunca acontecera. E jamais tornaria a acontecer.

– Esta é sua avó – disse o irmão Buddy.

– Oi – falou a mulher.

O irmão Buddy esfregou a boca com sua mão comprida.

– Diga "oi", vamos.

Francis aprendera a dizer algumas coisas tapando as narinas com o lábio superior, mas não tivera muitas ocasiões para dizer "oi".

– Oh – foi o que melhor conseguiu.

A avó pareceu ficar ainda mais encantada com ele.

– Sabe dizer "vovó"?

– Tente dizer "vovó" – pediu o irmão Buddy.

Foi muito difícil e Francis afogou-se facilmente em lágrimas.

Um marimbondo zumbiu e bateu no teto.

– Não importa – disse a avó. – Aposto que sabe dizer seu nome. Garanto que um garotão como você sabe dizer seu nome. Diga.

O rosto da criança iluminou-se. Os garotos maiores o haviam ajudado muito naquilo. Ele quis agradar. Concentrou-se.

– Cara de boceta – falou.

TRÊS DIAS DEPOIS, vovó Dolarhyde foi procurar Francis no orfanato, e levou-o para casa. Começou imediatamente a ajudá-lo a falar. Concentraram-se numa única palavra: "mãe".

DOIS ANOS APÓS a anulação do seu casamento, Marian Dolarhyde conheceu Howard Vogt e se casou com ele. Vogt era advogado de prestígio com fortes ligações com a máquina política de St. Louis e do que sobrara da velha Pendergast, em Kansas City.

Vogt era viúvo, três filhos, um ambicioso e afável homem, 15 anos mais velho que Marian Dolarhyde. Não detestava nada no mundo a não ser o *Post-Dispatch* de St. Louis, que tinha denunciado sua participação no escândalo do registrador de votos, em 1936, e liquidou a tentativa, em 1940, da máquina de St. Louis apossar-se do governo.

Em 1943, a estrela de Vogt voltou a subir. Foi o candidato das cervejarias à câmara estadual e foi citado como um possível delegado à futura convenção constitucional do Estado.

Marian foi uma esposa útil e atraente, e Vogt comprou-lhe uma casa elegante na rua Olive, perfeita para recepções.

Francis Dolarhyde estava morando com a avó havia uma semana quando ela o levou lá.

A velha jamais vira a casa da filha. A empregada que atendeu à porta não lhe conhecia.

– Sou a Sra. Dolarhyde – disse, contornando a empregada e entrando. Sua combinação estava aparecendo nas costas. Levou Francis para uma grande sala de estar com uma agradável lareira.

– Quem é, Viola? – perguntou uma voz de mulher, do andar superior.

A velha pegou o rosto do menino com as duas mãos. Ele sentiu o cheiro da fria luva de couro. Um sussurro apressado.

– Vá ver sua mãe, Francis. Vá ver sua mãe. Corra!

Francis afastou-se, evitando o olhar dela.

– Vá ver sua mãe. Corra! – Agarrou-o pelos ombros e empurrou-o para os degraus. Ele subiu até o patamar e olhou para ela, embaixo. A velha fez um gesto incisivo com o queixo.

O menino andou pelo corredor estranho para a porta aberta do quarto.

A mãe, sentada na penteadeira, examinava a maquilagem num espelho cercado de lâmpadas. Aprontava-se para uma reunião política e ruge em excesso não seria conveniente. Estava de costas para a porta.

– *Mein* – piou Francis, como lhe ensinaram. Esforçou-se para dizer corretamente. – *Mein.*

Só então ela o viu pelo espelho.

– Se está procurando Ned, ele não está...

– *Mein.* – O garoto avançou para a luz crua.

Marian ouviu a voz da mãe, no andar debaixo, pedindo chá. Seus olho escancararam-se e ela ficou imóvel. Não se virou. Apagou as lâmpadas de maquilagem e desapareceu do espelho. No quarto escuro deu um único gemido baixo, que terminou num soluço. Poderia ter sido por ela mesma ou pelo menino.

Depois desse dia, a avó levou Francis a todas as reuniões políticas, explicando quem ele era e de onde viera. Falou ao menino que ele deveria dizer oi a todos. Em casa, não treinaram essa palavra.

O Sr. Vogt perdeu a eleição por 1.800 votos.

26

Na casa da avó, o novo mundo de Dolarhyde era uma floresta de pernas de veias azuladas.

A avó Dolarhyde estava dirigindo seu asilo há três anos quando ele foi morar com ela. Dinheiro fora um problema depois que o marido morrera, em 1936; fora educada como uma senhora e não tinha habilidade comercial.

Possuía apenas uma casa enorme e as dívidas do falecido marido. Receber hóspedes estava fora de cogitação. A casa era muito afastada para ser uma pensão de sucesso. Foi ameaçada de despejo.

O anúncio no jornal do casamento de Marian com o influente Sr. Howard Vogt pareceu uma bênção para a avó. Escreveu inúmeras vezes a Marian pedindo ajuda, sem resposta. Cada vez que telefonava, a empregada dizia que a Sra. Vogt havia saído.

Finalmente, com amargura, a velha entrou em acordo com o condado e começou a aceitar velhos indigentes. Recebia uma quantia dos cofres públicos e pagamentos esparsos dos parentes que as autoridades conseguiam localizar. Foi difícil até que ela começou a ter pensionistas particulares, de famílias da classe média.

Durante todo aquele tempo, nenhum auxílio de Marian... e Marian poderia ter ajudado.

Agora, Francis Dolarhyde estava brincando no chão, em meio à floresta de pernas. Transformou as peças do Mahjong da avó em carros, empurrando-os por entre os pés retorcidos como raízes velhas.

A Sra. Dolarhyde conseguia manter limpas as roupas dos seus hóspedes, mas desesperava-se tentando fazer com que ficassem calçados.

Os velhos passavam o dia inteiro na sala de estar ouvindo rádio. A Sra. Dolarhyde também havia comprado um aquário pequeno para eles se distraírem, e um doador particular tinha contribuído para que ela cobrisse o chão com linóleo, para proteger o assoalho da inevitável incontinência.

Os hóspedes ficavam enfileirados em sofás e em cadeiras de rodas, ouvindo o rádio, com os olhos mortiços fixados nos peixes, em nada ou em coisas que viram antigamente.

Francis lembraria para sempre o arrastar de pés no linóleo, nos dias quentes e ativos, o cheiro de tomates e de repolho cozidos, vindo da cozinha, o cheiro de gente como pedaços de carne secos ao sol, e o rádio permanente.

Brancura Rinso, brilhante Rinso
Alegre cançãozinha de dia de lavagem.

Francis passava o tempo que podia na cozinha, porque lá esta vam seus amigos. A cozinheira, Rainha-Mãe Bailey, passara a vida trabalhando para a família do falecido Sr. Dolarhyde. Ela, às vezes, levava no bolso do avental uma ameixa para Francis, chamando-o: "Gambazinho, sempre sonhando". A cozinha era quente e segura. Mas Rainha-Mãe Bailey ia para casa à noite...

Dezembro de 1943.

Francis Dolarhyde, 5 anos de idade, estava deitado no seu quarto do andar superior da casa da avó. O quarto estava escuro como breu, com os blecautes contra os ataques japoneses.

Ele não conseguia dizer "japonês". Queria fazer xixi. Estava com medo de levantar-se no escuro.

Gritou pela avó, deitada no andar de baixo.

– *Ó. Ó.* – Parecia um cabritinho, berrando. Gritou até se cansar. – *Ó, ô aôr.*

Então aconteceu, escorrendo quente pelas pernas e pela cama, esfriando depois, a camisola espetando-o. Não sabia o que fazer. Respirou fundo e virou-se de frente para a porta. Nada lhe aconteceu. Colocou um pé no chão. Ficou de pé nas trevas, a camisola colada nas pernas, o rosto ardendo. Correu para a porta. A maçaneta atingiu-o no olho, ele caiu sentado no molhado, levantou-se e correu escadas abaixo, os dedos zunindo no corrimão. Chegou ao quarto da avó. Passou por cima dela no escuro, meteu-se sob as cobertas, agora sentindo-se aquecido junto dela.

A avó mexeu-se, tensa, as costas comprimidas contra o rosto do menino, a voz sibilante.

– Nunca vi... – Um ruído na mesa de cabeceira: ela pegou os dentes, estalando-os quando os colocou. – Nunca vi uma criança tão nojenta e suja quanto você. *Saia,* saia já desta cama.

Acendeu a lâmpada da cabeceira. Ele ficou tremendo, de pé no tapete. Ela passou o polegar na sobrancelha dele. Saiu cheio de sangue.

– Quebrou alguma coisa?

O menino balançou a cabeça com tanta força que gotas de sangue caíram na roupa de dormir dela.

– Para cima, vamos.

A escuridão caiu sobre ele quando começou a subir os degraus. Não podia ligar a luz porque a avó havia encurtado o cordel de forma a que só ela o alcançasse. Não queria voltar para a cama molhado. Ficou por muito tempo na escuridão, agarrando-se ao estrado. Pensou que ela não estava subindo. Os cantos mais escuros do quarto sabiam que ela não estava vindo.

Ela chegou, puxando o fio curto da luz do teto, os braços cheios de lençóis. Não falou com ele enquanto mudou a roupa de cama.

Agarrou-lhe o braço e arrastou-o pelo corredor até o banheiro. A lâmpada ficava sobre o espelho e ela teve de erguer-se na ponta dos pés para alcançá-la. Deu-lhe uma toalha de banho, úmida e fria.

– Tire a camisola e enxugue-se.

Cheiro de esparadrapo e a reluzente tesoura estalando. Ela cortou um pedaço, sentou o menino na beira do vaso e tapou o corte sobre o olho.

– Pronto – disse. Segurou a tesoura de encontro à barriga redonda dele e o menino sentiu frio. – Olhe – falou a velha.

Agarrou o pescoço do menino e curvou-o para que visse seu pequeno pênis pousado sobre a lâmina inferior da tesoura aberta. Fechou-a até que a tesoura começou a picá-lo.

– Quer que eu corte isso?

Ele tentou olhá-la, porém a avó manteve sua cabeça presa. O garoto soluçou e ficou com o estômago embrulhado.

– *Quer?*

– Não, *ó*. Não, *ó*.

– Dou-lhe minha palavra que, se você tornar a mijar na cama, eu o cortarei. Compreendeu?

– Sim, *ó*.

– Você sabe onde fica o vaso no escuro e pode sentar-se nele como um bom menino. Não precisa ficar em pé. Agora volte para a cama.

ÀS 2 HORAS, O VENTO surgiu, com rajadas quentes, de sudeste, fazendo os ramos das macieiras mortas chocarem-se e os das vivas farfalharem. O vento fez a chuva quente bater na lateral da casa onde Francis Dolarhyde, 42 anos, estava adormecido.

Dorme de lado, chupando o polegar, o cabelo úmido e emplastado na testa e nuca.

Então ele acorda. Ouve seu respirar nas trevas e os tênues piscar de olhos. Seus dedos cheiram levemente a gasolina. Sua bexiga está cheia.

Tateia a mesa de cabeceira, à procura do copo com a dentadura.

Dolarhyde sempre coloca a dentadura antes de se levantar. Agora dirige-se ao banheiro. Não acende a luz. Acha o vaso no escuro e senta-se nele como um bom menino.

27

A mudança na avó tornou-se visível no inverno de 1947, quando Francis tinha 8 anos.

Parou de fazer as refeições no seu quarto com Francis. Foram para a mesa da sala de jantar, onde ela presidia as refeições dos velhos residentes.

A avó tinha sido educada, quando criança, para ser uma anfitriã encantadora, e agora havia desembrulhado e polido sua sineta de prata, colocando-a ao lado do seu prato.

Manter uma mesa de almoço em funcionamento, orientando o serviço, organizando a conversa, evitando com facilidade os choques provocados pelos mais tímidos, chamando a atenção dos outros hóspedes para as melhores facetas dos mais inteligentes, é uma habilidade considerável, infelizmente agora em decadência.

A avó fora ótima nisso em sua época. Seus esforços naquela mesa tornaram inicialmente brilhantes as refeições para dois ou três dos moradores capazes de uma conversa simples.

Francis passou a sentar-se na cadeira do anfitrião, no final da avenida de cabeças balançantes, enquanto a avó despertava as recordações dos que podiam se lembrar. Ela demonstrou um interesse especial pela viagem de lua de mel a Kansas City da Sra. Floder, passou inúmeras vezes pela febre amarela do Sr. Eaton e ouviu atentamente os sons fortuitos e ininteligíveis dos outros.

– Não é interessante, Francis? – dizia, tocando a sineta para o próximo prato. A refeição era uma variedade de papas de verduras e carne, que ela dividia em pratos, dificultando enormemente o trabalho na cozinha.

Os infortúnios jamais eram mencionados à mesa. Um toque de sineta e um gesto em meio a uma frase cuidavam dos que derramavam coisas, caíam no sono ou esqueciam por que estavam ali. A avó sempre mantivera a maior criadagem possível, dentro dos seus recursos financeiros.

À medida que sua saúde declinava, a avó emagrecia, e passou a poder vestir roupas guardadas havia tempos. Algumas eram elegantes. No arranjo de seu rosto e penteado, ficou com uma acentuada semelhança com o George Washington das notas de um dólar.

Na primavera, seus modos haviam decaído um pouco. Ela presidia a mesa e não permitia interrupções, enquanto falava sobre sua juventude em St. Charles, chegando mesmo a revelar coisas pessoais para inspiração e edificação de Francis e dos outros.

Era verdade que a avó havia ganho o concurso a mais bonita de 1907 e fora convidada para alguns dos melhores bailes do outro lado do rio, em St. Louis.

Havia naquilo um "aprendizado" para todos, disse ela. Olhou especialmente para Francis, que cruzara as pernas sob a mesa.

– No meu tempo, pouco podia ser feito, do ponto de vista médico, para superar os pequenos acidentes da natureza – disse ela. – Eu tinha pele e cabelos lindos e tirei todas as vantagens possíveis disso. Conquistei meus dentes com a força da minha personalidade e meu espírito: com tanto sucesso que, de fato, tornaram-se minha beleza principal. Acho que vocês podem mesmo chamá-los "a marca registrada do meu encanto". Eu não os trocaria por nada.

Ela não confiava em médicos, explicou, mas quando ficou evidente que problemas nas gengivas iriam custar-lhe os dentes, foi procurar um dos mais renomados dentistas do Meio-Oeste, Dr. Felix Bertl, que era suíço. Os "dentes suíços" dele eram muito conhecidos numa certa classe de gente, disse a avó, e ele tinha uma prática notável.

Cantores de ópera, temendo que novas formas em suas bocas pudessem afetar seu tom de voz, atores e outras pessoas públicas chegavam até de São Francisco para serem corrigidos.

O Dr. Bertl podia reproduzir exatamente os dentes naturais de um cliente e tinha experiência com vários componentes e seus efeitos de ressonância.

Quando o Dr. Bertl terminou suas dentaduras, os dentes dela ficaram exatamente iguais ao que haviam sido. Ela superou essa situação com personalidade e nada perdeu do seu encanto, disse com um sorriso agressivo.

Se havia uma lição naquilo tudo, Francis só foi apreciá-la mais tarde; não foi operado até que pôde fazer a despesa por conta própria.

Francis conseguia enfrentar o jantar porque havia algo de que ele iria gozar posteriormente.

O marido da Rainha-Mãe Bailey vinha buscá-la todas as noites na carroça puxada à mula que usava para carregar lenha. Se a avó estivesse ocupada no andar de cima, Francis poderia ir com eles pela alameda até a estrada principal.

Esperava o dia inteiro pelo passeio noturno: ao lado da Rainha-Mãe na carroça, seu alto e magro marido, silencioso e quase invisível na escuridão, as rodas de ferro soando alto no cascalho, acima do ressoar dos freios dos animais. Duas mulas, castanhas e às vezes enlameadas, com as crinas aparadas com escovas, sacudindo os rabos sobre as ancas. O cheiro de suor e roupa de algodão fervida, de rapé e arreios quentes. Também o de fumaça de madeira, quando o Sr. Bailey vinha da limpeza de um novo pedaço de terra e, às vezes, quando levava sua arma para a clareira, um par de coelhos ou esquilos jazia na carroça, os pequenos bichos estirados como se ainda estivessem correndo.

Não falavam durante a descida pela alameda; o Sr. Bailey conversava apenas com as mulas. O movimento da carroça balançava agradavelmente o garoto de encontro aos Baileys. Ao saltar, no fim da alameda; fazia sua promessa de cada noite, de caminhar de volta diretamente para casa, e ficava vendo a lanterna da carroça afastar-se. Podia ouvi-los conversando na estrada. Às vezes, a Rainha-Mãe fazia o marido rir, e ela também o acompanhava na risada. Parado nas trevas, era agradável ouvi-los e saber que não estavam rindo dele.

Mais tarde, mudaria de ideia a esse respeito...

UMA OCASIONAL COMPANHEIRA de brincadeira de Francis Dolarhyde foi a filha de um meeiro que morava nas redondezas. A avó deixava-a vir brincar porque sempre se divertia vestir a menina com as roupas que Marian usara quando criança.

Ela era uma menina ruiva e desatenta, cansada demais para brincar na maior parte do tempo.

Numa tarde quente de junho, entediada de procurar insetos na palha do galinheiro, pediu para ver as partes íntimas de Francis.

Num canto, entre o galinheiro e uma sebe baixa que os escondia das janelas térreas da casa, ele mostrou. Ela retribuiu mostrando as suas, baixando suas grosseiras roupas íntimas até os tornozelos. No momento em que ele se agachou para ver, uma galinha sem cabeça surgiu batendo as asas, andando de costas, levantando poeira. A garota, atrapalhada, pulou para trás enquanto o animal espalhava sangue em seus pés e pernas.

Francis estava de pé, com a calça ainda arriada, na hora em que Rainha-Mãe Bailey apareceu à procura da galinha e pegou-os naquela situação.

– Olhe, garoto – falou ela, calmamente –, você já viu o que queria; agora sumam e procurem o que fazer em outro lugar. Divirtam-se com coisas de crianças e fiquem vestidos. Você e ela me ajudem a pegar esse bicho.

A atrapalhação dos meninos desapareceu, e ambos foram atrás do bicho. Mas a avó estava olhando da janela do primeiro andar...

A AVÓ FICOU olhando Rainha-Mãe entrar na casa. As crianças dirigiram-se para o galinheiro. A avó esperou cinco minutos e depois foi procurá-los silenciosamente. Abriu a porta do galinheiro abruptamente e viu-os juntando penas para um enfeite de cabeça.

Mandou a menina embora e levou Francis para a casa.

Disse-lhe que ia mandá-lo de volta ao orfanato do irmão Buddy após castigá-lo.

– Suba. Vá para o quarto, tire a calça e espere até que eu pegue a tesoura.

Francis esperou no quarto durante horas, deitado sem calça na cama, agarrado a colcha, aguardando a tesoura. Esperou ouvindo o barulho da ceia embaixo, o ranger e batidas da carroça de lenha e o resfolegar das mulas, quando o marido da Rainha-Mãe veio buscá-la.

Adormeceu pela manhã e acordou sobressaltado esperando. A avó jamais apareceu. Talvez tivesse esquecido.

Esperou na rotina dos dias seguintes, lembrando-se com pavor da promessa da avó várias vezes ao dia. Nunca cessaria de esperar.

Evitou Rainha-Mãe Bailey, não queria falar com ela nem dizer-lhe o porquê: erradamente, acreditou que ela contara à avó o que vira no quintal. Agora, estava convencido de que o riso que ouvia enquanto observava a lanterna da carroça desaparecer na estrada era a respeito dele. Evidentemente, não podia confiar em ninguém.

Era difícil permanecer imóvel e adormecer quando se precisava pensar. Era difícil permanecer imóvel em noite tão clara.

Francis sabia que a avó tinha razão. Ele a magoara muito, a envergonhara. Todos precisavam saber o que fizera: mesmo num lugar tão afastado quanto St. Charles. Não estava zangado com a avó. Sabia que o amava muito. Queria portar-se bem.

Imaginou que ladrões estavam arrombando a casa e que ele protegia a avó, que, então, retificaria o que dissera:

– Você não é um Filho do Diabo, afinal de contas, Francis. Você é o meu menino bem-comportado.

Imaginou um ladrão arrombando a casa, com o objetivo de mostrar à avó suas partes íntimas.

Como poderia Francis protegê-la? Era muito pequeno para enfrentar um ladrão enorme.

Pensou a respeito. Havia a machadinha da Rainha-Mãe na copa. Ela costumava limpá-la com um jornal após degolar uma galinha. Precisava pegá-la. Era sua responsabilidade. Teria de combater seu medo da escuridão. Se realmente amasse a avó, seria ele a coisa a ser temida nas trevas. A coisa para o *ladrão* temer.

Arrastou-se escada abaixo e encontrou a machadinha pendurada no devido lugar. Tinha um cheiro estranho, como o da pia quando se depenava uma galinha. Estava afiada e seu peso reconfortava sua mão.

Levou a machadinha para o quarto da avó, onde foi verificar se não havia ladrões.

A avó dormia. A escuridão era completa e ele sabia exatamente onde ela estava. Se houvesse um ladrão, ele o ouviria respirar como ouvia a avó. Saberia onde estava seu pescoço exatamente como sabia onde ficava o da avó. Era logo abaixo da respiração.

Se houvesse um ladrão, caminharia silenciosamente para ele, como estava fazendo. Ergueria a machadinha sobre sua cabeça com ambas as mãos, como estava fazendo.

Francis pisou nos chinelos da avó ao lado da cama. A machadinha girou na escuridão atordoante e chocou-se com o abajur de metal da lâmpada de leitura.

A avó virou-se e fez um barulho esquisito com a boca. Francis permaneceu imóvel. Seus braços tremiam com o esforço de manter a machadinha erguida. A avó começou a roncar.

O Amado Francis sentiu-se quase arrasado. Saiu silenciosamente do quarto. Ele estava ansioso para ficar pronto para protegê-la. Precisava fazer alguma coisa. Agora não tinha medo da casa escura, porém sentia-se sufocado.

Saiu pela porta dos fundos e deixou-se envolver pela noite clara, de rosto para cima, ofegante como se pudesse aspirar a luz. Um pequeno disco lunar, distorcido no branco dos olhos, arredondou-se quando seus olhos reviraram, centrando-se finalmente em suas pupilas.

O Amor cresceu com força intolerável e ele não pôde livrar-se. Caminhou até o galinheiro, depressa agora, o chão gelado sob os pés, a machadinha batendo fria de encontro à sua perna, correndo agora antes de explodir...

FRANCIS, ESFREGANDO-SE NA galinha, nunca havia obtido tal prazer e paz suave. Sentiu o caminho dentro dela cautelosamente e verificou que a paz era infindável, envolvendo tudo à sua volta.

O que a avó bondosamente não havia cortado continuava lá como um prêmio, quando lavou o sangue de sua barriga e pernas. Sua mente estava lúcida e calma.

Tinha de dar um jeito na camisola de dormir. Era melhor escondê-la sob os sacos na casa de defumação.

A DESCOBERTA DA GALINHA morta deixou a avó confusa. Disse que não parecia obra de uma raposa.

Um mês depois, Rainha-Mãe encontrou outra quando foi recolher ovos. Desta vez, estava decapitada.

A avó disse na mesa de jantar estar convencida de que aquilo havia sido feito por algum "despeitado que ela mandara embora". Disse que telefonara ao xerife por causa daquilo.

Francis permaneceu silencioso em seu lugar, abrindo e fechando a mão como se houvesse um olho piscando contra sua palma. Às vezes, na cama, apalpava-se para ter certeza de que não havia sido cortado. Às vezes, quando se apalpava, pensava sentir um piscar.

A avó estava mudando rapidamente, tornando-se cada vez mais impertinente, e não conseguia manter a casa arrumada. Embora houvesse poucos empregados, era da cozinha que ela se ocupava pessoalmente, orientando Rainha-Mãe e, dessa maneira, prejudicando a qualidade das refeições. Rainha-Mãe, que trabalhou a vida inteira para os Dolarhydes, era a única permanente na criadagem.

Com o rosto vermelho pelo calor da cozinha, a avó movia-se incessantemente de um trabalho para outro, às vezes deixando pratos feitos pela metade, sem jamais servi-los. Fazia panelas de restos, enquanto as verduras estragavam na despensa.

Ao mesmo tempo, tornou-se uma fanática contra o desperdício. Diminuiu tanto o sabão e o alvejante na lavagem até os lençóis ficarem encardidos de sujeira.

No mês de novembro, contratou cinco negras para ajudar na casa. Elas não ficaram.

A avó ficou furiosa na noite em que a última foi embora. Andou pela casa berrando. Foi à cozinha e viu que Rainha-Mãe

Bailey havia deixado uma colher cheia de farinha no tabuleiro depois de ter feito rosquinhas.

Em meio ao vapor e calor da cozinha, cerca de meia hora antes do jantar, ela dirigiu-se à Rainha-Mãe e esbofeteou-a.

A cozinheira deixou cair a concha, atordoada. Seus olhos encheram-se de lágrimas. A avó tornou a erguer a mão. Uma palma vermelha esbofeteou-a novamente.

– Nunca *mais* faça isso. A senhora está fora de si, Sra. Dolarhyde, mas *nunca* mais faça isso.

Berrando insultos, a avó derrubou uma panela de sopa que fervia no fogão. Foi para seu quarto e bateu a porta. Francis a ouviu xingando no quarto e atirando objetos nas paredes. Não reapareceu durante toda a noite.

Rainha-Mãe limpou a sopa e alimentou os velhos. Juntou suas poucas coisas numa cesta e vestiu seu velho suéter e seu gorro. Procurou Francis, mas não o encontrou.

Já estava na carroça quando notou o menino sentado num canto do alpendre. Ele a viu descer com dificuldade e andar em sua direção.

– Gambá, estou indo. Não voltarei. O dono do armazém vai telefonar para sua mãe. Se precisar de mim antes de sua mãe chegar, vá para minha casa.

Ele virou o rosto para evitar o toque dela.

O Sr. Bailey resmungou com as mulas, Francis viu as lanterna da carroça afastarem-se. Já as vira antes, com uma triste e vazia sensação, desde que compreendeu que Rainha-Mãe o havia traído. Agora não importava. Estava contente. Uma tênue lanterna de querosene de uma carroça desaparecendo na estrada. Não era nada perto da lua.

Ficou pensando na sensação de matar uma mula.

MARIAN DOLARHYDE VOGT não apareceu quando Rainha-Mãe Bailey lhe telefonou.

Veio duas semanas mais tarde, após um telefonema do xerife de St. Charles. Chegou de tarde, dirigindo um Packard de antes da guerra. Estava de luvas e chapéu.

Um auxiliar do xerife foi ao seu encontro no fim da alameda e parou ao lado da janela do carro.

– Sra. Vogt, sua mãe nos telefonou ao meio-dia dizendo alguma coisa a respeito de impedir um roubo. Quando cheguei aqui, desculpe-me, mas ela estava fora de si e parecia que as coisas também estavam fora do lugar. O xerife achou que antes precisava de sua ajuda, se me compreende. Por causa da projeção do Sr. Vogt.

Marian compreendeu. O Sr. Vogt era o diretor de Obras Públicas em St. Louis e não estava nas boas graças do partido.

– Que eu saiba, ninguém mais viu o local – afirmou o auxiliar. Marian encontrou a mãe dormindo. Dois dos velhos hóspedes ainda se achavam sentados à mesa, esperando o almoço. Uma mulher estava no quintal, de combinação.

Marian telefonou ao marido.

– Com que frequência inspecionam esses lugares? Não devem ter visto nada... Não sei se algum parente queixou-se, não creio que os moradores tenham parentes... Não. Não se meta. Preciso de alguns negros. Mande-me alguns... e o Dr. Waters. Cuidarei de tudo.

O médico, junto com um atendente de branco, chegou em 45 minutos, seguido de um caminhão fechado, com a camareira e mais cinco empregados de Marian.

Marian, o médico e o atendente estavam no quarto da avó quando Francis voltou do colégio. O menino ouviu a velha praguejando. Quando a levaram para fora, numa das cadeiras de rodas da casa, estava de olhos vidrados e braço envolto num pedaço de pano de algodão. Seu rosto estava chupado e estranho, sem os dentes. O braço de Marian também tinha um curativo: fora mordida.

A avó partiu no carro do médico, no banco traseiro, com o atendente. Francis ficou olhando. Fez um gesto de adeus, mas logo deixou a mão pender ao longo do corpo.

O grupo de limpeza de Marian esfregou e arejou a casa, promoveu uma formidável lavagem e banhou os velhos. Marian trabalhou com eles, e forneceu a eles uma pequena refeição.

Só falou com Francis para perguntar onde ficavam as coisas.

Depois, mandou o pessoal embora e telefonou para as autoridades do condado. A Sra. Dolarhyde sofrera um ataque de coração, informou.

Já havia escurecido quando o pessoal da previdência social chegou para levar os idosos hóspedes num ônibus escolar. Francis pensou que também iam levá-lo. Nem foi cogitado.

Ficaram na casa apenas Marian e Francis. A mãe sentou-se à mesa de jantar, com a cabeça entre as mãos. Ele foi para o jardim e subiu numa macieira silvestre.

Finalmente, Marian chamou-o. Havia enchido uma maleta com as roupas dele.

– Você vai ter de vir comigo – disse, andando para o carro. – Entre. Não ponha os pés no banco.

Partiram no Packard e deixaram a cadeira de rodas vazia no jardim...

Não houve escândalo. As autoridades municipais lamentaram o acontecimento com a Sra. Dolarhyde, ela certamente havia mantido as coisas agradáveis. Os Vogt mantiveram-se intocados.

A avó foi internada num sanatório particular. Passariam-se 14 anos até que Francis voltasse com ela para casa.

– FRANCIS, AQUI ESTÃO suas meio-irmãs e seu meio-irmão – disse a mãe.

Estavam na biblioteca dos Vogt.

Ned Vogt tinha 12 anos, Victoria, 13 e Margaret, 9. Ned e Victoria entreolharam-se. Margaret baixou os olhos.

Francis ganhou um quarto no andar mais alto da casa, destinado aos empregados. Desde a desastrosa eleição de 1944, os Vogt tinham diminuído o número de empregados naquele andar.

Foi matriculado na Escola Primária Potter Gerard, para onde podia ir a pé, mas longe da escola particular episcopal frequentada pelas outras crianças.

Seus meio-irmãos o ignoraram o máximo possível nos primeiros dias, mas, no fim da primeira semana, Ned e Victoria subiram a escada de serviço para falar-lhe.

Francis ouviu-os sussurrarem por uns minutos antes de a maçaneta de sua porta ser torcida. Ao perceberem que a porta estava trancada, não bateram. Ned falou:

– Abra a porta.

Francis abriu-a. Não voltaram a falar com ele durante a inspeção que fizeram em suas roupas no guarda-roupa. Ned Vogt abriu a gaveta da mesinha de cabeceira e tirou com as pontas dos dedos o que encontrou: lenços de aniversário com F. D. bordado, uma capa de violão, um tesouro colorido num vidro de remédio, um exemplar de *Baseball Joe in the World Series*, que tinha sido molhado anteriormente, um cartão de boas-vindas assinado "Sua colega Sarah Hughes".

– O que é isto? – perguntou Ned.

– Uma capa.

– Serve para quê?

– Para violão.

– Você tem violão?

– Não.

– Para que quer isso? – perguntou Victoria.

– Era do meu pai.

– Não consigo entender. O que foi que ele disse? Faça com que ele repita, Ned.

– Disse que pertenceu ao pai. – Ned assoou o nariz num dos lenços e tornou a colocá-lo na gaveta.

– Hoje eles vêm buscar os pôneis – disse Victoria.

A menina sentou-se na cama estreita. Ned acompanhou-a, encostando-se na parede, com os pés sobre a colcha.

– Nada de pôneis agora – disse Ned. – Nada de casa do lago no verão. Você sabe por quê? Fale, seu bastardozinho.

– Papai está muito doente e já não pode ganhar bastante dinheiro – acrescentou Victoria. – Há dias em que nem consegue ir trabalhar.

– Sabe por que ele está doente, seu filho da mãe? – perguntou Ned. – Fale de maneira que eu possa entendê-lo.

– Vovó disse que ele é um bêbado. Entendeu agora?

– Está doente por causa da sua cara horrível – retrucou Ned.

– E também porque não votaram nele – completou Victoria.

– Saiam daqui – disse Francis.

Quando se virou para abrir a porta, Ned deu-lhe um pontapé na bunda. Francis tentou segurá-lo pela cintura com as duas mãos, o que livrou seus dedos quando Ned deu-lhe um pontapé no estômago.

– Oh, Ned – disse Victoria. – Oh, Ned.

Ned agarrou as orelhas de Francis, fazendo-o aproximar-se do espelho da penteadeira.

– É por isto que ele está doente! – Ned bateu-lhe com o rosto no espelho. – É por isto! É por isto!

O espelho ficou sujo de sangue e saliva. Ned soltou-o e Francis sentou-se no chão. Victoria arregalou os olhos, mordendo o lábio inferior. Saíram, deixando-o ali. Seu rosto estava molhado de sangue e saliva. Seus olhos lacrimejavam de dor, mas ele não chorou.

28

A chuva caiu em Chicago a noite inteira, sobre a cobertura do túmulo aberto de Freddy Lounds.

Trovões estridentes martelavam a cabeça de Will Graham, enquanto ele andava da mesa à cama, onde sonhos aninhavam-se sob o travesseiro.

A velha casa perto de St. Charles, suportando o vento, repete seu longo sopro que se sobrepõe ao barulho da chuva contra as janelas e o estrondear do trovão.

Os degraus estalam nas trevas. O Sr. Dolarhyde desce as escadas, o roupão sussurrando, com os olhos abertos do sono recente.

Seu cabelo está úmido e cuidadosamente penteado. Escovou as unhas. Anda suave e lentamente, com a concentração de quem carrega uma taça transbordando.

Filme ao lado do projetor. Dois assuntos. Outros rolos estão empilhados na lata de lixo para serem queimados. Restam dois, escolhidos entre dezenas de filmes domésticos que copiou no laboratório e levou para ver em casa.

Confortável na sua espreguiçadeira, com uma bandeja de queijo e de frutas ao lado, Dolarhyde acomoda-se para ver.

O primeiro é um filme de piquenique na semana de Quatro de Julho. Uma bela família: três filhos, o pai com pescoço de touro, metendo os dedos grossos no vidro de conservas. E a mãe.

A melhor imagem dela é no jogo de *softball* com os filhos do vizinho. Em apenas 15 segundos, ela já atingiu a segunda base, está de olho no lançador, esperando largar para a terceira base; seus seios balançam sob o pulôver quando ela dobra o corpo até a cintura, pronta para correr. Uma interrupção idiota, mostrando uma criança brincando com um bastão de *softball*. Novamente a mulher, recuando para pegar uma bola. Ela coloca um pé na almofada usada como base e fica meio virada, atenta à jogada, o músculo retesado na coxa da perna de apoio.

Dolarhyde revê inúmeras vezes os fotogramas da mulher. Os pés na base, o subir e descer da pelve, os músculos firmes retesando-se dentro do jeans cortados.

Imobiliza a última imagem. A mulher e os filhos. Estão sujos e cansados. Estão abraçados, e um cão brinca entre suas pernas.

Um trovão terrível faz tilintar os cristais lapidados do armário alto da avó. Dolarhyde estende o braço e apanha uma pera.

O segundo filme é composto de vários segmentos. O título, *A nova casa,* é desenhado em moedas numa caixa de camisas sobre um cofre de porquinho quebrado. Começa com o pai tirando a tabuleta de "A venda" do jardim. Ergue-a e olha para a câmera com um riso embaraçado. Seus bolsos estão virados para fora.

Um inseguro plano geral da mãe e dos três filhos nos degraus da frente da casa, que é muito bonita. Corte para a piscina. Uma criança pequena, de cabeça raspada, anda em torno do trampolim, deixando marcas molhadas nos ladrilhos. Cabeças flutuando na água. Um cachorrinho nada para uma menina, com as orelhas para trás, focinho erguido, o branco dos olhos aparecendo.

A mãe, na água, agarra-se à escada da piscina e fica olhando para a câmera. Seu negro cabelo crespo tem o lustre da peliça, o peito molhado avoluma-se, brilhante, as pernas movendo-se como lâminas de uma tesoura sob a superfície.

Noite. Uma tomada mal iluminada da casa, vista por trás da piscina, com as luzes refletindo na água.

Interior e divertimento da família. Caixas por todos os lados e coisas embaladas. Uma velha arca ainda não guardada no sótão.

Uma filha pequena experimentando as roupas da avó. Tem um enorme chapéu de festa ao ar livre na cabeça. O pai está no sofá. Parece um pouco bêbado. Agora a câmera deve estar com o pai. Não muito bem enquadrada. A mãe, de chapéu, no espelho.

Os filhos pulam ao seu redor, os meninos rindo e arrancando os velhos atavios. A menina olha a mãe friamente, avaliando-se como seria no futuro.

Um close. A mãe vira-se e faz uma pose para a câmera: um sorriso brejeiro, a mão na nuca. É encantadora. Exibe um camafeu na garganta.

Dolarhyde imobiliza a imagem. Volta o filme. Ela vira-se várias vezes do espelho e sorri.

Distraidamente, Dolarhyde pega o filme do jogo de *softball* e o atira na lata de lixo.

Tira o rolo do projetor e olha a etiqueta na caixa: *Bob Sherman, Star Route, 7, Caixa Postal 603, Tulsa, Oklahoma.*

Uma viagem fácil, também.

Dolarhyde fica com o filme na mão, cobrindo-o com a outra como se fosse uma coisinha viva que lutasse para escapar. Parecia pular contra sua palma como um grilo.

Lembrou da falta de jeito, da pressa na casa dos Leeds quando as luzes se acenderam. Devia ter tratado do Sr. Leeds antes de as luzes cinematográficas se acenderem.

Desta vez, quer uma sequência mais calma. Será maravilhoso perambular entre as pessoas adormecidas com a câmera indo e vindo um pouco. Depois, poderá atacar no escuro e sentar-se contente entre eles, mijando-se.

Pode fazer isso com filme infravermelho e sabe onde encontrá-lo.

O projetor ainda está ligado. Dolarhyde permanece segurando o filme com ambas as mãos, enquanto na luminosa tela branca outras imagens moviam-se para ele, produzidas pelo longo suspiro do vento.

Não há sensação de vingança, apenas amor e pensamentos sobre a glória que virá; corações tornando-se fracos e rápidos como passos deslizando no silêncio.

Ele exuberante. Ele exuberante, cheio de amor, os Sherman's abrindo-se para ele.

O passado em nada lhe interessa; só a glória por chegar. Não pensa na casa da mãe. De fato, suas recordações conscientes daquele tempo são notavelmente poucas e indistintas.

Quando tinha 20 anos, às vezes, suas recordações da casa da mãe escapavam à visualização, deixando lisa a superfície da sua mente.

Sabia que só morara lá um mês. Não se lembrava de que fora mandado embora aos 9 anos por ter enforcado o gato de Victoria.

Uma das poucas imagens que conservou foi a da própria casa, iluminada, vista da rua, num crepúsculo de inverno, quando passou por ela vindo da Escola Primária Potter Gerard para a casa onde o hospedaram, mais adiante.

Lembrava do cheiro da biblioteca dos Vogt, como um piano recém-aberto, quando sua mãe o recebera lá para dar-lhe presentes de festas. Não se lembrava dos rostos nas janelas de cima, quando foi embora pela calçada gelada, os práticos presentes queimando odiosamente sob seu braço; apressando-se a abrigar-se num lugar no interior de sua cabeça que era muito diferente de St. Louis.

Aos 11 anos, sua vida de fantasia foi intensa e ativa, e quando a pressão do seu amor aumentava, ele a aliviava. Caçou animaizinhos com cuidado, examinando friamente as consequências. Eram tão domésticos que ficava fácil. As autoridades nunca o relacionaram às tristes manchas de sangue dos chãos imundos das garagens.

Aos 42, não se lembrava disso. Nem mesmo pensava nos moradores da casa de sua mãe: ela própria, o meio-irmão e as meio-irmãs.

Às vezes, os via em sonhos, nos coloridos fragmentos de um sonho febril; variados e altos, corpos e rostos de brilhantes cores de papagaio, pairavam sobre ele com a atitude de um louva-a-deus.

Quando refletia, o que era raro, tinha muitas recordações satisfatórias. Eram as do seu serviço militar.

Apanhado aos 17 anos entrando pela janela da casa de uma mulher, para fazer nunca se soube o quê, deram-lhe a escolha de alistar-se no Exército ou enfrentar um julgamento. Escolheu o Exército.

Após o treinamento básico, enviaram-no a uma escola especializada em operações em quarto escuro e, depois, foi mandado para San Antonio, onde trabalhou nos filmes de treinamento do corpo médico, no Hospital do Exército de Brooke.

Os cirurgiões de Brooke interessaram-se por ele e resolveram melhorar seu rosto.

Fizeram-lhe uma plástica no nariz, retirando cartilagem da orelha para alongá-lo, e restauraram seu lábio com um interessante processo de rebaixamento que atraiu uma plateia de médicos à sala de operações.

Os cirurgiões ficaram orgulhosos do resultado. Dolarhyde recusou o espelho e olhou para fora da janela.

Os registros da cinemateca revelaram que Dolarhyde havia retirado muitos filmes, principalmente sobre trauma, devolvendo-os no dia seguinte.

Realistou-se em 1958, e nessa segunda vez descobriu Hong Kong. Aquartelado em Seul, Coreia, revelando filmes tirados pelos minúsculos aviões de espionagem que o Exército baseara ao longo do Paralelo 38, no final da década de 1950, teve licença para ir duas vezes a Hong Kong. Esta cidade e Kowloon podiam satisfazer qualquer apetite em 1959.

A AVÓ TEVE ALTA do sanatório em 1961, num período de calma. Dolarhyde solicitou e recebeu baixa dois meses antes do prazo normal e voltou para casa, a fim de cuidar dela.

Foi também para ele um período curiosamente calmo. Com seu novo emprego na Gateway, Dolarhyde contratou uma mulher para ficar com a avó durante o dia. A noite, sentavam-se juntos na sala de visitas, sem conversar. O tique-taque e o badalar das horas do velho relógio eram as únicas coisas a quebrar o silêncio.

Viu a mãe uma vez no enterro da avó, em 1970. Olhou e passou por ela como se não a visse, com seus olhos tão espantosamente dourados quanto os dela. Tratou-a como a uma estranha.

Sua aparência surpreendeu a mãe. Tinha um bom aspecto e um bigode que ela desconfiou ter sido transplantado da cabeça.

Ela lhe telefonou na semana seguinte e ouviu o fone ser desligado devagar.

DURANTE NOVE ANOS, após a morte da avó, Dolarhyde não sofreu perturbações nem perturbou ninguém. Sua fronte estava serena. Sabia que estava esperando. O quê, não sabia.

Um pequeno acontecimento, desses que ocorrem a qualquer um: o tempo. Parado junto à janela que dava para o norte, examinando um filme, reparou o envelhecimento de suas mãos. Era como se elas, segurando o filme, tivessem subitamente aparecido na sua frente, e ele viu, sob aquela boa luz do norte, que a pele havia afrouxado sobre os ossos e tendões e suas mãos tinham-se enrugado em quadradinhos tão minúsculos quanto as escamas de uma lagartixa.

Virando-se na luz, um intenso cheiro de repolho e tomates cozidos envolveu-o. Tremeu, apesar de o quarto estar quente. Naquela noite, trabalhou mais intensamente do que de costume.

Um espelho de tamanho natural foi instalado na parede do quarto de ginástica de Dolarhyde, ao lado dos seus halteres e pesos. Era o único espelho pendurado na casa e ele podia admirar seu corpo com todo conforto porque sempre se exercitava de máscaras.

Examinava-se cuidadosamente enquanto movimentava os músculos. Aos 40, poderia ter competido com sucesso em campeonatos regionais de fisiculturismo. Não estava satisfeito.

No decorrer da semana, deparou-se com o quadro de Blake, que o dominou instantaneamente.

Viu-o numa grande reprodução colorida na revista *Time*, ilustrando uma reportagem sobre a retrospectiva Blake no Museu Tate, em Londres. O Museu do Brooklyn enviara *O grande dragão vermelho e a mulher vestida de sol* para a mostra na capital inglesa.

O crítico do *Time* escreveu: "Poucas imagens demoníacas na arte ocidental irradiam tal pesadelo de energia sexual..." Dolarhyde não precisaria ter lido o texto para descobrir isso.

Carregou consigo a reprodução por dias, fotografou-a e ampliou-a no quarto escuro, tarde da noite. Ficou agitado a maior parte do tempo. Colocou o quadro ao lado do espelho na sala de musculação e olhando-o enquanto se exercitava. Só conseguiu dormir depois de fazer ginástica até a exaustão e olhar seus filmes de medicina para ajudá-lo a aliviar-se sexualmente.

Sabia desde os 9 anos de idade que era essencialmente só, e assim sempre seria, uma conclusão mais comum aos 40.

Então, aos 40, foi dominado por uma vida de fantasia, com o esplendor, o frescor e a proximidade da infância. Isso levou-o a um passo além da Solidão.

Na época em que outros homens encaravam e temiam o isolamento pela primeira vez, o de Dolarhyde tornou-se compreensível para ele: estava só porque era Único. Com o ardor de um convertido, viu que se insistisse, se seguisse os reais impulsos que reprimira por tanto tempo – se os cultivasse como verdadeiras inspirações que eram – poderia transformar-se.

O rosto do Dragão não é visível no quadro, mas progressivamente Dolarhyde desvendava como ele era.

Vendo seus filmes de medicina na sala de visitas, e excitado com os exercícios, forçou sua mandíbula para introduzir a dentadura da avó. Ela não se adaptou às suas gengivas deformadas e seu queixo ficou duro depressa.

Exercitou seu queixo em particular, mordendo um duro pedaço de borracha até os músculos avolumarem-se no rosto como nozes.

No outono de 1979, Francis Dolarhyde sacou parte de suas consideráveis economias e tirou três meses de licença na Gateway. Foi a Hong Kong, levando consigo a dentadura da avó.

Quando voltou, a ruiva Eileen e os outros colegas concordaram que as férias lhe haviam feito bem. Estava calmo. Mal repararam que ele nunca mais usara os armários ou o chuveiro: afinal de contas, nunca os usara muito mesmo.

A dentadura da avó voltou para o copo na mesa de cabeceira. Os seus novos dentes estavam trancados na escrivaninha, no andar de cima.

Se Eileen pudesse vê-lo diante do espelho, com a dentadura colocada, a nova tatuagem colorida sob a luz crua da sala de ginástica, teria gritado. Uma vez.

Estava na hora; não precisava apressar-se. Tinha a eternidade. Selecionara os Jacobi cinco meses antes.

Os Jacobis foram os primeiros a ajudá-lo, os primeiros a elevá-lo à Glória da sua Formação. Os Jacobi foram melhores que tudo, melhores que tudo o que conhecera.

Até que os Leeds.

E agora, que aumentava em força e Glória, havia os Sherman e a nova intimidade dos infravermelhos. Muito promissor.

29

Francis Dolarhyde teve de abandonar seu território na Gateway Film Processing para pegar o que necessitava.

Dolarhyde era chefe de produção do maior departamento da Gateway – processamento de filmes domésticos –, mas havia quatro outros.

A recessão de 1970 diminuíra muito a realização de filmes domésticos e havia também o aumento da competição dos videogravadores. A Gateway teve de diversificar-se.

A companhia instalou um departamento que passava filmes para vídeo, copiava mapas aéreos de inspeção e oferecia serviços de encomenda para os realizadores comerciais de filmes de pequena duração.

Em 1979, um presente dos céus caiu sobre a Gateway. A companhia se juntou ao Departamento de Defesa e ao Departamento de Energia para desenvolver e testar novas emulsões de fotografia infravermelha.

O Departamento de Energia queria filme infravermelho sensível para seus estudos de conservação do calor. O de Defesa o queria para reconhecimento noturno.

A Gateway comprou uma pequena empresa situada ao lado, a Baeder Chemical, em fins de 1979, e instalou o projeto nela.

Dolarhyde foi à Baeder na hora do almoço, sob um limpo céu azul, evitando cuidadosamente os reflexos nas poças do asfalto. A morte de Lounds o deixara de excelente humor.

Na Baeder, parecia que todos haviam saído para o almoço.

Achou a porta que procurava no fim de um labirinto de corredores. A tabuleta na porta informava: "Material Sensível Infravermelho em operação. NÃO use luzes de segurança. NÃO fume. NÃO entre com bebidas quentes." A luz vermelha brilhava sobre ela.

Dolarhyde apertou um botão e, num instante, a luz ficou verde. Entrou pela porta corta-luz e bateu na porta interna.

– Entre – disse uma voz de mulher.

Frio, escuridão total. O correr de água, o cheiro familiar do revelador D-76, e um traço de perfume.

– Sou Francis Dolarhyde. Vim por causa do secador.

– Ah, perfeito. Desculpe, estou com a boca cheia, terminando meu almoço.

Ouviu papéis serem amassados e atirados numa cesta.

– Na verdade, Fergusson queria o secador – disse a voz no escuro. – Ele está de férias, mas sei onde o secador vai ficar. O senhor tem um na Gateway?

– Tenho dois. Um é maior. Ele não disse que espaço tem.

Dolarhyde vira um memorando sobre o problema do secador semanas antes.

– Vou mostrar-lhe, se não se importa de esperar um pouco.

– Está bem.

– Encoste-se na porta – a voz dela adquiriu um tom prático de conferencista –, avance três passos até sentir os ladrilhos sob os pés e encontrará um banquinho à sua esquerda.

Encontrou-o. Agora estava mais perto dela. Podia ouvir o roçar do seu avental de laboratório.

– Obrigada por ter vindo – falou a mulher. Sua voz era clara, com um leve toque metálico. – O senhor é o chefe de processamento no casarão, certo?

– Hm-humm.

– O mesmo "Sr. D." que solta os bichos quando as requisições são preenchidas erradas?

– Eu mesmo.

– Sou Reba McClane. Espero que não haja nada de errado por aqui.

– Não com o meu projeto. Apenas planejei a construção do quarto escuro, quando compramos este lugar. Há seis meses que não venho para cá. – Um longo discurso, tratando-se de Dolarlyde, mais fácil por estar escuro.

– Só um minuto e ligarei a luz. Tem uma fita métrica?

– Sim.

Dolarhyde achou aquilo um tanto agradável, falar com a mulher nas trevas. Ouviu o barulho de uma bolsa sendo examinada, o clique de um estojo de pó.

Lamentou quando o despertador tocou.

– Vamos lá. Vou colocar este troço no "buraco negro" – disse a mulher.

Ele sentiu uma rajada de ar fresco, ouviu o fechar de um armário com vedadores de borracha e o sibilar de uma tranca a vácuo. Um sopro e um perfume chegaram a ele quando a mulher passou.

Dolarhyde apertou a mão fechada contra o nariz, adotou uma expressão pensativa e esperou a luz.

A luz foi acesa. Ela estava junto à porta, sorrindo mais ou menos em sua direção. Seus olhos faziam movimentos fortuitos dentro das pálpebras fechadas.

Ele viu a bengala branca encostada a um canto. Afastou a mão do rosto e sorriu.

– Posso comer uma ameixa? – perguntou ele. Havia várias na bancada onde ela estivera sentada.

– Claro, estão mesmo ótimas.

Reba McClane tinha cerca de 30 anos, com um belo e claro rosto formado de ossos firmes e definidos. Tinha uma pequena cicatriz em forma de estrela no osso do nariz. O cabelo era uma mistura de trigo e ouro, cortado bem curto, ligeiramente fora de moda, e suas mãos e rosto agradavelmente sardentos por causa do sol. Nos ladrilhos e aço cromado do quarto escuro, ela era tão radiante quanto o outono.

Podia olhá-la à vontade. Seu olhar podia demorar-se nela tão livremente quanto o ar. A moça não tinha como evitar olhares.

Dolarhyde frequentemente sentia pontos quentes e ardentes na pele quando falava com uma mulher. Moviam-se sobre ele para onde pensava que a mulher estivesse olhando. Mesmo quando uma não o olhava diretamente, desconfiava de que ela via seu reflexo. Estava sempre temendo superfícies refletoras, conhecia os ângulos de reflexão como um tubarão de piscina conhece as margens.

Sua pele agora estava fria. A dela era sardenta, perolada na altura da garganta e no interior dos pulsos.

– Vou mostrar-lhe a sala onde ele quer colocar o secador – disse ela.

– Podemos fazer a medição.

Mediram.

– Agora, gostaria de pedir um favor – disse Dolarhyde.

– Peça.

– Preciso de um pouco de filme cinematográfico infravermelho. Filme sensível, de alta velocidade.

– Vai precisar conservá-lo na geladeira e colocá-lo de volta após usá-lo.

– Eu sei.

– Dê-me uma ideia das condições de filmagem e talvez eu...

– Uns 2,5 metros, com um par de filtros Wratten, sem luz. – Parecia algo ilegal. – No zoológico – acrescentou. – No Mundo das Trevas. Querem fotografar os animais noturnos.

– Seria realmente fantasmagórico se não usassem o infravermelho comercial.

– Ummm-hmmmm.

– Tenho certeza de que posso resolver. Uma coisa, porém. O senhor sabe que boa parte do nosso material está sob contrato. Tudo o que sai daqui tem de ser assinado.

– Certo.

– Para quando precisa?

– Para o dia 20, no máximo.

– Não preciso adverti-lo... quanto mais sensível, menos manuseável. Vai precisar de refrigeradores, gelo seco e tudo o mais. Eles irão projetar amostras lá pelas 16 horas, se quiser ver. O senhor poderá escolher a emulsão mais conveniente à sua finalidade.

– Virei.

Reba McClane contou as ameixas após a saída de Dolarhyde. Ele comera uma.

Homem estranho, aquele Sr. Dolarhyde. Não fizera a menor pausa desajeitada de simpatia ou preocupação quando ela acendeu as luzes. Talvez já soubesse que ela era cega. Melhor ainda, talvez não desse a menor importância

Isso era confortador.

30

Em Chicago, prosseguiam os preparativos para o enterro de Freddy Lounds. *O National Tattler* pagou um funeral requintado, apressando as coisas de forma a que pudesse ser realizado na quinta-feira, dia seguinte ao de sua morte. Assim, as fotografias estariam disponíveis na edição do *Tattler* na noite daquele mesmo dia.

O enterro foi longo, na capela e no cemitério.

Um evangelista que tinha um programa radiofônico insistiu muito em elogios cansativos. Graham enfrentou sua ressaca e procurou observar a multidão.

O coro contratado no cemitério dedicou-se a fundo pelo dinheiro recebido, enquanto ressoavam as máquinas dos fotógrafos do *Tattler*. Duas equipes de tevê estavam presentes com câmeras fixas e volantes. Fotógrafos da polícia, com credenciais de imprensa, fotografavam a multidão.

Graham reconheceu vários tiras à paisana da Divisão de Homicídios de Chicago. Eram os únicos rostos que nada significavam para ele.

E havia Wendy, do Wendy City, a garota de Lounds. Estava sentada sob o toldo, junto ao caixão. Graham mal a reconheceu. Sua cabeleira loura estava penteada num coque e ela usava luto.

Na execução do último cântico, ela se levantou, adiantou-se cambaleando, ajoelhou-se e encostou a cabeça no caixão, os braços em torno de uma coroa de crisântemos, enquanto os flashes espocavam.

Os presentes faziam pouco barulho, andando sobre a grama aparada em direção ao portão do cemitério.

Graham caminhou ao lado de Wendy. Um grupo de curiosos olhou-os pelas altas grades de ferro.

– Você está bem? – perguntou Graham.

Pararam entre os túmulos. Os olhos dela estavam secos e baixos.

– Melhor que você – respondeu. – Encheu a cara, hein?

– Foi. Há alguém vigiando você?

– A delegacia mandou gente. Foram ao clube à paisana. Agora há muito trabalho. Mais gente esquisita que de costume.

– Lamento o que sobrou para você. Você fez... acho que esteve fantástica no hospital. Achei realmente admirável.

Ela acenou com a cabeça, concordando.

– Freddy era um bom sujeito. Não devia ter se aventurado tanto. Obrigada por me levar ao quarto. – Vagueou o olhar, piscando, pensando, com as pálpebras pesadas. Encarou Graham. – Olhe, o *Tattler* me deu dinheiro, você imaginava, não? Por uma entrevista e a cena junto ao caixão. Acho que Freddy não se importaria.

– Ele ficaria furioso se você recusasse essa oportunidade.

– Foi o que pensei. Eles são grossos, mas pagam. Tentaram fazer-me dizer que acho que você deliberadamente levou aquele anormal ao Freddy, ao aparecer com ele naquela fotografia. Recusei-me. Se publicarem que eu disse, é mentira.

Graham ficou calado, enquanto ela lhe examinava o rosto.

– Você talvez não gostasse dele... não importa. Mas, se pensasse que aquilo podia acontecer, você não teria errado quanto ao Fada, certo?

– Sim, Wendy, eu o vigiaria.

– Tem afinal alguns elementos? Ouvi boatos daquele pessoal a respeito.

– Não temos muita coisa. Umas pistas do laboratório, que estamos seguindo. Foi um crime inteligente e ele é sortudo.

– E você?

– Como?

– Tem sorte.

– De vez em quando.

– Freddy nunca teve. Disse-me que estava livre desse tipo de risco. Tinha grandes negócios por todos os lados.

– Provavelmente tinha.

– Bem, olhe, Graham, se alguma vez, sabe, quiser uma bebida, conte comigo.

– Obrigado.

– Mas mantenha-se sóbrio na rua.

– Ah, sim.

Dois policiais abriram caminho para Wendy, entre os curiosos que aguardavam junto ao portão. Um dos espectadores tinha uma camisa estampada com a frase: "O Fada do Dente é homem para uma noite só". Assoviou para Wendy. A mulher ao lado o esbofeteou.

Um policial enorme espremeu-se num pequeno carro ao lado de Wendy e entraram no trânsito. Um segundo policial seguiu-os em outro veículo.

Chicago cheirava como um foguete passando na tarde quente. Graham sentiu-se solitário e sabia por quê; enterros nos fazem muitas vezes desejar sexo: alguém sob a mira da morte.

O vento agitou os ramos secos de flores de um túmulo perto dele. Por um terrível segundo, lembrou palmeiras frondosas agitando-se ao vento do mar. Queria muito ir para casa, sabendo que não iria, não podia, até o Dragão morrer.

31

A sala de projeção da Baeder Chemical era pequena: cinco filas de cadeiras dobráveis, com um corredor no meio.

Dolarhyde chegou tarde. Ficou nos fundos, de braços cruzados, enquanto passavam cartões cinzentos, coloridos, cubos iluminados de várias formas, filmados com vários tipos de películas infravermelhas.

Sua presença incomodou Dandridge, o jovem responsável pelo local. Dolarhyde exibia um ar de autoridade em ação. Era o famoso especialista em quartos escuros da companhia associada e conhecido como perfeccionista.

Dandridge não o consultara por meses, uma pequena rivalidade que desapareceu desde que a Gateway comprou a Baeder Chemical.

– Reba, leia a revelação da amostra... oito – disse Dandridge.

Reba McClane, sentada na ponta de uma fila, com a prancheta no colo, falou com voz clara, passando os dedos pela prancheta na semi-escuridão, e esboçou a mecânica da revelação: a química, a temperatura, o tempo, processo de depósito, antes e depois de filmar.

O filme sensível infravermelho devia ser manuseado na escuridão total. Ela fizera todo o trabalho do quarto escuro, conservando as várias amostras ordenadas, usando apenas o toque e mantendo um registro fluente nas trevas. Era fácil ver o seu valor para a Baeder.

A exibição transcorreu no tempo programado.

Reba McClane ficou onde estava enquanto os outros saíam. Dolarhyde aproximou-se dela com cuidado. Falou-lhe a distância, enquanto outros estavam na sala. Não queria que ela se sentisse observada.

– Pensei que não viesse – disse ela.

– Estava com uma máquina em funcionamento. Isso me atrasou.

As luzes estavam acesas. A cabeleira da moça brilhava no alto, quando ele ficou parado, em pé, junto dela.

– Chegou a ver a amostra 1000C?

– Sim.

– Disseram que ficou boa. É muito mais fácil de manipular do que a série 1200. Acha que vai dar certo?

– Vai.

A moça estava com a bolsa e uma capa de chuva. Ele ficou de lado enquanto ela saía para o corredor, apoiando-se na bengala. Não parecia esperar nenhuma ajuda. Ele não se ofereceu.

Dandridge meteu a cabeça pela porta.

– Reba, querida. Marcia tem de se mandar. Você se vira sozinha?

Ela ruborizou-se.

– Sim. Obrigada, Danny.

– Gostaria de levá-la, amor, mas já estou atrasado. Olhe, Sr. Dolarhyde, se não for muito incômodo, poderia...

– Danny, eu tenho como ir. – Reprimiu a zanga. Não tinha nuanças de expressão e por isso seu rosto ficou calmo. Mas não podia evitar o rubor.

Observando com seus frios olhos amarelos, Dolarhyde compreendeu perfeitamente sua raiva; sabia que a duvidosa solidariedade de Dandridge era como uma cusparada no rosto dela.

– Eu a levarei – disse Dolarlyde, pouco depois.

– Não, mas de qualquer modo muito obrigada. – Reba pensara que ele podia oferecer-se e tivera a intenção de aceitar. Não queria, porém, forçar ninguém a isso. Que Dandridge fosse para o inferno, que a falta de jeito dele se danasse, tomaria o raio do ônibus, que diabo. Tinha o dinheiro da passagem, sabia o caminho e podia ir para onde quisesse.

Ficou no banheiro das mulheres tempo suficiente para que os outros saíssem do prédio. O vigia abriu-lhe a porta.

Ela foi beirando a divisória do estacionamento até a parada de ônibus, com a capa sobre os ombros, batendo no meio-fio com a bengala e sentindo a leve resistência das poças quando a bengala batia nelas.

Dolarhyde ficou observando-a do seu furgão. Seus sentimentos o faziam sentir-se desconfortável; eram perigosos à luz do dia.

Por um momento, sob o sol poente, para-brisas, poças, fios de aço estilhaçaram os raios de sol na cintilação de uma tesoura.

A bengala branca da moça reconfortou-o. Afastou a luz das tesouras, afastou as tesouras, e a lembrança da inocência dela o acalmou. Começou a dar a partida no carro.

Reba McClane ouviu o furgão às suas costas e depois a seu lado.

– Obrigada por ter me convidado.

Ela acenou com a cabeça, sorriu e continuou tateando.

– Venha comigo.

– Obrigada, mas sempre pego o ônibus.

– Dandridge é um bobo. Venha comigo... – *como qualquer um diria?* – ... será um prazer.

Ela parou. Ouviu-o saltar do furgão.

As pessoas normalmente pegavam-lhe o braço, sem saber como proceder. Os cegos não gostam de ter seu equilíbrio perturbado por alguém segurando-lhe com firmeza o tríceps. É tão desagradável para eles, como alguém subir numa balança para se pesar. Como qualquer pessoa, não gostam de ser levados.

Resolveu não tocar nela. Pouco depois, a moça falou:

– É melhor *eu* pegar no *seu* braço.

Ela possuía uma grande experiência com antebraços, mas o dele surpreendeu seus dedos. Era tão duro quanto um corrimão de carvalho.

Ela não imaginara quanta coragem ele reuniu para deixar que o tocasse.

O furgão pareceu-lhe grande e alto. Cercada de ressonância e ecos diferentes dos de um carro, agarrou-se à beira do assento até Dolarhyde acabar de prender o cinto de segurança dela. A tira diagonal, passada pelo ombro, comprimiu um dos seus seios. Ela se ajeitou até a correia ficar entre os dois.

Pouco falaram durante o trajeto. Ele pôde olhá-la nos sinais vermelhos.

Reba morava no lado esquerdo de uma casa geminada em uma rua tranquila perto da Universidade Washington.

– Suba e lhe oferecerei uma bebida.

Por toda a vida, Dolarhyde estivera no máximo em uma dúzia de casas particulares. Nos últimos dez anos, em quatro: sua própria, a de Eileen rapidamente, a dos Leeds e a dos Jacobi. Outras lhe eram estranhas.

Ela sentiu o furgão balançar quando Dolarhyde saltou. A porta do seu lado abriu-se. A descida dela foi demorada. Chocou-se levemente com o homem. Foi como bater contra uma árvore. Ele era muito mais pesado, mais sólido, do que julgava por sua voz e seus passos. Sólido e leve. Ela conhecera certa vez um vaqueiro que viera filmar um apelo da United Way com algumas crianças cegas...

Atravessada a porta da rua, Reba McClane encostou a bengala num canto e subitamente ficou livre. Moveu-se sem esforço, colocou uma música e pendurou o casaco.

Dolarhyde teve de reafirmar para si que ela era cega. Estar num lar o excitava.

– Que tal um gim-tônica?

– Tônica está bom.

– Quem sabe prefere algum suco?

– Tônica.

– Você não bebe, certo?

– Não.

– Venha para a cozinha. – Ela abriu a geladeira. – Que tal... – fez uma rápida inspeção com as mãos – um pedaço de torta, então? A de nozes é formidável.

– Ótimo.

Tirou uma torta inteira da geladeira e a colocou na mesa.

Com as mãos para baixo, estendeu os dedos pela beira da torta até que sua circunferência mostrou-lhe que seus dedos médios estavam na posição do três e do nove do relógio. Então tocou os polegares e baixou-os até a superfície da torta para localizar seu centro exato. Marcou-o com um palito.

Dolarhyde puxou conversa para evitar que ela sentisse seu olhar.

– Há quanto tempo trabalha na Baeder?

– Três meses. Não sabia?

– Só me dizem o mínimo.

Ela riu.

– Provavelmente você pisa em alguns calos quando sai do quarto escuro. Olhe, os técnicos gostam de você por causa disso. As coisas funcionam e todos se sentem seguros.

Reba colocou o dedo médio da mão esquerda no palito e o polegar na beira do prato, e cortou um pedaço de torta guiando a faca com o indicador.

Ele a viu manusear a faca afiada. Era estranho olhar uma mulher de frente pelo tempo que quisesse. Quão comum é poder olhar alguém à vontade?

Reba preparou um forte gim-tônica para ela e foram para a sala de estar. A moça passou a mão sobre uma luminária de pé, não sentiu calor e a ligou.

Dolarhyde comeu a torta em três mordidas e se sentou, ereto, no sofá, com o cabelo gorduroso brilhando e as mãos fortes nos joelhos.

A moça recostou a cabeça na poltrona e colocou os pés numa banqueta.

– Quando vão filmar o zoológico?

– Talvez na semana que vem. – Ele estava contente por ter mencionado e proposto o filme infravermelho: Dandridge poderia checar.

– É um grande zoológico. Fui lá com minha irmã e minha sobrinha, quando elas vieram ajudar na minha mudança. Há uma área de contato, sabe. Abracei a lhama. Foi agradável, mas, em se tratando do *aroma*, cara... Eu pensei estar sendo seguida por uma lhama até trocar de camiseta.

Aquilo era "ter uma conversa". Tinha de dizer alguma coisa, ou despedir-se.

– Como entrou para a Baeder?

– Puseram um anúncio no Instituto Reiker, em Denver, onde eu estava trabalhando. Fui examinar o mural certo dia e deparei-me com o anúncio. Na verdade, o que aconteceu foi que a Baeder teve de adaptar sua política de emprego para conseguir o contrato com o Departamento da Defesa. Deram um jeito de englobar mais seis mulheres, duas negras, duas chicanas, uma oriental paraplégica e eu, num total de oito contratações. Nós todas estamos incluídas pelo menos em duas categorias, compreende?

– Você está fazendo um bom trabalho para a Baeder.

– As outras também. A Baeder não está oferecendo nada de graça.

– E antes disso? – Dolarhyde suava um pouco. Conversar era difícil. Mas olhar era bom. As pernas dela eram bonitas. Havia cortado o tornozelo raspando a perna. Tinha nos braços a sensação das pernas dela, flexíveis...

– Treinei novos cegos no Instituto Reiker de Denver por dez anos, após terminar a faculdade. Este é o meu primeiro trabalho fora.

– Fora de quê?

– Fora, no mundo grande. Reiker era sem dúvida uma ilha. Quero dizer, estávamos educando gente para viver no mundo que vê e não vivíamos nele. Conversávamos muito entre nós. Pensei em sair e dar umas cabeçadas por aí. Na verdade, queria entrar na terapia da fala, para crianças deficientes da fala e da audição. Espero voltar para lá um dia desses. – Esvaziou o copo. – Olhe, tem bolinhos de caranguejo. São muito bons. Eu não deveria ter servido primeiro a sobremesa. Quer?

– Hum-hum.

– Você cozinha?

– Hum-hum.

Uma leve ruga apareceu na testa da moça. Dirigiu-se à cozinha.

– Quer um café? – gritou.

– Hum-hum.

Ela divagou um pouco sobre preços dos mantimentos, sem resposta. Voltou à sala de estar e sentou-se na banqueta, com os cotovelos apoiados nos joelhos.

– Vamos conversar um pouquinho e esquecer isso, está bem?

Silêncio.

– Você nada disse nos últimos instantes. De fato, não falou mais desde que eu me referi à terapia da fala. – Sua voz era doce, mas firme. Sem qualquer pingo de compaixão. – Entendo-o perfeitamente porque você fala corretamente e eu presto atenção. Ninguém presta atenção. Perguntam-me *como? Como?* o tempo todo. Se não quiser falar, tudo bem. Mas espero que queira. Porque você pode e estou interessada no que tem a dizer.

– Hum. Isso é bom – disse Dolarhyde, suavemente.

Evidentemente, aquele pequeno discurso era muito importante para ela. Estaria Reba convidando-o a entrar para o clube das duas categorias, com ela e a chinesa paraplégica? Ficou imaginando o que seria a tal segunda categoria.

A fala seguinte dela pareceu-lhe incrível.

– Posso tocar em seu rosto? Quero saber se está sorrindo ou carrancudo. – E, maliciosa: – Quero saber se devo ficar calada ou não.

Ela ergueu a mão e aguardou.

Como ela se sairia com os dedos decepados por uma mordida? Dolarhyde refletiu. Mesmo com os dentes de sair podia fazer aquilo tão facilmente quanto morder fatias de pão. Se ele firmasse os calcanhares no chão, largando o peso no sofá, segurando o pulso dela com ambas as mãos, a moça jamais escaparia dele a tempo. Nheco, nheco, nheco, talvez deixasse o polegar. Para medir tortas.

Pegou-lhe o pulso entre o polegar e o indicador e virou sua mão, bem feita e maltratada para a luz. Havia muitas cicatrizes minúsculas, inúmeros cortes recentes e esfoladuras. Uma cicatriz lisa, no dorso, poderia ser uma queimadura.

Muito perto de casa. Muito cedo para seu começo. Ela não estaria mais lá para ele olhar.

Por pedir aquela coisa incrível, ela não podia saber nada pessoal sobre ele. Não era fofoqueira.

– Acredite que estou sorrindo – retrucou. Era verdade que estava exibindo uma espécie de sorriso, que deixava à mostra seus belos dentes.

Manteve o pulso dela em seu colo e depois soltou-o. A mão dela pousou na coxa de Dolarhyde, e meio fechada, passou os dedos no tecido como um olhar de soslaio.

– Acho que o café está pronto – disse ela.

– Estou de saída. – Precisava ir. Aliviar-se em casa.

A moça acenou com a cabeça.

– Se o ofendi, não foi de propósito.

– Eu sei.

Ela ficou na banqueta em atitude atenta, para ter certeza de que a lingueta da fechadura faria barulho às costas dele.

Reba McClane preparou outro gim-tônica. Colocou na vitrola algum disco de Segovia e aconchegou-se no sofá. Dolarhyde tinha deixado a almofada quente e rebaixada. Havia traços dele no ar: graxa de sapatos, um cinto de couro novo, boa loção de barba.

Que homem tremendamente reservado. Ouvira no trabalho apenas umas poucas referências a ele... Dandridge dizendo "esse filho da puta do Dolarhyde" a um dos seus puxa-sacos.

A privacidade era importante para Reba. Quando criança, aprendendo a conviver com a visão perdida, não tivera nenhuma.

Agora, em público, nunca tinha certeza de não estar sendo observada. Portanto, o sentimento de privacidade de Francis Dolarhyde lhe era caro. Não sentira da parte dele a menor demonstração de compaixão e isso era bom.

Como o gim também era.

Subitamente, o Segovia pareceu-lhe fora de propósito. Ficou lembrando canções maravilhosas.

Três duros meses numa nova cidade. O inverno a enfrentar, o tatear de meios-fios na neve. Reba McClane, de pernas atraentes e corajosa, cheia de autopiedade. Ela não queria ser assim. Tinha consciência da profunda disposição para a ira dos aleijados que trazia; enquanto não pôde livrar-se, disso, usava essa raiva a seu favor, alimentando sua luta pela independência, reforçando sua determinação de extrair tudo o que pudesse de cada dia.

Do seu jeito, era uma durona. A fé em qualquer espécie de justiça natural não passava de ilusão: ela sabia disso. O que quer que fizesse, acabaria da mesma forma que os outros: deitada de costas, com um tubo no nariz, pensando: "Isso é tudo?"

Sabia que nunca teria claridade, mas havia coisas que *podia* ter. Havia coisas para gozar. Tivera prazer em ajudar seus alunos, esse prazer fora intensificado pela certeza de que não seria recompensada nem castigada por tê-los ajudado.

Ao fazer amigos, era sempre cautelosa com pessoas que cultivavam a dependência e se alimentavam dela. Já estivera metida com alguns deles: os cegos os atraem, e eles são o inimigo.

Envolvida. Reba sabia que os homens sentiam-se fisicamente atraídos por ela: Deus sabe o que eles sentem quando pegam seu braço.

Ela gostava muito de sexo, mas, anos antes, havia aprendido uma coisa fundamental a respeito de homens: a maioria deles sentia-se apavorada em assumir uma responsabilidade. O medo aumentava quando se tratava dela.

Não se interessava por homens que entravam e saíam de sua cama furtivamente, como se estivessem roubando galinhas.

Ralph Mandy estava vindo buscá-la para jantar. Tinha um miado tão especialmente covarde sobre estar tão assustado com a vida que, por isso, era incapaz de amar. Ralph repetiu-lhe isso muito claramente, o que a deixara desconfiada. Ralph era divertido, mas ela não queria tê-lo.

Não queria ver Ralph. Não queria puxar assuntos nem ouvir o silêncio das conversas à sua volta quando as pessoas a olhavam comer.

Seria tão bom ser desejada por alguém com a coragem de pegar ou largar, permitindo-lhe fazer o mesmo. Alguém que não se *preocupasse* por causa dela.

Francis Dolarhyde: tímido, com um corpo forte e sem fingimento.

Ela nunca vira ou tocara um lábio fendido e não tinha associações visuais com o som. Ficou imaginando se Dolarhyde pensava que ela o compreendia facilmente porque "cegos ouvem muito melhor que nós". Isso era um engano comum. Talvez ela devesse ter lhe explicado que isso não era verdade, que os cegos simplesmente prestam mais atenção ao que ouvem.

Havia muitos juízos falsos sobre os cegos. Ficou pensando se Dolarhyde partilhava da crença popular de que os cegos são "mais puros de espírito" que a maioria, e que são de certa forma santificados por causa do seu sofrimento. Sorriu para si mesma. Isso também não era verdade.

32

A Polícia de Chicago trabalhou sob uma semiguerra-relâmpago, numa "contagem regressiva" até a próxima lua cheia. Haviam-se passado 11 dias.

As famílias de Chicago estavam apavoradas.

Ao mesmo tempo, a frequência dos filmes de horror aumentara tanto que, em outras épocas, não passariam de uma semana nos *drive-ins*. Fascinação e terror. O empresário que introduziu no mercado do punk rock as camisas com os dizeres: "Fada do Dente" apareceu com uma linha alternativa que dizia: "O Dragão Vermelho só dura um dia." Os dois modelos venderam igualmente.

Jack Crawford teve de comparecer a uma entrevista coletiva acompanhado de oficiais da polícia após o enterro. Recebera ordens superiores para tornar a presença federal mais visível; não a fez mais audível, uma vez que nada havia sido dito.

Quando as investigações feitas com um grande efetivo têm pouco a informar, tendem a virar-se para dentro, cobrindo o mesmo setor inúmeras vezes, deixando-o liso. Tomam a forma de um furacão circular ou de um zero.

Aonde quer que Graham fosse, encontrava detetives, câmeras, uma quantidade de homens fardados e o incessante matraquear de rádios. Precisava ficar tranquilo.

Crawford, agitado por causa da entrevista coletiva, encontrou Graham ao cair da noite na silenciosa e vazia sala do júri, um andar acima do escritório do promotor federal.

Luzes fortes pendiam, baixas, sobre o feltro verde da mesa do júri, onde Graham espalhou seus documentos e fotografias. Havia tirado o casaco e a gravata e afundara numa cadeira olhando duas fotografias. Os retratos emoldurados dos Leeds o rodeavam; numa prancheta, encostado a uma garrafa, estava o dos Jacobi.

Os retratos de Graham lembraram a Crawford o santuário portátil de um toureiro, pronto para ser colocado em qualquer quarto de hotel. Não havia fotografias de Lounds. Desconfiou de que Graham não dera a menor atenção ao caso dele. Não precisava preocupar-se com Graham.

– Isso aqui parece um bilhar – disse Crawford.

– Você os liquidou? – Graham estava pálido, mas sóbrio. Segurava uma garrafa de suco de laranja.

– Meu Deus. – Crawford atirou-se numa cadeira. – Você tentar tirar o pensamento disso é como tentar mijar num trem.

– Novidades?

– O chefe ficou suando por causa de uma pergunta e coçou os bagos na televisão. Foi só o que vi de notável. Assista às 18 e às 22 horas, se não acredita em mim.

– Quer suco de laranja?

– Acabei de engolir arame farpado.

– Ótimo. Sobra mais para mim. – O rosto de Graham estava cansado. Os olhos brilhavam. – E quanto à gasolina?

– Deus abençoe Liza Lake. Há 41 postos da Servco Supreme na grande Chicago. O pessoal do capitão Osborne foi até eles, conferindo as vendas em recipientes para quem dirigia furgões e caminhões. Por enquanto nada, mas ainda não acabaram. A Servco tem 186 outros postos: estão espalhados por oito estados. Pedimos ajuda das autoridades locais. Levará algum tempo. Se Deus quiser, ele terá usado um cartão de crédito. Há uma possibilidade.

– Não, se ele pôde sugar com uma mangueira....

– Pedi ao chefe para nada dizer sobre a possibilidade de o Fada do Dente morar nas redondezas. Essa gente já foi bastante assustada. Se ele falou, esta noite a região vai parecer a Coreia quando os bêbados voltarem para casa.

– Você continua achando que ele está por perto?

– Você não? Parece, Will. – Crawford pegou o relatório da autópsia de Lounds e olhou-o com os óculos para perto. – O ferimento na cabeça é mais antigo que o da boca. De cinco a oito horas mais antigo, eles não têm certeza. Ora, os ferimentos da boca já haviam sido feitos há horas quando Lounds foi levado para o hospital. Também estavam queimados, mas dentro da boca puderam ver. Conservou um pouco de clorofórmio em seu... que inferno, em algum lugar do aparelho respiratório. Acha que ele estava inconsciente quando Fada do Dente o mordeu?

– Não. Ele o queria acordado.

– Foi o que imaginei. Bem, ele o fez desmaiar com uma pancada na cabeça... na garagem. Teve de mantê-lo em silêncio, com o clorofórmio, até levá-lo para um lugar onde ninguém notaria o barulho. Colocou-se de volta no furgão e chegou aqui horas após a mordida.

– Pode ter feito isso tudo nos fundos do furgão, estacionado em qualquer lugar – disse Graham.

Crawford esfregou o nariz com os dedos, dando à voz um efeito de megafone:

– Está esquecendo as rodas da cadeira. Bev encontrou duas espécies de felpas: lã e sintética. Esta última é possível num furgão, mas quando viu um tapete de lã em furgões? Quantos tapetes de lã viu em locadora de carros? Pouquíssimos. Tapete de lã lembra casa, Will. E a poeira e o mofo vieram de um lugar escuro onde a cadeira estava guardada, um porão de terra.

– Talvez.

– Agora veja: – Crawford tirou da maleta um atlas de mapas de estradas. Fizera um círculo no mapa "Quilometragem e tempo de viagem nos Estados Unidos". – Freddy ficou desaparecido por pouco mais de 15 horas e seus ferimentos distribuíram-se por esse período. Vou fazer algumas suposições. Não gostaria de fazer, mas lá vai... Imagine que ele estava no trânsito de Chicago na tarde de terça-feira, saindo da cidade com Lounds. Dê-lhe algumas horas para divertir-se com Lounds no lugar para onde o levou e depois o tempo de volta. Não pode ter dirigido mais de seis horas para fora de Chicago. Muito bem, o círculo em torno de Chicago corresponde a seis horas de viagem. Veja, está ondulado porque algumas estradas são mais velozes que outras.

– Talvez ele não tenha saído daqui.

– Sim, mas isto é o mais afastado que ele pode estar.

– Assim você tomou Chicago como limite, ou o círculo compreendendo Milwaukee, Madison, Dubuque, Peoria, St. Louis, Indianapolis, Cincinnati, Toledo e Detroit, para citar apenas algumas cidades.

– Melhor que isso. Sabemos que ele leu o *Tattler* muito depressa. Segunda-feira à noite, provavelmente.

– Poderia ter lido em Chicago.

– Claro, mas uma vez que se sai da cidade, o *Tattler* não é encontrado em muitos lugares na segunda à noite. Aqui está uma lista do departamento de circulação do jornal: lugares aonde o jornal chega por avião ou por caminhão dentro do círculo na segunda-feira à noite. Veja, isso deixa apenas Milwaukee, St. Louis, Cincinnati, Indianapolis e Detroit. Chegam aos aeroportos e talvez a noventa bancas de jornais abertas a noite toda, sem contar as de Chicago. Estou usando os policiais de rua para examiná-las. Algum jornaleiro talvez lembre de um freguês estranho na segunda-feira à noite

– Talvez. Foi uma boa ideia, Jack.

Evidentemente, o pensamento de Graham estava em outro lugar.

Se Graham fosse um agente comum, Crawford poderia tê-lo ameaçado com uma transferência definitiva para as Aleutas. Em vez disso, falou:

– Meu irmão telefonou esta tarde. Disse que Molly foi embora da casa dele.

– Foi.

– Para algum lugar seguro, suponho?

Graham tinha a certeza de que Crawford sabia exatamente para onde ela fora.

– Para a casa dos avós de Willy.

– Bem, eles ficarão contentes em ver o menino.

Crawford fez uma pausa. Nenhum comentário de Graham.

– Espero que esteja tudo bem.

– Estou trabalhando, Jack. Não se preocupe. Não, olhe, acontece que ela ficou nervosa lá.

Graham tirou um embrulho chato de debaixo de um monte de fotografias do enterro, e começou a desfazer o nó do cordão que o amarrava.

– O que é isso?

– Foi mandado por Byron Metcalf, o advogado dos Jacobi. Brian Zeller o remeteu para cá. Está tudo bem.

– Espere um instante, quero ver.

Crawford revirou o embrulho com seus dedos peludos até achar o selo e a assinatura de S. F. "Semper Fidelis" Aynesworth, chefe da Seção de Explosivos do FBI, garantindo que haviam passado o embrulho no fluoroscópio.

– Examinar sempre. Examinar sempre.

– Eu sempre examino, Jack.

– Foi Chester quem lhe trouxe isto?

– Sim.

– Mostrou-lhe o selo antes de entregar a você?

– Examinou e mostrou.

Graham cortou o barbante.

– São as cópias de todo o inventário dos Jacobi. Pedi a Metcalf que me mandasse... poderemos comparar com o dos Leeds, quando o recebermos.

– Temos um advogado cuidando disso.

– Eu necessito disso. Não conheço os Jacobi, Jack. Estavam há pouco na cidade. Fui a Birmingham faz um mês e suas coisas estavam espalhadas e sumidas. Tenho um pressentimento com os Leeds, mas com os Jacobi não. Preciso conhecê-los. Preciso falar com gente que eles conheceram em Detroit, e preciso passar mais um dia ou dois em Birmingham.

– Preciso de você aqui.

– Olhe, Lounds era um pavio queimado. Ele ficou louco para pegá-lo. A única ligação com Lounds foi a que *nós fizemos*. Há uma pequena e difícil prova com Lounds, e a polícia está se ocupando dela. Lounds era apenas um aborrecimento para ele, mas os Leeds e Jacobi eram o *que ele necessitava*. Preciso obter a ligação entre eles. Se conseguirmos, é assim que vamos agir.

– Mas você tem os documentos dos Jacobi para usar daqui – comentou Crawford. – O que está procurando? Que espécie de coisa?

– Nada em especial, Jack. Neste instante, uma dedução médica. – Graham tirou do embrulho o documento do imposto de renda. – Lounds estava numa cadeira de rodas. Medicina. Valerie Leeds submeteu-se a uma operação seis semanas antes de morrer... Lembra-se do diário dela? Um pequeno quisto no seio. Outra vez um assunto médico. Fiquei imaginando se a Sra. Jacobi também havia sido operada.

– Não me lembro de nenhuma referência a isso no relatório da autópsia.

– Não, mas poderia ter havido alguma coisa pouco visível. Seu histórico médico dividia-se entre Detroit e Birmingham. Alguma coisa talvez tenha se perdido. Se tivesse alguma coisa, poderia haver uma dedução e talvez o recebimento de seguro.

– Está pensando numa espécie de enfermeiro viajante? Trabalhando em ambos os lugares... Detroit ou Birmingham e Atlanta?

– Quando se passa um tempo num manicômio, fica-se esperto, pode-se fingir ser enfermeiro e conseguir emprego quando sair – disse Graham.

– Quer jantar?

– Mais tarde. Fico sonolento depois de comer.

Ao sair, Crawford olhou para Graham da penumbra da soleira da porta. Não deu importância ao que viu. As luzes do teto adensavam as sombras do rosto de Graham, enquanto ele examinava as fotografias das vítimas que, por sua vez, o fitavam. A sala estava envolta em desespero.

Seria melhor para o caso tornar a pôr Graham de volta às ruas? Crawford não podia permitir deixá-lo se consumir ali para nada. Mas, e se fosse para alguma coisa?

Os excelentes instintos administrativos de Crawford não eram temperados pela piedade. Eles diziam para deixar Graham a sós.

33

Por volta da 22 horas, Dolarhyde havia se exercitado com os pesos quase até a exaustão, vira seus filmes e procurara satisfazer-se. Ainda assim, estava inquieto.

A excitação agitava seu peito ao pensar em Reba McClane. Não devia pensar nela.

Estirado na espreguiçadeira, com o torso inchado e vermelho por causa dos exercícios, ele assistiu ao telejornal para saber como a polícia estava progredindo no caso Freddy Lounds.

Lá estava Will Graham ao lado do caixão, com o coral berrando. Graham era magro. Seria fácil quebrar-lhe a espinha. Melhor que matá-lo. Quebrar-lhe e torcer-lhe a espinha, para ter certeza. Poderiam empurrá-lo para outra investigação.

Não havia pressa. Que Graham se amedrontasse. Dolarhyde sentia agora uma tranquila sensação de poder.

O Departamento de Polícia de Chicago fez barulho na entrevista coletiva. Por trás da algazarra proclamando o quanto estavam dando duro, a essência era: nenhum progresso no caso Freddy. Jack Crawford estava atrás dos microfones. Dolarhyde o reconheceu por uma fotografia do *Tattler*.

Um porta-voz do *Tattler*, protegido por dois guarda-costas, disse:

– Esse ato brutal e insensato só fará com que a voz do *Tattler* aumente ainda mais.

Dolarhyde resmungou. Talvez sim. Mas certamente havia tapado a boca de Freddy.

Os leitores o estavam chamando agora de "O Dragão". Suas ações eram "o que a polícia designara como 'os assassinatos do Fada do Dente'".

Um progresso evidente.

A seguir, só as notícias locais. Um prógnato grosseiro estava transmitindo do zoológico. Era evidente que o mandaram para a rua a fim de livrar-se dele na redação.

Dolarhyde havia alcançado o controle remoto quando viu na tela alguém com quem tinha conversado poucas horas antes, pelo telefone: o diretor do zoológico, Dr. Frank Warfield, que ficara muito agradecido pelo filme que Dolarhyde lhe oferecera.

O Dr. Warfield e um dentista estavam cuidando de um tigre com um dente quebrado. Dolarhyde gostaria de ver o tigre, mas o corpo do repórter estava na frente do animal. Finalmente, o jornalista afastou-se.

Deitado, balançando-se na espreguiçadeira, olhando para o vídeo por cima do seu peito forte, Dolarhyde viu o enorme tigre estirado, inconsciente, numa grande mesa.

Hoje estavam preparando o dente. Dentro de alguns dias o operariam, informou o imbecil.

Dolarhyde olhou-os trabalhando calmamente entre as mandíbulas da terrível cabeça estriada.

– Posso tocar em seu rosto? – perguntou a Srta. Reba McClane.

Gostaria de ter dito alguma coisa a Reba McClane. Desejaria que tivesse uma leve suspeita do que ela quase fizera. Adoraria que tivesse um leve pressentimento de sua Glória. Mas não poderia tê-lo e continuar a viver. Ela precisava viver: ele fora visto com ela, que além disso morava muito perto.

Tentara partilhar com Lecter, e este o traíra.

Todavia, gostaria de partilhar. Gostaria de partilhar um pouco com ela, de uma forma que a moça pudesse sobreviver.

34

— Sei que é político, *você* também sabe, porém o que você está fazendo é demais – disse Crawford a Graham. Estavam caminhando pela State Street Mall, em direção ao edifício da Polícia Federal, no fim da tarde. – Faça o que está fazendo, apenas trace os paralelos e eu farei o resto.

O Departamento de Polícia de Chicago havia pedido à Seção de Ciência do Comportamento do FBI um perfil minucioso da vítima. Funcionários da polícia disseram que iriam usá-lo no planejamento de patrulhas extraordinárias no período da lua cheia.

– Cobrindo o rabo, é o que eles estão fazendo – disse Crawford, sacudindo seu saco de batatas fritas. – As vítimas têm sido gente importante, e precisam colocar patrulhas nas vizinhanças deles. Sabem que haverá um falatório a respeito: os chefões estão lutando por forças extras desde que Freddy foi queimado. Se patrulharem os arredores da classe média alta e ele atacar na zona sul, Deus ajude os figurões. Mas se isso acontecer, podem acusar os malditos federais. Posso até mesmo ouvir: "Eles mandaram que agíssemos assim. Foi o que *eles* disseram."

– Não acho que seja mais provável que ele ataque Chicago a qualquer outro lugar – retrucou Graham. – Não há motivo para pensarmos assim. Por que Bloom não pode fornecer o perfil? Ele é consultor da Ciência do Comportamento.

– Não querem que Bloom faça. Querem que nós façamos. Não lucrarão nada acusando Bloom. Além disso, ele ainda está internado. Eu fui instruído para fazer o perfil. Alguém no Congresso esteve falando ao telefone com o Departamento de Justiça. Sobre isso. Você faz?

– Tudo bem. Afinal de contas, é o que já estou fazendo.

– Eu sei – disse Crawford. – Continue.

– Preferiria voltar a Birmingham.

– Não – retrucou Crawford. – Fique comigo.

O final da sexta-feira sumiu a oeste.

Faltavam dez dias.

35

— Vai me contar que espécie de "passeio" é este? – perguntou Reba McClane a Dolarhyde na manhã de sábado, após terem viajado em silêncio por dez minutos. Ela esperava que fosse um piquenique.

O furgão parou. Ela ouviu Dolarhyde baixar o vidro da janela.

– Dolarhyde – disse ele. – O Dr. Warfield deve ter avisado.

– Sim, senhor. Poderia colocar isto sob o limpador de para-brisa quando estacionar o veículo?

Avançaram devagar. Reba sentiu uma curva suave na estrada. O vento levou-lhe cheiros estranhos. Um elefante gritou.

– O zoológico – disse ela. – Formidável. – Teria preferido um piquenique. Que diabo, aquilo também era bom. – Quem é o Dr. Warfield?

– O diretor do zoológico.

– É amigo seu?

– Não. Fizemos um favor ao zoológico cedendo-lhe o filme. Estão retribuindo.

– Como?

– Você vai poder tocar no tigre.

– Não me surpreenda demais!

– Alguma vez viu um tigre?

Ela ficou contente por ele ter conseguido fazer a pergunta.

– Não. Lembro de um puma quando era pequena. Era só o que havia no zoológico de Red Deer. Acho que é melhor conversarmos sobre isso.

– Estão tratando de um dente do tigre. Vão ter de colocá-lo para dormir. Se quiser, poderá tocá-lo.

– Haverá uma multidão, gente esperando?

– Não. Ninguém. Warfield, eu e mais umas duas pessoas. A tevê chegará depois que sairmos. Quer tocar nele? – Havia uma estranha insistência na pergunta.

– Por Deus, quero sim! Obrigada... foi uma bela surpresa.

O furgão parou.

– Ei, como vou saber se está adormecido?

– Cutuque-o. Se ele rir, saia correndo.

O chão da sala de tratamento sob os pés de Reba parecia linóleo. A sala estava fria e ressoando. Um calor radiante chegava do fundo dela.

O rítmico arrastar de pés pesados e Dolarhyde guiou-a para um lado, até ela sentir estar encostada num canto.

A fera agora estava lá. Podia sentir-lhe o cheiro.

– Agora para cima – falou uma voz. – Devagar. Para baixo. Podemos desamarrá-lo, Dr. Warfield?

– Sim, envolva esta almofada com uma das toalhas verdes e coloque-a sob sua cabeça. Quando acabarmos, eu lhe mandarei John.

Passos afastando-se.

Esperou que Dolarhyde lhe dissesse alguma coisa. Não disse, entretanto.

– Ele está aqui – falou a moça.

– Dez homens o trouxeram numa padiola. É enorme. Três metros. O Dr. Warfield está ouvindo o coração dele. Agora está erguendo uma pálpebra. Aí vem ele.

Um corpo parou à frente dela.

– Dr. Warfield, Reba McClane – apresentou Dolarhyde.

Ela estendeu a mão, que foi apertada por outra grande e macia.

– Obrigada por me deixar vir – disse a moça. – É um prazer.

– Estou contente por você ter vindo. Alegra meu dia. Agradecemos o filme.

A voz do Dr. Warfield revelava meia-idade, era profunda, culta, negra. Virgínia, imaginou Reba.

– Estamos esperando para ver se sua respiração e batidas cardíacas mantêm-se fortes e compassadas antes que o Dr. Hassler comece. É aquele ali ajustando o espelho da testa. Cá para nós, só o usa para prender o topete. Venha conhecê-lo, Sr. Dolarhyde?

– Vão na frente.

Ela estendeu a mão para Dolarhyde. Foi uma carícia lenta e suave. A palma da mão dele deixou suor nos dedos de Reba.

O Dr. Warfield colocou a mão no braço da moça e caminharam lentamente.

– Parece estar dormindo. Tem uma ideia geral?... Posso descrevê-lo, se desejar. – Parou, sem saber como começar.

– Lembro de gravuras nos livros da minha infância e vi uma vez um puma no zoológico perto de casa.

– Este tigre é como um superpuma – respondeu o diretor do zoo. – Tórax amplo, cabeça mais poderosa, musculatura e estrutura mais pesadas. É um macho Bengala, com 4 anos. Tem 3 metros de comprimento, do focinho à ponta do rabo, e pesa uns 400 quilos. Está deitado sobre o lado direito, sob luzes fortes.

– Posso sentir as luzes.

– É rajado de laranja e preto, e o laranja é tão vivo que quase parece sangrar quando ele está em movimento. – Subitamente, o Dr. Warfield ficou temeroso de ter sido cruel ao falar das cores. – Está a 2 metros de distância. Pode sentir-lhe o cheiro?

– Posso.

– Talvez o Sr. Dolarhyde lhe tenha contado: algum retardado tentou atingi-lo com uma de nossas pás de jardinagem por sobre as grades. Ele mordeu a parte externa da ferramenta. Tudo pronto, Dr. Hassler?

– Ele está ótimo. Vamos esperar mais um minuto ou dois.

Warfield apresentou o dentista a Reba.

– Minha cara, você é a primeira surpresa agradável que Frank Warfield me proporciona – disse Hassler. – Vai querer examinar isto. É um dente de ouro, na verdade uma presa. – Colocou-o na mão dela. – Pesado, não? Limpei o dente quebrado e fiz um molde alguns dias atrás, e hoje vou encapá-lo com este. Poderia tê-lo feito branco, é claro, mas achei que assim seria mais divertido. O Dr. Warfield deve ter-lhe dito que não perco uma oportunidade de me exibir. Não teve a consideração de me deixar colocar um anúncio na jaula.

Ela sentiu a forma cônica, a curva e a ponta com seus dedos maltratados, porém sensíveis.

– Que beleza de trabalho! – Ouviu um respirar profundo e lento, perto dela.

– Dará um susto nas crianças ao bocejar – falou Hassier. – E acho que não deixará os ladrões tentados. Brincadeira. Não está apreensiva, está? Seu musculoso cavalheiro nos está olhando como um furão. Não a está obrigando a fazer isto, não é?

– Não! Não, eu quero.

– Está de costas para nós – disse o Dr. Warfield. – Está adormecido a mais ou menos 1 metro de nós, numa mesa. Vai ser assim: pegarei sua mão esquerda... você é destra, não é? ... e a colocarei na beira da mesa. Você explorará com a direita. Não se apresse. Estou aqui ao seu lado.

– Eu também – disse o Dr. Hassler.

Estavam se divertindo. Sob o calor das lâmpadas, o cabelo dela cheirava a serragem fresca ao sol.

Reba sentiu o calor sobre a cabeça, dando arrepios. Sentiu o cheiro do seu cabelo quente, do sabonete do Dr. Warfield, de álcool, de desinfetante e do animal. Teve uma leve tontura, logo superada.

Agarrou a beira da mesa e estendeu a mão, tateando, até os dedos tocarem trechos de pele aquecidos pelas luzes, uma camada mais fresca e depois um calor profundo e regular vindo de baixo. A moça colocou a palma da mão sobre a pele espessa e mexeu-a devagar, sentindo o pelo e o deslizar sobre as enormes costelas que subiam e desciam.

Agarrou os tufos de pelos que surgiam entre seus dedos. Ao sentir a presença do tigre, seu rosto ficou corado, e ela mergulhou na cegueira e nos inapropriados movimentos faciais contra os quais sempre lutara.

Warfield e Hassler viram-na esquecer-se e ficaram contentes. Viram-na por uma veneziana móvel, a vidraça de uma nova sensação contra a qual ela apertava o rosto.

Enquanto observava da parte pouco iluminada, os fortes músculos das costas de Dolarhyde estremeceram. Uma gota de suor desceu por suas costelas.

– Vamos dar uma olhada no outro lado – disse o Dr. Warfield ao ouvido dela. Guiou-a para o outro lado da mesa, a mão dela correndo pelo rabo do tigre.

O peito de Dolarhyde contraiu-se subitamente quando ela passou os dedos pelos testículos peludos. Reba apalpou-os e continuou.

Warfield ergueu uma grande pata e colocou-a na mão da moça. Ela sentiu a aspereza da planta e o leve cheiro do chão da jaula. O doutor apertou um dedo para fazer a garra aparecer. Os fortes músculos do quarto dianteiro encheram as mãos dela.

Apalpou as orelhas do tigre, sentiu o tamanho da cabeça e, com cuidado, guiada pelo veterinário, apalpou a língua feito lixa. A respiração quente arrepiou os pelos de seu braço.

Finalmente, o Dr. Warfield pôs o estetoscópio nos ouvidos dela. Com as mãos no peito da fera erguendo-se suavemente, o rosto meio virado para cima, ela foi inundada pelo claro bater do coração do tigre.

REBA MCCLANE ESTAVA silenciosa, entusiasmada e exaltada quando partiram. Virou-se para Dolarhyde e disse, suavemente:

– Muito... obrigada. Se não se importa, eu adoraria tomar um martíni.

– Espere aqui um minuto – falou Dolarhyde, ao estacionar o furgão no seu quintal.

Ela estava contente por não ter voltado para o seu apartamento. Era sem graça e seguro.

– Não arrume a casa. Leve-me para dentro e diga-me que está em ordem.

– Espere aqui.

Pegou a bolsa na adega e fez uma inspeção rápida. Parou na cozinha e permaneceu um instante com as mãos no rosto. Não tinha certeza do que estava fazendo. Sentiu perigo, mas não vindo da mulher. Não pôde olhar para o andar de cima. Tinha de fazer alguma coisa e não sabia como. Devia tê-la levado para a casa dela.

Antes da sua Formação, não teria ousado nada daquilo.

Agora, percebia que podia fazer tudo. Tudo.

Saiu para o crepúsculo, para as longas sombras azuis do furgão. Reba McClane apoiou-se em seus ombros até tocar o pé no chão.

Sentiu a casa aparecer indistintamente. Percebeu sua altura pelo eco da porta do furgão fechando-se.

– Quatro passos na grama. Depois uma rampa – disse ele.

Ela tomou-lhe o braço. Um tremor o envolveu. Cheiro de suor em tecido.

– Você *tem* uma rampa. Para quê?

– Idosos moraram aqui.

– Mas não agora.

– Não.

– Parece frio e alto – disse ela, na sala de visitas. Ar de museu. E aquilo era incenso? Um relógio bateu ao longe. – É uma casa enorme, não é? Quantos quartos?

– Quatorze.

– É antiga. As coisas aqui são antigas. – Ela roçou num abajur de franjas e o tocou com os dedos.

O tímido Sr. Dolarhyde. Ela estava perfeitamente consciente de que vê-la com o tigre o excitara; estremecera como um cavalo quando ela lhe pegou o braço ao saírem da sala de cirurgia.

Um gesto elegante o dele, proporcionando-lhe aquilo. E também eloquente, não tinha certeza.

– Martíni?

– Deixe que eu o prepare para você – disse a moça, tirando os sapatos.

Ela pingou vermute no copo com auxílio do dedo. Colocou por cima uma boa dose de gim e duas azeitonas. Marcou rapidamente pontos de referência na casa: o tique-taque do relógio, o zumbir do ar-condicionado de uma janela. Havia um lugar quente no chão, perto da porta da cozinha, onde o sol batia a tarde inteira.

Ele a levou para sua ampla poltrona, sentando-se no sofá.

O ar estava carregado. Como a fluorescência no mar, o ar delineava o movimento; a moça encontrou onde colocar sua bebida no aparador ao lado e ele pôs música na vitrola.

Para Dolarhyde, a sala parecia mudada. Ela era a primeira visita voluntária que recebia na casa, e agora a sala estava dividida entre a parte dela e a dele.

Havia a música, Debussy, quando a luz apagou.

Ele quis saber sobre Denver, e a moça contou-lhe um pouco, distraidamente, como se estivesse pensando em outra coisa. Dolarhyde descreveu-lhe a casa e seu grande quintal cercado. Não havia muita necessidade de falar.

No silêncio, enquanto ele trocava o disco. Reba disse:

– Aquele tigre maravilhoso, esta casa, você está cheio de surpresas, D. Acho que ninguém o conhece de verdade.

– Você perguntou a alguém?

– A quem?

– Ao pessoal.

– Não.

– Então, como sabe que ninguém me conhece? – Sua concentração nos tropeços com a língua manteve o tom da pergunta neutro.

– Ah, algumas mulheres da Gateway nos viram entrando em seu furgão naquele dia. Puxa, como ficaram curiosas. Repentinamente, tive muitas acompanhantes até a máquina de Coca-Cola.

– Queriam saber o quê?

– Apenas umas fofocas. Quando descobriram que não havia nenhuma, caíram fora. Estavam apenas bisbilhotando.

– E o que disseram?

Ela havia pretendido transformar a ávida curiosidade das mulheres em gozação contra si mesma. Mas não deu certo.

– Elas especulam sobre tudo – respondeu. – Acham você muito misterioso e interessante. Ora, vamos, é um elogio.

– Disseram-lhe como me pareço?

A pergunta foi feita ligeiramente, mas Reba sabia que ninguém vive sempre brincando. Era o fraco dela.

– Não perguntei. Mas, sim, disseram-me como acham que você se parece. Quer saber? Literalmente? Não pergunte se não quiser. – Tinha certeza de que ele perguntaria.

Não obteve resposta.

Subitamente, Reba percebeu que estava sozinha na sala, que o lugar onde ele se sentara estava completamente vazio, um buraco negro engolindo tudo e nada emanando. Sabia que ele não podia sair da casa sem que ela ouvisse.

– Acho que vou lhe contar – falou. – Você tem uma espécie de clareza rude que elas gostam. Dizem que você tem um corpo notável. – Era evidente que não podia parar por aí. – Dizem que é muito sensível a respeito de seu rosto, mas que não deveria ser. Muito bem, a amalucada que vive mascando chiclete, é Eileen?

– Eileen.

Opa, um sinal de volta. Reba sentiu-se como um radioastrônomo.

Ela era uma excelente imitadora. Poderia ter reproduzido a fala de Eileen com espantosa facilidade, mas era esperta demais para imitar a fala de alguém para Dolarhyde. Citou Eileen como se estivesse lendo uma transcrição.

– "Ele não é um cara feio. Juro por Deus que tenho saído com montes de caras que não são tão bonitos. Saí com um jogador de hóquei uma vez... jogava nos Blues?.. que tinha uma pequena depressão no lábio, onde a gengiva se retraía. Todos os jogadores de hóquei a têm. É uma espécie de macho, penso. O Sr. D. tem a pele linda e o que eu não daria para ter o seu cabelo." Satisfeito? Ah, ainda me perguntou se você é tão forte quanto parece.

– E?

– Respondi que não sabia. – Esvaziou o copo e levantou-se. – Onde diabo está você, D.? – Reba percebeu quando Francis se moveu entre ela e um alto-falante. – Muito bem, aí está você. Quer saber o que acho a respeito?

Procurou a boca de Dolarhyde com os dedos e beijou-a, apertando levemente os lábios contra seus dentes cerrados. Ela soube imediatamente que era timidez e não desgosto o que o mantinha rígido.

Ele ficou espantado.

– Agora, pode me mostrar onde fica o banheiro?

Reba pegou-lhe o braço e desceu o corredor a seu lado.

– Posso encontrar o caminho de volta.

No banheiro, alisou o cabelo e passou os dedos pela borda da pia, procurando pasta de dentes ou desinfetante bucal. Tentou achar a porta do armarinho de remédios e descobriu que não havia porta, e sim dobradiças e prateleiras expostas. Tocou os objetos cuidadosamente, atenta a uma navalha, até achar um vidro. Tirou a tampa, cheirou para ver se era desinfetante bucal e derramou um pouco em sua boca.

Quando retornou à sala de visitas, ouviu um som familiar: o zunir de um projetor rebobinando.

– Preciso fazer um pequeno trabalho de casa – disse Dolarhyde, oferecendo-lhe um martíni recém-preparado.

– Claro – falou a moça. Não sabia como considerar aquilo. – Se o estou impedindo de trabalhar, vou embora. Pode-se arranjar um táxi aqui?

– Não. Quero que fique. Juro. É apenas um filme que tenho de examinar. Não vai demorar.

Levou-a até a grande poltrona. Ela sabia onde o sofá ficava. Foi para ele em vez da poltrona.

– Tem trilha sonora?

– Não.

– Posso continuar ouvindo música?

– Um-hmmm.

Ela sentiu sua atenção. Ele queria que a moça ficasse, estava apenas assustado. Sem necessidade. Muito bem. Sentou-se.

O martíni estava deliciosamente gelado e seco.

Ele se sentou na outra ponta do sofá, seu peso fazendo o gelo tilintar no copo da moça. O projetor ainda estava rebobinando.

– Acho que vou esticar-me um pouco, se não se importa – disse Reba. – Não, não se mexa, tenho muito espaço. Acorde-me se eu cochilar, sim?

Estendeu-se no sofá, colocou o copo sobre o estômago, as pontas dos cabelos mal tocando a mão dele, colocada junto à própria coxa.

Ele apertou o controle remoto e o filme começou.

Dolarhyde quis ver o filme dos Leeds ou o dos Jacobi com a mulher na sala. Quis ficar olhando da tela para Reba. Sabia que ela não sobreviveria àquilo. As mulheres a tinham visto entrando no furgão. Nem podia pensar naquilo. As mulheres a viram entrar no furgão dele.

Iria ver o filme dos Sherman, o próximo pessoal a ser visitado. Veria a promessa de alívio chegar e gozar na presença de Reba, olhando o quanto quisesse para ela.

Na tela, *A Nova Casa* escrita em níqueis numa caixa de camisas. Uma tomada longa da Sra. Sherman com as crianças. A brincadeira na piscina. A Sra. Sherman segura a escada da piscina e olha para a câmera, o peito ondulante brilhando, molhado, acima da roupa de banho, e as pernas brancas movendo-se como uma tesoura.

Dolarhyde tinha orgulho do seu autocontrole. Pensaria neste filme e não no outro. Mas em sua mente começou a falar com a Sra. Sherman como falara com Valerie Leeds, em Atlanta.

Sim, você me vê agora

Sim, é assim que você se sente ao me ver

Brincadeiras com roupas antigas. A Sra. Sherman está agora usando um chapéu de aba larga. Está na frente do espelho. Volta-se com um grande sorriso e faz pose para a câmera, com a mão na nuca. Há um camafeu em sua garganta.

Reba McClane mexe-se no sofá. Coloca o copo no chão. Dolarhyde sente um peso e um calor. Ela acaba de apoiar a cabeça na coxa dele. Sua nuca é branca e a luz do filme cai sobre ela.

Ele está sentado, imóvel, e mexe apenas o polegar para interromper a projeção e voltar o filme. Na tela, a Sra. Sherman está diante do espelho, de chapéu. Vira-se para a câmera e sorri.

Sim, você me vê agora

Sim, é assim que você se sente ao me ver

Sim, quer sentir-me agora?

Dolarhyde está trêmulo. Sua calça o incomoda muito. Sente calor. Sente a respiração quente através do tecido. Reba fez uma descoberta.

Convulsivamente, seu polegar aciona o interruptor.

Sim, você me vê agora

Sim, é assim que você se sente ao me ver

Sim, sente isto?

Reba abre o zíper da calça dele.

Sente um golpe de medo; nunca tivera uma ereção na presença de uma mulher viva. Ele é o Dragão, não deve ter medo. Dedos apressados o tornam livre.

Ah.

Sim, você me vê agora

Sim, você sente isto

Sim, você sabe que eu sei

Sim, seu coração bate alto

Tem de manter as mãos afastadas do pescoço de Reba. Mantê-las afastadas. As mulheres os viram no furgão. Sua mão está apertando o braço do sofá. Seus dedos afundam-se no enchimento.

Sim, seu coração bate alto

E agora agitado

Está agitado agora

Sim, está tentando sair

E agora está rápido e leve, mais rápido e leve e...

Foi-se.

Ah, foi-se.

Reba descansou a cabeça na coxa dele e virou sua face reluzente para Dolarhyde. Enfiou a mão na camisa dele e manteve-a aquecida no seu peito.

– Espero não tê-lo chocado – disse ela.

Foi o som de sua voz viva que o chocou; ele colocou a mão no peito dela para ver se seu coração estava batendo e estava.

Ela manteve carinhosamente a mão dele ali.

– Meu Deus, você ainda não acabou, não é?

Uma mulher viva. Que estranho. Cheio de força, do Dragão ou dele, levantou-a do sofá com facilidade. Ela não pesava nada e era muito mais fácil de carregar, porque não estava flácida. Para cima não. Para cima não. Depressa, agora. Para algum lugar. Rápido. A cama da avó, o reconfortante cetim deslizando sob eles.

– Ah, espere, eu tirarei. Ah, agora rasgou. Não importa. Venha. Meu Deus, homem, é tão booom. Por favor, não me deite, deixe que eu vá por cima e o receba.

Com Reba, sua única mulher viva, preso com ela nesta única bolha do tempo, sentiu pela primeira vez que estava tudo em ordem: era sua vida que estava liberando, ele mesmo superando toda a mortalidade que estava mandando para dentro da escuridão, fora deste planeta de sofrimento, tocando distâncias harmoniosas em direção à paz e à promessa de repouso.

Ao lado dela, no escuro, agarrou-lhe a mão e apertou-a suavemente para selar a volta. Enquanto ela dormia, Dolarhyde, desgraçado assassino de onze pessoas, ouvia incansavelmente o coração dela.

Imagens. Pérolas barrocas voando nas trevas amigas. Uma pistola Very com a qual atirava na lua. Um grande fogo de artifício que vira em Hong Kong, intitulado "Semeie suas pérolas".

O Dragão.

Sentiu-se atordoado, dividido. E durante toda a longa noite ao lado dela, escutou, temeroso, ele mesmo descendo as escadas de roupão.

Ela se agitou uma vez durante a noite, tateando até achar o copo na mesa de cabeceira. A dentadura da avó chocalhou nele.

Dolarhyde deu-lhe água. Ela o agarrou no escuro. Quando a moça tornou a dormir, ele tirou a mão dela de sua grande tatuagem e colocou-a no próprio rosto.

Ele só conseguiu dormir ao amanhecer.

Reba McClane acordou às 9 horas e ouviu o tranquilo respirar dele. Espreguiçou-se devagar na grande cama. Ele nem se mexeu. Ela repassou a disposição da casa, a ordem dos tapetes e do chão, a direção do relógio. Quando teve tudo na memória, ergueu-se silenciosamente e chegou ao banheiro.

Depois de tomar um longo banho de chuveiro, ele permanecia adormecido. As roupas íntimas rasgadas ainda estavam no chão. Encontrou-as tateando com o pé e meteu-as na bolsa. Enfiou o vestido de algodão pela cabeça, apanhou a bengala e saiu da casa.

Ele lhe dissera que o quintal era grande e plano, limitado por cercas vivas silvestres, mas a princípio foi cautelosa.

A brisa matutina estava fria, e o sol, quente. Parou no quintal e deixou o vento atirar as bagas de sabugueiro em suas mãos. O vento penetrou nas dobras do seu corpo recém-saído do chuveiro. Ergueu os braços e o vento soprou entre seus seios, braços e pernas. Apareceram abelhas. Ela não as temia, e os insetos a abandonaram.

Dolarhyde acordou, confuso por um instante porque não estava em seu quarto no andar de cima. Seus olhos amarelos escancararam-se quando ele se lembrou. Um virar de cabeça para o outro travesseiro. Vazio.

Estaria ela perambulando pela casa? O que poderia encontrar? Ou teria acontecido alguma coisa de noite? Alguma coisa para limpar. Devia ter suspeitado. Precisava apressar-se.

Olhou no banheiro, na cozinha. No porão, onde a outra cadeira de rodas estava. O andar superior. Não queria ir lá em cima. Precisava olhar. Sua tatuagem movimentou-se quando subiu os degraus. O Dragão fuzilou-o com o olhar, do quadro na parede. Não pôde ficar com o Dragão no quarto.

Viu-a no quintal, de uma janela de cima.

– FRANCIS. – Ouviu a voz vir do quarto. Sabia que era a voz do Dragão. Aquele novo contato com o Dragão o desorientou. Sentiu isso pela primeira vez quando pôs a mão no coração de Reba.

O Dragão nunca *lhe* falara antes. Era assustador.

– Francis, venha cá.

Tentou não ouvir a voz chamando-o, chamando-o enquanto descia correndo a escada.

O que ela teria encontrado? A dentadura da avó havia chocalhado no copo, porém ele a tirou dali quando levou a água. Ela nada viu.

A fita de Freddy. Estava num gravador cassete na sala de visitas. Examinou-o. O cassete estava rebobinado. Não conseguiu lembrar se fizera aquilo após tocá-lo ao telefone para o *Tattler*.

Era preciso que ela não voltasse à casa. Dolarhyde não sabia o que poderia acontecer. Ela poderia ter uma surpresa. O Dragão poderia descer. Sabia com que facilidade ela seria destroçada.

As mulheres a haviam visto entrar no furgão. Warfield lembraria de ambos juntos. Vestiu-se apressadamente.

Reba McClane sentiu a friagem da sombra de uma árvore e depois novamente o sol, quando andou pelo quintal. Ela sempre podia dizer onde estava pelo calor do sol e o zumbido do ar condicionado da janela. A movimentação, a disciplina da sua vida, era fácil ali. Andou de um lado para outro, passando as mãos nas cercas vivas e flores desabrochadas.

Uma nuvem tapou o sol e ela parou, sem saber para que direção estava virada. Escutou o ar-condicionado. Estava desligado. Sentiu um instante de mal-estar, depois bateu palmas e ouviu o reconfortante eco da casa. Reba abriu o relógio de pulso e tateou as horas. Precisava acordar D., em breve. Tinha que voltar para casa.

A porta de tela bateu.

– Bom dia – disse a moça.

O molho de chaves de Dolarhyde tilintou quando ele atravessou o gramado.

Aproximou-se com precaução, como se o vento de sua chegada pudesse derrubá-la, e notou que ela não estava com medo.

A moça não estava embaraçada nem envergonhada com o que acontecera de noite. Nem mesmo zangada. Não se afastou dele, nem o ameaçou. Dolarhyde ficou imaginando se não seria porque ela não havia visto suas partes.

Reba abraçou-o e encostou a cabeça no seu peito musculoso. O coração dele estava disparado.

Dolarhyde esforçou-se para dizer bom-dia.

– Tive momentos incríveis, D.

Sério? O que se costuma dizer em troca?

– Que bom. Eu também. – *Parecia correto. Mantê-la afastada dali.*

– Mas agora preciso ir para casa. – Estava dizendo a moça. – Minha irmã vem buscar-me para almoçar. Pode comer conosco, se quiser.

– Preciso ir ao laboratório – respondeu, modificando a mentira que havia preparado.

– Vou apanhar a bolsa.

Ah, não.

– Eu apanho.

Quase cego por seus verdadeiros sentimentos, tão capaz de se exprimir quanto uma cicatriz de se ruborizar, Dolarhyde não sabia o que havia acontecido com ele em relação a Reba McClane e por quê. Estava confuso, bloqueado pelo novo pavor de ser Duplo.

Ela o ameaçou, não o ameaçava mais.

Houve aquela questão de aceitação dos assustadores movimentos vivos dela na cama da avó.

Frequentemente, Dolarhyde não descobria o que sentia até entrar em ação. Não sabia como se sentia com relação a Reba McClane.

Um incidente desagradável, quando a levava para casa, ajudou-o a esclarecer um pouco.

Logo na saída da avenida Lindbergh para a Interstate 70, Dolarhyde entrou num posto de gasolina da Servco Supreme para reabastecer o tanque.

O empregado era um sujeito forte e mal-humorado, com hálito de vinho. Fechou a cara quando Dolarhyde pediu que verificasse o nível óleo.

Estava baixo. O empregado abriu a lata e entornou o seu conteúdo no motor, com o auxílio de um funil.

Dolarhyde desceu para pagar.

O empregado pareceu estar entusiasticamente interessado no para-brisa; e na passageira por detrás dele. Limpava e limpava.

Reba McClane, sentada na boleia, de pernas cruzadas, estava com a saia levantada acima do joelho. Sua bengala branca estava entre os assentos.

O homem recomeçou a limpar o para-brisa. Continuava a olhá-la.

Dolarhyde, ao tirar os olhos da carteira de notas, percebeu. Estendeu a mão pela janela do furgão e ligou o limpador de para-brisa a toda velocidade, atingindo os dedos do homem.

– Ei, cuidado.

O empregado empenhou-se em tirar a lata de óleo do motor. Sabia que tinha sido apanhado em flagrante e exibiu um sorriso malicioso enquanto Dolarhyde aproximava-se dele.

– Seu filho da puta.

– O que há com o senhor? – O homem era quase da altura e peso de Dolarhyde; mas estava longe de ter sua musculatura. Era jovem para usar dentadura e não se importava com isso.

Sua juventude enojou Dolarhyde.

– O que aconteceu com seus dentes? – perguntou, suavemente.

– O que lhe importa?

– Arrancou-os para o seu namorado, seu pica podre? – Dolarhyde colou-se a ele.

– Saia de perto de mim.

Baixinho:

– Porco. Idiota. Lixo. Louco.

Usando uma só mão, Dolarhyde o atirou contra o furgão com violência, a lata de óleo e o funil ressoaram no asfalto. Dolarhyde apanhou-os.

– Não corra. Posso pegá-lo. – Separou o funil da lata e olhou sua ponta afiada.

O empregado ficou pálido. Havia qualquer coisa no rosto de Dolarhyde que ele jamais vira.

Por um instante, Dolarhyde vislumbrou o funil metido no peito do homem, drenando seu coração. Viu o rosto de Reba pelo para-brisa. Ela estava balançando a cabeça, dizendo alguma coisa. Estava tentando pegar a manivela e baixar a janela.

– Já foi quebrado alguma vez, seu idiota?

O homem balançou freneticamente a cabeça.

– Ora, não quis ofendê-lo. Por Deus.

Dolarhyde manteve o funil de metal próximo ao rosto do homem. Segurava com ambas as mãos e os músculos do seu peito incharam quando ele amassou o objeto. Desafivelou o cinto do homem e deixou o funil cair dentro de sua calça.

– Olhe para você mesmo com esses olhos de porco. – Meteu o dinheiro da gasolina no bolso da camisa do homem. – Agora, caia fora. Mas posso pegá-lo a qualquer momento.

36

A fita chegou no sábado, num pequeno embrulho endereçado à sede do FBI, Washington, a/c Will Graham. Fora postada em Chicago no dia em que Lounds foi assassinado.

O Laboratório de Impressões nada encontrara de útil na caixinha a fita ou no seu invólucro.

Uma cópia dela chegou a Chicago na mala da tarde. O agente especial Chester levou-a a Graham na sala do júri, logo depois. Junto, havia um memorando de Lloyd Bowman:

> As impressões vocais confirmam ser a de Lounds. Evidentemente, está repetindo um ditado. É uma fita nova, produzida nos últimos três meses e virgem. Ciência do Comportamento está examinando o conteúdo. O Dr. Bloom deve ouvi-la quando estiver em condições: você decidirá.
>
> Evidentemente, o assassino está tentando confundi-lo. Acho que irá tornar a fazê-lo em breve.

Um seco voto de confiança, muito apreciado.

Graham sabia que tinha de ouvir a fita. Esperou Chester sair.

Não queria ficar fechado na sala do júri com ela. A sala do tribunal era melhor: entrava sol pelas janelas altas. As encarregadas da limpeza haviam trabalhado lá, e a poeira ainda estava em suspensão na luz do sol.

O gravador era pequeno e cinzento. Graham colocou-o na mesa do conselho e apertou o botão.

A voz monótona de um técnico: "Caixa n.º 426238, item 814, etiquetada e catalogada. Esta é uma regravação."

Uma alteração na qualidade do som.

Graham agarrou a beira da balaustrada do júri com ambas as mãos.

Freddy Lounds parecia cansado e apavorado.

"Tive um grande privilégio. Vi... vi, maravilhado... maravilhado e assustado... assustado... a força do Grande Dragão Vermelho."

A gravação original havia sido frequentemente interrompida, à medida que era feita. O aparelho gravou o clique da tecla de parada todas as vezes. Graham viu o dedo na tecla. O dedo do Dragão.

"Menti sobre Ele. Tudo o que escrevi foram mentiras recebidas de Will Graham. Ele me fez escrevê-las. Tenho... tenho blasfemado contra o Dragão. Apesar disso, o Dragão é piedoso. Agora quero servi-Lo. Ele... ele ajudou-me a compreender... Seu esplendor e quero glorificá-Lo. Jornais, quando imprimirem isto, usem sempre L maiúsculo em 'Lo'.

"Graham sabe que me fez mentir. Porque fui forçado a isso, Ele será mais... mais piedoso comigo que com você, Will Graham.

"Apalpe suas costas, Will Graham... e sinta as pequenas vértebras na altura da pelve. Sinta sua espinha entre elas... é esse o lugar exato... onde o Dragão a quebrará."

Graham manteve as mãos na balaustrada. *Que me dane se eu sentir.* O Dragão não conhece a nomenclatura da espinha ilíaca ou preferiu não usá-la?

"Há muito... para você temer. De... de meus próprios lábios você aprenderá a temer um pouco mais."

Uma pausa antes do berro aterrador. Pior, do borbulhante grito sem lábios:

"Seu astardo inhernal, hocê hrometeu."

Graham enfiou a cabeça nos joelhos até os pontos brilhantes pararem de dançar à sua frente. Abriu a boca e respirou profundamente.

Passou-se uma hora antes que pudesse ouvir a gravação novamente.

Levou o gravador para a sala do júri e tentou ouvi-la. Perto demais. Deixou o gravador funcionando e voltou à sala do tribunal. Ouvia pela porta aberta.

"Tive um grande privilégio..."

Alguém chegou na porta da sala do tribunal. Graham reconheceu o jovem funcionário do escritório de Chicago do FBI e fez-lhe sinal para entrar.

– Chegou uma carta para o senhor – disse o rapaz. – O Sr. Chester mandou-me trazê-la. Disse-me para ter cuidado e que o inspetor postal passou a encomenda no fluoroscópio.

Tirou a carta do bolso do peito. Papel grosso, malva. Graham esperou que fosse de Molly.

– Está selada, vê?

– Obrigado.

– E hoje também é dia de pagamento. – O rapaz estendeu o cheque a Graham.

Na fita, Freddy berrou.

O rapaz encolheu-se.

– Desculpe – disse Graham.

– Não sei como aguenta isso – retrucou o jovem.

– Vá para casa – falou Graham.

Sentou-se no compartimento dos jurados para ler a carta. Precisava de um alívio. A carta era do Dr. Hannibal Lecter.

Caro Will,

Um rápido bilhete de parabéns pelo que fez ao Sr. Lounds. Admirei enormemente. Como você é um rapaz esperto!

O Sr. Lounds frequentemente me ofendeu com sua conversa fiada, mas me esclareceu uma coisa: sua internação no manicômio. Meu inepto advogado deveria ter apresentado isso no tribunal, mas não importa.

Sabe, Will, você se preocupa demais. Iria sentir-se muito melhor se relaxasse um pouco.

Will, nós não inventamos nossa natureza; ela emerge junto com nossos pulmões, pâncreas e o resto. Para que combatê-la?

Quero ajudá-lo, Will, e gostaria de começar perguntando-lhe isto: quando você ficou muito deprimido, depois de ter atirado no Sr. Garrett Jacob Hobbs, não foi o ato que o arrasou, foi? De verdade, você não se sentiu tão mal porque matá-lo foi tão bom?

Pense nisso, mas não se preocupe. Por que não achar bom? Deve parecer bom a Deus: Ele faz isso o tempo todo, e não somos feitos à Sua imagem?

Você deve ter lido ontem no jornal que Deus desabou o teto de uma igreja sobre 34 dos Seus adoradores, quarta-feira à noite no Texas... justamente quando O bajulavam com um cântico. Não acha que isso é bom?

Trinta e quatro. Ele deixou que você pegasse Hobbs.

Ele matou 160 filipinos num desastre de avião na semana passada; cedeu-lhe um desprezível Hobbs. Ele não quer invejá-lo por causa de um assassinato qualquer. Dois, agora. Tudo bem.

Leia os jornais. Deus está sempre na dianteira.

Felicidades,
Dr. Hannibal Lecter

Graham sabia que Lecter estava inteiramente enganado a respeito de Hobbs, mas por um instante imaginou se ele não estaria um pouquinho certo no caso de Freddy Lounds. O inimigo dentro de Graham concordava com qualquer acusação.

Colocara a mão no ombro de Freddy na fotografia do *Tattler* para deixar claro que realmente dissera ao jornalista aquelas coisas insultantes a respeito do Dragão. Ou havia desejado pôr em risco a vida de Freddy, nem que fosse um pouquinho? Ficou pensando.

A certeza de que, conscientemente, não perdera a oportunidade de o Dragão retardar seu castigo.

– Estou ficando cansado de vocês, seus malucos filhos da puta – queixou-se em altos brados.

Queria uma folga. Telefonou para Molly, mas ninguém atendeu na casa dos avós de Willy.

– Provavelmente estão por aí naquele maldito trailer – murmurou.

Saiu para tomar café, em parte para garantir-se de que não estava se escondendo na sala do júri.

Viu, na vitrine de uma joalheria, um delicado bracelete antigo de ouro. Custou-lhe mais que o salário. Embrulhou-o e selou-o. Só quando teve certeza de que estava sozinho na agência do correio, endereçou-o a Molly, no Oregon. Graham não percebia – mas Molly sim, que ele dava presentes quando estava zangado.

Não queria retornar à sala do júri e trabalhar, mas precisava. A lembrança de Valerie Leeds o estimulou.

Lamento não poder atender o telefone neste instante, dissera Valerie Leeds.

Desejou tê-la conhecido. Desejou... Pensamento inútil e infantil. Graham estava cansado, egoísta, ressentido, esgotado até o estado de infantilidade no qual seus padrões de medida eram os primeiros que aprendera: em que a direção "norte" era a rodovia 61 e que "1,82m" era eternamente a altura do seu pai.

Absorveu-se no perfil minuciosamente detalhado da vítima, que estava juntando de um leque de relatórios e suas próprias observações.

Riqueza. Era um paralelo. Ambas as famílias eram ricas. Estranho que Valerie Leeds fizesse economia nas meias.

Graham ficou imaginando se ela havia sido uma menina pobre. Achou que sim; os filhos dela davam essa ideia.

Graham fora uma criança pobre, acompanhando o pai dos estaleiros em Biloxi e Greenville aos barcos do Lago Erie. Sempre o novato na escola, sempre o estranho. Tinha uma cisma meio encoberta com os ricos.

Valerie Leeds poderia ter sido pobre quando menina. Ficou tentado a tornar a ver seu filme. Poderia fazê-lo na sala do tribunal. Não. Os Leeds não eram problema imediato. Conhecia os Leeds. Não conhecia os Jacobi.

A falta de conhecimento íntimo dos Jacobi o azucrinava. O incêndio da casa em Detroit destruíra tudo... álbuns de família e provavelmente também os diários.

Graham procurou conhecê-los por meio dos objetos que desejaram, compraram e usaram. Era só disso que ele dispunha.

A pasta de documentos do inventário dos Jacobi tinha quase 10 centímetros de espessura e a maior parte dela era uma lista de coisas que possuíam: objetos domésticos adquiridos desde a mudança para Birmingham. *Veja toda esta merda.* Estava tudo no seguro, numerado em série, de acordo com as normas das seguradoras. Precaução de um homem que, já tendo sofrido um incêndio, adquiriu muitos seguros para a próxima vez.

O advogado, Byron Metcalf, mandara-lhe cópias a carbono, em vez de xerox, das apólices de seguro. As cópias estavam esmaecidas e difíceis de ler.

O Sr. Jacobi tinha um barco de esquiar, assim como o Sr. Leeds. O Sr. Jacobi possuía um triciclo; Sr. Leeds, uma bicicleta. Graham molhou o polegar e virou a página.

O quarto item da segunda página era um projetor cinematográfico Chinon Pacific.

Graham parou. Como não notara? Havia examinado cada engradado no armazém de Birmingham, atento a tudo o que lhe pudesse oferecer uma visão íntima dos Jacobi.

Onde estava o projetor? Podia comparar a declaração de seguro com o inventário que Byron Metcalf havia preparado como executor do testamento, quando armazenara as coisas dos Jacobi. Os objetos haviam sido conferidos pelo supervisor do depósito, que assinou o contrato de armazenamento.

Levou 15 minutos para Graham verificar a lista. Nenhum projetor, nenhuma câmera, nenhum filme.

Graham recostou-se na cadeira e olhou para os Jacobi, sorrindo na fotografia colocada à sua frente.

Que diabo fizeram com aquilo?

Foi roubado?

O assassino terá roubado?

Se roubou, escondeu-o?

Meu Deus, dê-me uma pista.

Já não estava mais cansado. Queria saber se faltava mais alguma coisa. Procurou por uma hora, comparando o inventário do depósito com as declarações do seguro. Tudo conferia, menos aqueles pequenos e preciosos objetos. Deveriam estar todos na lista de coisas que Byron Metcalf guardara em seu cofre bancário em Birmingham.

Todos estavam na lista. Menos dois.

"Caixa de cristal para bijuterias, 10x7cm, de tampa de prata de lei" – constava da declaração de seguro, mas não estava no cofre. "Moldura de prata de lei para retratos, 22x28cm, lavrada com ramos e flores" – também não estava na caixa-forte.

Roubadas? Perdidas? Eram objetos pequenos, fáceis de esconder. Normalmente, a prata roubada é imediatamente fundida, tornando-se difícil de localizar. Mas equipamento cinematográfico tem número de série dentro e fora. Sua pista pode ser seguida.

O assassino seria o ladrão?

Ao olhar para a fotografia manchada dos Jacobi, Graham sentiu o leve choque de uma nova conexão. Mas quando teve a resposta toda, foi mínima e decepcionante.

Havia um telefone na sala do júri. Graham ligou para Homicídios, em Birmingham. Falou com o comandante.

– No caso Jacobi, reparei que manteve um diário interno e externo da casa após ter sido interditada, certo?

– Vou mandar alguém olhar – disse o comandante.

Graham sabia que eles mantinham um. Era um bom procedimento registrar cada pessoa entrando e saindo de uma cena de assassinato e Graham ficou satisfeito ao verificar que Birmingham agia assim. Esperou cinco minutos antes que um funcionário pegasse o telefone.

– Muito bem, entradas-e-saídas, o que quer saber?

– Niles Jacobi, filho do falecido, entrou?

– Sim. Dia 2 de julho, às 19 horas. Permitiram-lhe apanhar objetos pessoais.

– Aí diz se ele estava com uma maleta?

– Não. Desculpe.

Byron Metcalf estava com a voz rouca e a respiração ofegante quando atendeu o telefone. Graham ficou imaginando o que estaria fazendo.

– Espero não o estar incomodando.

– O que posso fazer por você, Will?

– Preciso de uma ajudinha com Niles Jacobi.

– O que ele fez agora?

– Acho que retirou coisas da casa dos Jacobi após o assassinato.

– Hummm.

– Está faltando uma moldura de prata no inventário de seu cofre de banco. Quando estive em Birmingham, peguei uma fotografia da família no quarto de Niles. Tinha sido emoldurada: dá para ver a impressão deixada pela moldura.

– O safado. Dei-lhe permissão para apanhar roupas e livros de que precisava – respondeu Metcalf.

– Niles tem amizades caras. Porém, no que estou mais interessado é um projetor e uma câmera cinematográfica também desaparecidos. Desejo saber se estão com ele. Provavelmente sim, mas se *não*, talvez estejam com o assassino. Nesse caso, vamos precisar botar o número de série nas casas de prego. Temos de colocá-los nas listas nacionais de roubos. A moldura deve estar, a esta altura, provavelmente derretida.

– Ele vai ter o que merece quando eu o pegar.

– Mais uma coisa: se Niles pegou o projetor, deve estar com o filme. Não deve ter conseguido nada por ele. Quero esse filme. Preciso vê-lo. Se bater de frente com ele, negará tudo e dará sumiço no filme, se o tiver.

– Está bem – disse Metcalf. – O certificado de propriedade do seu carro foi revertido para o espólio. Sou o executor, portanto posso procurá-lo sem uma ordem. Meu amigo, o juiz, não se importará. Eu vou lhe telefonar.

Graham retornou ao trabalho.

Riqueza. Incluir riqueza no perfil que a polícia usaria.

Graham ficou pensando se as Sras. Leeds e Jacobi haviam feito suas compras em roupas de tênis. Era uma coisa normal em certas áreas. E uma coisa idiota em outras, por duplamente provocante: despertava ressentimentos de classe e lascívia ao mesmo tempo.

Graham imaginou-as empurrando carrinhos de compras, saias curtas pregueadas roçando as coxas morenas, sacudindo os seios bem modelados, passando por homens de olhos vorazes que compravam almoços frios para comer nos carros.

Quantas famílias existiam com três filhos, um animal de estimação, e apenas fechaduras comuns entre elas e o Dragão enquanto dormiam?

Quando Graham visualizou possíveis vítimas, viu gente inteligente e de sucesso em casas de bom gosto.

Mas a pessoa seguinte a enfrentar o Dragão não tinha filhos, animal de estimação ou casa de bom gosto. A pessoa seguinte a enfrentar o Dragão foi Francis Dolarhyde.

37

O ressoar de pesos no chão do sótão repercutiu em toda a velha casa.

Dolarhyde estava levantando, mantendo e arrojando mais peso do que jamais fizera. Sua roupa era diferente; calça de tecido absorvente cobria sua tatuagem. A camisa estava pendurada em *O grande dragão vermelho e a mulher vestida de sol.* O roupão, na parede, como a pele mudada de uma cobra, cobria o espelho.

Dolarhyde estava sem máscara.

Para cima. Cento e quarenta quilos do chão até o peito num único arranco. Depois, acima da cabeça.

– EM QUEM ESTÁ PENSANDO?

Assustado com a voz, quase deixou cair o peso, cambaleou e baixou-o. Os discos ressoaram no chão.

Virou-se, os grandes braços pendentes, e olhou na direção da voz.

– EM QUEM ESTÁ PENSANDO?

A voz parecia surgir por trás da camisa, mas com uma rispidez e volume que magoaram sua garganta.

– EM QUEM ESTÁ PENSANDO?

Percebeu quem estava falando e ficou apavorado. Desde o começo, ele e o Dragão haviam sido um. Ele estava Tornando-se e o Dragão era seu eu superior. Seus corpos, vozes e desejos eram um.

Agora não. Desde Reba, não. Não pense em Reba.

– QUEM É ACEITÁVEL? – perguntou o Dragão.

– A Sra... ehrman... Sherman. – Saiu com dificuldade.

– MAIS ALTO. NÃO ESTOU ENTENDENDO. EM QUEM ESTÁ PENSANDO?

Dolarhyde, com ar determinado, virou-se para os halteres. Para cima. Sobre a cabeça. Desta vez, mais difícil.

– A Sra... ehrman molhada na água.

– ESTÁ PENSANDO NA SUA AMIGUINHA, HEIN? QUER QUE ELA SEJA SUA AMIGUINHA, NÃO É?

O peso caiu com um baque surdo.

– Não enho amihinha. – Com o medo, sua fala desabou. Teve de fechar as narinas com o lábio superior.

– UMA MENTIRA ESTÚPIDA. – A voz do Dragão era forte e clara. – VOCÊ ESQUECEU O TORNAR-SE, PREPARE-SE PARA OS SHERMAN. LEVANTE O PESO.

Dolarhyde pegou os halteres e fez força. Sua mente acompanhou o corpo. Desesperadamente, procurou pensar nos Sherman.

Obrigou-se a pensar no peso da Sra. Sherman em seus braços. Ela seria a próxima. Era ela. Estava lutando com o Sr. Sherman no escuro. Subjugando-o até que a perda de sangue fez o coração de Sherman estremecer como um pássaro. Foi o único coração que ouviu. Não ouviu o de Reba. Não ouviu.

O medo sugou sua força. Ergueu o peso até as coxas sem poder fazer o arremesso até o peito. Pensou nos Sherman em volta dele, olhos arregalados, quando ocupou o lugar do Dragão. Não estava bom. Era vazio, oco. O peso ressoou no chão.

– NÃO É ACEITÁVEL.

– A Sra...

– NÃO PODE NEM MESMO DIZER "SRA. SHERMAN". NUNCA PENSOU EM MATAR OS SHERMAN. VOCÊ QUER REBA MCCLANE. VOCÊ QUER QUE ELA SEJA SUA AMIGUINHA, NÃO É? VOCÊ QUER QUE SEJAM "AMIGOS".

– Não.

– MENTIRA!

– Hó hor houco hempo.

– SÓ POR POUCO TEMPO, SEU LÁBIO LEPORINO CHORAMINGÃO? QUEM QUER SER AMIGO DE QUEM? VENHA CÁ. VOU MOSTRAR-LHE O QUE VOCÊ É.

Dolarhyde não se mexeu.

– NUNCA VI UMA CRIANÇA TÃO NOJENTA E SUJA QUANTO VOCÊ. VENHA CÁ.

Ele foi.

– JOGUE A CAMISA NO CHÃO.

Atirou.

– AGORA ME OLHE.

O Dragão olhou furioso da parede.

– JOGUE O ROUPÃO NO CHÃO. OLHE-SE NO ESPELHO.

Olhou. Não pôde evitar nem virar o rosto daquela luz ofuscante. Viu-se babando.

– OLHE-SE. VOU DAR A VOCÊ UMA SURPRESA PARA SUA AMIGUINHA. TIRE ESSES TRAPOS.

As mãos de Dolarhyde atrapalharam-se com o cinto da calça. Esta se rasgou. Arrancou-a com a mão direita e estendeu os trapos com a esquerda.

Sua mão direita arrancou os trapos da mão esquerda, trêmula e caindo. Atirou-os para um canto e caiu na esteira, enrolando-se como uma lagosta cortada viva. Abraçou-se e gemeu, respirando forte, com a tatuagem colorida brilhando sob a luz crua da sala de ginástica.

– NUNCA VI UMA CRIANÇA TÃO NOJENTA E SUJA QUANTO VOCÊ. VÁ PEGÁ-LOS.

– Aaymah.

– VÁ PEGÁ-LOS.

Saiu da sala e voltou com os dentes do Dragão.

– PONHA-OS NAS PALMAS DAS MÃOS. PRENDA OS DEDOS E APERTE OS DENTES UNS CONTRA OS OUTROS.

Os músculos peitorais de Dolarhyde intumesceram.

– VOCÊ SABE COMO ELES PODEM MORDER. AGORA SEGURE-OS SOB A BARRIGA. COLOQUE SEU MEMBRO ENTRE ELES.

– Não.

– FAÇA... AGORA OLHE.

Os dentes estavam começando a machucá-lo. Cuspe e lágrimas caíram em seu peito.

– Mleedse.

– VOCÊ É O RESTO DEIXADO NA FORMAÇÃO. VOCÊ É O RESTO E VOU DIZER O SEU NOME: CARA DE BOCETA. DIGA.

– Eu sou cara de boceta.

Tapou as narinas com o lábio para dizer aquelas palavras.

– BREVE ESTAREI PURIFICADO DE VOCÊ – disse o Dragão, sem esforço. – SERÁ BOM?

– Bom.

– QUEM SERÁ O PRÓXIMO QUANDO CHEGAR A HORA?

– Sra... ehrman...

Uma dor aguda e um medo terrível percorreram o corpo de Dolarhyde.

– Vou decepar isso.

– Reba. Reba. Vou dar-lhe Reba. – Sua fala já estava melhor.

– Você nada me dará. Ela é minha. São todos meus. reba mcclane e depois os Sherman.

– Reba e depois os Sherman. A lei saberá.

– Já tomei providências para esse dia. duvida?

– Não.

– Quem é você?

– Cara de boceta.

– Agora pode afastar meus dentes. seu leporino fracote, queria conservar sua amiguinha longe de mim, hein? vou cortá-la em pedaços e esfregá-los em sua cara horrenda. vou enforcá-lo com o intestino dela, se me contrariar. Sabe que sou capaz. Ponha 150 quilos na barra.

Dolarhyde acrescentou os discos na barra. Até ali nunca havia levantado mais de 140.

– Erga.

Se ele não fosse tão forte quanto o Dragão, Reba morreria. Sabia disso. Esforçou-se até o quarto ficar vermelho diante dos seus olhos esbugalhados.

– Não consigo.

– Não, você não consegue. Mas eu, sim.

Dolarhyde agarrou a barra. Ela envergou quando o peso ergueu-se até seus ombros. para cima. Facilmente acima de sua cabeça.

– Adeus, cara de boceta – disse Dragão, orgulhoso, estremecendo na luz.

38

Francis Dolarhyde não retornou ao trabalho na segunda-feira de manhã.

Saiu de casa exatamente na hora, como sempre. Sua aparência era impecável, dirigia com precisão. Colocou os óculos escuros quando fez a volta na ponte sobre o Rio Missouri e foi envolvido pela manhã ensolarada.

Seu isopor rangeu quando bateu contra o assento ao lado. Inclinou-se e colocou-a no chão, lembrando-se de que precisava buscar o gelo seco e o filme da...

Agora atravessou o canal do Missouri, a água correndo debaixo dele. Olhou para as ondas espumantes no rio que corria e subitamente sentiu que ele estava deslizando e o rio parado. Uma sensação estranha, fragmentada, desmoronante, apossou-se dele. Diminuiu a velocidade.

O furgão arrastou-se e parou. O trânsito começou a engarrafar, as buzinas tocando. Não as ouviu.

Ficou ali, deslizando lentamente para o norte sobre o rio imóvel, de frente para o sol matutino. Lágrimas escorriam sob seus óculos de sol e caíam, quentes, em seus braços.

Alguém estava batendo na janela. Um motorista, com o rosto ainda pálido e inchado de sono, havia saltado do carro detrás. Estava gritando alguma coisa pela janela.

Dolarhyde olhou-o. Luzes azuis fulgurantes estavam vindo do outro extremo da ponte. Viu que precisava dirigir. Pediu ao seu corpo que pisasse fundo. O homem ao lado do furgão pulou para trás para salvar os pés.

Dolarhyde entrou no estacionamento de um grande motel, perto da estrada federal 270. Um ônibus escolar estava estacionado, aparecendo pelo vidro traseiro a campânula de uma tuba.

Dolarhyde ficou pensando se iria ser metido no ônibus com os velhos.

Não. Olhou em torno, à procura do Packard da mãe.

– *Entre. Não ponha os pés no banco.* – dissera-lhe a mãe.

Também não aconteceu isso.

Ele estava no estacionamento de um motel a oeste de St. Louis, queria estar apto para fazer a escolha, mas não podia.

Dentro de seis dias, se pudesse esperar tanto, mataria Reba McClane. Subitamente fez um ruído alto pelo nariz.

Talvez o Dragão desejasse pegar os Sherman primeiro e esperar outra lua.

Não. Não queria.

Reba McClane nada sabia sobre o Dragão. Pensou que estava com Francis Dolarhyde. Queria unir seu corpo ao de Francis Dolarhyde. Ela deu boas-vindas à Francis Dolarhyde na cama da avó.

"*Tive momentos incríveis, D.*", dissera Reba McClane no quintal.

Ela talvez gostasse de Francis Dolarhyde. Era uma coisa perversa e desprezível de ser feita por uma mulher. Compreendeu que devia desprezá-la por isso, mas, nossa, como foi bom.

Reba McClane era culpada por gostar de Francis Dolarhyde. Visivelmente culpada.

Se não fosse pelo poder de seu Começo, se não fosse pelo Dragão, ele nunca a teria levado à sua casa. Não teria sido capaz de sexo. Ou seria?

– *Meu Deus, homem, é tão booom.*

Foi o que ela disse. Ela disse "homem".

Uma multidão saía do motel para o desjejum, passando por seu furgão. Olhares vagos passeavam por seu corpo como pés minúsculos.

Precisava pensar. Não podia voltar para casa. Registrou-se no motel, telefonou para o trabalho e comunicou que estava doente. O quarto era agradável e tranquilo. Os únicos enfeites eram reproduções mal-feitas de navios. Nada atirava olhares furiosos das paredes.

Dolarhyde deitou-se vestido. O teto mostrava manchas brilhantes no reboco. A cada minuto, tinha de levantar-se e urinar. Tremia e depois suava. Passou-se uma hora.

Não queria entregar Reba McClane ao Dragão. Pensou no que ele iria fazer se não lhe entregasse a moça.

Um medo intenso chegava em ondas, o corpo não podia aguentar por muito tempo. Na calma pesada, entre as ondas, Dolarhyde conseguiu pensar.

Como poderia evitar entregá-la ao Dragão? Uma solução começou a delinear-se. Levantou-se.

O interruptor da luz estalou no banheiro de azulejos. Dolarhyde olhou para o cano da cortina do chuveiro, um cano forte de uma polegada, pregado nas paredes. Retirou a cortina e cobriu o espelho com ela.

Agarrando o cano, ergueu-se até o queixo com uma só mão, os dedos dos pés encostando no lado da banheira. Era bastante resistente. Seu cinto também. Podia fazer. Não tinha medo disso.

Amarrou a ponta do cinto no cano com um laço. Fez um nó corrediço com a ponta da fivela. O cinto pesado não balançou, pendendo firmemente.

Sentou-se na beira do vaso e olhou. Não queria desprender-se, mas podia aguentar. Podia manter as mãos afastadas do laço até estar fraco demais para erguer os braços.

Mas como teria certeza de que sua morte atingiria o Dragão, uma vez que ele e o Dragão eram Dois? Talvez não fossem. Como poderia ter certeza de que, finalmente, o Dragão o abandonaria?

Poderiam passar-se dias antes de lhe encontrarem o corpo. Ela ficaria imaginando onde ele estaria. Nesse meio-tempo, iria ela até sua casa e entraria para procurá-lo? Subiria a escada, procuraria e teria uma surpresa?

O Grande Dragão Vermelho levaria uma hora expulsando-a escada abaixo.

Deveria telefonar-lhe e avisá-la? O que poderia a moça fazer contra Ele, mesmo avisada? Nada. Poderia esperar morrer rapidamente, esperar que, em Sua ira, Ele a mordesse profunda e rapidamente.

No andar superior da casa de Dolarhyde, o Dragão esperava no quadro que ele emoldurara com as próprias mãos. O Dragão esperava em livros de arte e inúmeras revistas, renascido a cada vez que um fotógrafo... fazia o quê?

Dolarhyde ouvia na mente a voz poderosa do Dragão amaldiçoando Reba. Primeiro a xingaria, depois a morderia. Também amaldiçoaria Dolarhyde... diria a ela que ele nada valia.

– Não faça isso. Não... faça isso – disse Dolarhyde para as paredes de azulejo. Ouviu sua voz, a voz de Francis Dolarhyde, a voz que Reba McClane compreendia com facilidade, sua própria voz. Tivera vergonha dela a vida toda, dissera coisas amargas e raivosas aos outros com ela.

Porém, nunca ouvira a voz de Francis Dolarhyde xingar-se.

– Não faça isso.

A voz que ouvia agora nunca, jamais, o xingara. Repetira os insultos do Dragão. A recordação o envergonhou.

Pensou que provavelmente não era o que se chama de homem. Ocorreu-lhe que nunca soubera ao certo sobre isso, e agora estava curioso.

Tinha um farrapo de orgulho que Reba McClane lhe dera. Isso lhe dizia que morrer num banheiro era um triste fim.

O que mais? Que outro meio havia?

Tinha um outro meio e, quando lhe ocorreu, sabia que era sacrilégio. Porém era um meio.

Andou de um lado para outro no quarto do motel, entre as camas, da porta às janelas. Enquanto andava, treinava a fala.

As palavras sairiam bem se respirasse fundo entre as frases e se não se apressasse.

Falou muito bem entre os fluxos de medo. Agora sentiu um medo terrível – e teve ânsia de vômito. Depois, viria a calma. Esperou por ela e, quando chegou, correu ao telefone e fez uma ligação para o Brooklyn.

A BANDA DOS ALUNOS de um colégio estava entrando no ônibus no estacionamento do motel. Os garotos viram Dolarhyde chegando. Teria de passar entre eles para chegar ao furgão.

Um garoto gordo e de rosto redondo, usando um cinturão todo enfeitado, fez uma careta, inflou o peito e contraiu os bíceps atrás dele. Duas meninas riram. A tuba roncou na janela do ônibus após a passagem de Dolarhyde, que não ouviu o riso às suas costas.

Vinte minutos depois, Dolarhyde parou o furgão na viela, distante 300 metros da casa da avó.

Esfregou o rosto e respirou fundo três ou quatro vezes. Apertou a chave da casa com a mão esquerda e o volante com a direita.

Um lamento agudo soou pelo seu nariz. Repetiu-se, mais alto. E novamente mais alto. Vá.

O cascalho revolveu por trás do furgão quando ele avançou, a casa aumentando no para-brisa. O furgão derrapou no quintal e Dolarhyde saltou, correndo.

No interior da casa, sem olhar para os lados, despencou pelos degraus do porão, apalpou o cadeado do baú e procurou as chaves.

O chaveiro estava lá em cima. Não parou para pensar. Um zumbido agudo pelo nariz, tão alto que abafou seus pensamentos e vozes, enquanto ele subia apressadamente a escada.

Agora, na escrivaninha, à procura das chaves nas gavetas, não olhou para o quadro do Dragão aos pés da cama.

– O que está fazendo?

Onde estavam as chaves, onde estavam as chaves?

– O que está fazendo? Pare. nunca vi uma criança tão nojenta e suja quanto você. pare.

Suas mãos diminuíram a busca.

– Olhe... Olhe-me.

Agarrou-se à beira da escrivaninha... tentando não se voltar para a parede. Afastou os olhos penosamente quando sua cabeça se virou, contra sua vontade.

– O que está fazendo?

– Nada.

O telefone começou a tocar, tocar, tocar. Pegou-o, de costas para o quadro.

– Alô, D., como está passando? – disse a voz de Reba McClane.

Pigarreou.

– Bem... – Sua voz não passou de um suspiro.

– Liguei para o seu escritório e disseram que estava doente... Sua voz está horrível.

– Converse comigo.

– Claro que conversarei. Por que acha que telefonei? O que você tem?

– Um resfriado – respondeu.

– Vai ao médico?... Alô? Perguntei se vai ao médico.

– Fale alto. – Revolveu uma gaveta e, a seguir, a do lado.

– A ligação não está boa? D., você não deve ficar sozinho aí.

– Diga-lhe que venha de noite e cuide de você.

Dolarhyde quase conseguiu tapar o bocal a tempo.

– Meu Deus, o que foi isso? Tem alguém com você?

– É o rádio, liguei o botão errado.

– Olhe, D., quer que lhe mande alguém? Você não parece bem. Eu irei. Pedirei à Marcia que me leve na hora do almoço.

– Não. – A chave estava sob um cinto, enrolado na gaveta. Pegou-a. Foi para o corredor, levando o telefone. – Estou bem. Vou vê-la em breve.

Desceu correndo. O fio do telefone despregou-se da parede e o aparelho rolou escada abaixo atrás dele.

Um grito de raiva brutal.

– VENHA AQUI, CARA DE BOCETA.

Atirou-se para o porão. No baú ao lado da caixa de dinamite, havia uma maleta com dinheiro, cartões de crédito e carteiras de motorista com vários nomes, sua pistola, a faca e um porrete.

Agarrou a maleta e subiu para o térreo, afastando-se rapidamente da escada, pronto para lutar caso o Dragão aparecesse. Entrou no furgão e saiu acelerado, derrapando no cascalho da alameda.

Diminuiu a marcha na rodovia e inclinou-se para vomitar uma bile amarela. Seu medo diminuiu.

Prosseguindo em velocidade normal, guiou com cuidado em direção ao aeroporto.

39

Dolarhyde pagou o táxi na entrada de um edifício residencial em Eastern Parkway, a duas quadras do Museu do Brooklyn. Caminhou o resto do trajeto. Pessoas correndo passavam por ele, dirigindo-se ao Prospect Park.

Parado na rotunda perto da estação de metrô IRT, tinha uma boa visão do edifício do Despertar Grego. Nunca estivera no museu do Brooklyn, apesar de ter lido seu catálogo – mandara buscar o livro quando viu pela primeira vez seu nome impresso em letras minúsculas sob as fotografias de *O grande dragão vermelho e a mulher vestida de sol.*

Os nomes de grandes pensadores, de Confúcio a Demóstenes, estavam gravados em pedra na entrada. Era um prédio imponente, com jardins verdejantes ao lado, uma residência adequada para o Dragão.

O metrô estrepitava sob a rua, produzindo um formigamento nas solas dos seus pés. Ar viciado saía pelas grades e misturava-se com o cheiro da tintura do seu bigode.

Uma hora apenas para o museu fechar. Atravessou a rua e entrou. A atendente da portaria guardou sua maleta.

– A portaria abre amanhã? – perguntou.

– O museu amanhã estará fechado. – A atendente era uma mulher mirrada, com um avental azul. Ela virou-se e começou a afastar-se.

– As pessoas que vêm aqui amanhã usam a portaria?

– Não. Com o museu fechado, a portaria também fecha.

Ótimo.

– Obrigado.

– De nada.

Dolarhyde atravessou as grandes vitrines do Salão Oceânico e do Salão das Américas, no térreo: cerâmica dos Andes, armas primitivas, objetos e máscaras imponentes dos índios da costa noroeste.

Agora restavam apenas 40 minutos para o museu fechar. Não havia mais tempo para memorizar o térreo. Sabia onde ficavam as saídas e os elevadores públicos.

Subiu ao quinto andar. Podia sentir-se agora mais perto do Dragão, mas não importava... não iria dobrar um corredor e correr para Ele.

O Dragão não estava em exibição ao público; o quadro fora guardado no escuro desde que voltou da Tate Gallery, em Londres.

Dolarhyde fora informado, pelo telefone, de que *O grande dragão vermelho* e *a mulher vestida de sol* era raramente exposto. Tratava-se de uma aquarela de quase 200 anos: a luz a faria esmaecer.

Dolarhyde parou diante de *Uma tempestade nas montanhas rochosas – Monte Rosalie 1866*, de Albert Bierstadt. Dali viu as portas trancadas do estúdio de pintura e do departamento de armazenagem. Era onde estava o Dragão. Não uma cópia, uma fotografia: o Dragão. Era onde iria no dia seguinte, para o encontro.

Percorreu o perímetro do quinto andar, passou pelo corredor de retratos, sem sequer ver os quadros. O que lhe interessava era a saída. Descobriu a saída de incêndio, a escada principal e a localização dos elevadores públicos.

Os guardas eram homens educados de meia-idade, de sapatos de solas grossas, anos de prática em ficar em pé. Nenhum estava armado, notou Dolarhyde; mas um dos guardas no saguão estava. Talvez fosse um guarda-noturno.

O sistema de alto-falantes anunciou a hora de fechar.

Dolarhyde ficou parado na calçada, sob a figura alegórica do Brooklyn, vendo os visitantes saírem para a agradável tarde de verão.

Corredores passavam, parando quando a corrente de pessoas atravessou a calçada em direção ao subterrâneo.

Dolarhyde permaneceu alguns minutos no jardim. Depois, chamou um táxi e deu ao motorista o endereço de uma loja que achou nas páginas amarelas.

40

Segunda-feira, às 21 horas. Graham largou sua maleta no chão, do lado de fora do apartamento que estava usando em Chicago, e procurou as chaves no bolso.

Passara um dia cansativo em Detroit, entrevistando o pessoal e examinando registros de empregados do hospital onde a Sra. Jacobi trabalhara como voluntária antes de a família mudar-se para Birmingham. Estava procurando um trabalhador ocasional, alguém que tivesse trabalhado em Detroit e em Atlanta ou nesta e em Birmingham; alguém com acesso a um furgão e a uma cadeira de rodas, que vira as Sras. Jacobi e Leeds antes de invadir suas casas.

Crawford considerou a viagem uma perda de tempo, mas divertiu-se. Ele tinha razão. Maldito Crawford. Tinha sempre razão.

Graham ouviu o telefone tocar no apartamento. A chave estava presa no forro do bolso. Quando conseguiu tirá-la, veio puxando um fio longo. As moedas caíram por dentro da perna de sua calça e espalharam-se no chão.

– Filho da puta.

Tinha atravessado metade do quarto quando o telefone parou. Talvez fosse Molly, querendo falar com ele.

Telefonou para o Oregon.

O avô de Willy atendeu, de boca cheia. Era hora do jantar no Oregon.

– Peça a Molly que me telefone quando tiver acabado – pediu Graham.

Estava no chuveiro, com os olhos cheios de xampu, quando o telefone tornou a tocar. Enxugou a cabeça e foi, pingando, pegar o fone.

– Alô, Lábios Quentes.

– Seu diabo conversa mole, é Byfon Metcalf, em Birmingham.

– Desculpe.

– Tenho novidades, más e boas. Você tinha razão a respeito de Niles Jacobi. Retirou aquelas coisas da casa. Já havia se livrado delas, mas apertei-o por causa de umas coisas em seu quarto e ele confessou. Essas são as más novas... sei que você esperava que o Fada do Dente tivesse roubado às escondidas. As boas notícias são a respeito do filme. Ainda não o tenho. Niles disse que há dois rolos metidos sob o assento do seu carro. Você ainda os quer, né?

– Claro.

– Bem, Randy, o melhor amigo dele, está com o carro e ainda não o pegamos, mas não vai demorar. Quer que eu despache os filmes no primeiro voo para Chicago e o avise?

– Por favor. Será ótimo, Byron. Obrigado.

– Por nada.

Molly ligou quando Graham estava quase dormindo. Depois de afirmarem um ao outro que estavam bem, pareceu não haver muito mais coisas a dizer.

Willy estava se divertindo muito, contou Molly. Chamou o garoto para dar boa-noite.

Willy tinha muito mais a dizer que apenas boa-noite: contou a Will a excitante novidade de que o avô lhe dera um pônei.

Molly não havia falado sobre isso.

41

O Museu do Brooklyn ficava fechado para o público nas terças-feiras, mas as aulas de arte e as pesquisas eram permitidas.

O museu é um ótimo instrumento para o estudo sério. Os funcionários eram instruídos e afáveis; frequentemente deixavam que os pesquisadores entrassem às terças-feiras para ver objetos não expostos.

Francis Dolarhyde saiu do metrô na estação IRT pouco depois das 14 horas daquela terça-feira, carregando seu material de estudo. Tinha um caderno de notas, um catálogo da Tate Gallery e uma biografia de William Blake debaixo do braço.

Tinha uma pistola 9mm, um porrete de couro e sua navalha escondidos sob a camisa. Uma cinta elástica mantinha as armas coladas à sua barriga magra. O casaco esporte abotoava-se sobre elas. Um pano embebido em clorofórmio dentro de um pequeno saco plástico estava guardado no bolso do casaco.

Na mão, uma caixa de violão, nova.

Havia três telefones públicos perto da saída do metrô, no centro de Eastern Parkway. Um deles fora arrancado. Um dos outros funcionava.

Dolarhyde colocou moedas até ouvir Reba dizer "Alô". Ouviu também no fundo os ruídos do quarto escuro.

– Alô, Reba – disse ele.

– Oi, D. Como vai?

O barulho do trânsito na rua de mão dupla quase não o deixava ouvir.

– Bem.

– Você parece estar num telefone público. Pensei que estivesse de cama.

– Quero falar com você mais tarde.

– Está bem. Ligue-me, sim?

– Preciso... vê-la.

– Quero que me veja, mas não esta noite. Tenho de trabalhar. Você me telefona?

– Sim. Se nada...

– Como?

– Vou telefonar.

– Quero que venha logo, D.

– Sim. Adeus... Reba.

Muito bem. O medo ia do seu peito à barriga. Reprimiu-o e atravessou a rua.

A entrada no museu do Brooklyn é feita às terças-feiras por uma única porta à direita, no fundo. Dolarhyde entrou atrás de quatro estudantes de artes. Os estudantes colocaram suas sacolas e pastas encostadas na parede e mostraram os passes. O guarda na escrivaninha os examinou.

Dirigiu-se a Dolarhyde.

– Tem um encontro?

Dolarhyde fez que sim com a cabeça.

– Com a Srta. Harper, no estúdio de pintura.

– Por favor, assine o registro.

O guarda estendeu-lhe uma caneta. Dolarhyde já estava com a sua pronta. Assinou "Paul Crane".

O guarda discou para um ramal no andar superior. Dolarhyde ficou de costas para a escrivaninha e examinou *Vintage festival*, de Robert Blum, sobre a entrada, enquanto o guarda confirmava seu encontro. Pelo canto do olho, viu mais um segurança no saguão. Sim, era o tal com a arma.

– Nos fundos do saguão, junto ao balcão de venda, há um banco ao lado dos elevadores principais – falou o homem na escrivaninha. – Espere lá. A Srta. Harper irá ao seu encontro. – E deu a Dolarhyde um crachá rosa e branco de plástico.

– Posso deixar meu violão aqui?

– Tomarei conta dele.

O museu era diferente com as luzes apagadas. As grandes vitrines estavam envoltas em semi-escuridão.

Dolarhyde esperou no banco por três minutos, e então a Srta. Harper saiu do elevador público.

– Sr. Crane? Sou Paula Harper.

Era mais jovem do que parecera ao telefone, quando ele lhe telefonara de St. Louis; uma moça séria, bem-apessoada. Usava a blusa e a saia como uniforme.

– Telefonou sobre a aquarela de Blake – disse ela. – Vamos subir e poderá vê-la. Vamos pelo elevador dos funcionários... por aqui.

Passaram pelo balcão de venda do museu às escuras e atravessaram uma saleta com armas primitivas. Olhou rapidamente em volta para fixar a direção. No canto da seção [illegible] Américas havia um corredor que dava no pequeno el[illegible]

A Srta. Harper apertou o botão. Cruzou os bra[illegible] do os cotovelos, e esperou. Seus claros olhos [illegible] no crachá rosa e branco, pregado na lapel[illegible]

– Deram-lhe um passe para o sexto andar – disse a moça. – Não importa... hoje não há guardas no quinto. Que tipo de pesquisa está fazendo?

Dolarhyde limitara-se até ali a sorrisos e acenos de cabeça. – Um ensaio sobre Butts – disse.

– William Butts?

Acenou com a cabeça.

– Não li muito a respeito dele – disse a moça. – É encontrado apenas em notas de rodapé como patrono de Blake. Ele é interessante?

– Estou apenas começando. Tenho de ir à Inglaterra.

– Acho que a National Gallery tem duas aquarelas que ele fez para Butts. Já as viu?

– Ainda não.

– É melhor escrever antecipadamente.

Dolarhyde acenou com a cabeça. O elevador chegou. Quinto andar. Ele tremia um pouco, mas tinha sangue nos braços e pernas. Em breve seria apenas sim ou não. Se saísse errado, não os deixaria pegá-lo.

Ela o levou pelo corredor dos retratos americanos. Não era o caminho por onde passara antes. Mas sabia onde estava. Tudo bem.

Contudo, algo esperava por ele no corredor e, quando viu, ficou imóvel.

Paula Harper percebeu que não estava sendo acompanhada e virou-se.

Ele estava rígido diante de uma imagem na parede dos retratos. A moça retornou e viu o que ele estava olhando.

– É um retrato de George Washington, feito por Gilbert St[illegible]t – disse a moça.

[illegible] não era.

de retra[illegible]er um semelhante na nota de um dólar. É chamado [illegible]sdowne porque Stuart o fez para o Marquês de

Landsdowne como agradecimento por seu apoio à Revolução Americana... Está se sentindo bem, Sr. Crane?

Dolarhyde estava pálido. Aquilo era pior do que todas as notas de um dólar já vistas por ele. Washington com seus olhos encobertos e maus dentes postiços olhava da moldura. Meu Deus, parecia com a avó. Dolarhyde sentiu-se como um garoto com uma faca de assassino.

– Sr. Crane, está passando bem?

Responder ou pôr tudo a perder. Superar. *Meu Deus, homem, é tão booom.* VOCÊ É O MAIS SUJO... Não.

Diga alguma coisa.

– Estou tomando cobalto – respondeu.

– Quer sentar-se um pouco? – Havia um leve cheiro medicinal em torno dele.

– Não. Vá andando. Estou indo.

E não vai me impedir, avó. Raios a partam, eu a mataria se já não estivesse morta. Já morta. Já morta. Vovó está morta! Morta agora, eternamente morta. Meu Deus, homem, é tão booom.

O outro, porém, não estava morto, e Dolarhyde sabia.

Acompanhou a Srta. Harper entre arrepios de medo.

Entraram no estúdio de pintura por portas duplas e seguiram até o departamento de armazenagem. Dolarhyde deu uma olhada rápida ao redor. Era uma sala comprida e silenciosa, bem iluminada e cheia de estantes giratórias com telas penduradas. Uma fileira de pequenas salas estendia-se pela parede. A porta da salinha mais distante estava entreaberta e ele ouviu barulho de datilografia.

Não viu ninguém, a não ser Paula Harper.

Ela o levou até uma alta mesa de trabalho e deu-lhe um banquinho.

– Espere aqui. Vou trazer o quadro.

Desapareceu por trás das estantes.

Dolarhyde desabotoou o botão da barriga.

A Srta. Harper voltou. Trazia uma caixa achatada, não maior do que uma maleta. Estava ali. Como ela conseguia força para carregar a tela? Nunca pensara que ela fosse chata. Vira as dimensões no catálogo – 45 x 35cm –, mas não prestara atenção. Esperava que fosse imensa. Porém, era pequena. Era pequena e estava *ali*, numa sala tranquila. Nunca percebera quanta força o Dragão sugara da velha casa no pomar.

A Srta. Harper estava dizendo alguma coisa:

– ... é preciso mantê-lo numa caixa assim, senão a luz o esmaecerá. É por isso que não o expõem com muita frequência.

A moça colocou a caixa na mesa e a abriu. Um barulho nas portas duplas.

– Com licença, preciso abrir a porta para Julio.

Tornou a fechar a caixa e levou-a comigo para as portas de vidro. Um homem com um carrinho esperava ao lado de fora. Ela manteve as portas abertas enquanto o homem empurrava o carrinho para dentro.

– Tudo bem aqui?

– Tudo. Obrigada, Julio.

O homem saiu.

A Srta. Harper voltou com a caixa.

– Desculpe, Sr. Crane. Julio limpa diariamente a poeira e as manchas de algumas molduras. – Abriu a caixa e tirou uma pasta branca de papelão. – O senhor entende que não lhe é permitido tocar nele. Vou mostrá-lo ao senhor: são as normas. Está bem?

Dolarhyde acenou com a cabeça. Não podia falar.

A moça abriu a pasta e retirou a folha plástica, opaca, que servia de cobertura.

Ele surgiu. *O grande dragão vermelho e a mulher vestida de sol:* o Homem-Dragão agressivo sobre a mulher prostrada, implorando, presa numa volta de sua cauda.

Sim, era pequeno, mas poderoso. Atordoante. As melhores reproduções não faziam jus aos detalhes e às cores.

Dolarhyde viu nitidamente, viu tudo num instante: a letra de Blake na beira, dois pontos castanhos no lado direito do papel. Aquilo o dominou. Era demais... as cores eram tremendamente fortes.

Olhe para a mulher envolvida pela cauda do Dragão. Olhe.

Viu que o cabelo dela era idêntico ao de Reba McClane. Notou que estava a 6 metros da porta. Captou vozes.

Espero não tê-lo chocado, disse Reba McClane.

– Parece que ele usava tanto giz quanto aquarela – ouviu Paula Harper dizer. A moça estava parada num ângulo que lhe permitia ver o que ele estava fazendo. Seus olhos jamais abandonavam a pintura.

Dolarhyde meteu a mão na camisa.

Um telefone tocou em alguma parte. A máquina de escrever parou. Uma mulher meteu a cabeça pela porta da salinha mais afastada.

– Paula, telefone. É sua mãe.

A Srta. Harper não virou a cabeça. Seus olhos não se afastaram de Dolarhyde nem da pintura.

– Pode anotar o recado? – pediu. – Diga-lhe que telefonarei depois.

A mulher desapareceu. Logo depois, a máquina recomeçou.

Dolarhyde não pôde aguentar mais. Era preciso agir imediatamente.

Mas o Dragão agiu primeiro.

– NUNCA VI...

– Como? – Os olhos da Srta. Harper escancararam-se.

– ... um rato daquele tamanho! – disse Dolarhyde, apontando. – Subindo por aquela moldura!

A Srta. Harper começou a virar-se.

– Onde?

O porrete surgiu. Mais com o pulso que com o braço, bateu na base do crânio da moça. Ela curvou-se quando ele a segurou pela blusa e aplicou o pedaço de pano com clorofórmio em seu rosto. Ela deu um grito agudo, não muito alto, e ficou flácida.

Deitou-a no chão, entre a mesa e as prateleiras de quadros, puxou a pasta com a aquarela para baixo e agachou-se. Um roçar, uma bucha, respiração ofegante e um telefone tocando.

A mulher tornou a aparecer.

– Paula? – Deu uma olhada na sala. – É sua mãe – gritou – Precisa falar agora mesmo com você.

Fez a volta na mesa.

– Cuidarei da visita se você...

Então os viu, Paula Harper no chão, com o cabelo no rosto, e, agachado sobre ela, de pistola na mão, Dolarhyde metendo o último pedaço da aquarela na boca. Ele se ergueu, mastigando e correndo. Na direção dela.

Ela fugiu para sua sala, bateu a frágil porta, pegou o telefone e deixou-o cair no chão, procurou-o de quatro e tentou discar enquanto a porta era arrombada. O aparelho explodiu em cores variadas ao impacto por trás de sua orelha. O fone bateu no chão estridentemente.

Dolarhyde, no elevador dos funcionários, ficou vendo as luzes descerem no painel, com a arma metida na calça, contra o estômago, e coberta por seus livros.

Primeiro andar.

Desceu nas galerias vazias. Caminhou depressa, os sapatos sussurrando no piso. Uma volta errada e estava passando pelas enormes máscaras, a grande máscara de Sisuit, perdendo tempo, correndo agora, perdido, entre os grandes totens Haida. Dirigiu-se a eles, olhou à esquerda, viu as armas primitivas e se localizou.

Espiou em torno do salão.

O funcionário da recepção estava junto do mural, a 10 metros da mesa.

O guarda armado estava mais perto da porta. Seu coldre rangeu quando curvou-se para limpar uma mancha na ponta do sapato.

Se reagirem, derrube-o primeiro. Dolarhyde colocou a arma no cinto e abotoou o casaco sobre ela. Atravessou o saguão, sem apressar o passo.

O recepcionista virou-se quando ouviu os passos.

– Obrigado – disse Dolarhyde. Segurou o crachá pelas pontas e colocou-o na escrivaninha.

O guarda acenou com a cabeça.

– Por favor, pode colocá-lo nessa ranhura?

O telefone da recepção tocou.

Foi difícil apanhar o crachá no tampo de vidro.

O telefone tornou a tocar. Depressa.

Dolarhyde conseguiu pegar o crachá e meteu-o na fenda. Apanhou a caixa do violão na pilha de sacolas.

O guarda estava se dirigindo ao telefone.

Agora na rua, andando depressa para o jardim, ele estava pronto para atirar se ouvisse sinais de perseguição.

À esquerda, dentro do jardim, Dolarhyde penetrou num espaço entre um pequeno abrigo e uma cerca viva. Abriu a caixa de violão e retirou uma raquete de tênis, uma bola, uma toalha, um saco de mercearia e um grande molho de aipo folhudo.

Os botões voaram quando arrancou o casaco e a camisa num só gesto e desfez-se da calça. Sob eles, estava usando uma camisa do Brooklyn College e calções esportivos. Meteu os livros e as roupas no saco da mercearia e depois as armas. O aipo cobria tudo.

Atravessando os jardins, agora na direção de Prospect Park, com a toalha enrolada no pescoço, chegou ao Empire Boulevard. Havia pessoas correndo à sua frente. Quando os acompanhou pelo parque, o primeiro carro da polícia estava passando, de sirene ligada. Nenhum dos corredores prestou a mínima atenção. Dolarhyde também não.

Correu e andou alternadamente, carregando sua bolsa de compras e a raquete com a bola de tênis, como um homem após um puxado treino, que parou numa loja a caminho de casa.

Refreou-se; não devia correr de estômago cheio. Agora podia escolher seu passo.

Agora podia escolher tudo.

42

Crawford sentou-se na última fila do compartimento do júri, comendo amendoins enquanto Graham fechava as cortinas da sala do tribunal.

– Se me der o perfil hoje, no fim da tarde eu o levarei – disse Crawford. – Você me disse terça-feira; hoje é terça-feira.

– Vou terminar. Quero ver isso primeiro.

Graham abriu o envelope expresso enviado por Byron Metcalf e virou o conteúdo na mesa: dois rolos empoeirados de filmes domésticos, cada um num saco plástico de sanduíche.

– Metcalf está promovendo alguma acusação contra Niles Jacobi?

– Não por roubo... afinal de contas, iria herdar aquilo... ele e o irmão de Jacobi – disse Graham. – No conjunto, não sei. O promotor de Birmingham está inclinado a quebrar-lhe as costelas.

– Ótimo – disse Crawford.

A tela ficava pendurada no teto da sala do tribunal, de frente para o compartimento do júri, a fim de exibir com facilidade aos jurados as provas filmadas.

Graham preparou o projetor.

– Ao checar as bancas de jornais onde o Fada do Dente poderia ter obtido o *Tattler* rapidamente, recebi relatórios de Cincinnati, Detroit e muita coisa de Chicago – disse Crawford. – Vários excêntricos a localizar.

Graham começou a passar o filme. Era de pescaria.

Os filhos dos Jacobi, acocorados na margem de uma lagoa, com varas feitas de cana.

Graham tentou não pensar neles em seus pequenos caixões debaixo da terra. Procurou pensar neles apenas pescando.

A isca da menina balançou e desapareceu. Havia pego um peixe.

Crawford chacoalhou seu saco de amendoins.

– Indianapolis está tendo uma trabalheira interrogando jornaleiros e investigando os postos de gasolina da Servco Supreme – disse ele.

– Quer ver isto ou não? – perguntou Graham.

Crawford ficou silencioso até o final do filme de dois minutos. – Formidável, ela pescou uma perca – comentou. – Agora o perfil...

– Jack, você esteve em Birmingham, logo após aquilo ter acontecido. Fui lá um mês depois. Você viu a casa quando ainda era o lar deles... eu não. Fora esvaziada e remodelada quando estive lá. Ora, pelo amor de Deus, deixe-me olhá-los e depois terminarei o perfil.

Começou o segundo filme.

Apareceu uma festa de aniversário na tela da sala de julgamento. Os Jacobi sentados à mesa de jantar. Cantavam. Graham fez leitura labial: "Parabéns pra você."

Donald Jacobi, de 11 anos, vira-se para a câmera. Está sentado na ponta da mesa, com o bolo à sua frente. As velas refletem-se em seus óculos.

Em torno da mesa, seu irmão e sua irmã estão um ao lado do outro, vendo-o soprar as velas.

Graham mexeu-se na cadeira.

A Sra. Jacobi inclina-se, o cabelo escuro balançando, para pegar o gato e tirá-lo da mesa.

Agora a Sra. Jacobi entrega um grande envelope ao filho envolto com uma fita comprida. Donald Jacobi abre o envelope e tira um enorme cartão de aniversário. Ele olha para a câmera e mostra o cartão a todos. Lê-se nele: "Feliz Aniversário... siga a fita."

Um movimento para a frente enquanto a câmera acompanha o grupo até a cozinha. Uma porta, presa por um gancho. Embaixo, os degraus do porão, com Donald à frente, depois os outros, seguindo a fita escada abaixo. A ponta da fita estava amarrada ao guidom de uma bicicleta de dez marchas.

Graham ficou pensando por que não lhe haviam entregue a bicicleta do lado de fora.

Um corte para a cena seguinte e sua pergunta foi respondida. Agora o exterior, mostrando claramente que tinha chovido forte. Havia poças no quintal. A casa parecia diferente. A cor da pintura fora mudada quando ele esteve lá após os assassinatos. A porta externa do porão abriu-se e o Sr. Jacobi surgiu carregando a bicicleta. Era sua primeira aparição no filme. Uma brisa erguia o cabelo penteado sobre sua calva. Colocou a bicicleta solenemente no chão.

O filme terminou com a primeira volta cautelosa de Donald.

– Danado de triste – disse Crawford –, mas já sabíamos disso.

Graham começou a repassar o filme do aniversário. Crawford balançou a cabeça e começou a ler alguma coisa tirada da maleta, com a ajuda de uma pequena lanterna elétrica.

Na tela, o Sr. Jacobi tirou a bicicleta do porão. A porta deste fechou-se às suas costas. Havia um cadeado nela.

Graham paralisou o quadro.

– Veja. Era para isso que ele precisava da torquês, Jack. Para cortar o cadeado e entrar por ali. Por que não fez isso?

Crawford desligou a lanterna e olhou por cima dos óculos para a tela.

– Como é?

– Sei que ele tinha uma torquês. Ele a usou para podar aquele galho, quando estava olhando do bosque. Por que não a usou e entrou pelo porão?

– Não pôde. – Com um sorriso fingido, Crawford esperou. Adorava pegar as pessoas em suposições.

– Terá tentado? Terá notado? Nem mesmo vi aquela porta... Geehan havia colocado uma de aço com parafusos no lugar dela quando estive lá.

Crawford abriu o verbo:

– Você *supõe* que Geehan a pôs ali. Geehan não a pôs. A porta de aço já estava lá quando eles foram assassinados. O Sr. Jacobi deve tê-la colocado... era de Detroit e gostava de parafusos.

– Quando Jacobi a colocou lá?

– Não sei. Evidentemente, após o aniversário do filho. Qual é a data? Deve estar na autópsia, se você estiver com ela aqui.

– Seu aniversário foi no dia 14 de abril, uma segunda-feira – disse Graham, olhando a tela com a mão no queixo. – Quero saber quando o Sr. Jacobi trocou a porta.

Crawford arrepiou-se. Voltou ao normal quando ele percebeu o detalhe.

– Acha que o Fada do Dente entrou na casa dos Jacobis quando a velha porta com o cadeado ainda estava lá? – perguntou.

– Levou uma torquês, não foi? Como se arromba um lugar com uma torquês? – perguntou Graham. – Cortam-se cadeados, barras ou correntes. Jacobi não tinha barras ou portões com grades, tinha?

– Não.

– Então ele esperava encontrar um cadeado. Uma torquês é bastante pesada e comprida. Estava se movimentando em pleno dia e tinha de percorrer um caminho longo de onde estacionou até a casa dos Jacobi. Sabia que poderia precisar fugir de lá numa pressa danada, se algo saísse errado. Não levaria uma torquês se não fosse precisar dela. Esperava encontrar um cadeado.

– Você acha que ele examinou a casa *antes* de Jacobi ter mudado a porta. Depois apareceu para matá-los, esperou no bosque...

– Este lado da casa não pode ser visto do bosque.

Crawford acenou com a cabeça.

– Esperou no bosque. Os moradores foram dormir e ele se aproximou com sua torquês e encontrou a nova porta com pinos de segurança.

– Digamos que tenha encontrado a nova porta. Tinha preparado tudo e agora isso – falou Graham, erguendo os braços. – Ele realmente ficou fulo de raiva, mas estava decidido a entrar. Assim, fez um rápido e barulhento trabalho com um pé de cabra na porta do pátio. Foi um meio de entrada sujo: acordou o Sr. Jacobi e teve que atacá-lo nos degraus. Não era coisa do Dragão. Este não agia assim. Era cuidadoso e não deixava vestígios. Executou um trabalho perfeito de penetração na casa dos Leeds.

– Muito bem – disse Crawford. – Se descobrirmos quando o Sr. Jacobi mudou a porta, talvez possamos estabelecer o intervalo entre o reconhecimento e o assassinato. O tempo *mínimo* decorrido, enfim. É útil sabermos isso. Talvez combine com um intervalo na convenção de Birmingham, e o serviço de visitantes poderá nos informar. Faremos nova checagem nos carros de aluguel. Desta vez, incluiremos os furgões. Conversarei com o pessoal do FBI, do serviço externo de Birmingham.

A conversa de Crawford deve ter sido enfática: em 40 minutos cravados um agente do FBI de Birmingham, com o corretor Geehan a reboque, estava berrando para um carpinteiro trabalhando na cumeeira de uma nova casa. A informação do carpinteiro foi transmitida pelo rádio a Chicago.

– Na última semana de abril – disse Crawford, desligando o telefone. – Foi quando colocaram a porta nova. Meu Deus, dois meses antes de os Jacobi serem apagados. Por que ele os investigou com dois meses de antecedência?

– Não sei, mas garanto-lhe que ele viu a Sra. Jacobi ou a família toda antes de inspecionar a casa deles. A menos que os tenha seguido desde Detroit, viu a Sra. Jacobi entre 10 de abril, quando se mudaram para Birmingham, e o fim do mês, quando a porta foi mudada. Em algum dia desse período esteve em Birmingham. O escritório ainda está investigando isso lá?

– Os tiras também – informou Crawford. – Diga uma coisa: como ele sabia que havia uma porta ligando o porão com a casa internamente? Isso não é comum no Sul.

– Não há dúvida de que viu o interior da casa.

– Seu amigo Metcalf conseguiu a conta bancária de Jacobi?

– Tenho certeza de que sim.

– Vamos ver que ligações telefônicas fizeram entre o dia 10 e o fim do mês de abril. Sei que já fizeram isso para as duas semanas anteriores aos assassinatos, mas talvez não tenha sido o suficiente. A mesma coisa com relação aos Leeds.

– Sempre imaginamos que ele examinou o interior da casa dos *Leeds* – falou Graham. – Da alameda ele não podia ter visto o vidro na porta da cozinha. Atrás há um alpendre com treliças. Mas levava um cortador de vidro. E não tiveram nenhuma chamada telefônica de serviço nos três meses anteriores aos assassinatos.

– Se ele foi tão longe com o exame, talvez não tenhamos recuado suficientemente nossa pesquisa. Faremos agora. Na casa dos Leeds, porém... quando estava na alameda lendo os relógios dois dias antes de tê-los matado... talvez os tivesse visto entrarem na casa. Podia ter olhado para dentro enquanto a porta do alpendre estava aberta.

– Não, as portas não se defrontam... lembra-se? Veja. – Graham preparou o projetor com o filme da casa dos Leeds.

O *Scottie* cinzento dos Leeds ergueu as orelhas e correu para a porta da cozinha. Valerie Leeds e os filhos entraram com as compras. Pela porta da cozinha, viam-se apenas as treliças.

– Muito bem, quer fazer Byron Metcalf ocupar-se do extrato bancário de abril? Qualquer espécie de serviço por chamada telefônica, ou compra que possa ter sido feita com um vendedor desses de porta em porta. Não... eu farei isso enquanto você cuida do perfil. Tem o número de Metcalf?

Ver os Leeds obcecava Graham. Distraidamente, deu a Crawford três números de telefones de Byron Metcalf.

Tornou a passar os filmes enquanto Crawford telefonava da sala do júri.

Primeiro, o filme dos Leeds.

Lá estava o cão dos Leeds. Não usava coleira e a vizinhança estava cheia de cães, mas o Dragão sabia qual era o deles.

Agora, Valerie Leeds. Ao vê-la, Graham estremeceu. Lá estava a porta por trás dela, vulnerável com seu vidro enorme.

Graham nunca se sentira tão perto dos Jacobi como estivera dos Leeds. Seu filme agora o perturbava. Ficou aborrecido por ter pensado nos Jacobi como marcas de giz no chão manchado de sangue.

Lá estavam os filhos dos Jacobis, sentados em volta da mesa, as velas de aniversário tremulando no rosto deles.

Num lampejo, Graham viu a mancha de cera de vela na mesa de cabeceira dos Jacobi, e as manchas de sangue no canto do quarto dos Leeds. Alguma coisa.

Crawford estava de volta.

– Metcalf disse para lhe perguntar...

– *Não fale comigo!*

Crawford não ficou ofendido. Esperou calado e seus olhinhos franziram-se e brilharam.

O filme prosseguia, os claros e os escuros projetando-se no rosto de Graham.

Apareceu o gato dos Jacobi. O Dragão sabia que era o gato deles.

Apareceu a porta interna do porão.

Apareceu a porta externa, com seu cadeado. O Dragão levara uma torquês.

O filme terminou. Finalmente, o rolo findou e a ponta do filme ficou girando, solta.

Tudo o que o Dragão precisava saber estava nos dois filmes.

Não tinham sido mostrados em público, nem em nenhum clube cinematográfico, nenhum festi...

Graham olhou para a caixa verde onde estava acondicionado o filme. O nome e o endereço de Leeds estavam nela. A Gateway Film Laboratory, St. Louis, Missouri, 63102.

Sua mente fixou-se em "St. Louis" como o teria feito com qualquer número de telefone que nunca tivesse visto. Por que St. Louis? Era um dos lugares onde o *Tattler* podia ser comprado segunda-feira de noite, o mesmo dia da impressão... o dia anterior ao rapto de Lounds.

– Valha-me, Deus! – disse Graham. – Oh, Jesus.

Agarrou a cabeça com ambas as mãos para impedir que o pensamento lhe escapasse.

– Metcalf ainda está ao telefone?

Crawford entregou-lhe o fone.

– Byron, é Graham. Ouça, aqueles rolos de filme dos Jacobi que me enviou... estavam em algum recipiente próprio?... Claro, claro que sei teria enviado. Preciso muito de sua ajuda. Você tem aí *os extratos da conta bancária do Sr. Jacobi*? Muito bem, preciso saber onde mandaram revelar os filmes. Provavelmente uma loja ocupou-se disso. Se há algum cheque para drogarias ou lojas de filmes, podemos descobrir onde mandaram fazer o trabalho. É urgente, Byron. Na primeira oportunidade lhe contarei. O FBI de Birmingham deve começar imediatamente a investigar as lojas. Se encontrar alguma coisa, envie diretamente a eles e depois a nós. Faz isso? Ótimo. Como? *Não, não* o apresentarei a Lábios Quentes.

Os agentes do FBI de Birmingham investigaram quatro lojas fotográficas antes de encontrar a que serviu ao Sr. Jacobi. O gerente disse que todos os filmes eram enviados para um único lugar para revelação.

Crawford viu os filmes 12 vezes antes de Birmingham fazer a ligação. Recebeu o recado.

Curiosamente formal, ele ergueu a mão para Graham.

– É Gateway.

43

Crawford estava sacudindo um antiácido num copo de plástico, quando a aeromoça falou pelo alto-falante do Boeing 727.

– Passageiro Crawford, por favor?

Quando ele acenou de sua poltrona, ela se aproximou, vindo da cauda do avião.

– Sr. Crawford, poderia ir à cabine, por favor?

Crawford ausentou-se durante quatro minutos. Depois retomou seu lugar ao lado de Graham.

– O Fada do Dente esteve em Nova York hoje.

Graham franziu o cenho e seus dentes se chocaram.

– Não. Apenas agrediu duas mulheres na cabeça, no museu do Brooklyn e, preste atenção, *comeu* uma pintura.

– Comeu?

– Comeu. O pessoal do esquadrão de arte da polícia de Nova York teve um estalo quando descobriu o que ele comera. Obtiveram duas impressões parciais no crachá de plástico que ele usou, e as enviaram há pouco a Price. Quando Price as colocou juntas na tela, deu pulos. Não identifica, mas é o mesmo polegar encontrado no olho do filho de Leeds.

– Nova York – disse Graham.

– Não quer dizer nada ele ter estado hoje em Nova York. Ainda pode continuar trabalhando na Gateway. Se trabalha, faltou hoje ao trabalho. Isso facilita as coisas.

– O que foi que ele comeu?

– Um negócio chamado *O grande dragão vermelho e a mulher vestida de sol.* Obra de William Blake, disseram.

– E as mulheres?

– Bateu nelas de leve com um porrete. A mais moça está no hospital, em observação. A mais velha levou quatro pontos. Ligeira concussão.

– Elas puderam descrevê-lo?

– A mais moça, sim. Silencioso, troncudo, bigode e cabelos pretos... acho que uma peruca. O guarda na porta disse a mesma coisa. A mulher mais velha... pelo que pôde ver, ele estava com uma roupa comum.

– Mas não matou ninguém.

– Estranho – disse Crawford. – Seria melhor para ele liquidar ambas... teria a possibilidade de uma retirada em tempo e evitaria ser descrito. O Departamento de Ciência do Comportamento telefonou para Bloom no hospital e contou-lhe a respeito. Sabe o que Bloom disse? Que talvez ele esteja tentando parar.

44

Dolarhyde ouviu os flapes trepidarem ao serem baixados para pouso. As luzes de St. Louis passaram lentamente sob a asa escura. A seus pés, o trem de aterrissagem provocou uma corrente de ar e pousou com um baque.

Girou a cabeça nos ombros para aliviar a rigidez do pescoço forte.

Voltando para casa.

Correra um grande risco e o prêmio havia sido o poder de escolha. Pôde escolher manter Reba McClane viva. Poderia tê-la para conversar e ficar na mobilidade incrível e inofensiva em sua cama.

Ele não precisava temer sua casa. Agora, o Dragão estava em sua barriga. Podia entrar na casa, caminhar até a reprodução do Dragão na parede e enrolá-la, se quisesse.

Não precisava preocupar-se por sentir amor por Reba. Se sentisse amor por ela, poderia entregar os Sherman ao Dragão e acalmá-lo, voltar para Reba tranquilo e descansado, tratando-a bem.

Dolarhyde telefonou do terminal do aeroporto para o apartamento dela. Ainda não tinha chegado. Tentou a Baeder Chemical. A linha noturna estava ocupada. Pensou em Reba andando para o ponto de ônibus depois do trabalho, tateando com a bengala, a capa de chuva sobre os ombros.

Dirigiu até o laboratório em menos de 15 minutos, no reduzido trânsito da noite.

Ela não estava na parada do ônibus. Estacionou na rua atrás da Baeder, perto da entrada mais próxima dos quartos escuros. Ele lhe diria que estava ali, esperando até que ela acabasse o trabalho, a fim de levá-la para casa. Dolarhyde estava orgulhoso do seu novo poder de escolha. Queria usá-lo.

Havia coisas que podia apanhar na sua sala, enquanto esperava.

Eram poucas as luzes acesas na Baeder Chemical.

O quarto escuro de Reba estava trancado. A luz sobre a porta não estava nem verde nem vermelha. Estava apagada. Tocou a campainha. Sem resposta.

Talvez ela tivesse deixado um recado na sala dele.

Ouviu passos no corredor.

O supervisor da Baeder, Dandridge, passou pelo setor dos quartos escuros sem erguer os olhos. Andava depressa, carregando sob o braço grossas pastas de cadastro do pessoal.

Uma pequena ruga surgiu na testa de Dolarhyde.

Dandridge estava no meio do estacionamento, dirigindo-se ao edifício da Gateway, quando Dolarhyde saiu do prédio da Baeder atrás dele.

Dois furgões de entrega e meia dúzia de carros estavam no estacionamento. Aquele Buick pertencia a Fisk, o gerente de pessoal da Gateway. O que estavam fazendo?

Não havia qualquer modificação noturna na Gateway. A maior parte do prédio estava às escuras. Dolarhyde pôde ver com a ajuda das luzes de saída vermelhas no corredor enquanto se dirigia à sua sala. As luzes estavam acesas por detrás da porta de vidro fosco do departamento de pessoal. Dolarhyde ouviu vozes: as de Dandridge e Fisk.

Passos de mulher se aproximando. A secretária de Fisk apareceu na curva do corredor à frente de Dolarhyde. Tinha um pano cobrindo os cachos e carregava livros da contabilidade. Estava com pressa. Os livros eram pesados, uma grande braçada. Bateu na porta do escritório de Fisk com o pé.

Will Graham abriu-a para ela.

Dolarhyde ficou imóvel no corredor escuro. Sua arma estava no furgão.

A porta tornou a fechar-se.

Dolarhyde agiu com rapidez, correndo silenciosamente no chão macio. Encostou o rosto no vidro da porta de saída e percorreu o estacionamento. Agora havia movimento sob os postes de iluminação. Um homem movendo-se. Estava ao lado de um dos furgões de entregas, com uma lanterna. Iluminando alguma coisa. Estava passando pó no espelho externo à procura de impressões digitais.

Por trás de Dolarhyde, em algum lugar nos corredores, havia um homem caminhando. Afastou-se da porta. Contornou o corredor e desceu os degraus do porão, indo para a fornalha, no outro lado do prédio.

Subindo numa bancada, conseguiu chegar às janelas altas que abriam para o nível do chão, pela cerca viva. Rolou pelo peitoril e foi de quatro para os arbustos, pronto para fugir ou lutar.

Nada se mexia naquele lado do prédio. Levantou-se, meteu a mão no bolso e atravessou a rua. Correndo quando a calçada estava escura, andando ao ver carros aproximarem-se, fez uma grande volta em torno da Gateway e da Baeder Chemical.

Seu furgão estava junto ao meio-fio, atrás da Baeder. Não havia nenhum lugar para se esconder perto dele. Muito bem. Disparou para o outro lado da rua e pulou para o interior do veículo, agarrando a maleta.

Havia um pente cheio na automática. Deu uma olhada na câmara e colocou a pistola em cima do painel, cobrindo-a com uma camisa.

Afastou-se com o carro devagar, evitando o sinal vermelho, virou lentamente na esquina e se meteu no trânsito, que estava livre.

Agora precisava pensar e isso estava difícil.

Devia tratar-se dos filmes. De alguma forma, Graham descobrira a respeito. Graham sabia *onde*. Não sabia *quem*. Se soubesse quem, não precisaria das pastas de cadastro do pessoal. Mas por que também registros contábeis? Para verificar ausências. Compará-las com as datas em que o Dragão atacou. Não, eram sábados, com exceção de Lounds. Faltas nos dias anteriores a esses sábados; estava à procura delas. Ia se dar mal... nenhuma anotação de falta era guardada.

Dolarhyde dirigiu devagar pelo Lindberg Boulevard, gesticulando com a mão livre, e ticando, imaginariamente, cada ponto de que se descartava.

Estavam procurando impressões digitais. Não lhes dera oportunidade para isso... a não ser, talvez, no crachá do museu do Brooklyn. Ele o segurara rapidamente, pelas beiradas.

Deviam ter uma impressão. Para que uma impressão digital, se nada tinham para comparar?

Examinaram aquele furgão à procura de impressões. Não houve tempo de ver se examinaram também os automóveis.

Furgão. Para carregar a cadeira de rodas com Lounds sentado nela: foi o que imaginaram. Ou talvez alguém em Chicago tenha visto o furgão. Havia uma porção de furgões na Gateway, particulares e de entrega.

Não, Graham sabia apenas que ele possuía um furgão. Graham sabia porque sabia. Graham sabia. O filho da puta era um monstro.

Tinham impressões digitais de todos na Gateway e na Baeder. Se não o descobrissem naquela noite, o fariam no dia seguinte. Tinha de fugir eternamente, com seu *rosto* em cada quadro de avisos dos correios e delegacias de polícia. Estava tudo desmoronando. Ele era fraco e ínfimo diante deles.

– Reba – falou, alto. Reba não podia ajudá-lo agora. O cerco estava apertando-se em torno dele, que não passava de um fraco lábio leporino...

– ESTÁ SE MALDIZENDO AGORA POR ME TER TRAÍDO?

A voz do Dragão trovejou no fundo do seu ser, vinda da pintura esmigalhada no fundo de suas tripas.

– Não o traí. Quis apenas fazer uma escolha... O senhor chamou-me de...

– DÊ-ME O QUE QUERO E O SALVAREI.

– Não. Fugirei.

– DÊ-ME O QUE QUERO E OUVIRÁ A ESPINHA DE GRAHAM ESTALAR.

– Não.

– AGORA VEJA O QUE FEZ HOJE. ESTAMOS PERTO UM DO OUTRO. PODEMOS NOVAMENTE TORNAR A SER UM. SENTE-ME DENTRO DE VOCÊ? SENTE, NÃO É?

– Sinto.

– E SABE QUE POSSO SALVÁ-LO. SABE QUE ELES O MANDARÃO PARA UM LUGAR PIOR QUE O DO IRMÃO BUDDY. DÊ-ME O QUE QUERO E FICARÁ LIVRE.

– Não.

– VÃO MATÁ-LO. ESTREBUCHARÁ NO CHÃO.

– Não.

– QUANDO VOCÊ MORRER, ELA TREPARÁ COM OUTROS, ELA...

– Não! Cale-se.

– TREPARÁ COM OUTROS, BONITOS, METERÁ O...

– Pare. Cale-se.

– DIMINUA A MARCHA E NÃO DIREI MAIS ISSO.

Dolarhyde tirou o pé do acelerador.

– ÓTIMO. DÊ-ME O QUE QUERO E NADA ACONTECERÁ; DÊ-ME E ENTÃO DEIXAREI QUE ESCOLHA SEMPRE, PODERÁ ESCOLHER SEMPRE, E FALARÁ BEM. QUERO QUE FALE BEM, DEVAGAR, ISSO. ESTÁ VENDO O POSTO DE GASOLINA? PARE LÁ E VAMOS CONVERSAR...

45

Graham saiu do escritório e descansou os olhos na penumbra do corredor. Estava inquieto, preocupado. Aquilo estava demorando demais.

Crawford estava peneirando os 380 empregados da Gateway e da Baeder o mais depressa possível... ele era um prodígio nessa espécie de trabalho... mas o tempo estava passando, e o segredo não poderia ser mantido por muito tempo.

Crawford reduzira o grupo de trabalho na Gateway ao mínimo. ("Precisamos pegá-lo, não assustá-lo", disse-lhes

Crawford. "Se pudermos descobri-lo esta noite, poderemos levá-lo para fora da fábrica, talvez para a casa dele ou para o estacionamento.")

O Departamento de Polícia de St. Louis estava ajudando. O tenente Fogel, da Divisão de Homicídios, acompanhado de um sargento, chegou silenciosamente num carro sem identificação, trazendo um Datafax.

Ligado ao telefone da Gateway, em minutos, o aparelho começou a transmitir a relação dos empregados, simultaneamente para a Seção de Identificação do FBI em Washington e para o Departamento de Veículos a Motor de Missouri.

Em Washington, os nomes deveriam ser conferidos nos registros civil e criminal. Os nomes dos empregados da Baeder exercendo funções de segurança foram sublinhados para apressar o exame.

O Departamento de Veículos a Motor investigaria os que possuíam furgões.

Apenas quatro funcionários foram chamados: o gerente de pessoal, Fisk; sua secretária; Dandridge, da Baeder Chemical; e o chefe da contabilidade da Gateway.

O telefone não foi utilizado para convocá-los a este encontro noturno na fábrica. Agentes os procuraram em suas casas e conversaram em particular. ("Fiquem de olho neles após dizer-lhes o que querem", recomendou Crawford. "E não os deixem telefonar. Essa espécie de notícia se espalha rapidamente.")

Tinham esperado uma identificação rápida pelos dentes. Nenhum dos quatro empregados os reconheceu.

Graham olhou os longos corredores com luzes de saída vermelhas acesas. Tudo parecia em ordem.

O que mais poderiam fazer naquela noite?

Crawford havia pedido que a mulher do museu do Brooklyn – Srta. Harper – pegasse um avião tão logo pudesse viajar. Provavelmente chegaria de manhã. O Departamento de

Polícia de St. Louis possuía um excelente furgão de vigilância. Ela poderia ficar nele e observar a entrada dos empregados.

Se não descobrissem nesta noite, todos os traços da operação seriam removidos da Gateway antes que o trabalho começasse na manhã seguinte. Graham não se iludia... tiveram sorte ao conseguir um dia inteiro para trabalhar, antes de a notícia se espalhar pela Gateway. O Dragão devia estar de olho em qualquer coisa suspeita. Poderia fugir.

46

Um jantar com Ralph Mandy parecia-lhe correto. Reba McClane sabia que um dia teria de contar-lhe e ela não era partidária de adiar as coisas.

De fato, pensou que Mandy sabia o que iria acontecer quando ela insistiu em que cada um pagasse sua despesa.

Reba contou-lhe no carro, quando o rapaz foi levá-la em casa; não era nada demais, ela se divertia muito com ele e queria que continuassem amigos, mas estava namorando outro.

Talvez ele tenha sofrido um pouco, mas Reba viu que ele também se sentiu um tanto aliviado. Era ótimo assim, pensou a moça.

Na porta, o rapaz não pediu para entrar. Deu-lhe um beijo de despedida, ao qual ela correspondeu com satisfação. Ralph abriu a porta para ela e entregou-lhe as chaves. Esperou até Reba entrar, fechar e trancar a porta.

Quando ele se virou, Dolarhyde deu-lhe um tiro na garganta e dois no peito. Três disparos da pistola com silenciador. Um patinete fazia mais barulho.

Dolarhyde ergueu o corpo de Mandy com facilidade, deitou-o entre a sebe e a casa e afastou-se.

Ver Reba beijar Mandy fora uma profunda punhalada em Dolarhyde. Depois, a dor o abandonou para sempre.

Ele ainda parecia e se portava como Francis Dolarhyde: o Dragão era um excelente ator; fingia muito bem ser Dolarhyde.

Reba estava lavando o rosto quando ouviu a campainha. Tocou quatro vezes antes de ela atender. Apalpou a corrente de segurança, mas não a retirou.

– Quem é?

– Francis Dolarhyde.

A moça entreabriu a porta, mantendo ainda a corrente.

– Repita.

– Sou eu, Dolarhyde.

Ela constatou que era. Tirou a corrente. Reba não gostava de surpresas.

– Pensei que tivesse dito que me telefonaria, D.

– Eu ia telefonar. Mas, na verdade, trata-se de uma emergência – disse ele, apertando o pano com clorofórmio contra o rosto da moça, ao entrar.

A rua estava vazia. A maior parte das casas, às escuras. Levou-a para o furgão. Os pés de Ralph Mandy projetavam-se dos arbustos para o quintal. Dolarhyde não lhes deu atenção.

Ela acordou durante a viagem. Estava de lado, com o rosto encostado no tapete empoeirado do furgão, com a transmissão do veículo zumbindo-lhe no ouvido.

A moça tentou levar as mãos ao rosto. O gesto comprimiu-lhe o peito. Seus braços tinham sido amarrados.

Sentiu-os com o rosto. Haviam sido presos dos cotovelos aos pulsos com o que pareciam ser tiras de fazenda macia. As pernas estavam amarradas da mesma maneira, dos joelhos aos tornozelos. Alguma coisa lhe tapava a boca.

O quê... o quê...? D. chegou na porta, e depois... Ela lembrou de ter virado o rosto e do terrível vigor dele. Oh, Deus... o que foi isso? D. chegou na porta e depois ela estava sufocada com alguma coisa fria, tentou virar o rosto, mas sentiu uma garra terrível na cabeça.

Agora estava no furgão de D. Reconheceu as ressonâncias. O furgão estava em movimento. O medo apossou-se dela. Seu instinto mandou-a ficar calada, mas os vapores estavam em sua garganta: clorofórmio e gasolina. Vomitou contra a mordaça.

A voz de D.

– Não vai demorar muito.

Sentiu que o carro fazia uma volta e agora estavam rodando sobre cascalho, pedrinhas batendo no interior dos para-lamas e no assoalho do carro.

Ele era maluco. Claro. Era isso: maluco.

"Maluco" é uma palavra amedrontadora.

Como foi aquilo? Ralph Mandy. Ele deve tê-los visto na porta da casa. Ficou alucinado.

Jesus Cristo, que acabe logo. Um homem, certa vez, tentara bater-lhe no Instituto Reiker. Ela ficou em silêncio, e ele não pôde achá-la: também era cego. Este podia ver bem demais. Ficar preparada. Ficar preparada para falar. Meu Deus, ele pode matar-me com esta mordaça. Meu Deus, ele poderá assassinar-me sem entender o que estou dizendo.

Estar preparada. Ter tudo preparado e não dizer "Hein?" Dizer-lhe que pode recuar, sem danos. Não direi. Ficar passiva o máximo possível. Se não puder ficar passiva, espere até conseguir encontrar os olhos dele.

O furgão parou e balançou quando ele desceu. A porta lateral abriu-se. Cheiro de relva e pneus aquecidos. Grilos. Ele entrou no furgão.

Contra a vontade, ela guinchou por detrás da mordaça e torceu o rosto quando ele tentou tocá-la.

Pancadinhas suaves no ombro não pararam seu tremor. Um tapa doloroso no rosto sim.

Tentou falar dentro da mordaça. Foi erguida e carregada. Os passos dele ressoaram na rampa. Agora sabia onde estava. A casa dele. Mas onde na casa? O relógio tiquetaqueando à direita. Tapete e depois chão. Estava indo para o quarto. Afundou-se nos braços dele e sentiu a cama sob seu corpo.

Tentou falar por detrás da mordaça. Ele estava saindo. Barulho do lado de fora. A porta do furgão sendo fechada. Aqui está ele de volta. Colocando coisas no chão: recipientes de metal.

A moça sentiu cheiro de gasolina.

– Reba. – Sim, era a voz de D., mas muito calma. Terrivelmente calma e estranha. – Reba, não sei o que... dizer-lhe. Você parece muito bem, e não sabe o que fiz por você. Eu estava errado, Reba. Você me enfraqueceu e depois me magoou.

Ela tentou falar por baixo da mordaça.

– Se eu a desamarrar e deixar que se sente, vai portar-se bem? Não tente fugir. Posso pegá-la. Vai se comportar bem?

Ela virou a cabeça para a voz e acenou, concordando.

Um toque de aço frio em sua pele, sussurro de uma faca através de um tecido e os braços dela ficaram livres. Agora as pernas. Quando lhe foi retirada a mordaça, seu rosto estava molhado.

Devagar e com cuidado, sentou-se na cama. Faça sua melhor jogada.

– D. – disse –, não sabia que você se preocupava tanto comigo. Fico contente com isso, mas, olhe, você me assustou.

Nenhuma resposta. Ela sabia que Dolarhyde estava no quarto

– D., foi aquele bobão do Ralph Mandy que o deixou zangado? Você o viu lá em casa? Foi isso, não é? Eu estava dizendo a ele que não queria mais vê-lo. Por sua causa. Jamais tornarei a ver Ralph.

– Ralph morreu – retrucou Dolarhyde. – Não acho que ele tenha gostado muito.

Fantasia. Espero que esteja se vangloriando.

– Nunca o magoei, D. Jamais quis isso. Vamos ser amigos, trepar e nos divertir, esquecer tudo isso.

– Cale-se – disse ele, calmo. – Vou dizer-lhe uma coisa. A coisa mais importante que você ouvirá. Importante como o Sermão da Montanha. Importante como os Dez Mandamentos. Entendeu?

– Sim, D. Eu...

– Cale-se. Reba, aconteceram coisas importantes em Birmingham e Atlanta. Sabe do que estou falando?

A moça meneou a cabeça.

– Os jornais estão cheios. Dois grupos de pessoas foram alteradas. Leeds. E Jacobi. A polícia pensa que foram assassinados. Agora sabe?

Ela começou a balançar negativamente a cabeça. Então entendeu, e lentamente acenou com a cabeça, assentindo.

– Sabe como chama o Ser que visitou aquelas pessoas? Pode dizer.

– Fada...

A mão apertou-lhe o rosto, abafando as palavras.

– Pense com cuidado e responda corretamente.

– Dragão qualquer coisa... Dragão... Dragão Vermelho.

Ele estava muito perto dela. Sentiu-lhe a respiração no rosto.

– EU SOU O DRAGÃO.

Dando um pulo para trás, por causa do tom e do volume horrível da voz, a moça bateu contra a cabeceira da cama.

– O Dragão a quer, Reba. Sempre quis. Eu não queria entregá-la a Ele. Fiz hoje uma coisa por você para que Ele não pudesse tê-la. Eu estava errado.

Aquele era D. e podia falar com ele.

– Por favor. Por favor, não o deixe me pegar. Não deixe, por favor, não, não o deixe... eu pertenço a *você*. Fique comigo. Você gosta de mim, sei que gosta.

– Ainda não mudei de ideia. Talvez não adiante entregá-la a Ele. Não sei. Vou ver se você faz o que digo. Fará? Posso contar com você?

– Farei o possível. Tentarei. Não me amedronte muito ou não conseguirei.

– Levante-se, Reba. Fique ao lado da cama. Sabe onde está?

Ela acenou com a cabeça.

– Sabe em que parte da casa está, não é? Você andou pela casa quando eu estava dormindo, não foi?

– Dormindo?

– Não seja idiota. Quando passamos a noite aqui. Você andou pela casa, não foi? Achou alguma coisa estranha? Pegou essa coisa e mostrou a alguém? Fez isso, Reba?

– Fui apenas até lá fora. Você estava dormindo e fui até lá fora. Juro.

– Então sabe onde fica a porta da frente, não é?

Reba fez um aceno de cabeça, afirmativamente.

– Reba, apalpe meu peito, subindo as mãos devagar.

Tentarei atingir seus olhos?

O polegar e dedos dele tocaram levemente cada lado da traqueia da moça.

– Não faça o que está pensando ou a esganarei. Apenas sinta meu peito. Até a garganta. Está sentindo a chave na corrente? Tire por cima da minha cabeça. Sem pressa... isso. Agora vou ver se posso confiar em você. Aproxime-se da porta da entrada, tranque-a e devolva-me a chave. Vá. Esperarei aqui mesmo. Não tente fugir. Posso pegá-la.

Ela segurou a chave, com a corrente batendo na coxa. Era muito difícil locomover-se de sapatos, mas não os tirou. O relógio funcionando ajudou.

Tapete, depois chão, novamente tapete. Surgimento do sofá. Ir para a direita.

Qual a melhor jogada? Qual? Fingir-se de boba ou fugir? Os outros teriam fingido? Sentiu-se tonta ao respirar fundo. Não fique tonta. Não morra.

Depende de se a porta estiver aberta. Descubra onde ele está.

– Estou indo direito? – Sabia que estava.

– Mais uns cinco passos. – A voz vinha mesmo do quarto.

Sentiu ar no rosto. A porta estava entreaberta. Manteve o corpo entre a porta e a voz atrás dela. Introduziu a chave na fechadura sob a maçaneta. Do lado de fora.

Agora. Passar pela porta depressa, fechá-la e girar a chave. Pela rampa abaixo, sem bengala, tentando lembrar onde estava o furgão, correndo. Correndo. Para onde... um arbusto... gritando agora. Gritando.

– Socorro. Socorro, socorro.

Correndo no cascalho. Longe, a buzina de um caminhão. A autoestrada deste lado, caminhar depressa, acelerar, correr, o mais depressa possível, mudando de direção quando sentiu grama em vez do cascalho, zigzazeando pista baixo.

Atrás dela, passos rápidos e pesados se aproximando, correndo na grama. Parou e apanhou um punhado de pedras, esperou até senti-lo perto e atirou-as, ouvindo baterem nele.

Um golpe no ombro a fez rodopiar, um braço enorme sob seu queixo, em torno da garganta, apertando, apertando, o sangue latejando em seus ouvidos. Ela deu um pontapé para trás, bateu com a cauda e tudo tornou-se gradativamente silencioso.

47

Em duas horas, a lista dos empregados brancos entre 20 e 50 anos de idade, proprietários de furgões, estava completa. Havia 26 nomes nela.

O Departamento de Veículos a Motor de Missouri forneceu a cor dos cabelos deles, tirada dos prontuários de motorista, mas isso não foi usado como fator eliminatório; o Dragão poderia usar peruca.

A secretária de Fisk, Srta. Trillman, fez cópias da lista e distribuiu-as.

O tenente Fogel estava examinando a lista, quando seu pager soou.

Fogel falou rapidamente com sua sede pelo telefone, e depois tapou o bocal.

– Sr. Crawford... Jack, um tal Raph Mandy, branco, 38 anos, foi encontrado morto a tiros há pouco na cidade universitária... quer dizer, no centro da cidade, perto da Universidade de Washington... estava no jardim de uma casa ocupada por uma mulher chamada Reba McClane. Os vizinhos disseram que ela trabalha para a Baeder. A porta não estava trancada e ela não se encontra em casa.

– Dandridge! – gritou Crawford. – Fale-me sobre Reba McClane!

– Trabalha no quarto escuro. É cega. Nasceu em algum lugar do Colorado...

– Conhece um tal Ralph Mandy?

– Mandy? – repetiu Dandridge. – Randy Mandy?

– *Ralph* Mandy. Trabalha aqui?

Um exame na lista mostrou que não.

– Coincidência, talvez – disse Fogel.

– Talvez – retrucou Crawford.

– Espero que nada tenha acontecido a Reba – falou a Srta. Trillman.

– Você a conhece? – perguntou Graham.

– Falei inúmeras vezes com ela.

– E Mandy?

– Não o conheço. A única vez que a vi com um homem, foi quando entrou no furgão do Sr. Dolarhyde.

– O furgão do Sr. Dolarhyde, Srta. Trillman? Qual a cor dele?

– Deixe ver. Marrom-escuro, ou talvez preto.

– Onde o Sr. Dolarhyde trabalha? – perguntou Crawford.

– É supervisor de produção – respondeu Fisk.

– Onde fica a sala dele?

– Aí no corredor.

Crawford virou-se para falar com Graham, porém ele já entrara em ação.

A sala do Sr. Dolarhyde estava trancada. Uma chave mestra da manutenção resolveu o assunto.

Graham estendeu a mão e acendeu a luz. Ficou parado na soleira da porta, enquanto seus olhos examinavam a sala. Estava muito arrumada. Não se via nenhum objeto de caráter pessoal. A estante continha apenas livros técnicos.

A lâmpada de mesa ficava do lado esquerdo da cadeira; portanto, era destro. Precisava de uma impressão firme do polegar esquerdo de um homem destro.

– Vamos examinar uma prancheta – disse Crawford, às suas costas, no corredor. – Deve usar o polegar esquerdo nela.

Estavam revirando as gavetas, quando o calendário da escrivaninha chamou a atenção de Graham. Folheou-o para trás até sábado, 28 de junho, data do assassinato dos Jacobi.

Não havia nenhuma anotação na quinta e sexta-feiras anteriores àquele final de semana.

Folheou para a frente, até a última semana de julho. A quinta e a sexta-feira estavam sem anotações. Havia uma na quarta-feira. Dizia: "Am 552 3:45-6:15."

Graham copiou-a.

– Quero saber para onde é este voo.

– Deixe comigo e continue aqui – retrucou Crawford. Dirigiu-se a um telefone do outro lado do corredor.

Graham estava olhando para um tubo com pó de segurar dentaduras na última gaveta da escrivaninha, quando Crawford gritou da porta.

– Vai para Atlanta, Will. Vamos pegá-lo.

48

A água fria no cabelo de Reba escorreu para seu rosto. Tonta. Alguma coisa dura debaixo dela, inclinada. Virou a cabeça. Madeira debaixo dela. Uma toalha fria e molhada bateu-lhe no rosto.

– Você está bem, Reba? – A voz calma de Dolarhyde. Ela estremeceu ao ouvi-la.

– Uhhhh.

– Respire profundamente.

Passou-se um minuto.

– Acha que pode levantar-se? Tente.

Conseguiu com o auxílio do braço dele passado em sua cintura. Seu estômago revirou-se. Dolarhyde esperou até o espasmo passar.

– Suba a rampa. Lembra-se de onde está?

Reba acenou com a cabeça, afirmativamente.

– Tire a chave da porta, Reba. Entre. Agora tranque e ponha a chave no meu pescoço. Pendure-a no meu pescoço. Ótimo. Vejamos se ficou bem trancada.

Reba ouviu a maçaneta ser sacudida.

– Muito bem. Agora vá para o quarto. Você sabe o caminho. A moça cambaleou e caiu de joelhos, com a cabeça curvada.

Ele a ergueu pelos braços e levou-a para o quarto.

– Sente-se nesta cadeira.

Reba sentou-se.

– AGORA ENTREGUE-A A MIM.

Ela lutou para erguer-se; mãos enormes agarraram seus ombros, mantendo-a sentada.

– Fique quieta ou não poderei mantê-Lo longe de você – disse Dolarhyde.

A consciência dela estava voltando.

– Tente, por favor – disse ela.

– Reba, está tudo acabado para mim.

Ele estava em pé, fazendo alguma coisa. O cheiro de gasolina era muito forte.

– Estenda a mão – falou ele. – Sinta isto. Não pegue, sinta. Ela sentiu alguma coisa semelhante a narinas de aço, lisas por dentro. Era a boca de uma arma.

– Isto é uma espingarda, Reba. Uma grande, de dois canos. Sabe o que ela pode fazer?

Reba acenou com a cabeça.

– Baixe a mão. – A boca fria da arma apoiou-se no meio da sua garganta. – Reba, gostaria de ter podido confiar em você. Queria ter podido. – Sua voz tinha um tom de choro. – Você me fez bem.

Ele estava chorando.

– E você a mim, D. Gostei muito. Por favor, não me maltrate agora.

– Está tudo acabado para mim. Não posso entregá-la a Ele. Sabe o que Ele fará? – Agora ele estava berrando. – Você sabe o que Ele fará? Vai morder você até matar-lhe. É melhor vir comigo.

Ouviu um fósforo sendo riscado, sentiu o cheiro de enxofre, escutou um sibilo. Calor no quarto. Fumaça. Fogo. A coisa que ela mais temia no mundo. Fogo. Qualquer coisa era melhor. Teve a esperança de que o primeiro tiro a matasse. Preparou as pernas para fugir.

Choro.

– Ah, Reba. Não posso ficar e vê-la queimar.

A boca da arma afastou-se de sua garganta.

Os canos atiraram assim que ela ficou em pé.

Seus ouvidos ficaram atordoados, pensou que havia levado um tiro, que estivesse morta, mais sentiu que ouviu a queda pesada no chão.

Agora fumaça e o crepitar das chamas. Fogo. O fogo a fez voltar a si. Sentiu a quentura nos braços e rosto. Sair. Ficou em pé, tropeçou, sufocada, no pé da cama.

Baixar bem a cabeça em caso de fumaça, dizia-se. Não correr, pois se chocará com coisas e morrerá.

Ela estava trancada. Trancada. Caminhando, de cabeça baixa, com os dedos apalpando o chão, encontrou pernas – o outro lado –, encontrou cabelo, uma orelha, colocou a mão numa coisa macia sob o cabelo. Apenas uma massa informe, pedaços pontudos de ossos e um olho solto.

A chave no pescoço dele... depressa. Ambas as mãos na corrente, as pernas debaixo dela, arrancar. A corrente se partiu e ela caiu de costas, tornando a erguer-se. Rodopiou, confusa. Tentando sentir, tentando ouvir, com os ouvidos ainda atordoados, por cima do crepitar das chamas. Lado da cama... que lado? Tropeçou no corpo, tentou ouvir.

BONG, BONG, BONG, o relógio batendo. BONG, BONG, na sala de estar, BONG, BONG, tome à direita.

A garganta seca pela fumaça. BONG BONG. A porta aqui. Sob a maçaneta. Não deixe a chave cair. Ruído da fechadura. Abre a porta com violência. Ar. Pela rampa abaixo. Ar. Queda na grama. Novamente de quatro, arrastando-se.

Ficou de joelhos para bater palmas, captou o eco da casa e arrastou-se para longe dela, respirando fundo até poder erguer-se, caminhar, correr, bater em alguma coisa, tornar a correr.

49

Localizar a casa de Francis Dolarhyde não foi muito fácil. O endereço existente na Gateway era de uma caixa postal em St. Charles.

Mesmo a delegacia de polícia de St. Charles teve de recorrer a um mapa de serviço da empresa de eletricidade para ter certeza.

O delegado e seus auxiliares receberam a SWAT de St. Louis na outra margem do rio, e a expedição seguiu silenciosamente, pela Interstadual 95. No carro da frente, um comissário ao lado de Graham mostrou o caminho. Crawford inclinou-se entre eles, do banco traseiro, e chupou alguma coisa presa nos dentes. Encontraram pouco trânsito na ponta norte de St. Charles, uma pickup cheia de crianças, um ônibus de viagem, um caminhão com reboque.

Viram o brilho assim que ultrapassaram os limites norte da cidade.

– É ali! – disse o comissário. – É ali!

Graham acelerou. O brilho aumentou à medida que avançaram. Crawford agarrou o microfone.

– Todas as unidades, é a casa dele pegando fogo. Fiquem de olho. Talvez ele saia. Delegado, bloqueie a estrada aqui, se achar conveniente.

Uma grossa coluna de fagulhas e fumaça inclinou-se para sudeste sobre os campos, pairando acima deles logo depois.

– Aqui – disse o comissário –, vire por esta estrada de cascalho.

Então viram a mulher, recortada contra o fogo, viram-na ao mesmo tempo que ela os ouviu e ergueu os braços chamando-lhes a atenção.

E então o grande incêndio cresceu para cima e para os lados, queimando vigas e caixilhos de janelas, subindo num arco longo pelo céu noturno, o furgão incendiado tombou para o lado, um arabesco alaranjado das árvores chamejantes subitamente surgiu e desapareceu na escuridão. O solo estremeceu quando a explosão sacudiu os carros da polícia.

A mulher estava de rosto para baixo na estrada. Crawford, Graham e policiais saltaram, correram para ela sob a chuva de fogo na estrada, alguns ultrapassando-a com as armas engatilhadas.

Crawford tirou Reba dos braços de um agente que apagava fagulhas dos cabelos dela.

Pegou-lhe os braços, encostou seu rosto no dela, vermelho por causa do incêndio.

– Francis Dolarhyde – disse ele, sacudindo-a suavemente. – Onde está Francis Dolarhyde?

– Está lá – respondeu a moça, erguendo a mão escurecida para o calor e deixando-a cair. – Está lá, morto.

– Tem *certeza*? – perguntou Crawford, olhando os olhos sem vida da moça.

– Eu estava com ele.

– Conte-me, por favor.

– Matou-se com um tiro no rosto. Coloquei a mão nele. Incendiou a casa. Matou-se. Coloquei a mão nele. Estava no chão, coloquei a mão nele. Posso sentar-me?

– Sim – falou Crawford.

Levou-a para a traseira de um carro da polícia. Abraçou-a e deixou-a chorar no seu ombro.

Graham ficou na estrada olhando as chamas até seu rosto ficar vermelho e irritado.

Os ventos, nas alturas, varreram a fumaça sobre a lua.

50

O vento matutino era quente e úmido. Soprou farrapos de nuvens sobre as chaminés enegrecidas de onde fora a casa de Dolarhyde. Uma fumaça rala percorria os campos.

Alguns pingos de chuva caíram sobre as brasas e explodiram em jatos minúsculos de fumaça e cinzas.

Um carro de bombeiros, com a luz ligada, estacionara ao lado.

S.F. Aynesworth, chefe da Seção de Explosivos do FBI, estava parado com Graham perto dos destroços, tirando café de uma garrafa térmica.

Aynesworth tremeu quando o chefe dos bombeiros locais remexeu as cinzas com um ancinho.

– Graças a Deus ainda está muito quente para ele – disse em voz baixa. Estava sendo cuidadosamente amável com as autoridades locais. Para Graham, falou o que pensava: – Tenho de entrar lá, que diabo. Este lugar vai parecer uma infernal granja de perus assim que todos os agentes especiais e guardas acabarem. Já deveriam estar aqui para ajudar.

Até que o desejado furgão com os apetrechos de Aynesworth chegasse de Washington, ele precisou contentar-se com o que trouxera no avião. Tirou uma mochila de pano grosso dos fuzileiros da mala de um carro de patrulha e desembrulhou sua roupa de baixo antichamas, botas e macacão de amianto.

– Isto parecia o que, quando explodiu, Will?

– Um jorro de luz intensa que cessou logo. Depois, ficou mais escuro na base. Uma porção de coisas subindo, caixilhos de janelas, pedaços do telhado voando para os lados, caindo nos campos. Houve uma onda de choque e depois o vento. O vento ia e voltava. Parecia que ia abafar o fogo.

– O incêndio estava avançando quando o vento soprou?

– Sim, havia ultrapassado o telhado e saía pelas janelas de cima e do térreo. As árvores estavam pegando fogo.

Aynesworth convocou dois bombeiros, mandando-os ficar de prontidão com uma mangueira, e um terceiro, vestido de amianto, pôs-se ao lado com um guincho, para a eventualidade de alguma coisa cair sobre ele.

Dirigiu-se aos degraus do porão, agora descobertos, e entrou no emaranhado de vigas enegrecidas. Só conseguiu ficar poucos minutos de cada vez. Fez oito viagens.

A única coisa que obteve foi um pedaço plano de metal cortado que, no entanto, pareceu deixá-lo contente.

Vermelho e molhado de suor, tirou o macacão de amianto e sentou-se na beira do corrimão do carro de bombeiros, com uma capa sobre os ombros.

Colocou o pedaço de metal no chão e soprou a fina camada de cinza.

– Dinamite – disse a Graham. – Olhe, está vendo a marca no metal? Esta coisa tem a medida exata de um baú ou uma caixa. Trata-se provavelmente disso. Dinamite num bauzinho. Porém, para mim, não estava no porão. Acho que estava no térreo. Está vendo o corte na árvore, onde aquela mesa de tampo de mármore bateu? Explodiu para os lados. A dinamite estava em algum recipiente que manteve o fogo afastado por certo tempo.

– E quanto a restos?

– Pode não haver muitos, mas sempre tem alguma coisa. Há muito o que analisar. Iremos encontrá-lo. Vou entregá-lo a você num saquinho.

Um sedativo finalmente adormeceu Reba McClane no hospital De-Paul, pouco antes do amanhecer. Pediu que a policial ficasse perto da cama. Pela manhã, acordou várias vezes e segurou a mão da policial.

Quando Reba solicitou o desjejum, foi Graham quem o levou. Como começar? Às vezes fica mais fácil se for adotada uma posição impessoal. Com Reba McClane achou que não daria certo. Apresentou-se.

– Você o conhece? – perguntou Reba à policial.

Graham mostrou sua credencial à agente. Ela não precisou vê-la:

– É um agente federal, Srta. McClane.

Ela contou-lhe tudo, finalmente. Tudo sobre o tempo que passou com Francis Dolarhyde. Sua garganta estava irritada, e ela precisou parar com frequência para chupar gelo.

Graham fez-lhe perguntas desagradáveis e ela o expulsou do quarto com grandes gestos, enquanto a policial segurava a bacia para pegar o café da manhã dela.

Reba estava pálida e seu rosto estava limpo e reluzente quando ele voltou ao quarto.

Fez a última pergunta e fechou o bloco de notas.

– Não a submeterei mais a isto – disse –, mas gostaria de voltar. Apenas para cumprimentá-la e saber como está passando.

– O que posso fazer... uma feiticeira como eu?

Pela primeira vez, ele viu lágrimas nos olhos da moça e percebeu o que a atormentava.

– Dá-nos licença um instante? – perguntou Graham à policial. Pegou a mão de Reba.

– Olhe. Há muita coisa errada com Dolarhyde, porém nada com você. Disse que ele foi bondoso e atencioso com você. Acredito. Foi isso o que você provocou nele. No final, não pôde matá-la nem vê-la morrer. As pessoas que estudam essas coisas dizem que ele estava tentando parar. Por quê? Porque você o ajudou. Isso provavelmente salvou vidas. Você não atraiu um tarado. Você atraiu um homem com uma carga de taras nos ombros. Menina, não há nada de errado com você. Se acreditar que há, está frita. Voltarei para vê-la daqui a um dia ou dois. Sou obrigado a olhar para tiras o tempo todo e preciso de descanso... procure dar um jeito no seu cabelo.

Ela balançou a cabeça e acenou para ele. Talvez tenha sorrido, Will não tinha certeza.

GRAHAM TELEFONOU para Molly do escritório do FBI de St. Louis. O avô de Willy atendeu.

– É Will Graham, mama – disse ele para a mulher. – Alô, Sr. Graham.

Os avós de Willy sempre o chamavam de Sr. Graham.

– Mama disse que ele se matou. Estava vendo um programa na tevê, e eles interromperam para informar. Ótimo. Evitou que vocês tivessem problemas caçando-o. Evitou que nós, contribuintes, tenhamos mais gastos. Ele era mesmo branco?

– Sim, senhor. Louro. Parecia escandinavo.

Os avós de Willy eram escandinavos.

– Posso falar com Molly, por favor?

– Vai voltar para a Flórida agora?

– Em breve. Molly está?

– Mama, ele quer falar com Molly. Ela está no banho, Sr. Graham. Meu neto está tomando o café da manhã outra vez. Estava cavalgando neste ar puro. Precisa ver esta feirinha comer. Aposto que engordou uns 5 quilos. Aqui está ela.

– Alô.

– Oi, beleza.

– Boas-novas, hein?

– Parece.

– Eu estava no jardim. Mamamma foi me dizer o que viu na tevê. Quando soube?

– Esta noite, bem tarde.

– Por que não me telefonou?

– Mamamma provavelmente estava dormindo.

– Não, ela estava vendo Johnny Carson. Não sei nem como dizer, Will. Estou muito feliz porque você não precisou prendê-lo.

– Ficarei aqui mais um pouco ainda.

– Quatro ou cinco dias?

– Não tenho certeza. Talvez menos. Preciso vê-la, garota.

– Eu também preciso vê-lo, assim que você acabar tudo o que tem a fazer.

– Hoje é quarta-feira. Sexta poderei...

– Will, Mamamma convidou todos os tios e tias de Willy para virem de Seattle este fim de semana e...

– Foda-se Mamamma. O que é, afinal, esse "Mamamma"?

– Quando Willy era muito pequeno, não conseguia falar...

– Venha comigo para casa.

– Will, tenho esperado por você. Eles nunca veem Willy e uns dias a mais...

– Venha sozinha. Deixe Willy aí e sua ex-sogra poderá colocá-lo num avião na semana que vem. Olhe... pararemos em Nova Orleans. Há um lugar chamado...

– Acho que não. Estou trabalhando... apenas meio expediente... numa loja da cidade e devo dar-lhes satisfações.

– O que está acontecendo, Molly?

– Nada. Não está acontecendo nada... estou triste, Will. Você sabe que vim para cá após a morte do pai de Willy. – Sempre dizia "pai de Willy", como se fosse um escritório. Nunca dizia o nome dele. – E ficamos todos juntos: senti-me acompanhada, fiquei calma. Estou assim agora também e eu...

– Há uma pequena diferença. Não estou morto.

– Não faz assim.

– Assim como? Não fazer como?

– Você está doido.

Graham fechou os olhos por um momento.

– Alô?

– Não estou doido, Molly. Você fez o que achou melhor. Eu fiquei de telefonar quando as coisas endireitassem aqui.

– Você podia ter vindo para cá.

– Não havia como.

– Por quê? Aqui há muito espaço. Mamamma poderia...

– Molly, eles não gostam de mim e você sabe por quê. Sempre que me olham, eu os faço lembrar.

– Não é justo e também não é verdade.

Graham sentiu-se muito cansado.

– Está bem. Eles são uns merdas e me deixam doente: veja se assim é melhor.

– Não diga isso.

– Eles querem ficar com o garoto. Talvez gostem mesmo de você, provavelmente gostam, se é que pensaram alguma vez a respeito. Mas querem o menino e por isso a aceitarão. Não querem a mim e pouco me importo. Eu quero *você*. Na Flórida. Willy também, quando cansar do seu pônei.

– Você vai sentir-se melhor depois de dormir um pouco.

– Duvido. Olhe, telefonarei quando souber alguma coisa aqui.

– Claro respondeu ela, desligando.

– *Puta* merda – disse Graham. – *Puta* merda.

Crawford meteu a cabeça na porta.

– Ouvi você dizer "puta merda"?

– Ouviu.

– Bem, parabéns. Aynesworth telefonou do local. Tem algo para você. Disse que precisamos ir lá, pois há alguma estática nos escombros.

51

Aynesworth estava despejando cinzas cuidadosamente em latas de tintas novas quando Graham e Crawford chegaram aos destroços escuros que fora a casa de Dolarhyde.

Ele estava coberto de fuligem e tinha uma bolha sob a orelha. O agente especial Janowitz, da Seção de Explosivos, estava trabalhando dentro do porão.

Um homem alto, de capote, agitava-se ao lado de um Oldsmobile empoeirado na alameda. Interceptou Crawford e Graham quando estes atravessaram o jardim.

– Você é Crawford?

– Sim.

– Sou Robert L. Dulaney. Sou o juiz de instrução e esta é minha jurisdição. – Mostrou-lhes seu cartão, onde se lia: "Vote em Robert. L. Dulaney."

Crawford esperou.

– Seu colega designado para o caso tem uma prova que me deve ser entregue. Está me fazendo esperar há quase uma hora.

– Desculpe o incômodo, Sr. Dulaney. Ele cumpre ordens minhas. Por que não se senta em seu carro e esclarecerei tudo? – Dulaney saiu atrás dele. Crawford virou-se.

– Dê-nos licença, Sr. Dulaney. Fique em seu carro.

O chefe de seção Aynesworth estava rindo, os dentes brancos destacando-se no rosto cheio de fuligem. Passara a manhã toda peneirando cinzas.

– Como chefe de seção, tenho um grande prazer...

– Já sabemos disso – falou Janowitz, saindo da mixórdia preta do porão.

– Silêncio nas fileiras, Índio Janowitz. Traga os objetos de interesse.

Estendeu-lhe um molho de chaves de carro.

Janowitz tirou da mala de um sedã do FBI uma comprida caixa de papelão. Uma espingarda, com a culatra queimada e os canos retorcidos pelo calor, estava amarrada no fundo da caixa. Numa caixa menor, havia uma pistola automática empretecida.

– A pistola está em melhores condições – disse Aynesworth. – A Seção de Balística talvez possa fazer uma comparação. Vamos, Janowitz, traga.

Aynesworth tirou das mãos do colega três sacos plásticos de geladeira.

– Frente e centro, Graham. – Por um instante, o humor desapareceu do rosto de Aynesworth. Era um ritual de caçador, como ungir a testa de Graham com sangue. – Esta foi uma mostra realmente furtiva, amigo.

Aynesworth colocou os sacos nas mãos de Graham.

Um tinha 12 centímetros de um fêmur humano carbonizado e parte do ilíaco. Outro, guardava um relógio de pulso. E o terceiro, a dentadura.

A chapa estava escura e quebrada, com apenas metade dos dentes, mas dava para ver os inconfundíveis caninos.

Graham supôs que devia dizer alguma coisa.

– Obrigado, muito obrigado. – Balançou a cabeça rapidamente e relaxou.

– ... peça de museu – estava dizendo Aynesworth. – Vamos ter de entregar tudo isso àquele capiau, Jack?

– Sim, mas há alguns bons profissionais no escritório do juiz de instrução. Eles virão e tirarão bons moldes. Nós os teremos.

Crawford e os outros juntaram-se ao juiz de instrução, ao lado do carro dele.

Graham ficou sozinho na casa. Ouviu o vento nas chaminés. Desejou que Bloom pudesse ir até lá quando estivesse bom. Provavelmente iria.

Graham queria saber sobre Dolarhyde. Queria saber o que acontecera ali, o que provocara o Dragão. Mas, no momento, já possuía bastante.

Um pássaro pousou no topo da chaminé e assobiou.

Graham respondeu.

Estava indo para casa.

52

Graham sorriu quando sentiu os motores a jato erguerem-no e levá-lo para longe de St. Louis, na direção sul e depois leste, para casa.

Molly e Willy estariam lá.

– Não vamos ficar por aí nos desculpando. Vou encontrá-lo em Marathon, garotão – disse a moça, ao telefone.

Com o tempo, ele esperava poder relembrar os bons momentos: a satisfação de ver gente trabalhando, profundamente entregue às suas habilidades. Imaginou que aquilo podia ser encontrado em qualquer lugar onde se conhecia bastante o que se estava vendo.

Teria sido presunçoso agradecer a Lloyd Bowman e Beverly Katz. Por isso, disse-lhe apenas, pelo telefone, o quanto gostara de tornar a trabalhar com eles.

Uma coisa o aborreceu um pouco: a maneira como se sentiu quando Crawford virou-se do telefone, em Chicago, e disse: "É Gateway."

Possivelmente, aquela foi a mais intensa e brutal alegria que já tivera. Era perturbador saber que o momento mais feliz de sua vida fora aquele, na abafada sala do júri na cidade de Chicago. *Quando antes de saber, sabia.*

Não contou a Lloyd Bowman como teve o palpite; não precisou.

– Sabe, quando seu teorema pintou, Pitágoras deu cem bois à Musa – disse Bowman. – Nada mais doce, hein? Não responda... vai durar mais se não falar a respeito.

À medida que se aproximava de casa e de Molly, Graham ia ficando mais impaciente. Em Miami, tinha de baldear para o *Aunt Lula,* o velho DC-3 que voava para Marathon.

Gostava dos DC-3. Naquele dia gostava de tudo.

Aunt Lula foi construído quando Graham tinha 5 anos, e suas asas estavam sujas, com uma camada de óleo atirada pelos motores. Tinha muita confiança naquele avião. Correu ao seu encontro como se ele tivesse pousado numa clareira na floresta para resgatá-lo.

As luzes de Islamorada apareceram enquanto a ilha passava sob a asa. Graham ainda pôde ver cristas brancas no lado do Atlântico. Minutos depois, estavam descendo em Marathon.

Foi igual à primeira vez que chegara ali. Também havia sido a bordo do *Aunt Lula* e depois, frequentemente, havia voltado ao aeroporto no crepúsculo para vê-lo chegar, vagaroso e firme, flapes baixados, fagulhas saindo dos exaustores, e todos os passageiros seguros por trás de suas janelas iluminadas.

As partidas também eram boas de ver, mas quando o velho avião fazia sua grande curva para o norte, deixava-o triste e vazio, e o ar ficava repleto de despedidas. Aprendeu a assistir apenas às chegadas e aos cumprimentos de recepção.

Isso foi antes de Molly.

Com um ronco final, o avião dirigiu-se ao ponto de desembarque. Graham viu Molly e Willy parados na cerca, sob os refletores.

Willy estava firmemente parado em frente a ela, ali permanecendo até Graham reunir-se a eles. Só então foi passear, olhando tudo o que o interessou. Graham gostava dele por isso.

Molly tinha a mesma altura de Graham: 1,78 metro. Um beijo em público ao mesmo nível produz um choque agradável, possivelmente porque beijos assim são normalmente trocados na cama.

Willy ofereceu-se para carregar a maleta de Graham. Em vez dela, o policial deu-lhe o cabide de ternos.

Indo para casa, em Sugarloaf Key, com Molly ao volante, Graham lembrou das coisas vistas de relance à luz dos faróis, e imaginou o resto.

Quando abriu a porta do carro, no quintal, ouviu o mar.

Willy entrou na casa, carregando o cabide sobre a cabeça, com a ponta inferior dos ternos batendo-lhe nas panturrilhas.

Graham ficou parado no quintal, distraído, afastando os mosquitos do rosto.

Molly encostou a mão em seu rosto.

– É melhor você entrar, antes de ser devorado.

Ele acenou com a cabeça. Seus olhos estavam úmidos. Molly esperou ainda um pouco, tocou-lhe a cabeça com a mão, encarando-a e arqueando as sobrancelhas.

– Martínis, filés enormes e grossos. Por aqui... e a conta da luz, da água, e as enfadonhas conversas com meu filho – acrescentou, pelo canto da boca.

53

Graham e Molly queriam muito que as coisas voltassem a ser o que eram entre eles, que continuassem como antigamente.

Quando viram que não seria a mesma coisa, a compreensão não expressa passou a conviver com eles como uma companhia não desejada na casa. As promessas mútuas que trocavam no escuro e no claro sofriam certa distorção, que os fazia perder o alvo.

Molly nunca lhe parecera melhor. De uma distância penosa, Graham admirava sua graça inconsciente.

Ela procurou ser boa para Will, mas estivera no Oregon e ressuscitara o morto.

Willy sentiu isso e tornou-se frio com Graham, enlouquecedoramente polido.

Chegou uma carta de Crawford. Molly juntou-a à correspondência e não se referiu a ela.

Continha uma fotografia da família Sherman, copiada de um filme cinematográfico. Nem tudo fora queimado, explicou Crawford na carta. Uma busca no terreno em volta da casa revelara essa fotografia, com algumas outras coisas que a explosão atirara para longe do incêndio.

"Esta gente estava, provavelmente, nos planos dele", escreveu Crawford. "Agora estão a salvo. Achei que você gostaria de saber."

Graham mostrou a fotografia a Molly.

– Está vendo? É por isso – disse ele. – É por isso que valeu a pena.

– Eu sei – respondeu ela. – Compreendo isso, compreendo mesmo.

As anchovas estavam passando ao luar. Molly preparou a ceia e eles pescaram, acenderam fogueiras e nada disso adiantou.

Vovô e Mamamma mandaram a Willy uma fotografia do seu pônei, que ele pendurou na parede do quarto.

O quinto dia na casa foi a véspera da volta de Graham e Molly ao trabalho em Marathon. Pescaram na arrebentação, caminhando uns 400 metros pela praia curva até um lugar onde haviam sido felizes antes.

Graham resolvera conversar com ambos, em conjunto.

A pescaria não começou bem. Willy, propositadamente, deixou de lado a vara que Graham preparara para ele e levara a que o avô lhe dera.

Pescaram em silêncio por três horas. Graham tentou falar várias vezes, mas não conseguiu.

Estava cansado de ser posto de lado. Graham pescou quatro vermelhos, usando moluscos como isca. Willy nada pescou. Ele estava atirando uma grande fieira com três anzóis que seu avô lhe dera. Estava pescando muito depressa, atirando e tornando a atirar sem descanso, puxando rapidamente, até ficar afogueado e com a camisa colada ao corpo.

Graham entrou na água, remexeu a areia e voltou com dois bichinhos, com as patas saindo da concha.

– Que tal um destes, companheiro?

Estendeu um a Willy.

– Estou usando isto aqui. É de meu pai, sabia?

– Não – respondeu Graham, olhando de esguelha para Molly.

Ela abraçou os joelhos, olhando para cima, para uma fragata que navegava ao longe.

Depois, Molly se levantou e se limpou.

– Vou preparar uns sanduíches – falou.

Quando Molly se afastou, Graham ficou tentado a falar com o garoto. Não. Willy sentiria o mesmo que a mãe. Deveria esperar e conversar com ambos quando Molly voltasse. Desta vez não deixaria passar.

Ela não demorou a voltar com os sanduíches, caminhando depressa na areia dura lambida pela espuma.

– Jack Crawford está ao telefone. Eu disse que você lhe telefonaria, mas ele falou que era urgente – informou a moça, examinando uma unha. – É melhor apressar-se e atender.

Graham ficou vermelho. Meteu a ponta da vara na areia e correu para as dunas. Era mais rápido do que ir pela praia quando não se tinha nada nas mãos para dificultar a passagem pelos arbustos.

Ouviu um som baixo sussurrado, trazido pelo vento, e, temeroso de uma cascavel, examinou o chão ao entrar na próxima moita.

Viu botas no meio da moita, o reluzir de uma lente e a visão de uma roupa cáqui levantando-se.

Deu de cara com os olhos amarelos de Francis Dolarhyde e o medo acelerou as batidas do seu coração.

O clique de uma pistola engatilhada. Uma automática apareceu e Graham pulou sobre ela. Bateu na arma, o cano expeliu um raio amarelo claro ao sol e a pistola voou para a moita. Graham de costas, uma coisa queimando no lado esquerdo do peito, deslizou de cabeça duna abaixo até a praia.

Dolarhyde deu um salto e caiu sobre a barriga de Graham, de pés juntos, agora com a faca na mão, sem olhar na direção do fraco grito vindo da beira da água. Imobilizou Graham com os joelhos, ergueu a faca e rosnou ao baixá-la. A lâmina errou o olho de Graham e lhe penetrou profundamente na face.

Dolarhyde atirou-se para a frente, pondo todo seu peso no cabo da faca para fazê-la penetrar na cabeça de Graham.

A vara de pesca sibilou quando Molly golpeou o rosto de Dolarhyde com força. Os grandes anzóis penetraram fortemente no seu rosto e o carretel rangeu, dando linha, quando ela o puxou para atacar novamente.

Ele gemeu, pôs as mãos no rosto enquanto ela o atacava e os anzóis tríplices lhe penetraram nas mãos. Com uma das mãos livres e a outra fisgada junto ao rosto, puxou a faca e atirou-se à mulher.

Graham rolou o corpo, ficou de joelhos, depois de pé, olhos irados e tossindo sangue, fugiu de Dolarhyde e correu até cair.

Molly correu pelas dunas, com Willy à frente. Dolarhyde aproximou-se, arrastando a vara, que se emaranhou num arbusto, fazendo-o parar, esbravejando, até que se lembrou de cortar a linha.

– Corra, filhinho, corra, filhinho, corra, filhinho! Não olhe para trás! – gritou ela. Tinha pernas compridas e empurrou o garoto à sua frente, com o barulho se aproximando cada vez mais nas moitas às suas costas.

Tinham 100 metros de vantagem quando saíram das dunas, 70 quando chegaram à casa. Tropeçaram escada acima. Chegaram ao armário de Graham.

– Fique aqui – disse ela a Willy.

Para baixo novamente, a fim de enfrentá-lo. Para a cozinha, ainda não preparada, tateando o pequeno armário.

Esqueceu a posição dos pés, o olhar de frente, mas segurou a pistola firmemente com as duas mãos e, quando a porta foi arrombada, Molly fez-lhe um buraco na coxa, apontou e atirou no rosto dele quando Dolarhyde deslizou porta adentro, e tornou a atirar-lhe no rosto quando ele caiu sentado no chão. Correu para o homem e o acertou duas vezes no rosto, enquanto ele se estatelava contra a parede, com os cabelos caindo sobre o queixo, pegando fogo.

Willy rasgou um lençol e foi ver Will. Suas pernas estavam tremendo e caiu várias vezes ao atravessar o jardim.

Os auxiliares do xerife e a ambulância chegaram antes que Molly pensasse em chamá-los. Ela estava tomando um banho de chuveiro quando entraram, as pistolas apontadas. Estava esfregando com força as marcas de sangue e de ossos no rosto e no cabelo e não pôde responder quando um policial tentou falar com ela através da cortina do chuveiro.

Um dos policiais finalmente pegou o fone pendente do aparelho e falou com Crawford, em Washington, que ouvira os tiros e chamara a polícia.

– Não sei, estão trazendo-o para cá agora – disse o policial. Olhou pela janela, vendo a maca passar. – Não me parece que esteja bem – concluiu.

54

Na parede em frente aos pés da cama, havia um relógio cujos números eram grandes o suficiente para serem vistos mesmo sob efeito das drogas e da dor.

Quando Will Graham conseguiu abrir o olho direito, viu o relógio e percebeu onde estava; uma UTI. Compreendeu ao olhar o relógio. O movimento dele garantiu-lhe que estava resistindo, que iria resistir.

Era para isso que estava ali.

Marcava 4 horas. Não tinha ideia se do dia ou da noite e não se importava, desde que os ponteiros estivessem em movimento. Afastou o olhar.

O relógio estava marcando 8 horas, quando tornou a abrir o olho.

Alguém estava a seu lado. Moveu cuidadosamente o olho. Era Molly, olhando pela janela. Estava magra. Tentou falar, mas o lado esquerdo da sua cabeça foi inundado por uma grande dor quando moveu o queixo. Sua cabeça e seu peito não pulsavam juntos. Era mais uma síncope. Ele fez um ruído quando ela saiu do quarto.

A janela estava clara quando o empurraram e o cutucaram, fazendo coisas que enrijeceram os tendões do seu pescoço.

Luz amarela quando viu o rosto de Crawford debruçado sobre si.

Graham tentou piscar. Quando Crawford sorriu, Graham viu um pedaço de espinafre entre seu dentes.

Estranho. Crawford não comia a maior parte das verduras.

Graham fez gestos de escrever sobre o lençol.

Crawford colocou seu bloco sob a mão de Graham e uma caneta entre seus dedos.

"Willy bem?", escreveu.

– Sim, ótimo – respondeu Crawford. – Molly também. Esteve aqui enquanto você dormia. Dolarhyde está morto, Will. Juro que está. Eu mesmo tirei as impressões digitais e fiz com que Price as comparasse. Não há dúvida. Está morto.

Graham desenhou uma interrogação no bloco.

– Vamos chegar lá. Estarei aqui e lhe contarei tudo quando você estiver em condições. Deram-me apenas cinco minutos.

"Agora", escreveu Graham.

– O médico conversou com você? Não? Primeiro, sobre você: ficará bom. Seu olho está fechado por causa de uma profunda facada no rosto. A ferida foi tratada, mas leva tempo. Tiraram seu baço. Mas quem precisa de um baço? Price perdeu o dele na Birmânia, em 1941.

Uma enfermeira bateu no vidro.

– Preciso ir. Eles não respeitam autoridades nem coisa alguma por aqui. Pegam a gente e mandam embora quando chega a hora. Voltarei.

Molly estava na sala de espera da UTI. Ela e mais uma porção de gente cansada.

Crawford dirigiu-se a ela:

– Molly...

– Oi, Jack. Você está realmente com ótimo aspecto. Quer dar a ele um transplante de rosto?

– Não sei, Molly.

– Olhou para ele?

– Sim.

– Pensei que não conseguiria, mas olhei.

– Eles vão curá-lo. O médico me disse. É possível. Precisa de alguém para ficar com você, Molly? Eu trouxe Phyllis, ela...

– Não. Não faça mais nada por mim.

Afastou-se, procurando um lenço. Ele viu a carta, quando a moça abriu a bolsa: papel malva caro que ele já vira.

Crawford odiou ter de fazer aquilo.

– Molly.

– O que é?

– Will recebeu uma carta?

– Sim.

– A enfermeira entregou a você?

– Sim, *entregou*. Chegaram também algumas flores de todos os *amigos* dele em Washington.

– Posso ver a carta?

– Entregarei a ele, quando Will quiser.

– Por favor, preciso vê-la.

– Por quê?

– Porque ele não precisa ter notícias dessa... pessoa em particular. Havia uma coisa estranha na expressão do rosto dele e ela olhou para a carta, deixando-a cair com bolsa e tudo. Um batom rolou pelo chão.

Abaixando-se para pegar as coisas de Molly, Crawford ouviu o bater dos saltos dos seus sapatos afastando-se. Ela abandonou a bolsa.

Crawford entregou-a à enfermeira.

Sabia que era quase impossível para Lecter obter o que queria, mas com ele todo o cuidado era pouco.

Fez com que um residente do hospital passasse a carta pelo fluoroscópio, no departamento de raios X. Crawford abriu o envelope pelos quatro lados com um canivete, examinou sua superfície interna e o bilhete à procura de qualquer mancha ou poeira... deviam ter detergente para limpeza no hospital de Baltimore, onde havia também uma farmácia.

Finalmente satisfeito, leu:

Caro Will,

Cá estamos, você e eu, definhando em nossos hospitais. Você com seu sofrimento e eu sem meus livros... o erudito Sr. Chilton encarregou-se disso.

Vivemos numa época primitiva – não é, Will? – nem selvagem, nem culta. O mal dela são as meias medidas.

Nenhuma sociedade racional me mataria ou devolveria meus livros.

Desejo-lhe uma rápida convalescença e espero que não fique muito feio.

Penso frequentemente em você,

Hannibal Lecter

O residente consultou o relógio.

– Ainda precisa de mim?

– Não – respondeu Crawford. – Onde fica o incinerador? – Quando Crawford retornou quatro horas depois para o novo período de visita, Molly não estava na antessala nem na UTI.

Graham estava acordado. Fez imediatamente uma interrogação no bloco, escrevendo sob ela: "D. morreu como?

Crawford contou-lhe. Graham ficou imóvel por um minuto. Depois, escreveu: "Escapou como?"

– Bem – disse Crawford. – St. Louis. Dolarhyde deve ter-nos visto quando procurava Reba McClane. Entrou no laboratório quando estávamos lá e deu conosco. Suas impressões digitais ficaram numa janela aberta da sala da fornalha... só ontem fomos informados disso.

Graham voltou a escrever. "O corpo?"

– Achamos que é de um cara chamado Arnold Lang... que está desaparecido. Seu carro foi encontrado em Memphis. Está completamente limpo. Vão me expulsar daqui num minuto. Deixe-me contar em ordem.

"Dolarhyde sabia que estávamos lá. Fugiu de nós na fábrica e dirigiu em direção a um posto de gasolina de Servco Supreme na Lindbergh com U.S. 270. Arnold Lang trabalhava lá.

"Reba McClane disse que Dolarhyde teve uma discussão com o empregado de um posto de gasolina no sábado anterior. Achamos que se trata de Lang.

"Liquidou Lang e levou seu corpo para casa. Depois, foi ao encontro de Reba McClane. Ela estava com Ralph Mandy na porta. Ele atirou em Mandy arrastando-o para a sebe."

A enfermeira entrou.

– Pelo amor de Deus, é um assunto policial – disse Crawford.

Falou depressa enquanto ela o puxava para a porta pela manga do casaco. – Cloroformizou Reba McClane e levou-a com ele para sua casa. O corpo de Lang estava lá – disse Crawford, do corredor.

Graham teve de esperar quatro horas para saber o resto.

– Ele ficou em dúvida, sabe: "Devo matá-la ou não?" – falou Crawford quando entrava pela porta.

"Você conhece o negócio da corrente com a chave no pescoço: era pra fazer com que ela sentisse o corpo. Assim, ela pôde dizer-nos que, certamente, havia apalpado um corpo. Pois bem, foi assim. 'Não posso ficar e vê-la queimar', disse, e arrebentou a cabeça de Lang com uma espingarda calibre 12.

"Lang era perfeito. Afinal, não possuía nenhum dente. Talvez Dolarhyde soubesse que o maxilar sobrevive a incêndios: quem sabe o que ele sabia? Seja como for, Lang não possuía mais dentes depois que Dolarhyde terminou com ele. Atirou na cabeça do cadáver de Lang e depois deve ter jogado uma cadeira ou coisa semelhante para simular o barulho do corpo caindo. Em seguida, pendurou a chave no pescoço de Lang.

"Reba então começou a tatear à procura da chave. Dolarhyde ficou num canto, olhando. Os ouvidos dela estavam zumbindo por causa do tiro. Ela não podia ouvir os pequenos ruídos.

"Ele fez uma fogueira, mas sem despejar a gasolina ainda. Espalhou-a pelo quarto. Reba saiu bem da casa. Se tivesse entrado em pânico demais, correndo para uma parede ou ficando imóvel, acho que ele a teria apagado e arrastado para fora da casa. Ela não se lembraria de como saíra. Porém, ela tinha de sair, para seu plano funcionar. Ah, que inferno. Aí vem essa enfermeira.

Graham escreveu depressa: "Em que veículo?"

– Você vai ficar admirado – disse Crawford. – Dolarhyde sabia que teria de deixar seu furgão na casa. Não podia dirigir dois veículos ao mesmo tempo e precisava de um meio de fuga.

"Veja o que ele fez: mandou *Lang* atrelar seu furgão ao caminhão-reboque do posto. Liquidou Lang, trancou o posto e rebocou seu furgão para casa. Depois, deixou o caminhão numa estrada de terra num terreno por trás da casa, voltou ao furgão e foi pegar Reba. Quando ela conseguiu sair da casa, pegou a dinamite, pôs gasolina em torno do fogo e escapou pelos fundos. Levou o caminhão de *volta* para o posto, deixou-o lá e pegou o carro de Lang. Estava tudo correndo bem.

"Quase fiquei maluco, até que percebi. Sei que foi assim porque ele deixou impressões digitais no caminhão-reboque.

"Provavelmente, cruzamos com ele na estrada quando fomos até sua casa... Sim, senhora. Estou saindo. Sim, senhora."

Graham quis fazer mais uma pergunta, porém era tarde.

Molly ocupou os cinco minutos seguintes da visita.

Graham escreveu "Eu te amo" no bloco de Crawford.

Ela acenou com a cabeça e segurou-lhe a mão.

Um minuto depois, tornou a escrever. "Willy está bem?"

Ela tornou a acenar com a cabeça.

"Está aqui?"

Ela o olhou rapidamente. Formou um beijo com os lábios e mostrou a enfermeira aproximando-se. Graham puxou-lhe o dedo. *"Onde?"*, insistiu ele, sublinhando duas vezes.

– Oregon – disse ela.

Crawford veio para a última visita do dia.

Graham já havia escrito sua pergunta: "Dentadura?"

– Da avó – disse Crawford. – A que achamos na casa era da avó. A polícia de St. Louis localizou um tal de Ned Vogt... a mãe de Dolarhyde era madrasta de Vogt. Este viu a velha Sra. Dolarhyde quando criança e nunca se esqueceu dos dentes dela.

"Era por isso que eu estava ligando, quando você deu de cara com Dolarhyde. O Smithsonian tinha acabado de me telefonar. Finalmente obtiveram a dentadura das autoridades de Missouri, apenas para examiná-la. Repararam que a parte superior havia sido feita de vulcanite, em vez de acrílico, como se usa agora. Ninguém faz dentaduras de vulcanite há 35 anos.

"Dolarhyde tinha um novo par, de acrílico, feito especialmente para ele. As novas estavam em seu corpo. O Smithsonian encontrou algumas peculiaridades nelas: as estrias, disseram, e rugas. Fabricação chinesa. As antigas eram suíças.

"Ele também tinha consigo a chave de um cofre de um banco em Miami. Dentro, um grande livro. Uma espécie de diário... uma coisa demoníaca. Quando quiser ver, eu lhe mostrarei.

"Olhe, malandro, tenho de voltar para Washington. Virei no fim da semana, se puder. Você vai ficar bom?

Graham desenhou uma interrogação, depois riscou-a e escreveu "Claro".

A enfermeira chegou após a saída de Crawford. Deu-lhe uma injeção intravenosa de analgésico e o relógio ficou borrado. Não pôde acompanhar o segundo ponteiro.

Ficou pensando se o Demerol agiria sobre seus sentimentos. Ele conseguiria segurar Molly por um tempo sem rosto. Até o consertarem. Seria uma jogada baixa. Segurá-la para quê? Estava começando a vaguear e esperava não sonhar.

Ficou entre a recordação e o sonho, mas não era muito ruim. Não sonhou com Molly partindo, nem com Dolarhyde. Foi um longo sonho-recordação de Shiloh,* interrompido por luzes brilhando em seu rosto e o resfolegar da bomba do aparelho de pressão sanguínea...

*Parque nacional militar americano situado no estado de Tennessee, no lugar onde se travou a Batalha de Shiloh, em 6 e 7 de abril de 1862, uma das batalhas decisivas da Guerra de Secessão. (*N. do T.*)

Era a primavera, logo após ter matado Garret Jacob Hobbs, quando Graham visitou Shiloh.

Num suave dia de abril, atravessou a estrada de asfalto na direção de Bloody Pondo A relva nova, ainda verde-clara, crescia no declive até a água, que subira inundando a grama, visível sob a água. A grama descia cada vez mais como se quisesse cobrir o fundo do pequeno lago.

Graham sabia o que acontecera ali em abril de 1862.

Sentou-se na relva, sentindo a umidade do chão pela calça.

Um automóvel de turistas aproximou-se e, depois de ter passado, Graham viu um movimento atrás dele na estrada. O carro havia cortado uma inofensiva cobra. Ela deslizou pelo centro da estrada asfaltada, fazendo incontáveis oitos, às vezes mostrando o dorso preto, às vezes a barriga branca.

A presença temível de Shiloh o fez arrepiar, apesar de estar suando no fraco sol de primavera.

A cobra enroscou-se. Graham chegou perto, pegou-a pela ponta do rabo seco e macio, manejando-a como um chicote.

Seus miolos estalaram ao cair na lagoa. Um peixe atirou-se a eles.

Ele tinha imaginando um Shiloh assombrado, sua beleza sinistra como bandeiras.

Agora, navegando entre a memória e o sono drogado, viu que Shiloh não era sinistro; era indiferente. Belo Shiloh, podia testemunhar tudo. Sua beleza inesquecível ressaltava a indiferença da natureza, a Máquina Verde. O encanto de Shiloh zombava dos nossos compromissos.

Ergueu-se e olhou o relógio estúpido, mas não pôde deixar de pensar.

Não há piedade na Máquina Verde; nós fabricamos a piedade, a manufaturamos nas partes que crescem demais em nosso cérebro básico de réptil.

Não há assassinato. Nós o inventamos e só interessa a nós.

Graham sabia muito bem que continha todos os elementos para moralizar o assassinato; talvez também a piedade.

Contudo, compreendia o assassinato embaraçosamente bem.

Ficou imaginando se, no grande corpo da humanidade, as mentes de homens instalados na civilização, os maus anseios que controlamos em nós mesmos e o sombrio conhecimento instintivo desses anseios funcionam como o vírus degenerado contra o qual o corpo se prepara.

Ficou imaginando se velhos e terríveis anseios são o vírus que produz a vacina.

Sim, havia se enganado sobre Shiloh. Shiloh não estava assombrado... os homens, sim.

Shiloh não se importava.

fim

Dedico meu coração a conhecer a sabedoria e também a entender as loucuras e os desvarios; e vim a saber que também isto era aflição de espírito.

– Eclesiastes

EDIÇÕES BestBolso

Este livro foi composto na tipografia Minion Pro,
em corpo 10,5/13, e impresso em papel off-set no Sistema
Digital Instant Duplex da Divisão Gráfica da Distribuidora Record.